Les
Chemins de
la liberté I

J.P. Sart

[法] 让-保尔·萨特 著

丁世中 译

自由之路

Ⅰ

不惑之年

人民文学出版社

著作权合同登记号　图字 01-2022-5105

Jean-Paul Sartre
Les Chemins de la liberté I–L'ÂGE DE RAISON © Éditions Gallimard, Paris, 1945
Les Chemins de la liberté II–LE SURSIS © Éditions Gallimard, Paris, 1945
Les Chemins de la liberté III–LA MORT DANS L'ÂME © Éditions Gallimard, Paris, 1949
Simplified Chinese translation copyright © People's Literature Publishing House 2023
All rights reserved

图书在版编目(CIP)数据

自由之路:全三册/(法)让-保尔·萨特著;丁世中,沈志明译.—北京:人民文学出版社,2023
ISBN 978-7-02-018051-6

Ⅰ.①自… Ⅱ.①让…②丁…③沈… Ⅲ.①长篇小说—法国—现代 Ⅳ.①I565.45

中国国家版本馆 CIP 数据核字(2023)第 100603 号

责任编辑	黄凌霞
装帧设计	黄云香
责任印制	张　娜

出版发行	人民文学出版社
社　　址	北京市朝内大街 166 号
邮政编码	100705
印　　刷	北京汇林印务有限公司
经　　销	全国新华书店等
字　　数	933 千字
开　　本	880 毫米×1230 毫米　1/32
印　　张	38.875　插页 9
印　　数	1—3000
版　　次	2023 年 6 月北京第 1 版
印　　次	2023 年 6 月第 1 次印刷
书　　号	978-7-02-018051-6
定　　价	188.00 元(全三册)

如有印装质量问题,请与本社图书销售中心调换。电话:010-65233595

目　次

第 一 部

不惑之年 …………………………………… 丁世中 译 1
- 一 ……………………………………………………… 5
- 二 ……………………………………………………… 28
- 三 ……………………………………………………… 48
- 四 ……………………………………………………… 67
- 五 ……………………………………………………… 86
- 六 ……………………………………………………… 91
- 七 ……………………………………………………… 104
- 八 ……………………………………………………… 124
- 九 ……………………………………………………… 160
- 十 ……………………………………………………… 193
- 十一 …………………………………………………… 209
- 十二 …………………………………………………… 258
- 十三 …………………………………………………… 283
- 十四 …………………………………………………… 295
- 十五 …………………………………………………… 312
- 十六 …………………………………………………… 341
- 十七 …………………………………………………… 356

十八 ………………………………………………………… 368

第 二 部

缓期执行 ……………………………… 丁世中 译 397

九月二十三日,星期五 ……………………… 399

九月二十四日,星期六 ……………………… 469

九月二十五日,星期日 ……………………… 590

九月二十六日,星期一 ……………………… 694

九月二十七日,星期二 ……………………… 739

九月二十八日,星期三 ……………………… 792

九月二十九日至三十日夜 …………………… 833

九月三十日,星期五 ………………………… 841

第 三 部

痛心疾首 ……………………………… 沈志明 译 851

上篇 ………………………………………… 853

一九四〇年六月十五日,星期六上午九时于纽约 …… 853

六月十六日,星期日 ………………………… 890

同日十四时,马赛 …………………………… 906

同日十五时,帕杜 …………………………… 924

同日十六时 ………………………………… 943

六月十七日,星期一 ………………………… 966

六月十八日,星期二,五时四十五分 ………… 1063

早晨六点钟 ………………………………… 1072

下篇 ………………………………………… 1088

第一部

不惑之年

丁世中 译

献给旺达·柯萨凯维契*

* 旺达·柯萨凯维契,俄裔演员,奥尔加·柯萨凯维契的妹妹,一九三八年与萨特结识,成为挚友,曾在萨特的多部戏剧中扮演角色,本书人物伊维什身上有她的影子。

一

在维尔辛杰托里街当中,一个身材高大的家伙抓住了马蒂厄的胳膊;在另一侧的人行道上,一名警察正在踱方步。

"老板,行行好,我饿了。"

他的两只眼睛挨得很近,嘴唇肥厚,散发着一股酒气。

"倒不如说你口渴吧?"马蒂厄问道。

"我跟你打赌,朋友:我打赌是肚子饿。"那家伙结结巴巴地说。

马蒂厄在衣袋里摸到一枚一百苏①的硬币,对他说:

"啊,这无所谓。我不过说说而已。"

说着将那一百苏递给了他。

"你这可是做了件好事,"那家伙倚着墙说,"我要为你作最好的祝愿。我该祝你什么呢?"

于是两人都琢磨起来;马蒂厄说:

"你想祝什么就祝什么吧!"

"好嘛,我祝你走运,"那人又道,"就祝这个。"

他颇为自得地笑了。马蒂厄注意到警察正朝他们走来,不禁为那家伙担心,便说:

"得啦,再见吧!"

---

① 苏,法国辅币,二十个苏值一法郎,一百苏即五法郎的硬币。

他正想走开,那人却一把将他抓住:

"祝你走运还不够。还不够呢,"那人有些哽咽地说。

"那么你还想怎样?"

"我想送你一点东西……"

警察走过来喝道:

"我要以乞讨罪送你去坐牢!"

他年纪很轻,两腮红喷喷的。他竭力做出很严厉的样子:

"你扰乱行人已经有半个钟头啦!"

那语气却并不十分肯定。

"他没有乞讨,"马蒂厄忙说,"我们是在谈话。"

那警察耸了耸肩,便继续往前走。那汉子却摇摇晃晃,样子很令人担心。他似乎根本没有看见警察。

"我找到一件东西,马上就送给你。我送你一张马德里的邮票。"

他从衣袋里掏出一张长方形的绿色硬纸片,把它递给了马蒂厄。马蒂厄念道:

"全国劳动者联合会。全联合会日报,共两份。寄往:法国。无政府主义工会委员会,贝尔维尔街四十一号,巴黎第十九区。"在地址下方贴了一张邮票,邮票也是绿色的,上面加盖了马德里的邮戳。马蒂厄伸出手,说:

"非常感谢!"

"可你得注意!"那家伙面带愠色地说,"写的是……是马德里。"

马蒂厄注视着他:那人样子很激动,绷足了劲儿要想说明白他的想法,终于放弃了,只是喃喃道:

"马德里呀。"

"是的。"

"我向你打赌:我这就去那儿。不过现在还没安排好。"

他的神色变得忧郁,喃喃道:"等一等。"接着用手指轻拂着那张邮票。

"行啦。你可以拿走啦。"

"谢谢。"

马蒂厄刚迈出几步,那家伙又叫他回来:"喂!"

"嗯?"马蒂厄应道。那人远远将那枚一百苏的硬币亮给他看:

"有个家伙刚塞给我一百苏。我请你喝一杯罗姆酒。"

"今晚就算啦。"

马蒂厄怀着朦胧的遗憾走开了。在他这一生中,曾经有过一个时期,他同大家一起在街上游荡,同大家一起泡在酒吧间里。随便什么人都可以邀请他喝上一杯。现在这些都已成为过去:像这样的交往从来也不会有什么结果。他是爱打趣儿的。他曾动念到西班牙去打仗。马蒂厄加快了步伐,他烦恼地思量着:"反正我跟他也没啥要交谈的。"他从衣兜里掏出那张绿色明信片:"是从马德里寄来的,但却不是寄给他的。大概是什么人转让给他的。他在送给我之前反复抚摸过它,因为是从马德里寄来的啊。"他回想起那家伙的容貌,以及他在凝视那张邮票时做出的表情:一种十分激动的奇特表情。马蒂厄也凝视起那张邮票来,并且继续向前迈着脚步,接着便将那张明信片放回衣兜。一列火车呜呜呜叫起来。马蒂厄忽而想到:"我老啦!"

此刻是十点二十五分,马蒂厄提前到达了。他不停地往前走,经过那座蓝色小屋时甚至连头也不回。不过他还是用眼角斜睨着。所有的窗户都黑了灯,只有杜菲夫人家除外。玛赛儿还没有来得及打开屋子的大门:她正俯向母亲,用男子气的动作为她塞好大床上的被窝。马蒂厄一脸愁云;他琢磨着:"五百法郎得一直管到二十九号,平均每天三十法郎,甚至还没这么多。我该怎么办呢?"他掉过头,从原路退回去。

杜菲夫人房间里的灯光已经熄灭。片刻之后,玛赛儿的窗户又通明透亮了。马蒂厄穿过马路,挨着杂货铺朝前走,尽量避免新鞋底发出咯噔咯噔的声音。大门半关半闭。他轻轻将门推开,门嘎吱一声。"星期三我把油壶带过来,在铰链上抹点儿油。"他边想边进了门,将大门重新关上,在一团漆黑中脱下了鞋。楼梯格格作响:马蒂厄小心翼翼地爬上楼梯,手里提着自己的皮鞋。他在踏上每一级台阶之前,都先用大脚趾探测一番。"多么滑稽啊!"他心里嘀咕着。

玛赛儿在他到达楼梯转弯处之前,就打开了房门。一团颇像彩虹的玫瑰色雾气从屋里逸出,顿时在楼梯道当间散发开来。她穿的是那件绿色衬衫。马蒂厄从薄薄的衣料间窥见了她那丰腴柔嫩的臀部。他走进屋里。他始终觉得仿佛是走进了蜗居。玛赛儿将门关上、锁好。马蒂厄走向嵌在墙里的大衣柜,将柜门打开,又将皮鞋放在里面。然后他瞧瞧玛赛儿,觉得有点儿什么故障。

"有什么不顺当的事情?"他小声问。

"还好,"玛赛儿低声回答,"你呢,老朋友?"

"我一个子儿也没啦。除这之外,还马马虎虎。"

他吻了吻她的脖子和嘴巴。脖子散发着琥珀香味,嘴上则有一股普通烟草的气味。玛赛儿在床沿坐下来,开始凝视自己的腿,马蒂厄则在这当儿更衣。

"这是什么啊?"马蒂厄问。

原来壁炉上搁着一张他从未见过的照片。他走近一瞧,是一名女扮男装、身材苗条的年轻姑娘,正羞答答而又冷漠地微笑着。她穿着一件男式上装和一双平底皮鞋。

"那是我。"玛赛儿头也不抬地说。

马蒂厄转过头来：玛赛儿已将衬衫从丰腴的臀部卷了上去。她朝前微弯着身子。马蒂厄能想象出衬衫下那对又丰满又娇嫩的乳房是什么样儿。

"你这是从什么地方找出来的？"

"从一本照相册里。照片是一九二八年夏天拍的。"

马蒂厄将上衣仔细折好，放在衣柜里靠近鞋子的地方。他问道：

"你现在看起家庭相册来啦？"

"不。我也不太明白，今天我忽发奇想，要回顾一下往事，看看我在认识你之前是什么样子，自己没得病之前是什么样子。把照片给我！"

马蒂厄将照片拿过来。她从他手里一把抢了过去。他挨在她身旁坐下。她有些战栗，将身子挪开了点儿。她含着三分笑意，端详着那张照片。

"我那时怪有意思呢。"她说。

姑娘直挺挺地倚着一座公园的栏杆站立着。她张着嘴，似乎也在说："真有意思！"表情也同样潇洒而稚拙，同样无惧无畏。只是那时的她又年轻又苗条。

玛赛儿连连摇着头。

"真有意思，真有意思呀！照片是在卢森堡公园、由一位学药物学的大学生拍摄的。你看见我穿的那身短衫了吗？那是我当天为自己买的，因为下个星期日大家准备到枫丹白露去郊游。天哪！……"

今天准有点什么事情：她的手势从来没有这么急促，声音从来没有这么忽高忽低，这么具有男子气魄。她坐在床沿上，模样比光着身子还糟糕，简直毫无抵抗能力，像一具大瓷娃娃，放在玫瑰色的房间尽里。听见她像男人那样粗声粗气地讲话，同时又闻到一

股浓重的暗香从她身上逸出,真让人觉得别扭。马蒂厄抱住她的双肩,将她搂到怀里:

"你怀念那个年头吗?"

玛赛儿没好气地回答:

"倒不是怀念:我只是遗憾自己本可过另一种生活!"

那时她已开始攻读化学,却被一场大病弄得辍了学。马蒂厄暗忖:"她好像怪罪我哩。"他正要启齿相问,却注意到她的眼神,于是沉默不语。她面带愁容,心情紧张地瞧着那张照片。

"我长胖了,是吗?"

"是的。"

她耸了耸肩,将照片扔在床上。马蒂厄又转念:"也真是,她的经历很惨啊。"他想吻吻她的面颊,她却轻轻挣脱了,脸上挂着一丝神经质的笑意。她喃喃地说:

"这也有十年啦。"

马蒂厄心想:"我什么也没有给她啊。"他每周有四个夜晚来看望她。他详详细细对她讲述自己所做的事情。她给他出些主意,语气严肃认真而又略显专断。她常说:"我这是通过别人来生活呢。"他问道:

"你昨天干什么啦?出门了吗?"

玛赛儿做了个厌烦的姿态,在空中画了个圆圈:

"没有,我太累啦。我读了点儿书。但妈妈为商店的事老打扰我。"

"今天呢?"

"今天么,我出门啦,"她神情呆板地回答,"我觉得需要呼吸一下新鲜空气,需要接触接触各种人。我一直走到快乐街,觉得挺开心。再说,我很想看望安德蕾。"

"你见到她了吗?"

"见到啦,谈了五分钟。我从她家出来的时候,下起雨来了,真是个奇特的六月!而且人们的容貌都那么难看。我叫了一辆出租车,便回到家里。"

她有气无力地问他:

"那么你呢?"

马蒂厄没有心思多说话,只是应答道:

"昨天我到中学去教了最后几堂课,然后在雅克家吃晚饭。像平常那样普普通通。今天上午我到会计那里,想看看能不能给我预支点儿钱。看样子没有这种做法。但记得在博韦①的时候,我跟会计想出过办法的。然后我就去看了依维什。"

玛赛儿扬了扬眉,注视了他一会儿。他也不喜欢对她提及依维什。他又道:

"她现在心情极坏。"

"原因是什么?"

玛赛儿的声音又变得坚实有力,脸上的表情也显得通情达理而富于男子气。她的样子变得像一个壮实的近东男人。于是他讷讷地说:

"她要落榜了哩。"

"你对我说过,她正在用功读书嘛。"

"也可以这么说……一定要说用功,那便是按她自己的方式。就是说她可以接连好几个小时呆呆地面对书本,一动也不动。你知道她现在是什么模样:她就像精神病人一样有种种症候。十月份的时候,她熟读了植物学,考官很满意。可是突然,她发现自己面前是一位秃头先生,正在问及腔肠动物。她觉得很滑稽,便想到:'我才不管你那腔肠动物不腔肠动物呢!'于是那考官竟没能

---

① 博韦,法国瓦兹省一地名。

从她嘴里问出一个字来!"

"真是个古怪的小女孩!"玛赛儿若有所思地说。

"不管怎样,"马蒂厄说,"我担心她又犯这种毛病,或者搞出什么新花样来,你等着瞧吧!"

这语气,这居高临下而又超脱一切的语气,会不会是故意骗人的呢?凡是能用言词表达的,他都说了出来。"但还不仅仅是言词啊!"

他踌躇了片刻,然后又泄气似的低下了头:玛赛儿完全了解他对依维什是有感情的;她甚至可以容忍他爱她。其实她只要求做到一点:便是用方才那样的语气提到依维什。马蒂厄一直抚摩着玛赛儿的脊背,而玛赛儿开始眨眼皮了:她喜欢他抚摩自己的背部,尤其是从腰间到肩胛骨之间的部位。但突然她挣脱开来,脸色变得冷漠了。马蒂厄对她说:

"你听着,玛赛儿,依维什落榜我才不在乎呢。她跟我一样,天生不是当医生的料。不管怎样,即使她通过物理、化学、生物的修业考试,明年第一堂解剖课她就会掉头溜走的,而且从此不会再跨进医学院的大门。但假如这次不行,她就会干出蠢事来。她家里人是不愿意让她重读一遍的,即使她这回落了榜。"

玛赛儿用刨根究底的口气问:

"你说的蠢事是哪一种啊?"

"那我就不知道啦,"他无可奈何地回答。

"嘿!可怜的老友,我很了解你。你不敢承认,你是害怕她开枪自杀。你还自称讨厌传奇式的故事呢。顺便说说,难道你从来没见过她的皮肉?若是我,就连用手指触摸她一下也会害怕将它捅破的。而你居然想象:这么娇气的玩具娃娃,竟会用左轮手枪在自己身上戳个洞洞?我倒可以想象她瘫倒在坐椅上。一副披头散发的样子。眼前放着一支小巧的勃朗宁手枪,脸上充满不胜惊诧而又天真烂漫的表情。那才是地地道道的俄罗斯风味。但要叫我想象出别的什么蠢事,那绝对不可能,不可能!一支左轮手枪嘛,那是专门用在咱们这种鳄鱼皮肤身上的。"

她将胳臂倚在马蒂厄的胳臂上。他的皮肤比玛赛儿的皮肤还要白皙。

"你看呀,老朋友,尤其是我的皮肤,简直可以说是摩洛哥皮呢。"

她吃吃地笑了起来:

"你不觉得我具备一切条件,可以充当千疮百孔的活靶子么?我想象,在我左乳上有一个浑圆的小洞。洞眼边缘干净利落,呈殷红色。这不也挺浪漫么?"

她还在吃吃地笑着,马蒂厄用手捂住她的嘴:

"快住口,你要吵醒老人家了。"

她不再开口。马蒂厄将手放在玛赛儿的腿上,含情脉脉地抚摩着。他喜欢这柔软光洁的皮肤,上面的茸茸细毛在抚摩下犹如无数轻盈的震颤。玛赛儿纹丝不动:她在注视马蒂厄的那只手。马蒂厄终于将手缩了回去。

"你瞧我呀。"他道。

他霎时看见她两眼出现了黑圈,那只是高傲而失望的一瞥。

"你不舒服吗?"

"没什么不舒服。"她边说边扭过头去。

同她在一起总是这样:她紧张而焦虑。再过一会儿,她就控制不住自己啦:她会突然发作的,没办法。在这时刻到来之前,只能想法子消磨时间。马蒂厄很怕这类悄然的发作:在这小小的蜗居里,炽烈的情爱是无法维持的。因为绵绵情话只能低声诉说,并且不可伴以手势,以免惊醒杜菲太太。马蒂厄站起身,走到衣柜跟前,从上衣衣兜里掏出了那硬纸片。

"喏,你瞧。"

"这是什么?"

"是刚才路上一个行人送我的。他看上去还讨人喜欢,我给了他一点钱。"

玛赛儿无动于衷地接过卡片。马蒂厄觉得同那陌生人间似乎有某种默契,便又道:

"要知道,对于他来说,这算是一件有意义的东西呢。"

"那是一名无政府主义者么?"

"我不知道,他说要请我喝一杯。"

"你没有答应?"

"没答应。"

"为什么?"玛赛儿漫不经心地问,"那也许挺有趣呢。"

"嘿!"马蒂厄应道。

玛赛儿抬起头来,眯着眼怪感兴趣地盯着挂钟观望。

"真奇怪,"她道,"每次你跟我说起这类事,我总感到恼火:天晓得眼下有没有这种事。你的经历中充满这种失之交臂的机遇。"

"你管这叫失去的机遇么?"

"不错。从前,你会想尽一切办法创造这样的邂逅之缘哩。"

"也许我有点变了,"马蒂厄老老实实地说,"你觉得呢?是因为我老了么?"

"你今年三十四岁。"玛赛儿言简意赅地说。

"三十四岁。"马蒂厄转而念及依维什,于是怏然一惊。

"是呀……听我说,我想并不是这么回事;倒不如说是出于谨慎。要知道,我不想卷进去。"

"如今你很少卷进什么事情里去。"玛赛儿说。

马蒂厄急忙补充道:

"况且他也未必卷入:人喝醉酒的时候,是会做出悲天悯人的样子来的。我正避之唯恐不及呢。"

可他心里想的是:"其实也不尽然。我哪里做过周密思考!"他不过是要竭力显示心口如一罢了。马蒂厄和玛赛儿早就约定,他俩一定要将实情和盘托出,相互间要坦诚相见。

"其中有一点……"马蒂厄又道。

但玛赛儿格格地笑了。那是一种轻浅温柔的格格声。有时她抚摩着他的头发,也会这样笑着称他为:"我可怜的老友啊。"不过此时她却没有一点含情脉脉的样子。

"这方面我很了解你,"她道,"你是害怕悲天悯人吧!后来呢?你毕竟还是向这可怜的汉子表示了点儿怜悯之情么?那又有什么坏处呢?"

"那对我又有什么好处呢?"马蒂厄问。

他不禁为自己辩护。

玛赛儿露出一点并非善意的笑容。"她正琢磨我这个人呢。"马蒂厄不知所措地思索着。他觉得自己心情平和,有点儿糊里糊涂,反正并不想争论。

"听着,"他说,"你不该把这件事当真,首先是我那时没有工夫,我正在往你这儿走。"

"你说得非常对,"玛赛儿应道,"这没什么,可以说毫无意义。不值得大做文章……然而毕竟也是一种征兆。"

马蒂厄为之一惊:她最好不要使用这种令人反感的字眼!

"得啦,往下说吧,"他道,"这当中你觉得有什么东西值得关注呢?"

"这个嘛,"她道,"还是你那出了名的清醒。老兄,你也真有意思。你那么害怕上你自己的当,所以宁肯对自己说谎,也不接受世上最美好的冒险。"

"那么好,"马蒂厄说,"你已经知道啦。人家这么说由来也很久啦。"

他觉得她很不公道。这所谓的"清醒"(他讨厌这个字眼,但一段时间以来玛赛儿认定了它。去年冬天的说法是"紧急情况":她用的字眼很少超过一个季度),这清醒是他俩已经彼此习惯了的。他俩相互对此负责,它不过是表示他们之间爱情的深层意义而已。马蒂厄与玛赛儿相好之后,他就永远放弃了孤独自处的想法,放弃了那些新鲜而模糊,然而又很羞怯的思想。而在此之前,这类思想却常常像鱼儿一样欢蹦乱跳地潜入他的脑海。他只有在完全清醒的状态中才能爱玛赛儿:她亦即他的清醒,亦即他的伙伴、见证人、参谋、裁判官。

"假如我对自己说谎,"他道,"我会觉得同时也就是对你说谎。那是我无法忍受的。"

"那倒是。"玛赛儿应答。

她的样子并不太心悦诚服。

"你看上去不怎么信服哩?"

"没有呀。"她有气无力地说。

"你以为我在对自己说谎吗?"

"不……不过那是永远弄不明白的。当然我不这样想。然而你知道我有什么想法吗?我觉得你有点儿自我消毒呢。这是我今天生出来的念头。你身上处处都干干净净、一尘不染;似乎经过一番漂白,似乎从蒸锅里过了一遍!但这样就没有黑白对比啦。就没有任何无用的、含混的或者不明不白的东西啦。这叫走极端。我不能说你是为了我才这样做的:你是顺乎自己的天性。你本来就有自我分析的癖好。"

马蒂厄不知所措了。玛赛儿经常表现得很不留情;她总是怀着戒心,有点儿咄咄逼人,也有点儿疑神疑鬼。如果马蒂厄不同意她的意见,她常常会以为他想强加于人。但她却很少感觉到她有意令他不快。而且,还有床上的那张照片。……他惶惶不安地端详玛赛儿:还没有到她听任自己决定说实话的时候。

"我对认识自己也并不是那么有兴趣。"马蒂厄简单地表示。

"我明白,"玛赛儿回答,"这并不是目的,而是一种手段。是为了将自己从自我当中解放出来。自我观望、自我判断,这是你最喜欢采取的态度。当你自己看着自己时,你想象你所观望的并不是你自己,想象你自己什么也不是。其实,这正是你的理想:成为什么也不是的东西。"

"什么也不是,"马蒂厄缓缓地重复着,"不对。不是这么回事。听我说:我……我愿意只以我自己为本源。"

"对啦,成为自由的。完完全全自由。这正是你的毛病。"

"这并不是一种毛病,"马蒂厄说,"这是那种……你又想叫人变成什么样子呢?"

他恼火得很:所有这一切他已向玛赛儿解释过一百遍。她明明知道,这是他最挂在心上的。

"假如……假如我不努力重新把握自己的存在,我就会觉得自己的存在是那么荒谬!"

玛赛儿摆出一副嘲笑和冥顽不灵的神态:

"对啦,对啦……是你的毛病。"

马蒂厄暗想:"她装作淘气的样子,真令人生气!"不过他立刻有些懊恼,委婉地说:

"这不是毛病:我本来就是这个样子。"

"假如这不算是毛病,那么为什么别人并不像这样呢?"

"他们也是如此,只是不自觉罢了。"

玛赛儿收敛了笑容。她的嘴角已生出愁苦辛酸的皱纹。

"我嘛,我不是那么需要自由。"

马蒂厄打量着她那向前倾斜的后颈,顿时有一种不自在的感觉:当他与她相处时,令他魂牵梦萦的始终是这种悔恨,这种荒谬的悔恨心情。他觉得自己永远也不能为玛赛儿设身处地:"我同她谈论的自由,是身心健康者的自由呀。"

他将手放在她的脖子上,轻轻用手指揉着那虽很光滑,但已有些松弛的皮肤。

"玛赛儿?你感到烦恼吗?"

她将有点困惑的目光转向他:

"没有呀。"

他俩无言以对了。马蒂厄的手指尖有一种快感。仅仅在手指的尖端。他将他的那只手沿着玛赛儿的背部朝下滑动,玛赛儿则悄然垂下眼皮。他看见了她那长长的睫毛。他将她拉过来紧贴着自己。确切地讲,在此时此刻他并没有占有她的欲望,而是想看到这倔强别扭的性格,像冰碴儿那样在阳光下融化。玛赛儿让自己的头在马蒂厄的肩上摩擦,他清清楚楚看到了她那褐色的皮肤、那双目之下微微泛青的晕圈,晕圈边上有许多小疙瘩。他暗想:"我的天哪!她真老了不少啊。"他想到自己也苍老多了。他带着某种局促俯身瞧着她:他宁可忘掉自己、也忘掉她。但当他俩做爱的时候,他不能忘记自我已有很久很久啦。他吻了吻她的嘴,那是一张端庄正经的嘴。她轻轻向后滑下,仰卧在床上;紧闭双目,身子沉重,无精打采。马蒂厄站起身,脱下长裤和衬衫,将它们折好放在床脚,然后依偎着她躺下来。但他却发现她两眼睁得大大的,正紧盯着天花板发愣,一双手交叉着放在脑袋下面。

"玛赛儿。"他唤道。

她不应答。她的神色并不友善。接着她突然坐了起来。他也一骨碌坐在了床边上,因为身子精光赤条而感到尴尬。

"眼下,"他语气坚决地说,"你应当告诉我发生了什么事。"

"什么也没有发生。"她有气无力地回答。

"不对,"他温存地说,"你正为什么事情烦恼,玛赛儿!难道咱们不能无话不谈了吗?""你帮不上忙,反而会觉得苦闷的。"

他轻轻抚摩她的头发:

"还是讲一讲罢。"

"是这样,我有啦。"

"什么?有什么啦?"

"有孩子啦!"

马蒂厄做了个鬼脸:

"你能肯定吗?"

"百分之百。你知道,我是从不慌张的:已经拖了两个月啦。"

"该死!"马蒂厄嘟囔道。

他暗想:"她至少在三周前就该告诉我啦!"他忽然想用双手做点什么事情:比如填一填烟斗之类,但烟斗却连同上衣放进了衣柜。于是他从床头桌上拿起一支香烟,立刻又将它放回原处。

"哎,就是这样!你已经知道发生了什么事,"玛赛儿说,"该怎么办呢?"

"那么……就打掉吧,行不行?"

"好的。是呀,我知道有个地方能打。"玛赛儿说。

"谁告诉你的?"

"安德蕾。她自己去过。"

"就是去年给她瞎折腾的那个老太婆吗?要知道,她花了六个月的时间才恢复过来。我不要那个地方。"

"那么,你愿当父亲喽?"

她挣脱开,在离马蒂厄稍远的地方坐了起来。她的神情严峻,但并不是男人的神情。她两手平摊在大腿上,两臂有点像陶壶的双耳。马蒂厄注意到她的脸色渐渐变成灰色。屋里的空气是玫瑰色的、甜丝丝的。他俩呼吸的、吞下的全是玫瑰色;但同时却有这副灰色的面孔、有这僵直的目光,她似乎在竭力压下咳嗽,不让它迸发出来。

"等一等,"马蒂厄说,"你就这么突然给我提出这个问题:让我好好想一下。"

玛赛儿的双手颤抖起来;她突然带着强烈的情绪说:

"我不需要你想什么。想或不想不是你的事情!"

她朝他转过头来,凝视着他。她瞧着马蒂厄的脖子、肩膀和腰部,接着她的目光还在往下扫射。她似乎觉得十分新奇。马蒂厄满脸涨得通红,赶紧夹住了两腿。

"你一点也帮不上忙。"玛赛儿重复着。她颇有几分含讥带讽地说:

"到了此时此刻,就纯粹是女人的事啦。"

说到最后一句话时,她把嘴巴抿得紧紧的:那嘴巴涂满口红,发出赭色的反光,活像一条红殷殷的爬虫,正忙着要吞噬这灰惨惨的脸庞。"她感到委屈啦,她准是把我恨透了呢。"马蒂厄心想。他觉得自己就要呕吐了。屋子仿佛突然收走了那玫瑰色的烟雾。在各种什物之间是一片片空白。马蒂厄嘀咕着:"我让她背上了这个包袱!"突然间,那电灯、那穿衣镜连同铅灰色的反光、那只小挂钟、那张大安乐椅,以及敞开一半的衣柜,都像是一套无情的器械:人家将它们开动起来,它们在空气里展开那细巧的命脉,却又那样僵硬顽固,好像八音盒的底座在固执地重弹它的老调儿。马蒂厄摇了摇身子,却不能摆脱这既阴森又酸楚的天地。玛赛儿却不曾动弹。她还在那里仔细观看马蒂厄的肚皮,以及那朵罪恶之花(它正软绵绵地在他的裤裆里休养生息,那模样儿既大胆放肆又仿佛天真无邪)。他明明知道她极想大喊大叫、放声痛哭一番;但她绝不会那样做,唯恐吵醒了杜菲夫人。他蓦地拦腰抱住玛赛儿,将她拉向自己这边。她扑在他的肩头上,抽泣了三四声,却是欲哭无泪。她只能放纵自己到这样的程度:不过是一场旱天雷罢了。

她重新抬起头来的时候,已经稳住了自己的情绪。她用求全的语调说:

"真对不起,老朋友。我方才需要松弛一下神经。从今天早晨起,我就硬着头皮顶着。当然,我丝毫没有责怪你的意思。"

"你其实是有权利责怪的,"马蒂厄说,"我没有什么值得自豪的。这是平生第一遭。……他妈的,多么卑劣!我干下的蠢事,却让你受罪。管它呢,就这么着啦。你听着:这老太婆是个什么人?她住在哪里?"

"莫雷尔街二十四号。好像是个挺古怪的老太婆。"

"我能猜到。你说你是安德蕾介绍来的?"

"是呀。老太太只收四百法郎。要知道,这好像是最低价。"玛赛儿突然用通情达理的语气说。

"是的,我明白,"马蒂厄辛酸地说,"总之这是个机会。"

他觉得自己像洞房之夜的新郎君那样笨手笨脚。一条赤身裸体的壮汉闯下了大祸,便强作欢颜,好让人家不计前嫌。可她哪里能够忘怀:他那皮肤白皙的两条大腿,肌肉挺发达,稍显粗短,赤条条的身子感到了满足,却仍然那么贪欲。这一切都仿佛依然历历在目啊。那原是一场滑稽可笑的噩梦。"我若是她,就会狠揍这一堆皮肉!"想着想着,他又道:

"我不放心的正是这个:她收费收得不多啊。"

"真要谢谢你的关心呢,"玛赛儿说,"她收费这么低真是万幸:我正巧有这么多,四百法郎。本来准备付给女裁缝的,但她得等下一回了。要知道,我相信她会好好照料我,就像那些满不在乎地收你四千法郎的地下诊疗所一样,那些地方可是臭名远扬的了。

何况咱们也别无选择啊。"她说最后这几句时,特别加重了语气。

"咱们别无选择,"马蒂厄重复着说,"你什么时候去?"

"明天,临近半夜时分。她似乎只在夜里看病。真有意思,是吗?我想她有点儿疯疯癫癫,但这对我倒合适,因为妈妈的缘故。白天她要照看杂货铺,几乎没法入睡。走进一处院落,在一扇门下可以瞥见一线亮光,就是那地方了。"

"好,"马蒂厄说,"那么,我上那儿去一趟。"玛赛儿大惊失色地瞅着他:

"你没有发疯罢?她会把你轰出门,会把你当作警察局的密探哩。"

"我还是要去。"马蒂厄又说一遍。

"可这是为什么?你跟她有什么好说的?"

"我要知道一下,看一看是怎么回事。假如不中我的意,你就别去。我不愿叫一个装疯卖傻的老太婆随随便便宰割你。我也可以说是安德蕾介绍我来的。我有一位女友碰上了麻烦,她眼下得了感冒。总之随便编造点儿什么。"

"那又怎样?要是这儿不行,我该上哪儿?"

"总还有两天时间可以回旋吧,嗯?明天我去看看萨拉,她肯定有门路儿。你该记得,当初他俩是不要孩子的。"

玛赛儿似乎轻松了点儿。她抚摩着马蒂厄的后颈:

"你真好,亲爱的。我不太清楚你想搞什么名堂,但我明白你想做点儿事。嗯,你代替我,叫人家在你身上动手术吗?"说着,她将那双很好看的胳膊挽住了马蒂厄的脖子,用逆来顺受而又不无调侃的语调说:

"你要是问萨拉,那准会是一名犹太医生!"

马蒂厄拥抱着她。她已变成一摊软泥,她连连呼喊:

"我亲爱的,我亲爱的!"

"脱掉你的衬衣罢!"

她照办了,他便将她推倒在床上,万般柔情地抚摩起她那对丰乳。他极爱那厚实硕大的乳峰,和四周热乎乎的、隆隆鼓起的胸脯。玛赛儿紧闭两眼、微微叹息,她听凭摆布而又露出贪婪的样子。但她的眼皮却抽搐着,那迷迷糊糊的光景持续了好一会儿,像一只温馨的手拂过马蒂厄的整个身子。接着,蓦然间,马蒂厄想到:"她已有身孕啦。"他便重新坐定。他脑子里还回荡着尖啸的乐声。

"听我说,玛赛儿。今晚那家伙没劲儿。咱俩都太紧张啦。真对不起。"

玛赛儿睡眼惺忪地嘟囔了一声。然后她突然坐了起来,用两手理了理头发。

"随你的便。"她冷冷地说。

然后又比较客气地讲:

"其实你说得对,咱俩都太紧张啦。我渴望你的抚爱,但我又有顾虑。"

"遗憾啊,"马蒂厄说,"木已成舟,咱们也没啥可以顾虑的了。"

"我懂,但当时并不是凭理智。我不知该怎样对你表示:亲爱的,你有点儿叫我害怕呢!"

马蒂厄洗了洗脸。

"好。就这么着,我去拜访一下这位老太婆。"

"好的。你明天给我打个电话,告诉我进展情况。"

"我不能明晚来看你么,那不是简单点儿。"

"不行,明晚不行。要是你愿意,就定在后天晚上。"

马蒂厄套上了衬衫,蹬上长裤。他亲了亲玛赛儿的额头:

"你不怪我吧?"

"又不是你的过错。七年里才发生一次,你没有什么可以自责的。我呢,至少还不让你讨厌吧?"

"你疯啦。"

"你知道吗,我有点儿讨厌我自己,总觉得自己像一堆无用的肉!"

"我的宝贝,"马蒂厄温情地说,"可怜的小宝贝。一周之内解决问题。我向你保证。"

他不声不响地打开房门,手提皮鞋溜出门外。在楼梯平台上他掉头一看:玛赛儿径自呆坐在床上。她朝着他莞尔一笑。但马蒂厄总觉得她心里怀着对自己的怨恨。

有点儿什么东西从她发呆的两眼里脱落,现在两眼静静地、柔和地在眼眶里随意转动:她不再凝视他,他也不必再顾及她的目光。在深色的衣服和黑夜的遮掩下,她那有罪的肉体觉得受到了保护,于是渐渐恢复了热气和无辜感。她在被褥下再度感到身心酣畅……油壶,后天得将油壶带来,我该如何才能记住这件事呢?他现在是孤单单一个人了。

他停下脚步,感到刺伤了心,可也不尽然,他不是孤单一人,玛赛儿并没有放开他,她想着他,心里正在嘀咕:"这混账东西,他对我干下了这种事情,他在我身子里面泄了精,就像小孩尿床一样。"他徒然在人烟稀少的街道上大步前进,像个默默无闻的黑影,把衣领一直拉到脖子顶,却仍然不能摆脱她。对玛赛儿的意识仍然留在了那里,其中充满了不幸和呐喊。而马蒂厄并没有丢弃这种意识:他仍在那玫瑰色的房间里,身上一丝不挂、毫无防备,面对那沉甸甸的透明体(它比射过来的目光更令人难堪)。"就这么一次啊!"他气急败坏地自言自语。然后他又小声重复了一遍,为的是说服玛赛儿:"七年之中就这么一次!"玛赛儿不肯人云亦云。她仍待在那屋子里,想的是马蒂厄。遭到她这样看待、这样无声的仇恨,实在是难以忍受。丝毫不能自卫,甚至不能用双手护着肚子。但愿在同一时刻,他能够以这等顽强为他人而存在……可雅克和奥黛特在酣睡;丹尼尔喝得酩酊大醉,或者脑子浑浑噩噩。依维什则从不想念远方的故人。或许有一个鲍里斯……但鲍里斯的意识只是一丝微弱而模糊的闪电,它抵挡不了远远吸引着马蒂厄的那可怕的、静态的清醒。黑夜埋葬了大多数人的意识:马蒂厄同玛赛儿现在是深夜相会。真是无独有偶。

加缪酒店里还亮着灯。老板正在将座椅堆放在一起。女招待正在用一块木制护窗板顶住大门中的一扇。马蒂厄推开那另一扇门走了进来。他是有意要露一露面。仅仅是为了露面。他用臂肘支在柜台上,招呼大家:

"晚安,各位!"

老板上下打量着他。店堂里还有一位巴黎地区公共交通的售票员,正在喝红葡萄酒。他的鸭舌帽遮住了两眼。人的意识啊。和蔼可亲、漫不经心的意识。那售票员用手指将鸭舌帽弹到脑后,用两眼盯住马蒂厄。玛赛儿的意识放松了,在黑夜中渐渐淡化。

"给我来上一杯。"

"您是稀客晚到啊。"老板说。

"口渴啦,总不能说是过错吧!"

"气候干燥得叫人口渴,这不假,"售票员说,"似乎正是酷暑天气呢!"

大家不再说话。老板涮着酒杯,售票员吹起口哨来。马蒂厄很满意,因为他们不时瞧瞧他。他在镜子里照了照自己的容貌。他的脸色苍白、脑袋浑圆,从一层银灰色的波浪里冒了出来;在加缪酒店里,由于光线的关系,你总觉得仿佛是拂晓四点钟。一片灰蒙蒙的烟氲使眼睛眯成一线,脸、手以至思想都笼罩上一层灰白的颜色。他喝着酒,想道:"她怀孕啦。真有意思:我并没感到这是真的。"他觉得这令人反感而又滑稽可笑,如同看见一对老夫妻还在嘴对嘴亲吻一样:做爱做了七年,不应当再出这种事了。"她怀孕啦。"在她的肚子里,有一小股透明的液体,正在缓缓地膨胀,往后会变得像一只眼睛:"它在她肚皮里乱七八糟的东西之间扩张,是一件活物啊。"在半明半暗的光线下,他瞥见一根长长的针刺,正犹犹豫豫地往前伸去。只听得哑然一声响,那眼状物便破裂了。只剩下一片不透明的干瘪的薄膜。"她要到那老太婆家里去,她将让自己受人宰割。"他感到自己心绪恶劣。"得啦!"他力图振作起来。这些都是一些灰色的念头、凌晨四点钟时的念头。

"晚安!"

他付完款便走了出去。

"我都干了些什么事啊?"他一边缓缓迈着步子,一边努力回想。"两个月之前……"他什么也回想不出来,要不然那就发生在复活节假期的次日。他像平素一样将玛赛儿搂在怀里。与其说是欲念驱使,倒不如说是出于柔情。大约是这样的。可现在却……他是上当受骗啦。"一个孩子。我自以为是使她快活一下,哪知道竟给她制造了一个孩子。我一点也不明白自己干了什么。眼下我得掏四百法郎给那个老太婆。她将把她的器械插入玛赛儿的两条大腿间,来回刮弄一番。那生命将消失,一如它糊里糊涂到来一样。而我呢,我仍像从前一样窝窝囊囊。在毁灭这条生命的时候,恰如在创造它的时候那样,我始终是莫名其妙。"想到这里,他不禁发出一声轻轻的干笑:"可别的那些男人呢?那些一本正经决定要做父亲,并且以播种者自居的男人们,当他们端详太太的肚皮时,难道他们比我明细么?他们也是盲目操作啊,不过使劲往里戳了三下罢了!剩下的便是暗室里和胶状物的事情了,有如照相馆之所为。那是不需要这些男人而进行的事情。"他走进一所院落,看见一扇门下有灯光,暗想:"便是这里了。"他感到羞愧。

马蒂厄敲了敲门：

"谁呀？"一个声音问。

"我想同您谈一谈。"

"这可不是登门造访的时间呀。"

"是安德蕾·贝尼埃叫我来的。"

门半启半闭。马蒂厄瞥见一绺黄头发和一个大鼻头。

"您想要干什么？别搞什么警察突击检查。捞不着什么东西的，我是合乎手续的！我只要高兴，就有权利彻夜点着灯。您如果是警官，就得出示您的证件。"

"我不是警察局的人，"马蒂厄表示，"我遇到了麻烦。人家告诉我，可以找您帮忙。"

"进来吧。"

马蒂厄走了进去，老太婆穿了一条男人的长裤和一件带拉链的工装。她骨瘦如柴，目光呆滞而又冷酷。

"您认识安德蕾·贝尼埃么？"

她怒不可遏地上下打量着他。

"正是，"马蒂厄说，"她去年圣诞节前夕来拜访过您，因为她碰上了麻烦。她病得不轻，您还亲自登门去为她治疗过四次哩。"

"后来呢？"

马蒂厄瞧着老太婆的双手，那是双男人的手、扼杀人的手，手上皮肤皲裂，满是裂口，指甲又短又黑，外加伤疤和伤痕。左手大拇指的头一节上有紫色瘀斑和一大块乌黑的硬痂。一想到玛赛儿柔嫩的褐色皮肤，马蒂厄顿时不寒而栗。

"我并不是为她而来，"他又道，"而是为了她的一位女友。"

老太婆发出一声干笑。

"这是头一遭儿有这么个男人胆敢在我面前神气活现。我不想跟男人打交道，你懂吗？"

这间屋子又脏又乱。到处堆着箱子,方格地面上散落着一些稻草。在一张圆桌上,马蒂厄瞥见一瓶罗姆酒和喝剩的半杯酒。

"我登门拜访是因为我的女友叫我来。她今天不能亲自请教,便让我同您好好商量。"

房间尽里还有一扇半开半闭的门。马蒂厄敢打赌门后一定还有什么人。老太婆发起议论来:

"这些可怜的孩子,都太痴啦。一看您这副样子,就知道您是闯祸的主儿,老是碰翻坛坛罐罐。尽管如此,她们还是将自己的珍宝奉献给您们这些人。说到底,她们还是自作自受!"

马蒂厄依然彬彬有礼。

"我想看一看您在哪儿施手术。"

老太婆向他投来仇恨和狐疑的目光:

"瞧您说的!谁说我施什么手术来着?您胡扯些什么?您管什么闲事?要是您的女友想来看看我,叫她自己来好啦。我只愿同她本人打交道。您想要弄个明白,嗯?她在被您弄到手以前,是不是也想到过要弄个明白?您造孽啊,行啦,还是祈祷我比您灵巧点儿吧!我能对您说的,就这么几句话了。快走吧!"

"再见,夫人。"马蒂厄说。

他走了出去,感到如释重负。他缓缓折回奥尔良大道。从离开玛赛儿身边到现在,他头一回可以毫无焦虑、不觉恐怖地想念她,心中只剩下一丝温情的悲哀。"明天我去拜访萨拉。"他兀自寻思。

二

鲍里斯凝视着红色方格台布,想起了马蒂厄·德拉鲁。他思忖:"这个人不错。"乐队已经安静下来,空气泛着一片蓝色,人们相互交谈起来。在这面积不大的厅堂里,鲍里斯认识所有的人:他们并不是随便来寻开心的;他们在工余之暇来到这里,表情庄重,还饿着肚子。洛拉对面的黑人是伊甸园的歌唱家;尽里面的六个男人和他们婆婆妈妈的女伴,就是为奈奈特伴奏的乐师了。他们肯定遇到了什么事,诸如喜出望外的幸运,也许是有了夏季合同(前天他们曾含含糊糊地提到君士坦丁堡的一家夜总会);因为他们点了香槟酒,而平常他们是比较吝啬的。鲍里斯也看见了那位金发女郎,她曾跳过爪哇式的水手舞。那位正在吸雪茄的瘦高个儿,原是托洛泽街一家夜总会的经理,警察局最近勒令该店关了门。他扬言不久就要重新开张,因为他在上层有后台。鲍里斯不胜遗憾的是他从未光顾过那里,假如再开张他一定要去。那家伙有个年轻的男友①做伴,后者远远看去不乏魅力,眉目颇清秀,作风也还随和,甚至还有些许风度。鲍里斯对鸡奸者素无好感,因为他们常常对他紧追不舍。而依维什却对他们颇为赏识,赞道:"这些人嘛,至少还有胆量标新立异。"鲍里斯对姐姐的高见一向极为看重,并且老老实实勉励自己要敬重姑奶奶们。那黑哥儿正在吃咸菜煮白肉。鲍里斯暗想:"我不爱吃这玩意儿。"人家给跳爪哇舞的女郎上了一道菜,他倒很想知道那菜名。那是一种褐色佳肴,看上去色味俱佳。台布上已有一块红酒污迹。这污迹还挺光鲜,简直可以说台布上的这块地方是缎子做的。洛拉在污迹上撒了点盐,她是个细心周到的人。盐变成了玫瑰色。"盐可以去污。"看来此话不确。他差一点儿要告诉洛拉盐并不能去污。但为此就得开口说话,鲍里斯却感到自己发不出声来。洛拉紧靠着他,不胜疲惫却充满热情,使鲍里斯连片言只字也吐不出来。他已经全然失声。假如我是个哑巴,情形就是如此。这倒很惬

---

① 此处指同性恋男友。

意,声音就在喉咙里浮动,像棉花一般柔软,但它挣扎不出喉管,似乎已经消亡。鲍里斯自忖:"我很喜欢德拉鲁。"想到这里颇有些喜不自胜。他本可以更加高兴的,只可惜他感觉到在自己左侧洛拉正从头到脚不住地打量他。这肯定是热情奔放的目光,洛拉不可能用别的目光来端详他。这有点儿令他为难,因为热情的目光要有回报:不是善意的手势,便该是盈盈的笑脸。可鲍里斯却不可能做出任何动作来。他陷入了瘫痪。不过这不很重要:他不是瞥见了洛拉的视线,只是猜到了几分,那就仍然是他主观上的事情。现在他完全侧着身子,头发遮住了两眼,他连洛拉的些许身影也瞧不见,反而满可以假定洛拉是在凝视大厅和厅里的各色人等。鲍里斯毫无睡意,倒不如说他觉得挺自在,因为他认识大厅里所有的人。他瞥见了那位黑哥儿粉红色的舌头。他对这黑哥儿颇为钦佩:有一次他竟脱下皮鞋,用足趾夹起一盒火,又将火柴盒打开,从中取出一支火柴,还用双脚将它擦着了火。"这小子真了不起,"鲍里斯极为赞赏地思量,"大家都应当像会使用双手一样,也善用两脚!"由于老被人观察,他觉得左半个身子极不自在。他深知洛拉将要质问他:"你在想什么?"此时此刻已在临近。绝对不可能推迟发问的时间,这不是他能够左右的:洛拉会在她认准的时间提出,那差不多是命中注定了的。鲍里斯觉得自己在享用很少一点点极为珍贵的时间,其实这是相当愉快的:鲍里斯看见台布,他看见洛拉的酒杯(洛拉用了一点简易晚餐;正式的晚饭她在演唱之前是一概不用的)。她喝了格鲁奥古堡出产的一种酒。她很善于保养,并且干了不少随心所欲的开心事。因为她视衰老为畏途。杯底还剩了些许葡萄酒,真像残留的血迹。爵士乐队开始演奏《假如月亮变成绿色》①。鲍里斯自忖:"我会不会唱这支小曲儿呢?"要是能够吹着口哨,在银色月光下沿

---

① 《假如月亮变成绿色》(*If the moon turns green*),一支萨特所喜爱的美国歌曲。

着皮加尔大街漫步,那才真够意思呢!德拉鲁对他说过:"你的口哨吹得像猪叫!"鲍里斯暗自好笑。叹道:"这个坏东西!"他对马蒂厄抱有极大的好感。他悄悄斜睨了一眼,却不转过头来,只见到在浓浓一绺赤发遮掩下洛拉那双大眼。其实别人的目光还是可以忍受的。当你感到人家一腔热忱地端详你时,只需习惯于这特别热烈的氛围就行啦。它足以把你烧得面红耳赤。鲍里斯温顺地任洛拉端详,让她看自己的身材、瘦削的后颈,还有那让她分外钟情的修长侧影。唯有这样,他才能深藏不露,独自去想那些昔日的趣闻逸事。

"你在想什么呀?"洛拉问道。

"什么也不想。"

"人总得想点儿什么。"

"我方才什么也没想。"鲍里斯说。

"甚至也没想到你喜欢他们演奏的小曲儿,或者想到你有心要学一学如何打响板?"

"想到过,也就是这一类小事啦。"

"你看呀!为什么不告诉我呢?我要知道你的一切思想活动啊!"

"这用不着说。小事一段。"

"小事一段!人家还以为:爹妈给你的舌头只能用来跟你的教授议论哲学呢!"

他瞧了她一眼,对她微微一笑:"我很爱那个人儿,因为她长着一头红发,并且神态老成呀。"

"真是个调皮鬼!"

鲍里斯眨眨眼睛,故意做出乞怜的姿态。他不喜欢别人对自己评头品足。这种事总是很麻烦的,他自己也理不出头绪来。洛拉似乎气鼓鼓的,其实是因为爱之甚切,为了他神魂颠倒。确实有这样的时刻,她简直不知如何是好。竟会无缘无故地搔首弄姿,或者茫然若失地呆望着鲍里斯,自己也不知如何摆弄他才是,甚至径自手舞足蹈起来。当初鲍里斯觉得莫名其妙,久而久之也就习以为常。洛拉将手搁在鲍里斯头上,感慨道:

"我琢磨这脑袋里都装了些啥东西,真叫我害怕!"

"怎么会呢?我向你担保,没有害人的东西。"鲍里斯笑嘻嘻地说。

"是啊,可我没法跟你说……不知不觉就有这种想法,不是有意的。你的每一个想法都是飞来的神思哩。"

她将他的头发弄得乱蓬蓬的。

"别把我的发绺撩上去,"鲍里斯说,"我不想让人看见我的额头。"

他抓起她的手,稍稍抚摩了一番,然后将它重新放在桌面上。

"在这儿,你表现得很温情,"洛拉说,"我以为你和我在一起挺好;可一转眼你就没影了,不知道你到哪儿去了!"

"我就在这儿。"

洛拉挨得很近地瞧着他。她那苍白的脸庞因一种伤感的宽容而有些变样。这正是她演唱《被剥削的人》时的神态。她噘着嘴唇,那两片厚厚的、嘴角下垂的朱唇,当初曾让他十分喜爱。从他的嘴体验到这两片嘴唇的亲吻时起,他就产生了一角湿润炽热的裸露肌肤嵌在了石膏面具上的印象。现在他倒更喜欢这姑娘白皙的皮肤,白得简直不像是活人的。洛拉怯怯地问:

"你……跟我在一起不觉得厌烦吧?"

"我从来不厌烦的。"

洛拉叹了口气,鲍里斯颇为得意地想:"真有意思,她显得那么老成,她从不谈年龄,但她大概奔四十岁了。"他倒喜欢钟情于他的人看上去年长一些,这反使他放心。不仅如此,这还使他们总有些小心翼翼,但乍一看并不明显,因为两人的皮肤都晒黑了。他真想亲吻一下洛拉那伤感的容颜,他想她一定是累坏了,她的一生极为失意,而且十分孤寂:自从爱上他后,甚至变得格外孤寂了。"我一点也帮不上她啊!"他万般无奈地想。此时此刻,他觉得她非常可亲。

"我很惭愧。"洛拉说。

她的声音沉重而忧戚,犹如红色天鹅绒做的幕布。

"为什么?"

"因为你还是个孩子。"

他应道:

"当我听你说'孩子'时,简直是一种享受,你的声音念这个词儿特别好听,那元音发得圆润。在《被剥削的人》中,这个词儿你唱了两遍。光为这一点我就要去听。今晚听众多吗?"

"一帮子小市民。也不知从哪儿冒出来的,叽叽喳喳吵个不停。他们还死活非听我唱不可。萨伦扬只好喝令他们安静下来。要知道,这叫我很不自在,倒像是我在碍事。我进场时,他们还是鼓了掌。"

"这很正常。"

"我受够啦,"洛拉讲道,"给这些家伙演唱真叫人恶心。有些家伙来是因为要酬酢某个家庭。你要是亲眼见到就好啦:他们满脸堆笑地跑过来,打躬弯腰,女客入席时替人家扶住椅子!这样你当然就妨碍了人家,你走过时人家就以垂怜的目光傲视着你。鲍里斯,我是为了混饭吃才卖唱的啊!"

洛拉最后这句话来得唐突。

"是这样。"

"当初要知道是这么个下场,我才不干呢!"

"在哪儿唱都一样,你在音乐厅演唱时,也是为了生存嘛。"

33

"那可不一样。"

沉默了片刻,洛拉匆匆又道:

"比方说,那在我之后演唱的小伙子,今晚我跟他聊了一会儿。他彬彬有礼,但他的俄罗斯味儿也不比我浓!"

"她以为我已对她感到厌烦。"鲍里斯暗想。他决心一次跟她讲清楚:她永远也不会令他厌烦。今天不说了,以后再说。

"也许他学过俄语?"

"这话该你来说,"洛拉道,"你该能告诉我他的发音好不好。"

"我的父母是在一九一七年离开俄国的。那时我才三个月。"

"你不会说俄语,这简直是笑话。"洛拉若有所思地下这样的结论。

"她真有意思哩,"鲍里斯暗忖,"她为爱上我而深感羞愧,因为她年纪比我大。我却觉得这很自然,总得有一个比另一个年长嘛。"并且尤其要紧的是,这更合乎道德:鲍里斯不会爱上一个与自己同龄的姑娘。假如两人都很年轻,那么他们就会不知如何是好,一切都会出毛病,你会觉得是在玩过家家。跟成熟的人相处,那就不一样了。他们坚实可靠,他们会给你带路,而且他们的爱情是有分量的。鲍里斯同洛拉在一起的时候,他觉得良知是给予赞同的,自己觉得理所当然。无疑地,他更喜欢同马蒂厄做伴,因为马蒂厄不是婆婆妈妈之辈:男人更有意思。马蒂厄还可以给他传授一些经验。但鲍里斯常常琢磨马蒂厄对自己是否有友谊。马蒂厄漫不经心,而且有点粗鲁。当然喽,男人之间是不应当卿卿我我的;但有许许多多别的办法表示对什么人有感情。鲍里斯觉得,马蒂厄本可以不时说一句话或做一个手势来表示友爱。同依维什在一起时,马蒂厄就判若两人了。鲍里斯回想起有一次马蒂厄帮助依维什穿上大衣时的面部表情,他心中顿时不快地一笑。那是马蒂厄的微笑:在鲍里斯如此赏识的那张痛苦的嘴巴上,露出一丝古怪的微笑,既含有羞愧又透着柔情。想到这儿,鲍里斯的脑海里已是烟雾腾腾,于是他什么也不思索了。

"那小伙子走啦。"洛拉说。

她焦虑地瞧着他。

"你在想什么?"

"我在想德拉鲁。"鲍里斯怅惘地回答。

洛拉苦笑:

"你是不是有时也能想想我呢?"

"我没必要想你,因为你就在这儿嘛。"

"你为什么总是念念不忘那个德拉鲁?你想同他一起过日子么?"

"我对待在这儿感到很满意。"

"你是对待在这儿满意,还是对跟我在一起满意?"

"这是一回事。"

"对你来说是一回事。但对我却不一样。同你待在一起时,我并不在乎是在这里还是在别的什么地方。何况我对同你在一起从来也没有心满意足过。"

"从来没有?"鲍里斯十分惊奇地问。

"谈不上满意。你不用装傻,你知道是怎么回事儿:我看到过你同德拉鲁在一起时是什么模样儿。只要他在场,你简直就忘乎所以啦。"

"这是两码事。"

洛拉将她那已经见衰的美丽面庞凑近了他:她似乎在请求:

"瞧瞧我,你这小白脸!你干吗那么把他放在心上呢?"

"我不知道。我并没太多把他放在心上。他非常好。洛拉,跟你一起谈论他,我觉得不是滋味儿。因为你对我明讲过:你对他没好感。"

洛拉强作笑容道：

"瞧这人的别扭劲儿。可我的小姑娘，我没说过对他没好感。我只是一向不明白，你怎么会觉得他如此了不起。你不妨解释解释，我不过是想弄明白。"

鲍里斯心想："这可不行。我说不上三句话，她就会让我住口！"

"我觉得他很可亲。"他小心翼翼地说。

"你总是这么对我说。要是我，就不一定用这个词儿。若对我说他看上去挺聪明，说他有教养，这都可以；但不能说可亲。反正我是说我的印象。在我看来，所谓可亲的男子，应当是跟莫里斯差不多的人，干净利索，毫不含糊；可他呢，他叫人家难受，因为他不阴又不阳，叫人摸不着底细。你瞧，就说他那双手吧。"

"他的手又怎么样？我倒挺喜欢它们哩。"

"那是工人的粗手。它们总是有点儿发抖，仿佛他刚干完什么体力活儿。"

"是呀，正是这样。"

"哦，也许吧。可他并不是工人啊。当我看见他的大巴掌遮住一杯威士忌酒的时候，我觉得他有劲儿，并且懂得享受。这我一点儿不反对；但在这之后，就看不下他喝酒的那副样子喽。那张怪模怪样的嘴巴，很像巧言令色的牧师。我没法跟你说清楚，我觉得他自奉俭薄，但你若细看他的眼睛，便可明明白白看出他很有教养。只不过他是那种什么爱好也没有的男人，不爱喝酒、不贪美食，甚至不爱跟女人睡觉。他必须对世上的一切都加以思考，就说他那副嗓门儿吧，是万无一失的教书先生的斩钉截铁之声。我知道那是职业病，老给孩子们上课的人就会这样。我有一位小学老师就跟他一个调门儿。可我已经不再是小学生啦，这叫我受不了。你完完全全是个大老粗，或者完完全全是个文人雅士，是个小学教员或者是个牧师,这我都能够理解,但总不能两者兼而有之吧。我不知道天下是否有喜欢这种男子的女人,似乎从未有过。我只是开门见山地说出来罢了。这种男人碰碰我都会引起我的反感。正当他用冰冷的目光上下打量我的时候,又用那爱寻衅闹事的巴掌抚弄我,这个我不干!"

洛拉说到这里才舒了口气。"她往人家身上胡栽了些什么啊!"鲍里斯心想。但他却十分平静。爱他的人相互之间未必相爱。鲍里斯觉得,他们在他面前分别拆对方的台,这也很自然。

洛拉用迁就对方的语气继续说:"我很理解你。你看他的眼光跟我不一样,因为他当过你的老师,你深受熏陶。我通过许多细枝末节能看出这一点。比如说,平素你对一般人的穿着打扮极为挑剔,唯恐其优雅不够到家;但只有对他例外,他穿戴得像个伧夫俗子,打的领带连我住的旅馆里的跑堂也看不上。可你却觉得无所谓。"

鲍里斯顿觉语塞,但心情平和。他缓缓解释道:

"谁要是并不在意穿着而穿得蹩脚,那就不算什么。可恶的是想要一鸣惊人,弄出的效果却一败涂地。"

"你的效果可不差,我的小崽子!"洛拉戏谑道。

"我知道穿什么对我合适。"鲍里斯谦虚地说。

他想起穿上一件粗针毛衣,自己感到很满意:那是一件漂亮的毛衣。洛拉握着他的一只手,将它放到自己的双掌中颠动。鲍里斯瞧着自己那只起起落落的手,忽想到:"这不是我的手,倒像一张煎饼。"他感觉不出这手掌了,觉得很好玩儿,于是挪动了一个指头叫她的手掌又活跃起来。那指头摩擦着洛拉的掌心,洛拉便向他投以十分感激的目光。"我最怕这目光。"鲍里斯恼火地想。他自忖:假如洛拉不是经常摆出这么一副自卑而可怜的面孔,他一定会比较容易流露出温情。至于在公共场合让一个上点年纪的正经女人捏摸他的手,他可一点儿也不在意。他早就认为,自己大概就是这么一种男人。即使他独自一人时,比如在地铁里,人家都用大惊小怪的目光打量他,而从工场作坊下班回家的小丫头们却当面嘲笑他。洛拉突然又道:

"你仍然没有告诉我,你为什么觉得他那么好。"

她就是这么个人儿:话匣子一打开便收不拢。鲍里斯断定她是自寻烦恼,其实她是喜欢来这一套。他盯着她瞧:她周围的空气泛着淡蓝色,她的面庞白里透点儿蓝光,眼神依然那么炽热固执。

"你说,那是为什么?"

"就因为他很好嘛。唉!"鲍里斯不禁叹了口气,"你老追着我。他却不依恋什么。"

"不依恋什么难道是好事?你呢,你也依恋什么吗?"

"不依恋任何东西。"

"无论如何,你总有点儿依恋我吧?"

"不错,我是依恋你的。"

洛拉似乎很不高兴了,于是鲍里斯扭过头去。她做出这副模样的时候,他实在不怎么愿意瞧她。她自己折磨自己,他觉得这是胡来,却也无可奈何。凡是他能左右的,他都在做。他对洛拉一心不贰。他常常给她打电话,每周有三次亲自到苏门答腊歌厅门口去接她。最近这几天晚上,他干脆在她屋里过夜。至于其他方面,或许只是个性格问题,同时也是个年龄问题。年纪大的人总是过分较真,仿佛事关他们的性命。鲍里斯小时有一次将汤匙落在地上。家里人叫他拾起来。他一口拒绝,并且毫不相让。于是他父亲说:"那么就由我来替你拾起来。"那口气里带着一种令人难忘的威严。鲍里斯看见他那高大的躯体硬邦邦地弯下,看见那光秃秃的头顶,还听见了骨骼的咯咯响声,这是无法容忍的大不敬:他放声大哭起来。自此,鲍里斯就把大人尊为庞大无比而行动不便的神明。他们一弯腰,别人就会觉得他们快要折成两段;假如他们走路打个趔趄,或者四脚朝天栽倒在地,别人就会既好笑又战战兢兢。假如他们如洛拉此刻那样眼中噙满泪水,别人就会不知所措,甚至无地自容。成年人的泪水,那是一种极为神秘的灾难,有点儿像上帝因为悲叹人类之无行而挥洒的热泪。当然,从另一方面来说,他感佩洛拉的热情。马蒂厄说过人是应当有激情的;笛卡儿也曾作如是说。

"德拉鲁是有激情的,"他继续思索,并且高声道出,"但这并不妨碍他不依恋任何东西。他是自由的。"

"照这么说,我也是自由的。我依恋的只有你。"

鲍里斯避不作答。

"我难道不算自由?"洛拉追问。

"这是两码事。"

很难说清楚啊。洛拉是一名受害者,她不走运,而且太容易令人动心。这一切都对她不利。何况她还吸毒。从某种角度说,这有好处;原则上甚至完全是好事。鲍里斯跟依维什提到过,两人都同意这是好事。但也有个目的性问题:假如是为了自我毁灭,是出于绝望,或者是为了确立自身的自由,那就理应予以赞扬。但洛拉吸毒却是品味放松的感觉,这是她松弛的时刻。而且她并没有上瘾。

"你真叫人好笑,"洛拉生硬地说,"你还是老一套,总是从根本上就把德拉鲁置于他人之上。老实说,咱们不妨私下评判评判:到底是他,还是我更自由?他家里桌椅板凳一应俱全,领着固定工资,退休金有保障,过着小公务员式的日子。而且更胜一筹的是,他还有那么个你跟我提起过的姘头。那是个足不出户的家庭妇女,这就十全十美了。作为自由,实在是登峰造极喽。我呢,只有这一身破衣衫,孑然一身,住的是旅店。连今年夏天弄不弄得到合同都还一筹莫展。"

"这是两码事。"鲍里斯重复道。

他感到恼火。洛拉才不在乎什么自由不自由。她今晚热衷于此,无非是要对马蒂厄以其人之道还治其人之身罢了。

"哼,我的小白脸,你要是这样,我就跟你拼命。你说什么?什么是两码事?"

"你呀,你是在不知不觉中享有自由的,"他解释道,"碰巧如此,就这么回事。可马蒂厄呢,人家是经过思考的。"

"我还是莫名其妙。"洛拉摇头说道。

"这么说吧:他那套房子,他才不在乎呢;他在里面过日子同从前在别处过日子并无不同。我还觉得他也并不在乎他那位家庭妇女。他与她同居,那是因为反正得找个女人一同睡觉。他的自由是看不出来的,是内在的。"

洛拉露出心不在焉的神情。他便起了叫她难受一下的念头,好教训教训她。于是他又道:

"你呀,你太依恋我啦;他是不会让别人这样钉住他的!"

"哼!"洛拉受到伤害便喊了起来,"我太依恋你,你这小坏蛋!你以为他就不那么依恋你那妹子啦?只要看看那天在苏门答腊歌舞厅他那副神情,心里就明白啦。"

"依恋依维什?"鲍里斯问,"说这话真叫可悲!"

洛拉"哼"地冷笑了一声,鲍里斯头脑里顿时一片烟雾。过了一会儿,爵士乐队奏出《圣詹姆士医院》(St. James In firmary)的曲调,鲍里斯听了便有起舞之意。

"跳一圈好吗?"

他们翩翩起舞了。洛拉紧闭双目,她可以听见他那急促的呼吸。那年轻的同性恋者站起来,去邀请那位曾跳过爪哇舞的女郎。鲍里斯想到可以在近处观察他,觉得很高兴。洛拉在他的臂弯里显得沉甸甸的。她跳得不坏,身上的味道馥郁芬芳。可就是太沉了。鲍里斯觉得自己更愿意同依维什一起跳舞。依维什跳得真棒。他暗想:"依维什该学学打响板。"后来,由于洛拉的芬芳气息,他什么也不再想了。他紧紧搂着洛拉,使劲吸着香味儿。她睁开两眼,仔细端详他:

"你爱我吗?"

"爱呀。"鲍里斯边说边做鬼脸。

"你干吗对着我做鬼脸?"

"没啥原因。你碍我的事。"

"为什么?那么你不是真爱我?"

"哪里的话。"

"那为什么你自己从不主动说起?每回都要我来问你。"

"因为没到时候。这是奥秘,我觉得不应当将它说穿。"

"我对你说'我爱你'的时候,你觉得不高兴么?"

"不。你想说时你可以这样说,但你不应当问我是不是爱你。"

"亲爱的,我问你什么事情是非常罕见的。大多数时间里,我只要看着你、感受到我爱你,便觉得很满足啦。但有时我也想了解一下你的感情。"

"我明白,"鲍里斯认真地回答,"但你得等水到渠成嘛。假如不是自发产生,那就没有什么意义。"

"可你这小傻瓜,你自己讲人家不问你,你就想不起来!"

鲍里斯笑起来,他道:

"倒也是,你让我说了蠢话。但你要知道,人们可以对某某人有好感,却并不想说出来。"

洛拉没搭腔。他俩停了步,鼓起掌来,于是乐队再度奏乐。鲍里斯高兴地看到那小男妓踏着舞步朝他们走来。但他从近处见到这人时,却不免大失所望:那家伙足有四十岁了。他的脸上保持着青春的光华,但内里却苍老了。他长着两只湛蓝的大眼睛,像玩具娃娃一样。还有一张稚气很重的嘴巴,但在他那瓷釉般的眼睛下却出现了吊泡。嘴角也有许多皱纹,鼻孔拧缩在一起,像快要咽气的人一样。还有他的头发,远看像一团金色的雾,其实几乎遮不住头盖骨。鲍里斯不胜厌恶地瞧着这不留胡须的老少年:"他曾经是很年轻的。"他暗想,有些人生来就似乎有三十五岁(譬如马蒂厄),因为他们从不曾有过青春。但谁若真正年轻过,就会终生留下痕迹。这可以保持到二十五岁的样子。在这以后……就不堪入目了。他开始端详洛拉,并且急匆匆地对她说:

"洛拉,仔细瞧瞧我。我爱你。"

洛拉的眼圈红了,脚底竟踩了鲍里斯一下。她只是说:

"我亲爱的……"

他真想大声说:"靠紧点儿呀,让我感受到我对你的爱。"但洛拉却一言不发,这回轮到她自行其是啦,多好的时刻!她似笑非笑,垂下了眼皮,由于幸福的感觉反而渐渐收敛了兴奋的表情。这时的容貌是平静而孤傲的。鲍里斯觉得自己被抛弃了。那种该死的念头突然渗透他周身:"我不愿意,我不愿意衰老!"去年他是镇定自若的,从来也不曾有过诸如此类的念头;到如今,却颇有凄凄然的感觉,他觉得自己整个的青春年华都从手指缝间流失了。以二十五岁为界。"我还有五个有用的年头,这之后我就自杀拉倒!"他已听不下这种乐曲,也难以忍受自己周围的这些人物,便问:

"咱们回家去么?"

"这就走,我的宝贝儿。"

他俩回到了原桌。洛拉叫来服务员,付了账,接着便将天鹅绒质的短斗篷披在肩上,说道:

"咱们走吧!"

于是两人走了出去。鲍里斯没有多少想法了,却觉得阴森森的。勃朗什街上熙来攘往的人很多,都是些冷酷苍老的男人。他碰见了穿靴猫乐厅的指挥皮拉涅兹,向他致了意。他挺着大肚皮,两条短腿在大肚皮下一步一挪。"我也一样,也许会长个大肚皮。"再也不能在镜子面前自我欣赏,感觉到自己的动作呆板机械,似乎变成了死木头疙瘩儿……而正在过去的每分钟,都在消磨掉一点儿他的青春。"要是我至少能够自我节约,悠着点儿活着,慢速运转,或许能多争取几年。但要想做到这一点,我就不能每天晚上熬到凌晨两点才上床。"他恨恨地扫了洛拉一眼:"她在谋杀我呢!"

"你不舒服吗?"洛拉问。

"没什么不舒服。"

洛拉住在纳瓦兰街的一家旅店里。她从钥匙牌上取下房门钥匙,两人便悄悄上楼。房间里毫无陈设。只在一个角落里放着一只贴满标签的木箱,在尽里的墙壁上挂着一张鲍里斯的照片,是用图钉钉住的。那原是一张身份照,洛拉拿去叫人家放大了。"这张照片么,它还会是这个样子,"鲍里斯暗想,"将来我变成一个老废物之后,这照片上的我却会风采依旧。"他真想扯下来撕它个粉碎。

"你脸色好阴沉,"洛拉说,"有什么不舒服吗?"

"我累坏啦,"鲍里斯应道,"我头痛死了。"

洛拉面露焦虑之色。

"你别是生病了吧,亲爱的?你不想吃一片药吗?"

"不用啦,还行。一会儿就会好的。"

洛拉托着他的下巴,让他的头昂起来:

"你好像对我有什么怨恨。至少不该怨我、恨我吧?不对呀,你还真怨恨我哩！我做了什么错事啊？"

她的神情颇为慌乱。

"我对你没啥怨恨。你这是说痴话。"鲍里斯有气无力地驳斥道。

"你是在怨恨。可我做了什么错事？你最好还是对我明说。我才能跟你解释清楚。这里面肯定有误会。那不会是无法弥补的。鲍里斯，我求你啦，告诉我出了什么事。"

"可是什么事也没有啊。"

他用胳膊搂住洛拉的脖子，对着她的嘴亲了一下。洛拉微微颤抖了。鲍里斯闻到了芬芳的气息，感受到贴在自己嘴上的是湿漉漉的肉体。他神魂颠倒了。洛拉捧着他的脸没头没脑地狂吻了一阵子。她有点儿上气不接下气。

鲍里斯觉得此时对洛拉产生了欲念，他对此颇感满意：欲念能吸收沮丧的想法，当然也能吸收所有其他的念头。他脑子里立刻出现一阵骚动，但很快就烟消云散。他将手轻轻搁在洛拉的臀部，透过绸裙子触摸着她的肌肤：他的身子化为这只在绸子般的肌肤上伸展的手。他将手微微捏紧，那衣料便在他手指间滑动，像某种细嫩的动物毛皮；而她那真正的皮肤却在绸裙下绷足了劲儿抵挡着，既富有弹性，又像羔羊皮手套那么清凉。洛拉将她的短斗篷甩落在床上。她的一双玉臂便赤条条地展露出来，立即挽住了鲍里斯的颈脖。她周身散发着香气。鲍里斯瞥见她那剃过毛的腋窝，布满黑里透青的小斑点：真像是深深扎进皮肉的刺头。鲍里斯同洛拉双双呆立在欲念袭来的那个地方，因为他俩竟没有挪开身子的气力了。洛拉的腿籔籔发抖，鲍里斯竟以为两人都会瘫倒在地毯上。他紧紧搂抱着洛拉，体验着她那对丰满的乳房蕴藏的柔情蜜意。

"啊啊！"洛拉叫唤着。

她顺势仰卧在床上。他被这嘴唇鼓胀的苍白容貌所感动,那面容好似墨杜萨的头颅。他心想:"她的大好年华也就到尽头了。"于是将她搂抱得更紧。"不定哪天早晨,她会突然垮掉。"他不再怨恨她了。他感到自己的身子紧紧贴着她。这身子虽瘦削却很结实,肌肉紧绷着。他用两臂搂抱住她,支撑她向衰老作抗争。接着,他感到刹那间的迷糊和嗜睡:他瞧着洛拉的胳膊,觉得有如老妪的白发,旋即以为将衰老攫在了手掌中,应当绷足气力扼住它,直至将它缢死。

"你搂得我好紧,"洛拉幸福得连连呻吟,"你弄疼我了哩。我需要你啊。"

鲍里斯挣脱出来:他有些吃惊。

"把睡衣递给我。我到洗手间去更衣。"

他走进洗手间,将门反锁上:他讨厌洛拉在他更衣时闯进来。他洗脸濯足,将爽身粉撒在腿上,觉得很好玩。他将自己收拾得清清爽爽,暗想:"可有意思啦。"他感到脑袋沉甸甸、空荡荡,自己也弄不清在想些什么。"我得找德拉鲁谈谈。"他得出这样的结论。在门的那一边,她正在等候,肯定已经脱得一丝不挂。可他却不想仓促上阵。一条赤裸裸的身子。充满着原始的气息,某种翻江倒海的体验……这一切都是洛拉所不愿明白的。现在需要的,是投入深沉的、强烈的感官享受中去。一旦投入之后,那东西才会来劲儿;但在这之前,难免有一种恐惧感。"无论如何,我不愿像上次那样昏厥过去。"他愤愤不平地想。他在洗脸池上方仔仔细细地梳着头,为的是看看自己会不会掉头发。然而没有一根头发落在洁白的瓷釉上。等他穿好睡衣,他便推门回到屋里。

洛拉果然赤条条地平躺在床上。这是另一个洛拉,懒洋洋的,令人望而生畏;她正透过睫毛窥视着他。她的身子衬着蓝色的棉被,像鱼肚一样泛着银白色。小腹的三角上有一簇赭色的阴毛,她

很美。鲍里斯走近床铺,以又迷惘又厌恶的心情上下打量着她;她向他伸出双臂:

"等一会儿。"鲍里斯说。

他按了按电钮,于是电灯熄灭了。房间霎时变成一片红色。在对面建筑物的四楼上,不久前安装了亮晶晶的广告。鲍里斯在洛拉身旁躺下,动手抚摸她的肩头和乳房。她的皮肤是如此滑润,你一定以为她仍穿着那身绸裙子。她的乳房稍嫌柔软,但鲍里斯顶顶喜欢这样:这是一个有阅历的女人的乳房。他徒然将电灯熄灭,由于那该死的广告,他照样可以看见洛拉的面容:被红光映照成苍白色,却有两片黑色的嘴唇:她仿佛正在受苦受难,她的目光很严峻。鲍里斯觉得心情沉重而悲怆,真像是在尼姆①头一条公牛跳进斗牛场时的情景:就要发生什么事了,那是既不可避免、又十分可怕、却很平淡无奇的事情,比如那公牛将在血泊之中倒毙。

"脱掉你的睡衣吧。"洛拉哀求他。

"不脱。"鲍里斯顶道。

这已成为老一套。洛拉每次都要求他脱掉睡衣,鲍里斯不得不一口拒绝。洛拉的双手悄悄伸进了他的上衣下面,温情脉脉地抚摸他。鲍里斯不禁失笑道:

"你呵到了我的痒处哩。"

他俩拥抱在一起。过了一会儿,洛拉抓着鲍里斯的一只手,让它按着自己的肚皮,紧紧贴着她那撮赭色的阴毛:她总是要提出各式各样的古怪要求,有时鲍里斯只好硬着头皮抵挡。他让自己那只手麻木不仁地在洛拉的大腿间悬放片刻,然后缓缓地将它上移直至她的肩头。

"来呀,"洛拉一边将他拉过来,一边喃喃有声,"我真爱你。

---

① 尼姆,法国南方城市。有公元一世纪的古罗马斗兽场,今仍存有遗址。

来呀,快来呀!"

她不一会儿就哼唧起来。于是鲍里斯心里想:"这下子好啦,我非晕过去不可!"仿佛有一股黏糊糊的波浪从他的腰间一直升到后脖根儿。"我不愿意。"鲍里斯咬紧牙关自语道。但他突然感到,人家像提起一只兔子那样,从颈部将他托起,他顺势扑倒在洛拉身上,于是在赤光照耀下有了一次充满快感的盘旋。

"我的爱人呀!"洛拉念叨着。

她轻轻地让他侧过身来,自己下了床。鲍里斯依然十分沮丧,将脑袋埋在枕中。他听见洛拉打开洗手间的门,琢磨着:"和她折腾完了之后,我还是纯洁的,我不想搞什么名堂。我对做爱感到厌恶。说准确点儿,倒不完全是这本身令我厌恶,而是我真怕又昏厥过去。你竟会不知道自己在干什么,会觉得自己受制于他人。何况选择自己的女伴又有什么意义?跟任何女人搞都是一模一样。不过是生理现象罢了。"他不胜厌恶地重复:"生理现象!"洛拉为了过夜在洗濯。潺潺水声是令人愉快的,也是清白无辜的,鲍里斯愉快地听着。沙漠里干渴的幻觉症患者也会听到类似的声音,泉水叮咚的声音。鲍里斯试图想象自己也是一名幻觉症患者。房间、红光、汨汨水声,这一切全都是幻觉呀。他将返回大漠,躺在无际的沙土上,用软木太阳帽遮住两眼。这时马蒂厄的面庞兀然显现。"真有意思,"他喃喃自语,"我更喜欢男人,而不是娘儿们。我跟女人在一起时,那乐趣还不及跟男人在一起的四分之一。但无论如何我是不愿同男人睡觉的。"他很开心地想到:"等我跟洛拉分手之后,我就去当修道士!"他觉得自己是无情而纯洁的。洛拉又蹦到床上,一把搂住了他。

"我的宝贝儿,我的宝贝儿!"她连声呼唤。

她抚弄着他的头发,出现了一长段静默。当洛拉开口说话的时候,鲍里斯眼前已是金星乱转。她的声音在赤红的夜色中显得很古怪。

"鲍里斯,我只有你啦。我在人间孑然一身,你一定得爱我,我心里只有你。我一想到自己的身世,就想跳河自杀。我必须日日夜夜想着你。千万别狠心,我的爱人呀!别伤害我,你是我仅有的一切了。我在你的掌握之中,我的爱人!永远别伤害我,我是孤身一人啊!"

鲍里斯一惊,醒了过来。他清醒地考量着眼前的局面,用明明白白的语调对洛拉说:

"若说你孤独,那是因为你爱孤独,还因为你高傲。要不是这样,你就会爱上一个年纪比你大的男人。我呢,我年纪太轻,不能使你免去孤独。我觉得你是为了这个才选择我的。"

"我不知道,"洛拉回答,"我热切地爱着你,我就知道这个。"

她狂热地抱紧他。鲍里斯隐隐约约听见她在念叨:"我爱死你啦!"接着他便呼呼入睡了。

三

夏季。空气灼热而浓烈。马蒂厄在清朗的天空下,正在马路中间走着。他摆动双臂,推开金色的重重帷幔。夏季。他人的夏季。在他,一个黑色的日子开始了。它将透迤地一直拖到晚间,是在太阳照耀下的葬礼。一处住址。金钱。得跑向巴黎的各个角落。萨拉会提供住址。丹尼尔会借钱。再不然就是雅克。他梦见自己是一名杀人犯,在他的眼眶深处还残留着一点儿这场噩梦,却在强烈的光照下被摧毁。德朗布尔街十六号。就是这个地方。萨拉住在第七层楼,当然喽,电梯是不灵的。马蒂厄步行登楼。在紧紧关闭的房门后面,一些女人正系着围裙、头上扎着毛巾,干着整理房间的活儿。对她们来说,这一天也是刚刚开始。是怎样的一天呢?马蒂厄按门铃时,他已有点儿上气不接下气。他想:"我该做点儿体操啦。"又不无厌倦地自语:"我每次爬楼梯时就这样嘱咐自己。"他听见一阵细碎的脚步声。只见一个秃顶的矮个子男人,目光明澈,笑盈盈地为他开门。马蒂厄认出了他。这是个德国人,一名流亡者,他常在圆顶酒家见到他:要么正在津津有味地啜饮牛奶咖啡,要么弯腰注视着棋盘,目光不离棋子,一边舐着他那两片厚厚的嘴唇。

"我要见一见萨拉。"马蒂厄开口道。

那矮男人变得严肃起来。他欠了欠身,脚后跟碰了个响:他的耳朵呈紫红色。

"我是魏缪勒。"他僵硬地自我介绍。

"我叫德拉鲁。"马蒂厄不慌不忙地应道。

矮个子男人脸上又浮起了和蔼的微笑,招呼:

"请进,请进。她在楼下工作间里。她会很高兴的。"

他将客人领进前厅,迈着碎步消失了。马蒂厄推开玻璃门,走进戈梅兹的公寓。在室内楼梯的转角处,他停了步,因为光线照得他头晕目眩:那是从布满尘土的彩画玻璃窗直射进来的。马蒂厄眨着眼睛,他感到头昏脑涨。

"是谁呀?"萨拉的声音问。

马蒂厄从扶梯上欠身观看。萨拉正坐在半榻上,身穿黄色晨衣,透过硬直而稀疏的头发,他看见了她的脑壳。一支火炬正对着她大放光芒:那是一只人类学里短头型的赭色脑袋……"是布吕内。"马蒂厄不快地想。他已有半年没见到布吕内了。但一点也不愿在萨拉家里与他重逢。这有些不方便,他们想交谈的事情太多啦。他们那奄奄一息的友谊只与他俩相关。何况布吕内带来的是外界的空气。那是整整一个健康的天地,充塞着各种各样顽强的反叛和暴力,体力的活动、耐心的奋斗和严明的纪律:马蒂厄将悄悄告诉萨拉的是令人害臊的小小床上的秘密,那是布吕内不需要了解的。萨拉抬起头来微微一笑。

"你好,你好呀!"她对他招呼道。

马蒂厄也报以一笑:他从上面瞥见了那张扁平难看的脸,由于善良而显得忧心忡忡;再往下看,便是那对肥大酥软的乳房,从晨衣领口袒露出了一半。于是他匆匆走下楼来。

"什么好风把你吹了过来?"萨拉问道。

"我想向您请教一点事情。"马蒂厄应答。

萨拉的脸色由于好奇而微微泛红。

"随便问吧!"她接茬道。

她觉得准能使马蒂厄开心,便兴冲冲地补上一句:

"您知道谁在这儿?"

马蒂厄转身朝向布吕内,同他握手。萨拉以动情的目光看着他们俩。

"你好啊,你这老牌社会叛徒①!"布吕内开口道。

马蒂厄听到这声音还是挺高兴的。布吕内是大块头,腰板结实,脸上的表情像乡巴佬一般迟钝。他看上去并不特别可爱。

"你好!"马蒂厄问候道,"我还以为你死掉了哩!"

布吕内笑而不答。

"请坐在我身边。"萨拉急切地说。

她知道,她将帮他的忙;现在,他是在她的管辖之下。马蒂厄坐了下来。小帕勃洛在桌子底下玩积木。

"戈梅兹怎样啦?"马蒂厄问。

"还是老样子。他现在在巴塞罗那。"萨拉说。

---

① 马蒂厄是社会党人。这是借用法共的词语。

"您得到他的消息了么?"

"上星期有信来。他给自己摆功咧。"萨拉讥讽道。

布吕内的两眼炯炯发光。

"你知道吗,他晋升为上校啦!"

上校。马蒂厄想到昨日的他,不禁一阵难过。他呀,这个戈梅兹远走高飞啦。一天,他从《巴黎晚报》得知伊伦①陷落。他在画室里来回踱步踱了很久,一边用手指梳理自己的黑发。然后他便走下楼,穿着短上衣,连帽子也没戴,似乎是要去圆顶酒家买一包香烟。自此就没有回家。这间画室依然像他离去时一模一样:画架上放着一幅未完成的画作,桌子上有一块雕刻了一半的铜牌,四周是一堆装酸性化学剂的小瓶。画和雕的人像是辛普森小姐。画作上的她是裸体。马蒂厄仿佛又看见她在戈梅兹的臂膀中醉醺醺但却仪态万千地用沙哑的嗓音唱歌。他暗忖:"他对萨拉也太残酷无情啦!"

"是部长先生为您开的门么?"萨拉用开心的声音问。

她不愿提到戈梅兹。她原谅了他的种种不是:他的背信弃义、他的心血来潮、他的冷酷无情。但这件事不能原谅。不能原谅他出走到西班牙:他到那里去是为了杀人,他已经杀了人。在萨拉看来,人的生命是神圣的。

"哪位部长?"马蒂厄颇为吃惊地问。

"那个红耳朵的小耗子。人家是一位部长哩,"萨拉以带着几分天真的自豪感说,"人家一九二二年曾参加慕尼黑的社会党政府。现在他快饿死啦。"

"您当然将他收留了。"

---

① 伊伦,靠近法、西边界的西班牙城市。此处指被反对共和政府的法西斯军队攻陷。

萨拉哈哈大笑道：

"他提着衣箱跑到我家里来。可不，说真的，"她嘀咕着，"他没有可去的地方。人家把他从旅馆里赶了出来，因为他已经付不起账了。"

马蒂厄扳着手指数着说：

"连同安尼娅、洛佩斯和桑蒂，您已经有四位食客啦。"

"安尼娅就要走了，"萨拉接道，好像有点歉疚的样子，"她找到工作啦。"

"这是发疯。"布吕内说。

马蒂厄一惊，朝他转过头来。布吕内的愤怒既是有分量的，又是冷静的：他以地道的乡巴佬神情凝视着萨拉，并且重复道：

"这是发疯。"

"说的什么？什么事算是发疯？"

"哎哟！"萨拉急急忙忙应道，一边将手放在马蒂厄的胳臂上，"快来救救我，亲爱的马蒂厄！"

"什么事呀？"

"可这跟马蒂厄无关。"布吕内满脸不高兴地对萨拉说。

她不再听他说下去，而是用可怜巴巴的语调哀告：

"他要我把部长先生赶出去。"

"赶出家门？"

"他说我收留他是犯罪。"

"萨拉在夸大其词。"布吕内平静地说。

他朝马蒂厄转过身来，有些勉强地解释道：

"实际情况是：我们没有搞清楚这个矮子的来头。半年前，他好像在德国大使馆的走廊里出没过。一名犹太流亡者能在那儿干些什么，是不需要多高的天分就能猜出来的。"

"你们并没有证据呀！"萨拉嚷了起来。

"没有。我们是没有证据。假如我们有,他就不会再待在这里了。但即使只有假定,萨拉为他提供食宿也是极其不谨慎的。"

"这是为什么?这是为什么?"萨拉情绪激昂地问。

"萨拉呀!"布吕内温和地说,"您宁愿毁掉整个巴黎,也不愿让您的门客有什么不快。"

萨拉淡淡一笑道:

"不是整个巴黎。但可以肯定的是,我决不会为你们的党派之争牺牲魏缪勒,党派嘛……那是抽象的东西。"

"我也常常这样说。"布吕内应道。

萨拉使劲摇头。她的脸涨得通红,她那发绿的大眼睛蒙上了薄薄的雾气。

"那位矮个子部长,您是见到了的,马蒂厄,"她不胜愤慨地说,"难道他会去伤害哪怕一只苍蝇么?"

布吕内的平静是广阔无边的。那是大海的平静,既令人放心,又使人激动。他从来不像是一个孤独的个人。他拥有人群式缓慢、安静而又喊喊喳喳的生活。他解释道:

"戈梅兹有时派回一些信差来。他们上这儿来,我们在萨拉的住所会见他们。你不难设想。信息的内容是绝密的。难道你非得选择这样的地方。来安顿一个有间谍名声的人物么?"

马蒂厄避而不答。布吕内用的是疑问句式,但这是为了取得雄辩效果;他并不是在征求马蒂厄的意见;布吕内早已不就任何问题征求马蒂厄的见解了。

"马蒂厄,我请你来做裁判:假如我赶走魏缪勒,他准会投塞纳河自尽。难道可以仅仅因为有怀疑,就把一个人逼得自杀?"她极为不满地补上最后这句话。

她挺了挺腰板,模样儿丑陋而精神焕发。她使马蒂厄产生一种糊里糊涂的同情心,那是常人对被压死者、遭逢事故者以及蜂窝组织炎和溃疡患者极易产生的。

"真是这样么?"马蒂厄问,"他会投塞纳河自尽么?"

"绝对不会,"布吕内插话道,"他会再到德国大使馆去,并想办法把自己彻底出卖。"

"这也一样,"马蒂厄接着说,"反正他是完蛋了。"

布吕内耸了耸肩,说:

"可惜是这样的。"

"您听见他说什么了吗,马蒂厄?"萨拉焦虑不安地盯着他问,"您说,到底谁有理?说点儿看法呀!"

马蒂厄无话可说。布吕内不征求他的意见。他不需要一个资产阶级分子、一个肮脏的知识分子、一个走狗之流的意见。"他会以冷淡的礼貌听我说话,他会坚如磐石、毫不动摇,只是按我所说来评判我本人,如此而已。"马蒂厄不愿布吕内来评判他。曾经有过一个时期,他俩谁也不评判谁。"友谊不是用来批评人家的,"那时候布吕内常说,"友谊是用来增强信任的。"也许目前他也还说这种话,但他想到的却是自己党内的同志了。

"马蒂厄!"萨拉说。

布吕内朝她俯下身子,摸着她的膝头说:

"萨拉,您听我说,我很喜欢马蒂厄,也非常尊重他的智慧。如果是要弄清斯宾诺莎或康德某一段话的含义,那自然非他莫属。但这件事太蠢啦,我向您保证:我无须一名裁判,即使他是一位哲学教授。我的态度很清楚。"

"当然,"马蒂厄自语,"那当然。"他心里十分难过,但他并不责怪布吕内。"我有什么资格给人家出主意?我自己一生做出了什么成绩啊?"

布吕内站起身,说:

"我该走啦。不用说,萨拉,您可以自己看着办。您不在党内，但您为我们做的事已很可观。但假如您要挽留那个人，那么当戈梅兹带消息回来时，我只要求您到我家里来谈。"

"那没问题。"萨拉说。

她的两眼闪闪发光。她仿佛获得了解放。

"任何东西都别随处乱扔。统统烧掉为好。"布吕内又叮咛。

"我答应照办。"

布吕内转身对马蒂厄道：

"好啦，再见吧，老弟！"

他并不向他伸出手，而是专注地观察他，表情严峻。那是咋晚玛赛儿式的目光，包含着抑制不住的惊讶。对方在这目光下原形毕露，像一个赤身裸体的大汉。渺不足道，笨手笨脚。"我有什么资格给人家出主意？"他眯眯眼睛：布吕内看上去生硬而干瘪。"而我呢，我脸上就摆着'打胎'二字！"布吕内开口啦。他的语调却完全不是马蒂厄所想象的那样。

"你一副倒霉相，"他温和地说，"有什么事不顺当吗？"

马蒂厄也站起身来。

"我……遇到了麻烦。不过不是很严重。"

布吕内将手放在他的肩上。他颇为踌躇地看着马蒂厄。

"真蠢啊，一天到晚东奔西跑，连看看老伙伴们的时间都没有。假如你一命归天，我得过一个月才会知道。而且会是偶然得悉。"

"我不至于马上送命的。"马蒂厄乐呵呵地说。

他感觉到布吕内放在自己肩上的手，暗想："他并没有评判我啊。"心里充满谦卑的感激之情。

布吕内保持着严肃的表情：

"那不至于，可是……"他喃喃道。

他似乎终于拿定了主意：

"你两点钟时有空吗？我有点儿时间，可以上你家里转一圈。咱俩可以像从前那样谈谈心。"

"像从前那样。我没别的事，在家恭候。"马蒂厄答道。

布吕内亲切地冲他微笑。他保持了那种天真愉快的笑容。他转过身，朝着楼梯走去。

"我送你走。"萨拉说。

马蒂厄目送这两人离去。布吕内上楼梯的动作轻快得令人吃惊。"并没有完全变样儿哟。"他暗自想。顿时他的胸臆有一种悸动，其间包含着温暖和谦逊，又似乎是一种期待。他向前走了几步。在他的头顶，房门砰然响了一声。小帕勃洛挺认真地瞧着他。马蒂厄走近桌面，拿起一把雕刻刀。一只停在铜版上的苍蝇嗡地飞走了。帕勃洛依然盯着他望。马蒂厄觉得挺不自在，也不知为什么。他觉得自己似乎正在被孩子的目光所吞没。"孩子么，都是些小小野兽，他们的感官全是一张张嘴巴。"帕勃洛的目光还不是人类那种目光，但已是活跃异常的生命：这娃儿离开娘胎还不很久，这一看就知道。他待在那儿，手足无措，小模小样儿，身上还有那种刚被吐出来的、混浊的毛茸茸气息；但就在他那眼眶里浑浑噩噩的黏液后面，却隐藏着一个小小的贪婪的意识。马蒂厄玩弄着那把雕刻刀。"天气真热！"他自言自语。苍蝇在他四周嗡嗡飞舞。在另一处玫瑰色调的屋子里，在另一个女人的腹内，有一个水疱儿正在膨胀。

"你知道我梦见了什么吗？"帕勃洛问。

"你说说看。"

"我梦见自己变成了一根羽毛。"

"他有了思想咧。"马蒂厄想。

他又问：

"你变成一根羽毛以后又干什么呢？"

"没干什么。我睡觉呗。"

马蒂厄蓦然将那雕刻刀扔在桌面上:那苍蝇被吓得不停地转着圆圈儿飞,终于停在那铜版的两条细线的缝儿里。细线所代表的却是女人的一只胳臂。得赶快采取行动啊,因为那水疱儿正在膨胀:就在此时此刻,它正在暗中努力,拼命要摆脱粘连、要从黑暗里脱身,变成跟这小东西差不多的玩意,变成这正在吞噬世界的、小小的、苍白而又柔软的吸盘!

马蒂厄朝楼梯走了几步。他听见了萨拉的声音。她打开大门,站在门槛上对布吕内微笑。"她还等什么,不赶快回来?"他转过身来,瞧瞧孩子,又瞧瞧那只苍蝇。"一个小孩。一个会思想的肉团儿,若要杀他他就会叫喊、会流血。杀一只苍蝇比杀一个小孩容易。"他耸了耸肩膀。"我不是去杀任何人。我是防止一个小孩诞生。"帕勃洛又去玩他的积木;他已把马蒂厄抛到脑后。马蒂厄伸出手,用手指触摸桌子。他惊奇地反复自语:"防止小孩诞生⋯⋯"仿佛在什么地方,有一个已经发育完全的孩子,正等待时机要蹦过来,蹦到布景的这一边,蹦进这间屋子和光天化日之下,而马蒂厄正在半路上拦截他。其实也差不多就是这么回事:有一个小小的若有所思、外貌狡黠的人儿,表里不一、模样儿痛苦、皮肤白皙,两只耳朵很大,身上有若干胎记,如同一般护照上登记的那样有各种面貌特征。这小小的人儿将永远不会一条腿在人行道上、一条腿在阴沟里满街乱跑;他有一双眼睛,像马蒂厄长着绿眸子,或像玛赛儿长着黑眸子,它们将永远不能见到冬日的蓝天、大海的波涛,或是任何人的面孔。他有一双手,将永远不能触摸白皑皑的积雪、女人的肌肤或松柏的表皮:那将是一整幅关于人间的景象,血淋淋的,光芒四射的,阴森单调的,热情奔放的,具有不祥之兆的,充满希望的景象。也是园林屋宇鳞次栉比的景象,温柔而成熟的大姑娘的形象,可怕的爬虫的形象,⋯⋯这一切都将在刮胎刀的一刮之下化为泡影,犹如玩具气球在刹那间爆裂。

"我来啦,"萨拉应道,"让您久等了吧?"

马蒂厄抬起头来,感到舒了一口气:她俯在栏杆上,笨重而丑陋。此人已是徐娘半老,一身仿佛腌渍过的肉,好像尚未出生就已经老了。萨拉冲着他笑嘻嘻,匆匆走下楼梯。她那身晨服在她短粗的小腿四周轻轻飘逸。

"怎么样?有什么事吗?"她急切地询问。

她那双迷惘的大眼目不转睛地打量着他。他转过身来开门见山地说:

"玛赛儿怀孕啦。"

"噢!"

萨拉的表情倒挺高兴。她迟疑地问:

"那么……你们打算?……"

"不,不是,"马蒂厄急忙回答,"我们并不想要孩子。"

"哦,是这样。我明白啦。"她低下头,保持沉默。马蒂厄无法忍受这种忧伤,这甚至说不上是一种责备。

"我猜想你们二位也遇到过这种情况。戈梅兹对我提到过。"他只好不讲客气啦。

"是的,老早以前。"

她突然抬起两眼,激动地说:

"您知道,要是动手早,就一点关系也没有。"

她力戒去评判他,于是放弃了自己对他的保留和责怪;只剩下一个愿望,便是安慰他。

"一点儿关系也没有。"

他当会露出笑容,信心十足地面对未来。她将独自一人为这小小生命的悄然消逝而哀伤。

"萨拉,您听我说:请尽量理解我:我不想结婚。这不是出于自私。我觉得婚姻……"

他打住了:萨拉是已婚的女人,她在五年前嫁给了戈梅兹。马蒂厄稍停片刻又道:

"而且玛赛儿不想要孩子。"

"她不喜欢孩子吗?"

"她没有这种兴致。"

萨拉不知如何是好了,结结巴巴地说:

"是的,是的。那么,果真是……"

她抓起他的双手道:

"我可怜的马蒂厄,您一定很伤脑筋!我希望能帮助您。"

"对啦,正是这样。"马蒂厄接口说,"您能够帮助我们。当您碰到这个……麻烦时,您曾去看过什么人,我记得似乎是个什么俄国人。"

"不错,"萨拉应道(她的脸色突然变了),"那太可怕了!"

"哦?"马蒂厄接着说,声音都走了调,"那是……那是很疼痛的吧。"

"倒不太疼,可是……"她哀痛地说,"我怀念那孩子啊。您知道,那是戈梅兹的意思呀。在那个时候,只要他想干什么……但这太可怕啦,我永远也……如今他即使在我面前双膝跪地,我也绝不会重蹈覆辙啊。"

她用茫然若失的眼光盯住马蒂厄。

"手术之后,他们递给我一个小包,对我说:'把这扔进阴沟得啦。'扔进阴沟。像一只死老鼠!马蒂厄呀,您不明白您要干的是怎样的事情啊!"

"可当您生下一个婴儿时,难道您就更明白一些么?"马蒂厄生气地问。

一个婴儿:又增加了一个意识,一小点闪烁跳跃的火光,它将兜着圆圈儿飞舞,向四壁碰撞,而且无处可逃。

"那倒不是。我的意思是说:您不知道您要玛赛儿付出多大的代价。我担心以后她会恨您。"

马蒂厄似乎又看见了玛赛儿的眼睛,一对有着晕圈的、冷酷无情的大眼睛。

"您恨戈梅兹吗?"他生硬地问。

萨拉做了个大慈大悲而又无可奈何的手势:她恨谁也恨不起来,尤其不可能恨戈梅兹。

"不管怎样,"她以毫无商量余地的口吻说,"我不能把您介绍给这个俄国佬,他至今还给人做手术,但他现在嗜酒如命。我已经对他毫无信任。两年前,他有过一桩丑闻。"

"您就不认识别人了么?"

"一个也不认识。"萨拉慢吞吞地说。但蓦然间,她的善良禀性全都涌到她的眉宇之间,她大声说:"不,对啦。我来管这件事。我怎么竟然没有想到呢!我负责安排。去找瓦尔德曼嘛。您没有在我的家里见到过他么?是个犹太人,妇科专家。可以说,打胎是他的专长:在他手上您会安然无恙的。在柏林,他的诊所是门庭若市啊。纳粹上台后,他便移居维也纳。这以后便是德奥合并,他提了一只小衣箱,落难巴黎。但他早就把钱全都存到了苏黎世。"

"您估计他能办成么?"

"当然能成。我今天就去拜访他。"

"我很高兴,"马蒂厄说,"我太高兴啦。他不会收太多钱吧?"

"在德国时,他最多收到两千马克。"

马蒂厄的脸变成刷白:

"等于一万法郎!"

她急忙补充道:

"那是宰人,他是仗着名气收钱。这里谁也不认识他,他就得合理收费:我会提个建议,比如三千法郎。"

"好吧。"马蒂厄咬紧牙关表示同意。

他不禁自问:"我到哪里去找这笔钱啊?"

"听我说,我干吗不今天上午就去一趟呢?他住在勃莱兹-戴高夫街,离这儿挺近。我穿好衣服就下楼。您等着我吗?"

"不等啦,我……我十点半钟还有约会。萨拉,您真是难得的好人啊!"马蒂厄道。

他抱住她的两肩,笑嘻嘻地摇晃着。她刚刚为他作了牺牲:不顾自己的一腔反感,出于仗义伙同他干一件令她厌恶的事。她为此而兴高采烈。

"近十一点钟时您在什么地方?"她问,"我可能要给您打电话。"

"这个么,我会在圣米迦勒大道的杜邦·拉丁餐厅。我可以在那里一直待到您来电话么?"

"在杜邦·拉丁餐厅?那好吧。"

萨拉的晨衣领口开得很大,她那硕大的乳房露出一大截。马蒂厄紧挨着她的身子,既是出于友情,又是为了把视线从她的躯体上移开。

"再见啦,"萨拉说,"再见啦,亲爱的马蒂厄。"

她抬起头来,以她那温柔而难看的面容仰望着他。在这副面容上,渗透着一种惊人的、几乎是感官式的谦卑,使人狡黠地想要伤害它、羞辱它。丹尼尔说过:"我一见她,就懂得了性虐待狂。"马蒂厄亲了亲她的两腮。

"夏日!"天地一色,融在了一起;从街上仰望,是一片流动的仙境。人们有如在空气里飘浮,人面赤红如焰。马蒂厄嗅到一股新鲜而活泼的气息、一种跃动着青春的尘粒。他眯着眼睛,脸上浮起一丝笑意。"夏日来了啊!"他向前走了几步。黑色的柏油有些融化,夹杂着小小的白石子,粘在鞋底上。玛赛儿有孕啦,这就不同于往昔的夏日了。

她正在酣睡。她的身子沉浸在浓郁的阴影里,在沉睡中流淌着汗水。她那对美丽的褐色和淡紫色的乳房塌陷下去,乳峰四围渗出细细的汗珠,是白色的、微咸的,像一朵朵小花,她在沉睡。她总是要睡到正午时分。可她肚子里的那个水泡,它却没有入睡。它没有工夫休息:它在摄取营养、在膨胀。时间以不可逆转之势,抖动着径直前行。水泡在膨胀,时光在流逝。"我得在四十八小时之内弄到那笔钱。"

卢森堡公园。天气炎热,泛着白光。雕像、野鸽、儿童。儿童在奔跑,野鸽在飞翔。奔跑、白色的闪光、小小的溃散。他在一把铁椅子上坐了下来。"我到哪里去弄这笔钱呢?丹尼尔是不会借给我的。但我还是要试一试。然后,作为最后一招,我总还可以去找雅克。"青草地波浪起伏地一直延伸到他的脚下,一尊少女雕像的臀部正对着他,野鸽咕咕不停地叫唤,那是些与石雕为伍的飞鸟:"不管怎样,这不过是半个月之内的一桩事情。这犹太佬总可以等到月底吧,到本月二十九日,我就能领到工资了。"

马蒂厄突然停下脚步:他发现自己正在思考。他对自己产生了一种厌恶之感:"此时此刻,布吕内正在街上行走。他在阳光下很舒适。他很轻松,因为他正在期待。他在穿越一座纤维玻璃的城市,他不久会将它砸烂。他感觉到自己是强者。他有些摇摆地朝前行走,走得谨慎而又小心,因为砸烂一切的时刻尚未到来。他在等待,他在期望。而我呢!而我呢!玛赛儿有了身孕。萨拉能说服那犹太佬吗?到哪里去弄钱?我琢磨的就是这些事啊!"他突然仿佛看见在两道黑色浓眉下的一双挤到了一起的眼睛:"马德里。我本想上那儿去。我向你发誓。后来没安排上。"他突然一转念:"我已经老啦。"

"我老喽。现在我有气无力地倒在一张椅子上,陷入个人生活琐事无法自拔,不再有什么信念。然而我呀,我也曾想着要去西班牙。可后来没安排上。南南北北的西班牙现在变成了什么样子？我却在这里,我在品尝我自己。我品尝到了昔日血与水的味道,那是含有铁质的水。也就是我自己的味道,我便是我自己的味道,我存在着。存在,那便是:不渴而自饮！三十四岁,我已自我品尝了三十四个年头,于是就老了。我辛苦过,我期待过,我得到了自己想得到的一切:玛赛儿、巴黎、不再依赖别人。这些都已终结。我已经无可期待。"他凝视着这座普普通通的花园,总是那么新鲜,又总是原来的样子。如同不尽的海洋;一百年来是相同的缤纷色彩和不变的嘈杂之声在涤荡着它,如同大海里永远相同的浪花和波涛。这里有这样一些东西:这一群群不拘一格向前奔跑的儿童,一百年来就是这样;有同样的阳光照射在断了指头的皇后们的石像上；还有这一株又一株的树木。有萨拉及其黄色的晨衣,有怀了孕的玛赛儿,有金钱问题。所有这一切是那么自然、那么正常、那么单调,这一切就足够填满人生,而这也就是人生。其余呢,才是分裂的西班牙,才是西班牙的众多古堡①,才是……"什么呀？一种为我所用的、温暖的世俗性宗教？一种不引人注目的、天使般纯洁的陪衬,借以点缀我真正的一生？一种对罪责的逃遁？他们,如丹尼尔、玛赛儿、布吕内、雅克,全都是这样看待我的:一个想得到自由的人。他像大家一样,既要吃、又要喝,他是公教人员②,自己不搞政治,他读《事业报》和《人民报》,他也有金钱方面的烦恼。不同的是,他想获得自由,如同别人想获得一套邮票。自由,这是

---

① 此处"古堡"系双关语。兼有"海市蜃楼""幻想"之意。
② 法国的公立学校教师属公教人员。

他的秘密花园。他同他自己的小小的默契。一个懒惰而冷漠的家伙,有点儿喜欢幻想,其实颇通情达理,狡黠地为自己构筑了一种平庸坚固,但却墨守成规的幸福,偶或也以高尚的想法来为自己辩护。难道这就是我?"

那时他七岁,住在皮蒂维埃当牙医的于勒叔叔家。他独自待在候诊室里,玩着妨碍自己存在的游戏:他竭力不咽下口水,诸如将什么冰凉的液汁留在舌尖上、避免做吞咽的动作,不使它进入喉管底部。他竟能做到使自己脑子一片空白。但这空白本身仍然有一种味道。那是一个专做傻事的日子。他在这外省式的酷热里好不难受,这样的天气使人想到蚊蝇。而他正巧捉住一只苍蝇,刚刚扯掉它的翅膀。他方才发现这苍蝇的绿脑袋很像厨房里火柴棒儿的绿尖尖,于是跑到厨房里去找到了火柴盒儿,用苍蝇的绿头去摩擦,看看能不能着火。可干这些事也都是马马虎虎:不过是闲来无事取闹而已。因为他无法对他自己产生兴趣,也明明知道那苍蝇是不会燃烧的。在候诊室的桌子上,放着一些看破了的周刊和一尊漂亮的中国瓷瓶,是青灰色的,带有瓶把儿,做成鹦鹉爪的形状。于勒叔叔告诉他这古瓷瓶有三千年历史。马蒂厄两手反背着走近了瓷瓶,端详着它。一边不胜忧郁地摇摆着身子:在这阳光烧烤着的古老天地里,却当上了一个毫无用处的小小肉团儿,面对一只毫无知觉的三千年古瓶,想来不免令人寒心!他转过身来背朝着这古瓶,在大镜子跟前挤眉弄眼,又深深吸起气来,却仍排遣不了闲愁。于是他突然走回桌子旁边,双手举起那颇有分量的古瓶,砰然将它掷在地板上:这真是突发奇想,天外飞来的神思。这样做了以后,他立刻觉得自己飘飘然如游丝一般。他无限惊喜地瞧着那堆破碎的瓷片。这三千年的古瓷瓶在这只有四五十年资历的四墙之间、在亘古不变的阳光照耀中,遭逢了某种变故,那是旭日破晓式的大逆不道的变故。他暗自寻思:"干下这件事情的便是我呀!"

于是感到无限自豪。没有羁绊、没有谱系、没有缘起,一个执拗的小家伙,突然顶破地壳而显现。

他十六岁时已成为一个野小子。在阿尔卡雄,他躺在沙滩上,观看着大洋里平静壮阔的波浪。有个波尔多的小子竟朝他扔石子,他刚刚揍了他一顿,并且强迫他啃了一嘴沙土。他坐在松树的树荫下,气喘吁吁地,鼻孔里充满松脂的芬芳气息,觉得自己简直像一枚吊在半空中的小炸弹,圆圆的,粗暴的,无法譬解的。他叮咛自己:"我将是自由的。"也许他什么也不曾叮嘱过自己,但这确实是他想要说的,而这便是在打赌。他曾发誓:今后整整一生都要像这特别的时刻。他二十一岁时便在屋里研读斯宾诺莎的作品;这天正好是封斋节前的欢庆之日,街上开过许多五彩缤纷的彩车,车上载着硬纸做的各色人物。他抬起眼来瞅了瞅,又发起誓来(这回带着哲理性的夸张口吻,最近以来他和布吕内都是这样)。他叮嘱自己:"我将拯救我本人!"他十次、百次地一再起誓。随着年龄增长、随着知识界方式的演变,用词是有所变化的。但却始终是内容一样的同一种誓言。在他自己心目中,马蒂厄并不是那个有些笨拙、在一所男子中学讲授哲学的高个子家伙,不是律师雅克·德拉鲁的兄弟,也不是玛赛儿的情夫,或者丹尼尔和布吕内的好友,而仅仅体现为这个誓言。

什么誓言?他用手拂了拂被阳光照花的眼睛:他也弄不清楚了。他现在常常(而且越来越经常)长时间地离群独处。为了理解这誓言,他必须是在自身处于最佳状态的时刻。

"请把球发过来。"

一只网球滚落到他脚下。一个小男孩手里拿着球拍朝他跑过来。马蒂厄将球捡起,抛了过去。他肯定并不处于最佳状态:他是在这郁闷的酷暑中苟活,忍受着日常生活里那种古老而单调的感觉;他徒然反复念叨从前激励他的句子:"得到自由。成为自身的动因。要能够宣告:我欲故我在。成为我自身的发端。"这是些空洞而夸张的句子,是令人恼火的知识分子用语。

他站起身来。一个公职人员站起了身。他在金钱方面碰到了麻烦,他要去找他从前一位学生的姐姐。他在寻思:"是不是已成定局?是不是我仅仅是一名公职人员?"他期待了这么长的时间。他最近这些年来都只不过是在临阵的前夜罢了。他透过无数小小的日常烦恼在期待。当然,他也追求那些风流女子;但就在这个时期,他也在到处旅行,何况他还必须挣钱过日子。但即使在这一切当中,他唯一关切的仍然是保持自由。为了采取一种行动。一种自由自在、经过深思熟虑的行动,它将决定他的整个一生,并成为新的生存的开端。他从来没能完全投入一次恋爱、从事一种娱乐;他也从来没有真正感到不幸。他始终觉得自己心不在焉,觉得自己似乎尚未完全降临人世。他在期待着。但就在这个当儿,渐渐地、乘人不备地,年龄却有增无已;它们从背后袭击,一下子便到了三十四岁。"我本该在二十五岁时投入。像布吕内那样。但在那个年纪你不会是心明眼亮地投入。你在上当受骗。我也不愿意上当受骗。"他曾想到过到俄国去,想到过放弃自己的学习,或者去学一种手艺。但每一次在这类重大决断的边缘,使他止步不前的,是他没有那样做的理由。在没有理由的情况下,它们充其量不过是一时的冲动罢了。于是,他便继续不停地期待着……

在卢森堡公园的水池中,一些玩具帆船在转悠,不时被喷泉的水柱击中。马蒂厄停下脚步,观看这小型船赛。他思量着:"我不再期待。她说得对:我空耗了自己、虚度了年华,完全沉浸在期待之中。此刻我很空虚。此话不假。然而我已不再期待任何东西了。"

那边在喷泉附近,一只小船遇难了,它即将倾覆。所有在旁观看的人都哈哈大笑。一名顽童正用一只船桨试着将它扶正。

四

马蒂厄看了看手表:"十点四十分,她迟到啦。"他不喜欢她迟到。他总是担心:她别在无意中自取灭亡。她什么事情都记不住,老是自我回避,经常忽略了自身,记不得要吃饭、记不得该睡觉。总有一天她会忘记呼吸空气,那时就一切完蛋。两个年轻人在他身旁停下脚步:他们以鄙夷的目光打量一张桌子。

"请坐。"其中一个用英语讲。

"我这就坐下。"另一个也用英语回答。于是他们嘻嘻哈哈地就座。他们的手保养得很好,表情生硬,肌肤却柔嫩。"这里尽是些乳臭未干的娃娃!"马蒂厄愤愤地想。是一些大、中学生。年轻小伙子在一些半醉的女孩子包围下,颇像些闪闪发光不怕磕碰的昆虫。"青年人真有意思,全都虚有其表!"马蒂厄自语。依维什感觉得到自己年轻,鲍里斯也是,但他们是例外。青春的牺牲品。"我当年并不知道自己是青年人。布吕内、丹尼尔都不知道。明白这一点是后来的事。"

他并不十分快活地想着将带依维什去看高更①画展的事。他喜欢向她介绍漂亮的油画、美好的电影、出色的艺术品,那是因为他自己不漂亮,这是一种表示歉意的方式。依维什却不谅解他:今天上午如同过去那几次一样,她将以古怪而气恼的表情去观赏油画。马蒂厄将站在一旁,显得丑陋、碍事、无足轻重。然而他并不愿意变成美男子:她面对着美的时候,反而益发感到孤独。他自忖:"我真不知如何待她是好。"正在这时,他瞥见她走了过来。她

---

① 高更(1848—1903),法国印象派画家、雕塑家。

在一个头发鬈曲、戴着眼镜的小伙子陪伴下,正从林荫大道徐徐下行。她将面庞仰起凝视着他,将光艳照人的酣笑奉献给他。他俩谈得十分起劲。当她发现马蒂厄时,目光顿时暗淡下来,匆匆向他打了个招呼,无精打采地穿过学校街马路。马蒂厄起身道:

"你好啊,依维什。"

"早晨好。"她应道。

她的面部作过精心修饰。金黄色的耳环低垂到鼻尖以下的位置,刘海差不多遮住两眼。冬天,寒风吹散她的头发,暴露出她那苍白的胖脸蛋和低平的额头(她自称为"我的卡尔梅克人①额头")。于是显现出一张像两片云烘托下的满月般的大脸,毫无血色、充满稚气,而又性感。不过今天马蒂厄见到的,却是一具狭窄而清纯的假面,她将它置于真实的面孔之上,有如一只三角形的面具。马蒂厄的年轻邻座们转身朝向她:显然他们的观感是:"漂亮的姑娘!"马蒂厄含情脉脉地瞧着她。在这所有人当中,唯有他知道依维什其实是长得很难看的。她闷闷不乐地静静坐着。她没有涂脂抹粉,因为化妆品会损伤皮肤。

"夫人喝点什么呢?"服务员问。

依维什嫣然一笑,她喜欢人家称她为"夫人"。于是她不知所措地转身瞧着马蒂厄:

"要一杯薄荷露吧,"马蒂厄接话道,"您喜欢喝这个。"

"我喜欢这个吗?"她感兴趣地问,"那就要这个吧。"等到服务员一走开,她便问:"这是什么饮料呀?"

"是绿色的薄荷水。"

"就是我上次喝过的那种黏糊糊的绿色汁水?嘿,我才不要喝它呢,弄得嘴巴油腻腻的。我总是随便由人家安排,其实真不该

---

① 卡尔梅克人,系亚洲中部、西部、北部的人种。

听您的话。咱俩的口味是不一样的。"

"您说过您喜欢这个。"马蒂厄不高兴地说。

"是呀,可后来我想了想,又记起了那股味道,"她说着打了个哆嗦,"我再也不要喝它啦。"

"服务员!"马蒂厄喊道。

"算啦,算啦,由它去。他会送来一杯,那颜色还是很好看的。我不动它就得了。反正我又不渴。"

她不再开口了。马蒂厄不知对她说什么才好:依维什感兴趣的事实在太少啦。何况他自己也没有说话的兴致。玛赛儿仿佛就在现场。他看不见她,也不呼唤她的名字,可她在这儿。依维什嘛,他看得见、摸得着,也可以唤她的名字;但却可望不可即,她柔弱的身材、美丽而坚挺的胸脯。似乎是画出来的,并且涂上了彩釉,就像高更油画上的塔希提女郎,是没有实用价值的。再过一会儿,萨拉会打电话来。服务员就会喊:"德拉鲁先生有电话!"马蒂厄将听到电话另一端传来的唉声叹气:"他要价十万法郎,少一分钱不干。"医院呀,外科手术呀,乙醚的气味呀,金钱问题呀。马蒂厄奋力挣扎一下,便转过头去瞧着依维什。她却闭目养神,用手指轻轻掩住眼皮。她重新睁开眼说:

"我觉得这眼皮会自动张开。我不时闭上眼睛,好休息一下。您看眼皮发红不发红呀?"

"不红。"

"是因为阳光的关系。到了夏天,我两眼总是疼。像今天这样的天气,只有等夜已来临的时刻才能出门。否则就不知往哪里藏身才好。阳光到处追逼你。而且,人人的手都是湿腻腻的。"

马蒂厄在桌下用手指摸了摸掌心:掌心是干燥的。两手湿腻腻的大概是另外那个男人,那头发鬈曲的大高个儿。他无动于衷地注视着依维什。他既有负罪感,又觉得摆脱了约束,因为他不太把她放在心上。

"我叫您今天上午出门走走,这使您厌烦吗?"

"反正我也不可能一待在自己房间里。"

"那是为什么?"马蒂厄吃惊地问。

依维什不耐烦地瞧瞧他:

"您呀,您不知道女大学生之家是怎么回事。那里毕竟要保护年轻姑娘们,尤其是在考试的阶段。而且那管家婆挺喜欢我,以各式各样借口随时跑进我的房间。她喜欢摸我的头发,我却最讨厌人家碰我。"

马蒂厄心不在焉地听着:他明明知道她的心口不一。依维什不胜愤怒地摇摇头。

"这学生之家的胖管家婆喜欢我,是因为我的头发是金黄色的。事情总是这样,过三个月她就会讨厌我:她会说我很狡猾。"

"您就是狡猾嘛。"马蒂厄接话道。

"那倒也是。"她拖长嗓门儿回答。这使人想起她那苍白的腮帮。

"再说,您又有什么办法呢?人们最终会发现您不让他们看见您的腮帮,并且像一般假正经的女人那样,在他们跟前总是低低垂下眼帘。"

"瞧您说的!让人一眼就看清您是怎么一个人您就高兴么?"接着她略带轻蔑地补充道:

"您确实对这类事情不大敏感。至于直视别人的容貌,我是做不到的:我马上会觉得两眼发痒发痛。"

"开头您常常使我手足无措,"马蒂厄说,"您总是瞧着我的额头以上,也就是头发所在的部位。而我就最怕变成秃顶……我那时以为您看出了发间的一片空隙,于是两眼便离不开那里了。"

"我看谁都是这样看。"

"不错,要不然就是斜睨:这么着……"

他向她投过一瞥狡黠而迅疾的目光。她半嗔半喜地发出咯咯笑声:

"够啦!我不愿意人家模仿我的样子。"

"这又不是出于恶意。"

"当然不是。但学我的那些表情,实在使我害怕。"

"我可以理解。"马蒂厄笑道。

"但您不像是理解的样子。即使您是世上的头号美男子,对我来说也是一样。"

她换了一种语调说:

"我只是想不要把眼睛弄得那么痛。"

"听我说,"马蒂厄又道,"我这就到一家药店去替您买一种药片。但我正在等一个电话。如果有人找我,就请您告诉服务员:我马上就回来,请对方再打一次电话。"

"不,不必去啦,"她冷冷地说,"非常感谢您,但不会有什么效果的,是这阳光造成的。"

他们没有再说下去。"真没劲。"马蒂厄怀着一种古怪的挖苦的快意想道。依维什用手掌抹平她的衣裙,同时将手指微微抬起,好像就要弹奏钢琴的键盘似的。她的两手仍然发红,因为她的血液循环不佳。一般情况下,她尽量保持两手悬空,稍稍挥动一两下,好使它们恢复自然的色泽。这两只手很少用来取物,而是她手臂顶端的两个不大精致的小摆设。它们触摸物体时动作轻微而游移,与其说在取物,毋宁说是在塑造什么艺术品。马蒂厄观察了依维什的指甲:又长又尖,涂了很厚的指甲油,差不多是中国派头。只需看一看这些多余而脆弱的装饰;就明白依维什四体不勤、十指无用。某一天,她的十指之一的指甲自行脱落了。她便将它珍藏在一具小小的模型棺材里,不时以惊喜参半的目光观赏一番,马蒂厄见过那指甲,上面还保留着彩釉,很像是甲虫的化石。"我猜她准有什么心事:她从来没有这么不耐烦过。大概是放心不下考试吧。除非她对我有些恼火:无论如何,我是个大人嘛。"

"等人变成瞎子,就肯定不会再有这种事情啦。"依维什突然用旁观者的神情评说着。

"肯定不会的,"马蒂厄笑嘻嘻地说,"要知道拉昂①的医生对您说过:您多少患有结膜炎哩。"

他话说得很柔和,他笑得也很柔和。他感到自己充满了温情:跟依维什打交道要永远带着笑容,要做一些柔和而缓慢的动作。"就像丹尼尔对待他家里的猫一样。"

"我的眼睛非常疼,"依维什诉苦道,"只要有一点小事……"她吞吞吐吐起来:"我……觉得疼痛是在眼眶深处。在顶顶里头,您对我说起的那次发作,开头是不是也这样?"

"哦,那天出的事情么?"马蒂厄问,"听我说,依维什,上次是您的心脏问题,您害怕心脏病发作了。您把自己当小孩,可以说您需要折磨自己。在另外一些时刻,您又突然宣布您的身体是铁打钢铸的。两者不可得兼呀。"

他的声音在他的喉头留下一丝甜甜的味道。

依维什严肃地瞅了瞅自己的脚下。

"我准会出点儿什么事的。"

"我知道,"马蒂厄说,"您的生命线断了。但您也对我说过,您并不怎么相信这个。"

"对啦,是不怎么相信……还有一层,就是我不能想象自己的未来。这未来是有险阻的。"

---

① 拉昂,巴黎北面的小城镇,仍属巴黎盆地,附近为平原,种植谷物及甜菜等。依维什的父亲在拉昂开办锯木厂。

她沉默不语了,马蒂厄也静静地瞧着她。没有前途……突然间,他觉得口里有一股苦味儿,又觉得自己非常依恋依维什。确实,她没有未来:依维什三十岁,依维什四十岁,……这毫无意义。他想:"她缺乏生存能力。"马蒂厄独处的时候,或者他同丹尼尔、同玛赛儿交谈时,他的一生就在他自己面前展示:为数不多的几个女人、几次旅行、几本书籍,那是清清楚楚而又单调寂寞的。一条长长的、软绵绵的斜坡,马蒂厄在缓慢地、缓慢地沿坡下滑,甚至他常常觉得下滑得不够迅速。而突然间,当他见到依维什时,他似乎觉得自己坠落到底了。依维什是个小小的受难者,爱享受而多坎坷,不会有什么前途:她将会消逝,会精神失常,会因心脏病发作而死掉,再不然就会照她父母的意思幽禁在拉昂。但马蒂厄不能忍受生活中没有依维什。他用手做了一个模糊的姿势:他真想抓住和紧握依维什的上臂。但这时耳边却响起:"我讨厌人家碰我。"于是马蒂厄的那只手缩了回去。他急忙说道:

"依维什,您的工装真好看!"

这话问得很不得当:依维什很不自然地低下了头。带着几分委屈用指头轻弹着那身工装。她总是把恭维当成冒犯,似乎人家硬要用斧子为她劈出一尊雕像来,做工粗糙,却很诱人。但她却唯恐掉进圈套。只有她自己才能妥善地考虑自己的形象。她不声不响地思虑着,那是一种充满温情的小小信念,一种陶醉。马蒂厄谦和地瞅着依维什柔弱的肩头,她那笔直又浑圆的脖颈。她常常说:"我讨厌那些对自己的肉体麻木不仁的人。"马蒂厄对自己的肉体是有感受的,不过感受到的是窝窝囊囊的臃肿之躯。

"您还想不想同我一道去看高更的作品?"

"什么高更作品?哦,是指您向我提起过的那个画展?很好嘛,咱们可以一道去呀。"

"您似乎并不怎么迫切呀。"

"那倒不是。"

"可是依维什,假如您不想去,那就该明说嘛。"

"但您想去呀。"

"您知道我已经去过一趟。我有意向您介绍它,但要是您兴趣不大,我也就不起劲了。"

"那么我更愿意改天再去。"

"不过展览会明天就结束了。"马蒂厄失望地说。

"那就算啦,"依维什有气无力地说,"还会再举办的。"然后又兴冲冲地补上一句:"这类活动总是会再举办的吧,是不是?"

"依维什呀!"马蒂厄温和而略有些不悦地说,"您倒很自在。不如明说您不想去了,但要知道这类活动要隔很久才会再次举办的。"

"是呀,"她和善地表示,"我不想去参观展览,是因为这次考试让我倒胃口。让人等结果等这么久,真是可恶!"

"是明天发榜吧?"

"正是。"她边说边用指尖碰了碰马蒂厄的袖口,"今天别管我,我变得不认识自己啦!我完全受制于别人,真屈辱透了。我老觉得自己变成了贴在灰墙上的一张白纸。他们强迫你这么想嘛。今天早晨一起床,我就觉得似乎已经到了明天;今天这一天不算数,好比在日历上已经划去了。对我来说,等于偷走了我一天的寿命,而我剩下的日子并不富裕。"

她小声而匆匆地补充道:

"我的植物学预考失败啦。"

"我明白。"马蒂厄说。

他很想从自己的记忆仓库中搜索出引起过焦虑的往事,以便理解依维什的焦虑心情。也许相当于教师学衔考试的前夕⋯⋯不,无论如何,情况是不同的。他已往的生活毫无风险,平平静静。

如今他却感到自己不堪一击,处于惊涛骇浪之中。当然这是为依维什着想。

"假如我被初步录取,"依维什说,"那么在参加口试之前我要喝上一口。"

马蒂厄没有作声。

"喝上一小口。"依维什又说了一遍。

"您提到过,二月份在接受预试之前要喝一口。结果可真糟糕啊,您竟喝了四小杯罗姆酒。喝得烂醉如泥。"

"不过我不会被录取的。"她假惺惺地说。

"那就罢了。可万一录取了呢?"

"那我就不喝呗。"

马蒂厄不再说什么:他可以肯定,她一定会醉醺醺地去接受口试。"若是我,是决不会这样做的。我为人太小心谨慎啦。"他对依维什有些愤愤然,对自己则不胜厌烦了。服务员递上一只高脚酒杯,倒了半杯绿色薄荷露。

"我马上给您拿冰桶来。"

"谢谢啦。"依维什说。

她注视着酒杯,马蒂厄则注视着她。一种强烈而模糊的愿望渗透了他周身:暂时变做这充满自身气味而又极度狂热的意识,从内心感受这细长的手臂,感受到肘弯两端前后臂肌肤的连接,感受到这躯体,以及它不断给予自身的,悄然无声的小小亲吻。变成依维什而又继续是我自己。依维什从服务员手上接过冰桶来,取了一小块冰放在高脚杯里。

"这不是为了饮用,而是看上去更美。"她道。

她稍稍眨了眨眼睛,露出稚气十足的微笑。

"是很美啊。"

马蒂厄气恼地瞧着那酒杯。他全神贯注地观察那液体黏稠滞重的沉浮,以及那冰块模模糊糊的白色,白费,对依维什来说,这是体现为绿色稠液的小小享受,它一直粘到了她的指尖,对于马蒂厄来说却毫无意义。比没有意义更糟:一只酒杯里面装着薄荷露。他可以设想依维什的感觉是什么,而他自己从来没有任何感觉。对她来说,事物是令人窒息而又相互串通的存在,是大幅度的动荡,一直渗透到她的肌肤之中;而马蒂厄对这一切却永远是遥遥观望。他窥视她一眼,叹了一口气:像往常一样他晚了一步。依维什已经不再瞅她那只杯子。她的神情十分惆怅,正在紧张地扯着自己头发上的一个发结。

"我想要一支烟。"

马蒂厄从衣兜里取出他那包金火花牌香烟,递给了她:

"我给您点火。"

"谢谢,我宁愿自己点火。"

她点着香烟,吐出几口烟雾。她将一只手靠近嘴边,以乖戾的神情玩弄着烟雾,让它沿着手心飘舞。她仿佛对自己解释:

"我想叫这烟雾看上去是从我手心里飘出来的。这会很有趣,一只能吞云吐雾的手!"

"这办不到,烟很快就飘走了。"

"我也知道,并且感到恼火,但我停不下来。我感到自己呼出的气使手心发痒,那气息正好吹在掌心上。掌心好像被一堵墙壁分成了两半。"

她轻轻一笑,便沉默下来,接着仍很不满足而又颇为固执地继续向手掌心吹气。然后她扔掉香烟,连连摇头。她头发上的香味直逼马蒂厄的鼻孔。那是一种点心和香草糖的混合气味,因为她用蛋黄来洗头发。然而这种糕点的香气却留下一种肉体的味道。

马蒂厄忽然想起了萨拉。

"您在想什么呢?"他问依维什。

她一时不知从何谈起,张着嘴没有回答。接着她又恢复沉思的神态,脸上收敛了笑意。马蒂厄觉得看她已看累了,眼角有些酸痛。他又问:

"您在想什么呢?"

"我么……"依维什打起精神说,"您老问我这个问题。其实我没想什么具体事。都是些难以言传的东西,形成不了语句。"

"但总是在想点什么吧?"

"这么说吧,比如:我在注视正在走过来的这位先生。您要我说出什么来呢?应该讲:他是个胖子,他用手绢擦额头,他戴着现成的领结……您让我讲这一套实在是古怪,这些是不值一提的啊!"后两句话似乎是突然迸发的,看得出她又羞又恼。

"不,对我来说是值得的。假如我可以表示一个愿望,那便是希望您说出心里的想法。"

依维什不禁笑了。

"这真是怪癖,"她道,"语言不是派这种用场的。"

"真有意思,您对语言怀着野蛮人才有的那种崇敬之情。您似乎认为:语言是用来宣布红白喜事或者是望弥撒用的,不能用作他途。而且您不正视别人。依维什呀,我观察过您呢:您看看自己的手,然后就看自己的足尖。其实我知道您在想什么。"

"那您还用得着问吗?不需要太聪明便会知道:我在想这次应试。"

"您担心被刷下来,是吗?"

"当然,我是担心落榜。或者倒不如说:我不担心,我明知自己一定会落榜。"

马蒂厄口中又感觉到一股大事不妙的味道:假如她落榜,我就永无重见她的日子啦!而她是一定会落榜的:这是显而易见的。

"我不想回拉昂,"依维什绝望地说,"假如我因落榜而返回,我就再也出不来啦。他们明说这是我最后一次机会。"

她又扯起自己的头发来。

"假如我有胆量……"她结结巴巴地说。

"那您要干什么呢?"马蒂厄忐忑不安地问。

"随便干什么。什么都比回到那边要好。我不愿在那里度过一生,我不愿意!"

"可您对我说过:一两年后,您父亲可能卖掉锯木厂,那时所有人都会到巴黎来定居。"

"要有耐心呀!你们所有这些人都来这么一套,"依维什说着将怒气冲冲的目光转向马蒂厄,"我倒要看看您到那儿去!在那个地窖里待上两年,消磨两年之久啊!难道您想不到,这是从我的寿命里偷走的两年么?我只有一条命啊,我呀!"她气呼呼地说,"像您这么说话,别人还以为您能长命百岁呢。按您的说法,损失一年是可以弥补的!"说着,她眼眶里已噙满泪水。"所谓弥补是不可能的。我的青春将在那里一点一滴地流逝。我要立刻生活,我还没有开始,而且我没有工夫等待。我已经老啦,我都二十一岁啦。"

"依维什,请冷静点,"马蒂厄劝道,"您叫我害怕哩。请您至少试着清清楚楚地向我说一次,您是怎样完成您的实际作业的。您有时显得很满意,有时又似乎完全失望。"

"我全都失败了。"依维什忧伤地说。

"我认为您的物理考得不错。"

"别提啦!"依维什嘲讽道,"化学反正是一败涂地,我这脑袋瓜儿就是装不进什么化学成分的配置,那玩意儿太枯燥啦。"

"那您为什么选择这个领域?"

"什么领域?"

"物理、化学、生物呀。"

"为了死活走出拉昂呀。"她狠巴巴地说。

马蒂厄做了个无可奈何的手势。他们都不开腔了。一个女人走出咖啡馆,不急不忙地从他们面前走了过去。她长得挺美,脸庞的肌肤光滑,长着一个小巧玲珑的鼻子。她似乎在寻找什么人,依维什大约是先闻到了她身上的香气,于是缓缓抬起表情沮丧的面孔,一眼瞥见那女人,顿时转忧为喜。

"真是个美人儿哟!"依维什用低沉的声音说。马蒂厄非常厌恶这种声音。

那女人站住了,在阳光照耀下眨了眨眼睛。她大约三十五岁左右。透过那身薄纱长裙,可以瞥见她细长的玉腿。但马蒂厄没有兴致去观赏它们。他端详的还是依维什。依维什已变得几乎是丑陋的了。她使劲用一只手紧握自己另一只手。有一天她曾对马蒂厄说过:"小鼻子嘛,使我想去咬它一口!"马蒂厄将身子稍稍朝前倾斜,看见了她大半张脸。她神情倦怠而凶狠。他想:她或许真想咬人呢。

"依维什!"马蒂厄温和地唤她。

她不回答。马蒂厄知道她不会回答:对于她来说,他已经不再存在,她是独自待在这儿。

"依维什!"

正是这样的时刻他最珍爱她:她那小巧玲珑而又富于魅力的身躯蕴蓄着一种痛苦的力量,一种对于美的热爱,热烈的、朦胧的、不登大雅之堂的爱。他自忖:"我不漂亮。"于是轮到他感到孤独了。

那女人远去了。依维什目送她远去,愤愤不平地嘀咕着:

"有时候我真想做个男人。"

她冷冷地轻轻笑了一声,马蒂厄忧伤地看看她。

"德拉鲁先生有电话。"服务员叫喊。

"我就是德拉鲁。"马蒂厄说。

他站起身。

"对不起。是萨拉·戈梅兹打来的。"

依维什对他冷冷一笑。马蒂厄走到咖啡馆里面,顺着楼梯走下。

"是德拉鲁先生么?第一个电话间。"

马蒂厄拿起话筒,电话间的门并未关上。

"喂,是萨拉吗?"

"再问你好,"萨拉拖着浓重的鼻音说,"嘿,都安排好啦!"

"哦,我真高兴。"

"不过您得赶快:他这个星期日就要上美国去。他想最晚在后天进行,好在最初几天观察一下。"

"好……那么我今天就告诉玛赛儿。不过这事有点措手不及。我得去弄钱。他开价多少?"

"哦,真抱歉,"萨拉的声音说,"可他要四千法郎现款。我向您保证:我坚持不同意。我说您手头拮据,可他连听都不要听。这是个卑鄙的犹太人!"她笑呵呵地补上了最后这一句。

萨拉有的是过剩的怜悯心。但当她着手帮助人家时,她就变得像专门从事慈善事业的修女那样粗暴而忙碌。马蒂厄将话筒拿得稍远些,不禁掂量起来:"四千法郎啊!"此时他听见萨拉冲着黑色话筒爆发出的笑声,觉得简直如同在做噩梦一般。

"在两天之内?好,我……我想办法。谢谢您啦,萨拉,您是无价之宝呀,您今天晚餐之前是不是在家里?"

"全天在家。"

"好。我走一趟。还有些事要解决。"

"晚上见。"

马蒂厄走出电话间。

"我要一个电话筹码儿,小姐。哦,不,不用啦。"

他将二十个苏扔进一个小托盘,然后缓缓走上楼梯。在解决这笔钱的问题以前,就不需要给玛赛儿打电话了。"我中午去找丹尼尔。"他在依维什身边又坐下来,毫不带温情地瞅着她。

"我现在头不疼啦。"她和和气气地说。

"那我很高兴。"马蒂厄道。

他的心头笼上一片阴影。

依维什透过长长的睫毛斜睨着他。她做出一种惶恐和娇媚的微笑:

"咱们还是……还是可以去看高更画展嘛。"

"假如您想去的话。"马蒂厄毫不惊奇地说。

他们站起身来,马蒂厄发现依维什的杯子已经空了。

"出租车。"她招呼。

"不要这一辆,"依维什说,"这是敞篷的,咱们会迎面叫风吹着哩。"

"不,不,"马蒂厄对司机说,"请继续往前开。不是要您这一辆。"

"叫住那一辆,"依维什嚷道,"多漂亮,像教皇加冕用的马车,而且是有篷的。"

出租车停下来,依维什上了车。"我在丹尼尔那儿得多借一千法郎,好把这个月混过去。"马蒂厄心里琢磨。

"去圣奥诺雷郊区的艺术画廊。"

他悄悄坐在依维什身旁。他们两人都很拘谨。

马蒂厄发现,在他两脚之间有三个烟蒂,只抽了一半,一头是金黄色的。

"坐这辆出租车的客人曾紧张地动过脑筋。"

"为什么?"

马蒂厄将烟蒂指给她看。

"这是个女人,"依维什说,"有口红的痕迹。"

他俩相视一笑便不再说话。马蒂厄道:

"有一次我在出租车里发现了一百法郎。"

"您该很高兴喽。"

"嗨!我把它交给了汽车司机。"

"喏!"依维什说,"要是我,就自己留下,您干吗要交出去?"

"我也不知道。"马蒂厄回答。

出租车越过圣米迦勒广场,马蒂厄几乎想说:"瞧,塞纳河的河水一片碧绿!"但并没有说出口。依维什突然提起:

"鲍里斯以为今晚咱们三人都要去苏门答腊歌厅。我希望……"

她转过头来,端详着马蒂厄的头发,温情脉脉地噘着嘴。依维什不能算是爱卖弄风情,但有时也做出柔媚的样子,为的是感受到自己的脸蛋如同熟果子一样软绵绵、沉甸甸。马蒂厄觉得她既挑逗人,又不得体。

"我乐于见见鲍里斯,并且同您在一起,"马蒂厄说,"要知道,有点儿碍事的是洛拉;她容不得我哩。"

"这有什么关系?"

一阵静默。似乎他俩同时意识到,他们是关在一辆出租车里的一对男女。"不该这样。"他琢磨,心里有点儿窝火。依维什又道:

"我觉得没必要把洛拉当回事。她漂亮,会唱歌,如此而已。"

"我觉得她讨人喜欢。"

"当然喽。这是您的道德观,您总是想十全十美。凡是人家讨厌您的时候,您就竭尽全力去发现人家的优点。至于我,我不认为她讨人喜欢。"她补充道。

"她对您可是热情友好的啊!"

"她别无选择。但我不喜欢她。她装腔作势。"

"装腔作势?"马蒂厄扬眉问道,"我恰恰认为她没有这方面的毛病。"

"真奇怪,您竟没有注意到:她长吁短叹,粗声粗气恰如其人,她叫人家以为她倒霉透顶;但过一会儿她又专点好菜,品尝美酒佳肴!"

接着她狡黠而不怀好意地说:

"我呀,我总以为凡是处境绝望的人都不在乎死活。看她花钱那么算计,还要攒钱,实在让人奇怪!"

"这不等于她不绝望。日益衰老的人就是这样:他们厌倦自己、厌倦生活,于是就想到钱、想到保养自己。"

"是嘛,人本来就不该衰老。"依维什冷冷地说。

他不自在地瞧瞧她,急忙应道:

"您说得对,老了就很难看。"

"可您呀,看不出您有多大年纪,"依维什说,"我觉得您似乎从来就是现在这个样子,像矿石那样永远年轻、毫无变化。有几次我曾试图设想您在孩提时代是什么样子,但却办不到。"

"我那时的头发是鬈曲的。"马蒂厄说。

"可我呢,我想象您跟如今一模一样,就是型号小一点儿!"

这一次,依维什大概不知道自己的表情是很温柔的。马蒂厄想开口说话,但喉头却有一种奇怪的瘙痒感觉,他已不能把握住自己。他抛开玛赛儿、萨拉和没完没了的医院走廊,那是他自今晨以来一直徜徉的地方。现在他不在任何地方,而是觉得自由自在了。这郁闷而炎热的夏季的一日,正以它巨大的身影向他压来,他也真想随遇而安地让自己陷入其中。他一度觉得自己仿佛悬在半空,却带着已获得自由的奇特印象。接着他又突如其来地伸出臂膀,一把抓住依维什的两肩,把她拉进自己的怀抱。依维什毫无反应地听之任之,让整个身子倾倒过去,她像一下子失去了重心。她一言不发,无所谓喜怒哀乐。

出租汽车疾驶进了里沃利街。卢浮宫的拱形长廊从车窗望去一闪而过,有如巨大的信鸽飞驰。天气本已很热,马蒂厄又感觉到一具滚热的身躯依偎着他的胁部。透过司机的前窗,他瞥见道路两侧的绰绰树影和一根旗杆顶端飘扬的三色国旗。他忽然想起有一次他在穆夫塔尔街看见一个男人干的事。那人衣冠楚楚,但面色灰白。他走近一家油炸食品店,长时间盯着货架上一只碟子里放着的一片冷牛肉。然后,他伸出手去拿了那片肉。看上去他似乎觉得这非常简单,他大约也觉得自己获得了自由吧。老板狂叫一声,一名警察过来带走了此人,他还一脸惊诧不解之色。依维什仍旧不言不语。

"她在评判我的为人。"马蒂厄不悦地想道。

他俯下身子。为了惩罚她,他尖起嘴唇轻轻吻了吻她冰凉而紧闭的嘴巴。他的表情固执。依维什沉默不语。他抬起头来,看见她的眼神,那放纵的欢乐已化为乌有。他暗想:"已婚男子在出租车里调戏少女!"他的手臂立刻垂下,绵软无力、不能动弹。依维什挺了挺身子,机械地晃动着,像秋千被从固定的位置上推了一把。"糟啦,"马蒂厄琢磨,"无可挽回了。"他蜷起身子,恨无地缝可钻。一名警察举起警棍,出租车刹了车。马蒂厄直视前方,却再也不见树影,只看见他的爱情。

确实是爱情。此时此刻,是爱情。马蒂厄寻思:"我干了什么事啊?"五分钟前,此情此爱还不存在。他俩之间只有一种弥足珍贵的罕有的感情,无以名之,并且无法以行动表现。但正好,他采取了一个行动,唯一顶顶不该有的行动——何况并非故意,是自发产生的。一个行动,于是这爱情便呈现在马蒂厄眼前,就像一件令人讨厌的、已有些庸俗的庞然大物。从今以后，依维什会认为他是爱她的，会认为："他也跟别的男人一样"。从今以后，他也会像爱其他女人一样爱依维什。"她在想什么呢？"她待在他身边，僵直而安静。而在他俩之间已经有过这行动。我讨厌人家碰我，这笨拙而温存的动作，已如往事一般无形中固定下来。"她正喘着粗气，她看不起我，会认为我与别的男人一样。我想从她那里得到的并不是这个。"他绝望地思忖。但这时他已想不起当初想得到的是什么。爱情已经降临，爽爽快快，轻而易举，连同它那些简单的欲念，那些平庸的举动；而这正是马蒂厄自由自在地将它招来引来的。"这一点也不真实，"他努力思索着，"我不想占有她，我从来没有这种欲念。"然而他已知道他将会对她产生欲念：终究会变成这样的。我将观赏她的玉腿和她的酥胸。然后突然会有这么一天……这时突然显现在他眼前的，是精光赤条、四肢平摊在床上的玛赛儿。而且她的双目紧紧闭着。他不禁对玛赛儿有些愤然了。

出租汽车停下来，依维什打开车门，下车站在马路中间。马蒂厄并未当即随她下车。他圆睁大眼端详这既新鲜又古老的爱情，这有妇之夫的爱情：羞答答的、诡计多端的，对她来说是屈辱的，而且它本身也早已是受了侮辱的。他已经将这爱情当作命中注定的事而予接受。他终于走下车来，付了款，赶上依维什。她正在画廊旁门下等着他。"但愿她能忘掉这件事。"他偷偷觑了她一眼，觉得她表情冷酷。"即使在最好的情况下，我俩之间已有某种了结。"他寻思，不过他无意阻止自己爱她。他俩一言不发地悄然走进展览厅。

五

"大天使啊!"玛赛儿打着呵欠,稍稍挺了挺身子,摇摇头,这便是她的第一个念头:"大天使将在今晚降临。"她喜欢它那神秘的造访,但今天想到这一点却并无乐趣。在她周围的空气里,有一种凝固了的憎恶、中午时分的憎恶之感。屋里充满那种稍有缓解的炎热,它已经在室外肆虐过,并将它的耀眼光芒留在窗帘的皱褶里,它停驻在这里,如命运之神一般麻木而阴森。"他是那么纯洁,假如告诉他,会使他感到厌恶的。"她像昨天一样坐在床沿,那时马蒂厄赤条条地依偎着她,她带着一种沮丧的厌烦凝视着他的足趾。昨夜的情景还历历在目,无形之中,那静止的淡红色灯光像冷却了的气味一样留在了空中。"我没有能够……没有能够告诉他啊。"他也许会说:"好啦!那么咱们想想办法。"态度轻松而高兴,有如吞下一剂药物那样。她事先就知道,自己忍受不了这样的表情,于是话到嘴边又缩了回去。她思忖:"已到了中午!"天花板像晨昏时分一般灰暗,但这确实是正午的炎热。玛赛儿总是很晚入睡,她早已不知上午是什么模样。有时她甚至觉得一整天就停留在中午,她的生命也终于会在中午结束;她自己似乎已化作正午时分,撒落在诸般物件上,软绵绵,汗淋淋,前途无望,毫无用处。室外是一片光明,是色彩绚丽的衣着。马蒂厄此时正在外面奔波,在白昼强烈欢快的光线中奔波。而白昼是和她无缘的,到此时一天已经过去了相当一段时间。"他在想着我,他在奔波忙碌。"玛赛儿不甚友好地思索着。她有些不快,因为她想象得出烈日之下这位怜悯的化身,那是思想高尚者言行一致而又笨手笨脚的怜悯。她觉得自己举止迟钝、浑身是汗,还处在睡眠时的脏乱中。她头上似乎戴着紧箍咒,嘴里一股吸墨纸的怪味儿。顺着两胁的这股暖流,在腋下黑色汗毛的末端渗出冷冷的汗珠儿。她想吐,但忍住了:她的一天尚未开始。它就在这儿,紧靠着玛赛儿,有些摇摇晃晃,稍不留神就会像雪崩一样坍塌。她冷冷笑道:"这就是自由!"当你早晨醒来时,胸臆中翻江倒海,而到重新就寝还得消磨整整十五个小时,难道这就是所谓自由?"这东西无助于活下去,这自由。"仿佛有一些小小的涂了树脂的羽毛摩挲着她的喉管,接着是一种厌倦一切的感受,变成小小的气团停在她的舌尖,将两片嘴唇拉回口腔里。"我还算走运,听说有的女人从早吐到晚,到有孕两个月时会这样;我上午吐一点儿,下午感觉疲劳,但还能顶住。妈妈认识一些女友,连烟草味儿都受不了,到这种地步可就够呛啦。"她猛地站起身来奔向洗脸池,结果吐出一摊带泡沫的浊水,像稍稍搅拌过的鸡蛋白。她抓住那瓷釉边儿,仔细瞧那冒着泡沫的液体:说到底,还真像是精液。她苦笑着自语:"爱情留下的纪念!"她拼命使脑子安静下来,就这样开始她的一天。她什么也不再想了,用手掠了掠头发,便等待着:"上午我总是要呕吐两次。"后来,她突然回想起马蒂厄的容貌,还有他那副天真和深信不疑的模样儿,那时他说过:"把它打掉,好吗?"她脑中闪过一丝恨恨的念头。

又来了。她先是闻到黄油味儿,觉得不胜厌恶。她感到自己似乎在咀嚼一块已有哈喇味的黄油,接着喉管里产生一种似乎要哈哈大笑的感觉,于是赶快朝洗脸池弯下身子。从她的唇间挂下一长条流涎,她猛咳了几声才将它甩掉。这并不使她感到厌恶。但她却很快自己讨厌起自己来:去年冬天她患腹泻,就不愿让马蒂厄再同她接触。她觉得自己身上总是有股气味。她仔细瞧着慢慢向抽水马桶洞眼里流过去的一摊摊黏液,留下亮晶晶、黏糊糊的痕迹,像蜗牛在爬行。她一面低声哼唧:"真怪,真怪!"这并不令她厌恶:这就是生活,正如春天里的鲜花也是黏黏糊糊地绽放,这使人讨厌并不会超过花蕾面上那层红色且有气味的胶质。"使人讨厌的并不是这东西。"她放了点水洗净了盥洗池,以软绵绵的姿势脱下衬衫。她暗想:"假如我是一头牲口,人家就不会来打扰我。"她就可以恣意过着这种懒洋洋的日子,可以沐浴在幸福而慵倦的大海里。但她不是牲口。"把它打掉,好吗?"从昨晚以来,她就觉得有人在追逐着她。

　　大镜子照出了她那映着铅灰色光泽的面容。她凑近了看一看。她既不要观赏自己的肩膀,也不看那对乳房:她不爱自己的躯体。她要看的是自己的肚皮和那丰腴的骨盆。七年前,某天早晨(马蒂厄刚跟她过了夜,那是第一夜),她挨近这面大镜子,带着同一种犹疑的惊诧,她琢磨了起来:"这可是真的,人家竟会爱上我呢!"于是她欣赏起自己平滑光亮的肌肤来,几乎和一块丝绸料子一般。她整个身子有如水面,也仅仅是水面,生来就为着映照毫无用处的光线变化;如同水面在微风吹动下泛起涟漪一样,它也在抚摩下微微起皱。如今这已是不一样的肌肤了。她瞧着自己的肚皮,在这富于养料的"大草场"面前,她回想起了童年时代的印象:那时她看见卢森堡公园里哺乳的女雕,便在恐惧和讨厌之余,也萌生一种朦胧的期望。她呷摸着:"就在这个部位。"在这肚皮里,一枚小小的血色杨梅正带着憨厚的急躁情绪,正急于谋求生存;一枚小小的、傻乎乎的血色杨梅,甚至连小动物还不是,人家就将操起小刀,一下子将它刮掉!"还有别的女人,也正在此刻瞧着她们的肚皮,也在想:'就在这个部位。'但这些女人啊,她们却深感自豪!"她耸了耸肩膀:是啊,不错嘛,它是为母性而创造的,这荒谬地膨胀着的小东西!然而男人却对它做出了不同的决定。她将到那个老太婆的诊所去:只好把它想象成一个纤维瘤得啦。"何况在目前,也不过就是个纤维瘤罢了。"她将到那老太婆家里去,会将两条腿高高跷起,那老太婆将把她的器械伸进她的大腿当中,把那瘤子刮掉。以后没有人会再提起此事,这将成为一桩下流的往事。谁的一生里都会有这一类经历。她将回到她那淡红色的房间,她将继续读书,会再次腹泻;马蒂厄会继续每周来访四夜,在一个时期内将对她细心照料,像照料年轻的母亲一样。以后再同她做爱时,他会更加小心谨慎。而丹尼尔,作为大天使的丹尼尔也会不时来访……失掉一次机会,如此而已!她忽然从大镜子里看到自己的两只眼睛,便急忙掉过头来:她并不愿意怀恨马蒂厄。她嘀咕道:"我总该开始梳妆打扮啦。"

她没有勇气去打扮,而是重新坐回到床边。她轻轻地将手放在肚皮上,就在黑茸茸的阴毛上方,她按了一按,但没用大力气,然后怀着某种柔情自言自语:"就在这个部位。"但恨恨之心不肯退缩。她竭力对自己说:"我不愿恨他。他是有这种权利的。咱们早就相约,假如出了事故……他是不可能知道的,那本是我的过错,我对他只字未提过呀。"她一度以为她的紧张情绪可以放松一下了,她唯一担心的是会记恨马蒂厄。但几乎就在同一瞬间,她心头一惊:"我怎么可能对他说呢?他从来什么也不问我。"显然,他俩曾一劳永逸地商定:两人要相互交心、毫不保留。但这在他很容易办到,他特别喜欢谈他自己,叙述一番自己在良心上过不去的小疙瘩,讲一讲自己在道德上难以处理的各种情况。至于玛赛儿呢,他对她完全信任,实在是由于懒惰。他不肯为她费心,只是想:"她若有什么事情,是一定会对我说的。"然而她不能说,她无从启齿。"其实他应当知道这一点,知道我没有珍惜自己到那种程度。"除了同丹尼尔在一起的时候。丹尼尔善于启发她自己关心自己:他那么谆谆善诱,一边用美丽的眸子注视着她,一边问寒问暖;再说他俩也共同守着一个秘密。丹尼尔颇有些神出鬼没:他总是悄悄看望她,而马蒂厄一点儿也不知道他俩过从甚密。他俩并没干坏事,这几乎是在玩什么恶作剧。但这种串通却在他俩之间建立了一种活泼可爱的关系。更何况玛赛儿也乐于有这么一点儿私情,有这么点儿真正属于她自己、而无须与他人分享的东西。"他只要仿效丹尼尔就可以啦。为什么只有丹尼尔懂得让我开口说话呢?要是他当初助我一臂之力……"玛赛儿还在寻思。昨天从早到晚,她都觉得喉咙发紧。她本想对他说:"要是留住这孩子呢?"啊!只要他踌躇一秒钟,我就会跟他说。但他来了,他做出那副天真的样子:"把它打掉,怎么样?"而她竟未能启齿。"他走的时候忧心忡忡:他不愿让那老太婆毁了我。那是真的:他会去找地址,眼下他没有课啦,可以专门干这个。这总比跟那个小丫头闲泡好。再说他就像什么人打破了泥娃娃那么头痛。可其实呢,他良心上觉得太太平平……他大概发誓要格外地爱我。"她不禁抿嘴一笑:"这挺好。不过他得抓紧:要不了很久,我就会过了做爱的年龄啦。"

想到这里,她的手在床单上抽搐起来。她感到不胜惊恐:"假如我对他耿耿于怀,我还能剩下什么呢?"她到底是否弄明白了自己心里想不想要一个孩子?她从远处看,镜子里映出的是一堆黑糊糊、有些萎靡不振的肉团儿。那模样便是不生孩子而打入冷宫的苏丹王后啊。"他能活得下去吗?我可是完蛋了。"她将上老太婆那儿去。偷偷摸摸地趁夜晚去。那老太婆会用手轻拂她的秀发,如同对安德蕾一样,并且管她叫:"我的小猫咪!"脸上一副做肮脏交易的神情,同时唠叨着:"未婚的姑娘搞大了肚子,这就跟得了淋病一样下流!'我得了性病啦!'这种丫头就该这样看待自己!"

不过她还是忍不住轻轻抚摩自己的肚皮。她想:"是在这个部位。"在这个部位。像她自己一样是活物,却遭了厄运。像她自己一样,是荒谬而多余的生命……她突然充满激情地自语:"他本可以属于我的。哪怕是个白痴、是个残废,本来可以属于我啊!"但这秘密的心愿、这悄然的誓言是如此地孤寂无援,如此地不可告人,而且需要向许许多多的人隐瞒,以致她突然觉得自己有罪,不禁厌恶起自己来。

六

门楣上头首先映入眼帘的是"法兰西共和国"的缩写字徽记以及交叉的三色国旗:这就立刻定了调。然后走进空空荡荡的大展厅,投入了从彩色毛玻璃窗射进的学院式光线中:刚进门时是一种金黄色调,进去之后立刻融为灰色。浅色的墙壁,褐色丝绒的帷幔。马蒂厄悟到:"法兰西的精神!"法兰西精神的熏陶,那是无处不在的,在依维什的发丝间、在马蒂厄的双手上:那作了过滤处理的阳光和这几间展厅肃穆的寂静。马蒂厄感到被一大堆公民义务所压倒:注意小声说话、不得触摸展品,发扬批判精神时须既温和又有力,尤其在任何时候都别忘了法兰西品质的精华:恰如其分。在此之余,当然也看得出墙上、画上都斑斑驳驳,这些马蒂厄就一律熟视无睹啦。他仍然将依维什带进这展览会,他一言不发地让她看了一幅带耶稣受难十字架的布列塔尼风景画、两名跪在沙土上的塔希提女郎、一幅毛利族骑士的巡视图。依维什不声不响,马蒂厄猜不透她在想些什么。他也间或试图观赏这些油画,但却看不出所以然。"油画嘛,那是不会来占据你的,它只是摆在那里;"他略有些恼火地寻思,"它们存在与否要由我而定,我在它们面前是自由的。"太自由了,这就给他增加了一份额外的责任,他觉得自己不够周到。

"这个,便是高更的作品。"他指点着。

那是一幅方形的小幅油画,标题是《作者自画像》。高更在画面上脸色苍白,头发梳理整齐,下颚极为突出,看上去聪明过人,带着稚气的傲慢和忧愁。依维什一言不发,马蒂厄瞟了她一眼:仅仅看见她那被滤过的日光冲淡了的金发。上星期他首次观看这张画的时候,曾觉得它很美。现在他却感到索然寡味,而且,他并没有看这画:马蒂厄眼前充斥着现实、真相,渗透着第三共和国的精神。凡是现实的东西,他都看见了,他看见这典雅的光线所照亮的一切,诸如四面的墙壁、镜框里的油画、画面上结成硬块的油彩。但画面本身他却视而不见:画面仿佛被隐没了;在这讲究不偏不倚的气氛中,显得怪异的倒是曾有这么些人在画布上涂抹和虚构一些并不存在的东西。

进来了一位先生和一位太太。先生的身材高大、面色红润,眼睛长得像高帮皮鞋的纽扣,一头白发显得很柔软;太太像羚羊般苗条轻捷,看上去约莫四十岁。一走进展厅,他俩就有一种宾至如归的架势:想必他们已是常客了。他们显得风华不减,无疑同灯光的柔美有不可否认的关系。大约是国家展览馆的灯光最有益于他们青春常驻。尽里那面墙的边侧有一幅风雨剥蚀、色彩灰暗的巨制,马蒂厄将它指给依维什看:

"还是他的作品。"

高更在暴风雨狂袭的氛围中打着赤膊,以幻觉者冷酷虚无的目光盯着观众。孤独与傲慢吞噬了他的容颜。他的身躯变得像热带水果那样臃肿和松软,皮肤上长满水疱。他已丧失尊严(这尊严在马蒂厄倒完好如故,但不知将它如何摆布),却狂放依旧。在他身后,活跃着一些影影绰绰的活物,不啻是群魔乱舞的巫魔夜会①。马蒂厄头一回看见这副淫荡可怖的皮囊时,某种激情油然

---

① 指中世纪传说中魔鬼于安息日(星期六)晚在勃罗肯山上举办的巫魔夜会。

而生;但他那时是独自一人。可今天呢,却有一个爱抱怨的小家伙待在他身边,弄得马蒂厄无地自容,成为赘物:犹如弃置于墙角的一堆腐臭的垃圾。

先生和太太挨近了他们。这二位无拘无束地在画幅前立定脚跟。依维什只好闪向一边,因为他们阻挡着她的视线。那位先生向后仰起脑袋,以一种惋惜而严厉的表情审视着这幅画。这是一位权威人士:他身上佩戴着标志勋位的玫瑰花徽章。

"啧、啧、啧!"他连连摇头说,"我真不敢恭维! 天哪,他竟以基督自居! 而他背后这位黑色天使,又实在不严肃。"

太太扑哧笑出了声。

"我的天! 也真是,"她用轻飘飘的尖嗓音说,"这位天使啊,矫揉造作透了。"

"我不喜欢思考着的高更,"先生深刻地点评道,"真正的高更是描绘风景的高更。"

站在这肥胖而半裸的画中人面前,这位先生用那双布娃娃式的眼睛观赏着高更的作品;而他自己却又干又瘦,披挂着那身灰色法兰绒料子的西服。马蒂厄忽然听见一阵古怪的咯咯笑声:原来是依维什忍俊不禁,一发不可收。她咬紧嘴唇,向马蒂厄投来求救的目光。"她不嗔怪我了。"马蒂厄脑中不胜欣喜地闪过此念,他赶忙去挽住她的胳臂,将笑得直不起腰的她护送到展厅中央的一张皮椅上坐下。依维什一屁股栽进椅中,同时还笑个不停,满头金发全都披散到脸上。

"真是太古怪啦,"她高声议论着,"他怎么可以说:'我不喜欢思考着的高更?'还有那位贤惠的太太! 他有这么一位贤惠的夫人做伴,也真是相得益彰啊!"

先生和太太依然挺胸直立:他俩似乎在面面相觑,一时拿不定主意。

"旁边那间展厅还有另一些油画。"马蒂厄小心翼翼地提示。

依维什正色道：

"不必去看啦，"她闷闷不乐地回答，"这会儿情况不同啦：有其他观众了……"

"您愿意咱们现在就走吗？"

"我想那比较好，所有这些油画又叫我头疼啦。我想到室外散散步。"

她站起身。马蒂厄也跟着站起身，同时不无遗憾地看了一眼左边墙上挂的那幅大油画：他本来也想向她介绍一番的。画面上有两个女人正光着脚踩过一片泛着粉红色调的草地。其中一个戴着风帽，那是一名女巫。另一个则带着预言者式的安详，向前方伸出手臂。这两个女人不完全是活着的人，她们被画下时，似乎正处在蜕变为物体的过程中。

外面，街道上一片火红的阳光。马蒂厄觉得似乎正在火红的炭盆中穿行。

"依维什！"他勉为其难地招呼一声。

依维什扮了个鬼脸，便将两手举起遮住两眼：

"我觉得简直是一针一针在刺我的眼睛，想把它们刺瞎了哩。我恨这夏天！"她气呼呼地说。

他们往前走了几步。依维什有点踉跄，她仍然用双手使劲挡住两眼。

"小心啊，"马蒂厄说，"人行道到此结束。"

依维什突然将两手放下。马蒂厄瞥见她两眼圆睁，眼圈发白。他俩悄然穿过马路。

"这不该公开举行。"依维什蓦然来了这么一句。

"您是指展览会？"马蒂厄吃惊地问。

"是呀。"

"如果不是公开展出，"他试图恢复他俩平素那种高高兴兴的亲切语调，"我就不知道咱们怎样才能入场。"

"那咱们就不去呗。"依维什没好气地说。

他们不说话了。马蒂厄又想："她还在埋怨我哩。"接着，他脑海里突然闪过一种难以忍受的信念："她是想溜之大吉。她一心一意就想这。她大概正在脑子里编造一句客客气气告辞的话，然后就甩掉我。我不愿她走掉。"他焦虑地想。

"您没有什么特别的事情要去做吧？"

"什么时候？"

"就是现在呀。"

"没有，没有什么事要做。"

"既然您想散散步，我便想……请您陪我上蒙马特尔街丹尼尔家走一趟。您不反对吧？咱们可以在他家门前分手；如果您愿意，我付钱叫好出租车，送您回女学生之家。"

"随您的便。不过我不回学生之家，我要去看看鲍里斯。"

"她留下来啦。"但这不能证明她已经原谅了他。依维什极不愿意告别故地故人，即使她已厌恶之至，因为她一想到此后如何便会不寒而栗。她会懒散而怨愤地随波逐流，顺应最不愉快的局面，终于在其间找到喘息之机。马蒂厄毕竟感到满意：只要她还同他待在一起，他就会阻止她去想问题。只要他自己喋喋不休，只要他硬叫她听他讲这一套，总可以防止她心头已在酝酿的怒火迸发。必须唠叨起来，叽叽呱呱打开话匣儿，话题不拘。但是马蒂厄找不到可说的话。末了，他笨头笨脑地问：

"这些油画还算讨人喜欢吧？"

依维什耸了耸肩。

"当然喽。"

马蒂厄真想拭一拭额头上的汗水，但却不敢这么做。"再过一个钟头,她就获得自由啦,她将不留余地,对我作终审判决。我也无从自辩了。不能就这么着让她离去,"他下定了决心,"我得作一番解释啊。"

他转身瞧着她,瞥见她的眼神有些迷糊,便欲言又止了。

"您认为他得了精神病吗?"依维什猛地问道。

"说的是高更?我也不知道啊。是因为他那帧自画像您才问这个吗?"

"是因为他的眼神。还有他身后那些黑影儿,真好像一群魔怪在交头接耳、窃窃私语呢。"

她略带惋惜地又道:

"他很美哩。"

"哦,"马蒂厄惊奇地说,"我是不会这样想的。"

依维什谈论大名鼎鼎的死者用了一种令马蒂厄骇怪的方式:在大画家及其作品间,她不认为有任何关系;油画嘛,那是些物体,是感官上美妙的物体,理应将它们据为己有;她觉得它们始终是存在的;画家则同常人一般无二:她一点也不感激他们的作品,对他们也不怀任何敬意。她询问的是他们是否有趣、是否风度翩翩、是否曾经有过许多情妇。某一天,马蒂厄问她喜不喜欢图鲁兹-洛特雷克①的画,她竟然回答:"讨厌极啦,他人就那么丑!"马蒂厄觉得他本人受到了伤害。

"不,他很美。"依维什又斩钉截铁地说道。

马蒂厄耸了耸肩。巴黎大学的男学生们,一个个都像姑娘们那样腼腆清秀;依维什可以一一端详,饱尝眼福。马蒂厄甚至觉得她这种表现颇富魅力:一天她竟久久盯着由两位修女陪伴的一名孤儿院少年,并且稍带焦虑而又郑重其事地宣称:"我想我要变成

---

① 图鲁兹-洛特雷克(1864—1901),法国印象派画家。

好男色者了!"对女人也一样,她也会觉得女人美。但高更不行。那是个成年男子,虽然他曾为她而留下了她喜爱的作品。

"应当一提的是,我并不觉得他可亲。"他道。

依维什噘着嘴以示轻蔑,却不置一词。

"怎么回事,依维什?"马蒂厄急不可耐地问,"就因为我说他不可亲,您就抱怨我?"

"不是的,但我在想,您为什么这样说?"

"随便说说。因为我对他的印象就是如此:他的神情傲慢,弄得两只眼睛往上翻,像锅里煮过的死鱼!"

依维什用手去扯自己的一绺头发。她露出兴味索然的固执模样。

"他具有贵族气息。"她不含褒贬地说。

"是呀……"马蒂厄也用同样的语调应答,"他非常傲慢,如果您是指的这一类表现。"

"当然是这样。"依维什略带讪笑道。

"为什么说'当然'呢?"

"因为我知道您准会把这称为傲慢。"

马蒂厄缓和了一下语气,说:

"我决无说人家坏话的意思。您知道:我倒喜欢人有点儿傲骨。"

出现了一阵久久的静场。然后依维什突然带着木讷和自信的神色说:

"法国人不喜欢贵族气息。"

依维什生气的时候,很喜欢对法国人的气质评头品足,那模样总是有些木讷,此刻她用一种憨厚的语调补充道:

"其实这我可以理解。从外表看,的确显得有些夸张。"

马蒂厄不吭气了:依维什的父亲就是贵族。假如没有一九一七年的革命,依维什就会被关进莫斯科的贵族小姐寄宿学校受教育。人家就会把她介绍到宫廷里,她就会嫁给一名近卫军军官。他身材高大、容貌出众,脑门却不宽,目光极呆板。现在呢,塞尔金先生当上了拉昂地方一家机械锯木厂的厂主。依维什则到了巴黎。她在巴黎游荡,并且有不喜欢贵族的法国市民马蒂厄陪伴。

"他……难道也走啦?"依维什突然问。

"是的,"马蒂厄热心地回答,"您想听我讲讲他的故事吗?"

"我想我本来知道:他已婚,有子女。是这样的吗?"

"不错,他在一家银行工作。此外,每到星期日,他就携带画架和颜料盒到郊区去。这就是所谓星期日画家。"

"星期日画家?"

"是的,开头他不过如此。就是说,是专在星期日制造涂鸦之作的业余画家。像那些持竿渔翁一般。要知道这多少也是为了保健,因为风景画是在乡下画。能呼吸新鲜空气。"

依维什笑了,但并不是马蒂厄所期待的那种神态。

"他最初是个星期日画家,这让你觉得有趣吗?"马蒂厄忐忑不安地问。

"我想到的不是他呢。"

"您在想什么啊?"

"我在想,人们是否有时也会谈到什么星期日作家?"

星期日作家:那是些小资产者,他们每年写上一部中篇小说,或者五六首诗歌,好叫自己的生活染上一点儿理想的色彩。也是为了保健。马蒂厄想到这里不禁一震,继而喜滋滋地问:

"您是说我也是一名星期日作家?哈哈,您看,听风便是雨啦。也难说,不定哪一天我会动身到塔希提岛去。"

依维什转过头来直视着他。她的样子狼狈而胆怯:她大概被自己的大胆吓坏啦。

"我不太相信。"她不关痛痒地说。

"为什么不可以?"马蒂厄问,"也许不去塔希提岛,而是去纽约。我很愿意去一趟美洲。"

依维什使劲扯着自己的鬈发,喃喃道:

"是呀,假如是作为出差……跟别的教授做伴儿。"

马蒂厄静静地端详她。她又道:

"也许我弄错啦……我想象得到,您或许在一所美国大学,为美国的大学生们讲课;但无法想象您站在一条船的甲板上,跟一批移民混杂在一起。这也许是因为您是法国人啊。"

"您认为我必须坐头等舱么?"他有些羞惭地问。

"不,"依维什简短地回答,"二等舱就行啦。"

他吞咽不下口中的唾液了。"我倒愿意看见她同移民们一起站在那里,站在一条船的甲板上。她会因此完蛋哩。"

"总而言之,"他以做结论的口气说,"我觉得您这样一口咬定我不会远行,无论如何也是奇怪的。何况您没有猜对,我过去就常常萌生这样的念头。后来不想了是因为我觉得这念头太傻了。这件事尤其好笑的是,居然是因为高更引起的:正好他一直到四十岁还是个小职员!"

依维什爆出一阵冷笑。

"难道不是这样?"马蒂厄问。

"是这样的……既然您这样说。何况看他的画就知道……"

"知道什么?"

"是这样的:我想不会有许多像他这样的小职员。他的样子……好像茫然若失。"

马蒂厄回想起那副有着大下巴颏儿的胖脸蛋。高更失去了人的尊严,他愿意失去这尊严。

"我明白,"他道,"您是指尽里墙上的那幅大油画?他那时已经病入膏肓。"

依维什轻蔑地一笑。

"我是指小的那一幅。他那时年轻着呢:他的神情似乎将要大有作为的样子。"她呆呆地看着半空中,神态有点儿惶恐,马蒂厄再次感到妒羡之意涌上心头。

"显然,假如您是指这一点,我还不是个失魂落魄的人。"

"哦,不是的。"依维什应道。

"我不明白这怎么能成为优点,"马蒂厄说,"要么就是我没弄清楚您的意思。"

"好啦!且不谈这个吧。"

"当然可以。您总是这样,总喜欢指桑骂槐地责备别人,又不肯说个明明白白。这太随便了吧。"

"我不责备任何人。"她满不在乎地说。

马蒂厄停下脚步打量着她。依维什也勉勉强强在原地站住。她两脚轮番小息着,并且避开了马蒂厄的目光。

"依维什,您得告诉我那句话的含意。"

"哪句话呀?"她惊奇地问。

"什么'茫然若失'的人啦。"

"咱们说来说去还在说这个?"

"看起来挺傻,不过我就是想弄清您想表示什么。"

依维什又扯起自己的头发来:真是讨厌鬼!

"没什么,忽然想到这么个词儿。"

她打住了,似乎在寻找什么。她不时张开嘴巴,马蒂厄还以为她要说点儿什么,结果却什么也没说。

"我才不在乎这么说或者那么说呢。"她道。

她将一丝鬈发绕在手指上,用力扯着,似乎要拔下那根头发。她接着飞快地又说道:

"您已经定居,现在住的地方恐怕是金不换的喽。"眼睛还盯着自己的鞋尖。

"问的是这个!"马蒂厄应答,"您又怎么知道呐?"

"这是一种印象:别人总觉得您已经功成名就,事事都有主见了。这样,您如果觉得事物唾手可得,便会顺手拈来;但要劳您的大驾去争取,大概是不甚情愿的。"

"您怎么知道?"马蒂厄又问了一遍。他实在回不出别的话来,其实倒觉得依维什一语中的。

"我本以为,以为您不愿再冒任何风险,"依维什颇有几分厌倦地说,"您人太聪明,不会去冒风险的。"

接着,她又虚情假意地说:

"但您既然当面告诉我您并非如此……"

马蒂厄忽然想到玛赛儿,不禁颇觉羞愧:

"不,"他低声道,"我是这样的,是像您认为的那样。"

"啊哈!"依维什得意扬扬地接话道。

"您……您觉得这是卑劣的么?"

"正好相反,"依维什雍容大度地说,"我觉得这是再好也不过的啦。像高更那样,大概是没法过日子的。"她又补充一句道:

"跟您在一起觉得放心,不必害怕有什么意想不到的事情会发生。"

"那倒是,"马蒂厄冷冷地说,"如果您的意思是指我不干随心所欲的事情……您知道,我也可以跟别人学,但我觉得那样做太差劲。"

"我明白,"依维什又道,"您做的每件事情总是那么……有条不紊……"

马蒂厄觉得自己的脸变得刷白了。

"您这是指的什么,依维什?"

"什么都指。"依维什含糊其词地回答。

"嘿！那您的这点儿看法就与众不同啦。"

她两眼并不瞧他,却喃喃说道:

"每周一开始,您就带来一份《巴黎周刊》,您要安排一个计划……"

"依维什!"马蒂厄气呼呼地说,"那可是为了您呀!"

"我知道,"依维什彬彬有礼地回答,"我对您可是感激不尽哩。"

马蒂厄有些被刺痛,但尤其觉得始料不及。

"我真不懂,依维什。您是不是不爱听音乐、不愿看油画呢?"

"并不是这样。"

"您说得有气无力呀。"

"我是真心喜欢的……但是我非常讨厌——"她突然语气强烈地说,"人家把我喜欢的事情变成非尽不可的义务!"

"哦!……您……原来您不喜欢这些!"马蒂厄重复道。

她抬起头来,将头发甩向后脑。她那苍白的大脸蛋完全显露出来,她的两眼闪闪发光。马蒂厄惊呆了:他凝视着依维什薄薄的柔弱的嘴唇,自问怎么会去亲吻它们。

"早就该告诉我呀,"他不胜怜悯地又道,"我是绝不会勉强您的。"

他拉她去听音乐会、去看展览,并且向她解释那些画幅;而就在这当儿,她却对他生出了怨愤。

"要是我不能拥有这些画幅,它们对我又有何用处呢?"依维什充耳不闻地说,"每一回我都发疯似的想将它们拿走,但观众连摸都不许摸啊!而我感觉到您在我身旁,心平气和、循规蹈矩:您去看展览就像到教堂去望弥撒一样。"

他俩不再说什么了,依维什保持着冷漠的表情。马蒂厄突然

喉头发紧:

"依维什,我请您原谅今天上午发生的事情。"

"今天上午?"依维什反问,"我连想也没有再去想。我想到的是高更。"

"这种事不会再发生啦,"马蒂厄说,"我甚至没弄明白怎么会发生的!"

他是为了良心上过得去才这样说的:他明知自己是要败诉的。依维什没有搭理,于是马蒂厄吃力地又道:

"还有博物馆和音乐会……您要知道我是多么遗憾!我总以为自己跟人家有了默契……您却从来不置一词。"

说到每一句时,他都以为自己会停下。而另一句话又从他的喉咙底里冒出来,使他继续摇唇鼓舌。他说的时候心绪恶劣,而且结结巴巴。他又道:

"我会设法改变的。"

"我真卑鄙。"他暗自寻思。一腔怒火烧得他两腮通红。依维什摇着头说:

"人是不能自己改变自己的。"她现在用了入情入理的语调,反倒使马蒂厄对她产生厌恶。他俩肩并肩静静地向前走。他们身上洒满阳光,彼此怀着愤愤之情。但与此同时,马蒂厄用依维什的眼光来观察自己,心中对他本人厌恶至极。她将手举向额头,又用指头揉揉太阳穴:

"路还远吗?"

"还得一刻钟。您累了吗?"

"嗯,是累。对不起,应该说是由于那些画。"她顿了顿足,茫然不知所措地瞅着马蒂厄:"这会儿我就已经忘光啦。它们在我脑中全都搅成了一团。每次全都一样。"

"您想回去了吗?"马蒂厄几乎松了一口气。

"我想这样比较好。"

马蒂厄叫来一辆出租车。眼下他急于要独自待一会儿。

"再见啦。"依维什目不侧视地咕噜了一句。

马蒂厄心想:"还有苏门答腊歌厅呢?我是否仍应当去一趟?"

"再见吧。"她又道。

出租车远去了,好一阵,马蒂厄都焦虑地目送着它。接着,在他内心深处一扇门砰地关闭了,又紧紧闩上,他开始想念起玛赛儿来。

七

丹尼尔光着膀子,对着穿衣镜刮脸:"这是今天上午的事,到中午就了结啦。"这不单是一项计划:这事已经定了,体现在电灯的灯光之中,也在剃刀嗞嗞的响声中。你别想将它推迟,也别想提前让它早早结束:总而言之就得有这么一番经历。十点钟的钟声刚刚敲响,正午已潜入屋内。一只圆圆的大眼在张望。这之后,仅有一个朦朦胧胧的午后,像一条毛虫蜷曲着。他的眼底非常疼痛,因为觉睡得实在太少。嘴唇下面长了个疱,红红的,尖端却是白色。现在每当他痛饮一杯之后就会如此。丹尼尔伸长耳朵:没什么,是街上的嘈杂声。他瞧着那通红灼热的肉疱(还有两眼下方淡青色的眼泡),心想:"我在毁灭我自己呢!"他小心翼翼让剃刀在肉疱周围刮着,避免刮破它。那会留下一小撮黑毛,也只好算了:丹尼尔最讨厌刮破皮。同时,他伸长耳朵:房间的门虚掩着,为的是能听清楚。他自语道:"这回我一定要抓住她!"

那是很细微的一阵窸窣声,几乎无法分辨。丹尼尔却立刻蹦起来,手上还拿着剃刀,猛地打开房门。但为时已晚,那孩子早就防着这一手:她已经拔脚溜去,大约是蜷伏在楼梯平台什么角落里,正屏息凝神,仔细谛听,心儿怦怦乱跳。丹尼尔在脚下小块草垫上发现了一束石竹花,于是大喊一声:"该死的小丫头!"他可以肯定:就是那看门女人的女儿。她每天向他道早安时那副挤眉弄眼的神态,一看就明白啦。已经有半个月啦,每天上午从学校回家,她总要在丹尼尔门前摆上鲜花。他一脚把那束石竹花踢进了楼梯道里的垃圾桶。"我得找一个上午,一直待在前厅里偷听,只有这样才能逮住她!"那他就会上身赤膊,用很厉害的目光盯着她。他想:"她爱的是我这副长相。我的面孔和肩膀正合她的理想。让她看看我胸部长满了毛,这才能吓住她!"他回到屋里又重新刮起脸来。从镜子里看起来,他的脸阴沉庄重,面颊有点发青,他不自在地想:"叫她们激动的就是这副尊容。"那是大天使的脸型。玛赛儿就管他叫"亲爱的大天使"。如今,他得忍受那小婊子的眉来眼去,她正因为青春期的萌动而体态丰满起来。"小贱货们!"丹尼尔没好气地想。他稍稍向前俯身,用剃刀巧妙地一刮,就将那肉疱头儿削掉了。她们喜欢这副面孔,现在来它个小小的破相,也算是恶作剧吧。"咳!破了相也还是一张脸,总还有点儿像什么:这会让我格外厌烦哩!"他又凑近镜面,毫无乐趣地自审一番。他自语道:"再说,我也愿意自己英俊。"他的神情疲惫。他揪了一把自己的臀部:"得减它一公斤的肥!"昨天晚上,在约翰妮酒店喝了七杯威士忌。直到凌晨三点,他都下不了回家的决心,因为将脑袋搁在枕头上、扎进漆黑的夜色里而又得为第二天发愁,这实在令人难受。丹尼尔忽然想到君士坦丁堡的野狗。人家在大街小巷里追逐它们,接着将它们装进口袋、装进篓子,最后将它们扔到一座荒岛上。它们相互撕咬。海上强劲的风常常将它们的惨叫声吹入水手的耳际:"不应当将狗弃于荒岛啊。"丹尼尔不喜欢狗。

他穿上一件乳白色丝绸衬衫,蹬上一条法兰绒的灰长裤。他仔仔细细挑选了一条领带:今天就系有绿色条纹的那根,因为他脸色不佳。接着他打开窗户,让晨光进入房间。那是一个注定会沉重、郁闷的上午。丹尼尔让自己在死水般的暑气中沉浮片刻,然后环视了一下四周:他喜欢他这间屋子,因为它没有什么个性,不会让人一眼看出主人便是他。你或许会把它当成旅馆里的房间。四壁空空,两张安乐椅,一只木椅,一张桌子,一具衣柜,一张床。丹尼尔没有纪念品。他看到房间正中敞开的大柳条筐,便转过了眼睛:那是为今天准备的。

丹尼尔的表指着十点二十五分。他将厨房门打开一半,吹了声口哨。最先露面的是西皮翁。它的毛白里间黄,长着一撮小胡髭。它冷冷地瞧了瞧丹尼尔,又凶狠地做出打呵欠的样子,然后拱起脊背。丹尼尔和气地蹲下,用手抚摩它的嘴巴。那猫半闭着眼,用前爪轻轻拍打他的衣袖。过了一会儿,丹尼尔抓着它的颈脖,将它放进筐里。西皮翁一动不动地待在里面,疲惫而心满意足。接着过来的是玛尔维娜。丹尼尔喜欢它的程度不及对另外两只,因为它虚情假意,并且喜欢逢迎。当它确信丹尼尔已看见它时,便远远地咪呜起来,同时做出种种媚态:它用脑袋去蹭门当中的一扇。丹尼尔用手指摸了摸它那肥胖的颈部,于是它翻身仰卧着,将四只爪子笔直地举起。他便搔着它的黑毛下的胸部:"哈、哈!"他像唱歌那样有节拍地轻轻唤着。"哈、哈!"于是它向两侧来回滚动,脑袋做出优美的动作。"等一等再瞧,只需要等到中午。"他喃喃自语。他一把拎起它的脚爪,将它放在西皮翁的旁边。它似乎感到惊奇,但却滚成了一团圆球,大概转了转脑筋,又重新咪呜咪呜地叫起来。

"波贝!"丹尼尔叫唤道,"波贝,波贝!"主人招呼的时候,波贝几乎从来不报到。丹尼尔只好到厨房里去找它。它看见丹尼尔时,便纵身跳上煤气灶,同时气呼呼地吼叫着。这是一只野猫,右胁有一条很长的伤口。某个冬天的夜晚,丹尼尔在卢森堡公园快静园前发现了它,便将它抱回了家。它专横暴戾,经常咬伤玛尔维娜;丹尼尔倒很喜欢它。他将它抱在怀里。它却将脑袋往后缩。耷拉着耳朵,脖子也变粗了:它似乎很不高兴。他用手指去摸它的嘴巴,它轻轻咬着那指头,似乎又恼怒又淘气。他揪了揪它脖子上的肉。它便抬起那固执的小脑袋。它并不呜哩呜噜地叫(波贝可从来不呜呜叫),却盯着丹尼尔,目光逼视着他。丹尼尔不经意地想:"这倒少见,一只猫愣愣地瞪着你!"与此同时,一种难以忍受的焦虑涌上心头,他不得不转过两眼。"嘿嘿!"他喃喃道,"嘿嘿!我的王后娘娘呀!"他朝它一笑,却没有正眼瞧它。另外两只仍然并排蹲着,样子很傻,呜呜之声不绝,像夏日蝉鸣般执着。丹尼尔瞧着它们,不怀好意地松了口气:"可以做白葡萄酒烩肉。"他联想到玛尔维娜的玫瑰色乳头。但要想让波贝进柳条筐,那可是费尽力气:他不得不托起它的屁股,那刁畜生转过头来唾了他一口,还用利爪搔了他一下。"哼!好大的胆!"丹尼尔说。于是他同时抓住它的脖子和腰部,硬将它塞了进去。柳条筐在波贝的利爪下咯咯作响。那猫怔了一小会儿,丹尼尔趁机砰然放下筐盖,锁上两边的扣锁。"哎哟!"他这才舒了口气。他觉得手上有些灼热,那是一种干涩的微痛,几乎像搔痒。他重新站起身来,以自嘲的满意心情上上下下审视一遍。"锁住啦!"在他的手背上有三处搔伤;在他的心头也有一种瘙痒之感。这古怪的感觉可能意味着要出事。他拿起桌上那团绳子,塞进长裤衣兜里。

他在犹豫。"有相当长一段路要走,我会觉得太热的。"他本想带上他的法兰绒短装,但他不习惯迁就自己的愿望。何况在炎炎夏日之下,满面通红、汗流浃背地走路,手臂上还有这个赘物,看上去就挺滑稽。滑稽而且有些可笑:他不禁微露笑意,终于挑选了那件紫红粗花呢上装,那是五月底以来他就穿不住了的。他提起柳条筐的把手,嘀咕着:"好沉啊,这些该死的畜生!"他想象得出它们卑微而可笑的姿势,它们又恼火又惊慌的神态。"我爱的竟是这劳什子!"只需将三只爱物关进一只柳条筐,它们就恢复了猫儿的原形。仅仅是几只猫,小小的哺乳类动物,虚荣、狭隘、胆小,毫不神圣。"猫儿就是猫儿。"他不禁失笑。他觉得似乎在故意捉弄什么人。当他跨出大门时,他起了一阵恶心,但为时不久:在楼梯道里,他觉得身子还能挺住,并无呕吐之虞,但腹部有一种古怪的淡而无味之感,如同嚼了生肉。看门女人正立在门槛上,冲着他笑脸盈盈。她很喜欢丹尼尔,因为他彬彬有礼、殷勤风雅。

"您起得真早啊,塞雷诺先生。"

"我担心您病了咧,亲爱的夫人,"丹尼尔十分关切地应答道,"我昨晚回来很迟,看见您屋子的门下还漏出灯光。"

"您想想,"看门女人笑着说,"我累坏啦,没关灯就睡着喽。突然,我听到您按门铃的声音。噢,我就嘀咕:准是塞雷诺先生回来啦!(我这儿外出未归的就只有您了。)在这之后,我立刻熄了灯。那时候差不多是凌晨三点钟吧?"

"差不多……"

"哦!"她道,"您弄到了一只大筐!"

"那是我的几只猫咪。"

"这些可怜的小动物,是不是生病了?"

"没有。我把它们送到穆东我姐姐家里去。兽医说它们需要新鲜空气。"

他郑重地补充:

"您知道吗,猫也可以染上肺病呢!"

"肺病!"女看门人吃惊地说,"那么,就好好照应它们吧。不过这样您家里就出现空白啦。我替您整理房间时,已经习惯看见这些小东西了呢。您也会伤心的啊。"

"非常伤心,杜布依夫人。"丹尼尔说。

他严肃地朝她笑了笑,便径自离去。"这老鼹鼠,说话自相矛盾呢。我不在家时,她准定摆弄它们来着。可我明明说过,不许她碰它们。她最好管住她那个丫头!"他一脚跨出大门,阳光使他目眩头晕,这该死的滚烫而刺人的光线。它照得他两眼发痛,这倒是意料中事:头天晚上若是喝了几杯,那么最好第二天上午是多云天。他现在什么也看不见啦。他觉得自己是在阳光中沉浮,脑袋好像套上了紧箍咒。蓦地,他看见自己的身影,又可笑又粗壮,他手提的柳条筐摇摇晃晃的影子也映了出来。丹尼尔不禁好笑。他本人是很高大的。他使劲挺了挺身子,但那人影儿却仍然短小而畸形,简直像一只黑猩猩。"杰凯尔医生和海德先生。不,不需要出租车,"他自言自语,"我有的是时间。我要带海德先生徒步走到第72路车站。72路车会把他送到夏朗东的。"在离那里一公里开外的所在,丹尼尔知道在塞纳河边有一处偏僻的角落。"当然,"他喃喃自语道,"我不会在那里观赏风景,那是最不可取的。"在那个地方,塞纳河的河水特别黑也特别脏。由于维特里的几家工厂,河面上处处是发绿的油迹。丹尼尔厌恶地自我审视:他在内心深处觉得自己非常温和,温和到了不自然的程度。他不无乐趣地想到:"男人就是这样。"他是非常冷酷而内向的,但内心又有一个软弱的受害者苦苦求饶。他琢磨:"人竟会自己恨自己,好像那是另一个人,也真怪。"其实并非如此:他枉费了心机,只有一个丹尼尔。当他瞧不起自己时,他觉得自己超越自身,变成抽象的法官,俯视着一条邪恶的蛆虫;然后突然间,这虫又缠住他,从下面吸着他,于是两个他又粘到了一起。"该死!"他暗忖,"我得去喝上一杯!"他只需拐一个小弯,在塔叶杜斯街的优胜酒店歇歇脚。他推门进去时,酒店里空空荡荡。服务员正在擦酒桶形的红木桌子。

在丹尼尔眼中,黑暗显得十分柔和。"脑袋真疼。"他自语道。他放下筐子,踮起脚坐到一张酒吧圆凳上。

"当然是要满满一杯威士忌喽。"酒店老板断言。

"不。"丹尼尔回绝道。

"去他妈的,他们这一套!总是把活人当成雨伞或缝纫机之类,一定得分类选册!我并不是……从来就不是属于哪一类的。可他们随意就给您下定义。这客人是多给小费的,那客人总爱说笑话。我就是那种专喝满满一杯威士忌的了!"

"来一杯有泡沫的杜松子酒。"丹尼尔吩咐。

酒店老板没吭气就给他上了酒:他大概不高兴了。"也好。我以后再也不上这一家来啦。来得太勤了哩。"何况那杜松子酒有一股利泻的柠檬汁味儿。喝下去就变成略带酸味的粉末,散在舌头上面,最后变成铁锈味儿。"这对我没啥意思。"丹尼尔想。

"请用球形玻璃杯给我斟一杯伏特加,撒点儿胡椒。"

他饮下了伏特加,不禁晕乎了一阵子。嘴里觉得火辣辣的。他思忖:"这就没完没了了啦?"但这些念头只是表层的,总像是什么空头支票之类。"什么东西没完没了?什么东西没完没了?"只听得一声短促的咪呜声和利爪抓搔的声音。酒店老板吃了一惊。

"筐子里有几只猫。"丹尼尔简单解释道。

他从高凳跳下,扔了二十法郎在桌上,又重新提起柳条筐。在提起的瞬间,他发现地面上有一个小红点:那是一滴血。"它们在里面搞什么名堂?"丹尼尔忧心忡忡地想。但他并不想揭开盖子。眼前,筐里只有一种群体性的、难以区分的惧怕。一旦揭开,这恐惧就物化为他的几只猫,那是丹尼尔此刻不能忍受的。"哦!你不能忍受啦?假如我将它揭开呢,这盖子?"可丹尼尔已走出了酒店,耀眼的光芒复又出现,那是透明的、湿润的光线:您会觉得两眼发痒,您还以为看见的是火;然后突然又发现,您看见几座房屋已有了一段时间。您看见百步之外,如同淡淡的轻烟那样缥缈的房屋;在街道顶端有一堵蓝色大墙。"看得清楚反是恶兆哩。"丹尼尔暗想。他心目中的地狱便是如此:一种穿透一切的目光,可以看到世界的尽头,看透自己的内心。那筐子在他臂下自己摇晃着,并从筐内抓搔着。这使他感到恐怖近在咫尺,竟不知它是令人高兴还是令人生厌:其实两者都一样。"毕竟有点儿可以使它们放心的东西,它们能闻出我的气味,"丹尼尔暗忖,"不错,对他们来说,我就代表一种气味。"可别着急呀:不用很久,丹尼尔就不再有这股熟悉的气味了,他将会无臭无味地在人群中行走,人们没有精细的嗅觉,不可能从气味将他辨认出来。变得没有气味、没有阴影、没有历史,而只是一具无形中拔除了自我的东西,向着未来迈进。丹尼尔发现那东西比自身超前几步,在那街灯所照之处。他仿佛看见那东西正走过来,或许由于手提物的重量而微微跛行,举止做作、浑身是汗。他看到那东西朝自己走来,他则仅仅是一道目光。但一家染料店的大镜子映照出他的形象,前面那种幻觉便不驱自散了。丹尼尔浸透污泥浊水:他自己;塞纳河的污泥浊水将灌满柳条筐,它们会用利爪相互残杀。他深感厌恶,心想:"多无聊的举动。"他停住脚,将那柳条筐搁在地上:"害人必害己。自己不可能直接害自己。"他又想到君士坦丁堡:人家将不贞的妻子和疯猫一同装进麻袋,扔进博斯普鲁斯海峡。酒桶、皮袋、柳条筐,都相当于牢房。"还有更糟糕的。"丹尼尔耸了耸肩:又是空头支票式的念头。他不愿小题大做,过去他常常如此。小题大做是由于自以为了不起。丹尼尔将永远、永远也不会自以为了不起了。公共汽车蓦然出现。丹尼尔向汽车司机做了个手势,便在头等席位上坐下。

"到终点么?"

"要六张票。"售票员说。

塞纳河的河水将使它们发狂。那是牛奶咖啡一般,却泛着淡紫色泽的河水。一个女人坐在他对面,威严而做作,带着一个小姑娘。小姑娘看那柳条筐看得兴致勃勃。"该死的小密探!"丹尼尔想。筐里发出咪呜咪呜的叫声,丹尼尔猛一惊,仿佛他在谋杀现场被人捉住:

"这里面装的什么呀?"小姑娘用清脆的嗓音问。

"嘘!"母亲喝道,"别打扰这位先生!"

"里面装了几只猫。"丹尼尔回答。

"是您养的么?"小姑娘又问。

"不错。"

"您干吗将它们装在筐子里呢?"

"因为它们生病啦。"丹尼尔和和气气地回答。

"我能看看它们么?"

"雅尼娜,"母亲阻止道,"你太过分啦。"

"我不能打开给你看。因为生病,它们变得挺凶狠呢。"

小姑娘改用一种很讲道理而又挺可爱的语调说:

"哦,这些小东西,跟我是不会凶狠的。"

"你以为吗?听着,我的小宝贝儿!"丹尼尔低声而快速地说,"我要去淹死我喂养的猫。这就是我要做的事,可你知道是为什么吗?因为就在今天上午,有个像你一样的漂亮小姑娘给我送鲜花来。它们把她的脸全都抓破啦。家里人将不得不给她装假眼睛呢。"

"哎呀!"小姑娘极其惊愕地叹道。她不胜恐怖地瞅着那编筐,吓得直往妈妈裙子里钻。

"你看,你看!"母亲用愤怒的目光盯着丹尼尔,一边训斥女儿,"你本应当规规矩矩待着,不要乱多嘴、胡说八道。没什么,我的小宝贝儿。这位先生是跟你说着玩儿的。"

丹尼尔平静地以凝视回敬了她:"她恨我。"想到这里他不禁得意起来。他瞥见车窗外一排排灰房子疾驰而过,并且知道那女人在怒视他。"恼火了的母亲!正在我身上寻找可以仇恨的东西。不会是恨我的长相。"谁都不会讨厌丹尼尔的长相。"也不会是我的衣着,那是崭新而合身的。哦,也许是我这双手。"他的手又短又粗壮,有点儿肥厚,关节上长着黑毛。他将两手摊开在膝盖上:"你看呀!不妨看一看呀!"可那女人已经不再追究:她两眼直视前方,样子很麻木;其实她是在休息。丹尼尔有些贪婪地凝视着她:这些正在休息的乘客是什么样的人呢?她身体放松,似乎自我稀释了。在这颗头脑里,没有任何自我逃遁式的念头、没有好奇心、没有仇恨,也没有任何举动,甚至是轻微的颤动:剩下的仅是昏昏欲睡的一个大面团儿。她突然醒过来,一种活跃的表情显露在她的容颜上。

"是这儿。就是到这儿!"她说,"快走呀,瞧你总是拖拖拉拉,真讨厌!"

她牵住女儿的手,拖她朝前走。小姑娘在下车前掉过头来,向筐子投以恐惧的目光。公共汽车重新开动,然后又停了一站。有几位乘客带着笑容从丹尼尔面前走过。

"到终点啦!"售票员对他喊道。

丹尼尔猛醒过来:车厢里已经空空如也。他站起身来往下走。下面是一处人来人往的广场,有几家小酒店;在一辆有把手的车子四周,围上了一群工人和妇女。一些女人非常惊奇地瞧着他。丹尼尔加快步伐,转进一条通向塞纳河边的脏乱不堪的小街。小街两侧有一些酒桶和仓库库房。那编筐开始咪呜咪呜叫个没完没了。丹尼尔几乎奔跑起来。他好比提着一只漏桶,那水正一滴一滴往外流。每一声咪呜就是一滴水。那"水桶"很沉重。丹尼尔用左手提着,右手便擦拭自己的额头。不应该再想里面的猫。"哼!你不愿想这些猫?那么就偏要让你想,否则太便宜你了!"

丹尼尔仿佛又看见波贝金黄色的眼睛，便赶紧随意想点儿什么，想到证券交易所，想到前天他赚了一万法郎，想到玛赛儿。他今晚就应当去看望玛赛儿，这是他平常去的日子："大天使呀！"丹尼尔冷冷一笑。他心里很瞧不起玛赛儿："他俩没有勇气相互挑明已不再相爱。假如马蒂厄正视现实，那他就必须作一个决定。但他不愿意。他不愿意毁掉自己。他是合乎常情的哩，他这个人，"丹尼尔不无嘲讽地想。那几只猫哇哇乱叫，好像被迎头浇了开水似的。丹尼尔觉得自己乱了方寸。他将柳条筐放在地上，照准它狠踢了两脚。筐里大乱一阵，然后众猫不再出声了。丹尼尔纹丝不动地伫立一会儿，耳后感到一阵古怪的震荡，如电波般射出。一些工人从仓库里走出来，丹尼尔又继续赶路。到地方啦。他走下一列石头阶梯，来到塞纳河岸，便席地坐在一只铁环旁，正好在一大桶沥青和一堆石板间。蓝天下，塞纳河水泛着黄色。一些黑色平底驳船，上面装满酒桶，停泊在对面岸边。丹尼尔坐在阳光下，觉得太阳穴很疼痛。他观赏着微微起伏的水波以及乳白色的粼光。然后他从口袋里掏出那团绳子，用小刀割了很长一截。接着他并不起立，径直用左手捡起一块石板。他用绳子的一端系住筐子把手。将绳子在石板上绕了好几圈，又打了好几个结，再将石板放回地面：这就做成了一件古怪的器械。丹尼尔心想：应该用右手提筐，左手持石块，使两者同时沉入水底。也许那柳条筐会在水面上浮十分之一秒的时间，然后一股强力会将它拖向水底，柳条筐将突然沉没。丹尼尔想到自己很热，便诅咒厚上衣，但却不想脱去。在他内心深处，那东西在跳动、在求饶；而丹尼尔却无情地眼看自己在呻吟："要是你没有勇气一下子自杀，那就该一点点地去死。"他将凑近河水，说："永别啦，我在世上最钟爱的东西啊……"他撑着双手稍稍站起，环顾四周：在右面，河岸是荒凉的；但在左岸远方，在阳光映衬下他瞥见一个黑影，那是一个渔夫。水下的骚动一定会扩散,波及他的钓竿钩子:"渔夫准会误以为有鱼儿上钩了。"他不禁笑了,并且掏出手绢来擦拭额头上渗出的汗珠。他的手表上时针标明十一时二十五分。"十一时三十分再干!"得将这非同寻常的时刻拖后:丹尼尔已经分解成两个人;他觉得在赤红的云彩中、在灰暗的天空下,自己已失魂落魄;他想到马蒂厄时带着某种自豪:"自由的竟是我啊。"他自忖。但这是一种没有个人特色的自豪,因为丹尼尔已不再是任何人了。在十一时二十九分时他站立起来,觉得浑身疲软,只好撑在那大桶上。他不小心在厚上衣上蹭了一块沥青斑点,便瞪眼凝视着它。

他一面看着淡紫衣料上的这块黑斑,一面突然觉得自己又恢复成一个单一的人了。独自一人。一名懦夫。一个爱自己喂养的猫、不愿将它们抛入水中的家伙。他拿出小刀,弯下身子,割断那根绳子。静悄悄地:甚至在内心深处也静悄悄。他内心太惭愧了,以致不愿再对自己说什么。他重新提起筐篓,重新走上那石头阶梯:如同从一个蔑视着他的人面前走过时,便扭过脑袋一样。在他内心深处,依然是一片荒漠和宁静。当他登上阶梯最高几级时,他才敢对自己开口说话:"那滴血是怎么回事?"但是他不敢打开柳条筐:他一瘸一拐地朝前走。这便是我,便是我。我便是如此。一个拆烂污的家伙。但他心里又似乎泛起一丝笑意,因为他救下了波贝。

"出租车!"他叫嚷道。

一辆出租汽车停在面前。

"去蒙马特尔街二十二号,"丹尼尔吩咐,"可以把这柳条筐放在您身旁吗?"

他让自己随着出租车的启动而摇晃。他甚至不能够妄自菲薄了。接着,羞耻感又占上风,他重新自我审度:那是难以忍受的。"既不能一下子死,也不能一点点死。"他不胜辛酸地想。当他掏出钱包给司机付款时,他毫无快感地留意到钱包鼓鼓囊囊装满了钞票。"多多赚钱,那是不错的。我有这个本领。"

"您回来啦,塞雷诺先生!"女看门人招呼道,"正好有人上楼去您家里。是您的一位朋友。高个子,肩膀很阔。我告诉他您不在家。他回答:'他不在家吗?那么我就留个字条,从门下塞进去。'"

她瞧瞧那筐子,惊叫起来:

"您又将它们带回来啦,可爱的小动物!"

"您说有什么办法,杜布依夫人,"丹尼尔说,"也许这是罪过,可我不忍心跟它们分手啊!"

"准是马蒂厄来啦,"他边上楼梯边想,"这家伙来得真巧啊。"他对于能将怨恨转嫁于人感到高兴。

他在四楼的楼梯平台上遇见了马蒂厄。马蒂厄打招呼道:

"你好哇!我还以为见不着你呢!"

"我去给猫咪放风啦。"丹尼尔解释。他惊奇地发现,马蒂厄带着某种热情。

"你跟我一起重新上楼吗?"他匆匆问。

"是呀。我有件事要请你帮忙。"

丹尼尔急忙瞧了他一眼,注意到他面色发灰。"他似乎遇到很大的麻烦。"丹尼尔想。他很想助马蒂厄一臂之力。他们上了楼。丹尼尔将钥匙捅进锁孔,推开门。

"进去吧。"他道,一边轻轻推了一下马蒂厄肩部,但随即将手缩了回来。马蒂厄走进丹尼尔的房间,在一张安乐椅上坐下。

"我一点也没听懂你那位看门女人对我说的话,"马蒂厄即刻说道,"她说你把猫送到姐姐家去,那么你现在同姐姐和解啦?"

丹尼尔不觉心头一凉:"假如他知道我是从哪里回来的,会给我什么颜色瞧啊?"他并无好感地盯着这位朋友理智而锐利的眼

睛:"倒真是,他很正常。"他感到他们两人之间隔着万丈深渊。他咧嘴一笑:

"嘿,就是嘛,送到姐姐家……那是无关宏旨的小谎话。"他解释。他明白马蒂厄是不会追问的。马蒂厄有个令人懊丧的坏习惯,就是把丹尼尔当成撒谎专家,于是故意不去探询促使他撒谎的种种动机。其实马蒂厄正困惑不解地斜睨着那篓子,并且一言不发。

"我可以打开吗?"丹尼尔问道。

他变得很冷漠。他仅仅有一个愿望,就是赶快打开那柳条筐:"那滴血到底是怎么回事啊?"他一边跪在地上一边想:"它们会蹦到我脸上来的!"于是他将脸凑近筐盖,让它们能够得着。想到这里他打开了锁:"让他腻味一下也不无好处,可以叫他暂时别那么高高兴兴,别那么稳重自如。"波贝头一个哼唧着跳了出来,并且立即溜进厨房。西皮翁第二个跳出,它保持那副凛然的神态,却并不放心。它一步一摇地走到衣橱前,狡黠地瞧瞧四围,伸了个懒腰,终于钻到床底下。玛尔维娜却一动也不动:"它受伤啦。"丹尼尔想。它沮丧地躺在篓底,丹尼尔将手指托起它的下颏,强迫它抬起头来:它鼻子上被利爪狠狠抓了一下,而且左眼已经睁不开了。不过它已经不再流血。在它脸上有一块发黑的痂块,四周的茸毛又硬又黏。

"出什么事啦?"马蒂厄问。他欠起身子,客客气气地端详这只母猫。"我在照应一只母猫,他会觉得十分可笑。如果照应一个婴儿,他会觉得很自然。"

"玛尔维娜挨了重重的一爪子,"丹尼尔解释道,"肯定是波贝干的,它简直叫人受不了!对不起,亲爱的,请给我一分钟时间照料它一下。"

他从衣柜里找出一瓶山金花酊剂和一包药棉。马蒂厄不声不响地注视着他,然后像一个老人那样用手去摸摸自己的额头。丹尼尔动手给玛尔维娜洗濯鼻头。那母猫稍稍扭动了一下。

"给你打扮漂亮,"丹尼尔喃喃道,"别乱动呀。得了,得了!喏!"

他以为这就可以让马蒂厄十分恼火了,因此干得益发起劲。而当他重新抬头时,却发现马蒂厄正冷漠地朝空中待看。

"对不起,亲爱的,"丹尼尔用最恳切的语气说,"我只要再干一分钟就完啦。我得给这小畜生洗一洗,因为感染起来是很快的。这不太使你恼火吧?"他一边发挥,一边向马蒂厄示以坦诚的笑容。

"干吧,干吧,"马蒂厄回答,"别跟我挤眉弄眼的。"

我在挤眉弄眼!马蒂厄这种优越感实在可恶!"他自以为对我很了解,说什么我的谎言、什么我在挤眉弄眼。其实他对我毫不了解,却把我当成一件货物胡乱贴标签,这他就得意啦。"

丹尼尔又恳切地哈哈一笑,便仔细地拂拭着玛尔维娜的头部。玛尔维娜紧闭两眼,仿佛很陶醉。可丹尼尔却明白它非常痛苦。他轻轻地拍了拍它的胁部。

"好啦,"他说着站起身来,"明天就看不出来啦。那只猫抓它抓得可狠呢,你知道吗?"

"波贝吗?那可是个恶棍!"马蒂厄心不在焉地说。

他突然冒出一句:

"玛赛儿怀孕啦。"

"怀孕!"

丹尼尔的惊奇为时不长,可他不得不拼命忍住,免得哈哈大笑。原来是这样,原来竟是这样的呀!"是这么回事儿!她们每月尿一回血,何况还像鳐鱼那样产许多卵!"他不胜厌恶地想到今晚就会见到她。"我真不知道我还有没有勇气去握她的手!"

"我很伤脑筋呐!"马蒂厄如实地说。

丹尼尔瞅着他,审慎地说了一句:

"我理解你。"然后他就匆匆转过身去,借口把那瓶外用药水送回衣橱。其实他是害怕对马蒂厄嗤之以鼻地发作起来。他开始追忆母亲故世的情形。一遇到这种困境,这样的回顾总是很灵的。她临终时只抽搐了两三下便完啦。马蒂厄继续对着丹尼尔的脊背郑重其事地说:

"要紧的是这令她感到屈辱。你见到她的次数不多,你不容易明白,可她是女战神型的人物。闭门造车的女战神。(他不含恶意地补上这么一句。)对她自己来说,这可是堕落为浊骨凡胎咧。"

"是嘛,"丹尼尔关切地说,"何况在你也并不见得更好:你算是白费力气呢,你现在该厌恶她了吧。我知道,若是换了我,这事准会扼杀爱情的。"

"我对她已谈不上爱情啦。"马蒂厄应道。

"是吗?"

丹尼尔深感惊奇和有趣。他想:"今晚可有戏看啦。"又问:

"你对她本人说了吗?"

"当然没说。"

"为什么'当然'呢?你总得说呀。你会把她……"

"不。我不愿意甩掉她,假如你指的是这方面。"

"那怎么办?"

丹尼尔觉得太有趣啦。这会儿他倒希望赶快见到玛赛儿。

"没什么。我这是活该,"马蒂厄说,"我不再爱她,这不是她的错。"

"那么是你的错喽?"

"是呀。"马蒂厄不多噜苏地说。

"你还要悄悄去看她,并且……"

"那又怎样?"

"那么,"丹尼尔说,"如果你久久玩弄这种小花招,最终你会恨她的啊。"

马蒂厄表情冷酷而固执:

"我不愿她烦恼。"

"如果你更愿意自我牺牲……"丹尼尔漠不关心地说。当马蒂厄开始充好人时,丹尼尔很讨厌他。

"我有什么好牺牲的?我去中学教课,我去看玛赛儿。我每隔一年写一本中篇小说。迄今为止我就是这么过的。"他又以丹尼尔从未见过的苦闷表情补充说:

"我是个业余作家。何况我眷恋她。如果再也见不到她我会觉得很难受。然而这在我就如同亲情一样罢了。"

一阵沉默。丹尼尔走过去,在马蒂厄正对面的安乐椅里坐下。

"你得助我一臂之力,"马蒂厄说,"我找到一个地方,但兜里没钱。借给我五千法郎吧。"

"五千法郎!"丹尼尔将信将疑地重复道。

他的钱包正鼓鼓囊囊放在他内衣衣兜里,那是猪贩子的大钱包;只要打开它,从里面取出五张票子就得啦。马蒂厄早先可是帮过他不少忙的呀。

"月底我还你一半,"马蒂厄说,"另外一半在七月十四日还。因为到那时,我提前领取八、九两个月的工资。"

丹尼尔瞧了瞧马蒂厄的灰色面孔,暗忖:

"这小子准是日子很难过咧。"但他想到那几只猫,便自感冷酷无情了。

"五千法郎!"他用遗憾的口气说,"可我没有这笔钱,我的老兄,我拮据着呢……"

"可那天你还对我说过,你就要做一笔好买卖啦。"

"哎哟哟!可怜的老兄,"丹尼尔道,"你说的那笔好买卖令人大失所望:证券交易所的事儿你是知道的。何况这是硬碰硬的事:我现在是一屁股的债。"

他并没有用特别真诚的口气说这番话,因为他并不想让对方口服心服。但一见马蒂厄根本不信,他却火冒三丈了:"让他自己活见鬼去!他自以为思想深邃,想当然地认为能洞察我的内心活动。我不明白我干吗要帮他的忙:他应当去找跟他差不多的人借才是。"令人难以忍受的是马蒂厄始终保持这副正经和做作的神态,即使倒了霉也不改。

"好,"马蒂厄匆匆道,"那么你是真的没办法?"

丹尼尔又想:"他真是急需,才会这么执着!"

"真不行。我非常抱歉,老兄。"

他因为马蒂厄的窘态而发窘,但这也未必令人不快:这好比是倒转了局面。丹尼尔很喜欢人为制造的态势。

"你真急需么?"他似乎非常关切地探询,"你不能找找别的门路吗?"

"唉,要知道,我是有意避免向雅克借。"

"倒也是,"丹尼尔有些失望地说,"你还有这位哥哥。那你一定能搞到这笔钱。"

马蒂厄似乎很泄气:

"拿不准啊。他铁了心不肯再借给我一个铜子儿,认为这是给我帮倒忙。他竟对我说:'有你这一把年纪,你该独立谋生啦!'"

"嘿!但碰到这种情况,他肯定会借给你的。"丹尼尔直截了当地说。他缓缓伸出舌尖,舔起自己的上嘴唇来,表示很得意:他一开头就找准了这种语气,表面上乐观轻松,正好叫人家又气又恼。

马蒂厄红了脸：

"问题正在这里。我不能对他说是为解决这种问题。"

"那可不，"丹尼尔接话道，同时想了一想，"实在不行，还有专门借钱给公教人员的公司嘛。我应当告诉你，多半会碰上放高利贷的。不过你有了钱，就不会在乎那么点利息。"

马蒂厄似乎有些兴趣。丹尼尔不无厌倦地想：这回他大概放心了点儿。

"那都是些什么人？他们立刻可以出借么？"

"哦，不行呢，"丹尼尔急忙说，"他们要等十来天光景：总得调查一下呀。"

马蒂厄不开口了。他似乎在思索。丹尼尔突然感到有一阵软绵绵的触动。竟是玛尔维娜跳上他的膝盖，它呜呜叫着在那里坐定。"这畜生倒不记恨。"丹尼尔厌恶地想。他开始用手轻轻地、漫不经心地抚摩着它。畜生和人都恨不起丹尼尔来：由于他那老好人似的麻木不仁，或许也是由于他的长相。马蒂厄陷进他那可怜的算计中去了：他也是个不记恨的人呢。丹尼尔俯身看着玛尔维娜，并且搔起它的脑袋来：他的手有些哆嗦。

"其实，"他两眼不看着马蒂厄说，"我对于无钱可借几乎感到高兴呢。我方才考虑过：你一贯想做个自由人，这事就给你完成一次自由行为提供了大好机会。"

"自由行为？"马蒂厄似乎根本没有听懂。丹尼尔重新抬起头来，说：

"是呀，你娶了玛赛儿不就得啦？"

马蒂厄皱着眉头瞧瞧他：以为丹尼尔可能在拿自己开心。丹尼尔以谦卑而郑重的态度忍受这目光。

"你疯了吗？"马蒂厄问。

"为什么这样说?你只需说一句话,便可以改变你的一生。这不是天天都能有的机会啊。"

马蒂厄失笑了。"他打定主意嗤之以鼻!"丹尼尔恼火地想。

"你诱惑不了我,"马蒂厄回答,"尤其是在眼下。"

"是啊,不过……倒也正好,"丹尼尔以同样轻松的口气说,"故意违背心愿做相反的事情,这准挺有意思。我们会觉得自己变成了另一个人。"

"变成什么样的人呢!"马蒂厄说,"你是不是还想叫我生上三个孩子,带他们到卢森堡公园散步,好享受做另一个人的乐趣?我可以想象:如果我这个人彻底完蛋,那可真叫作改变了我的一生啊!"

"没那么严重,"丹尼尔想,"不像你以为的那么严重。"

"其实呢,"他明白地说道,"做个完了蛋的人也不见得很不快活。彻底完蛋,等于入土。那就是如你所说,结婚,生上三个孩子,才会让你冷静下来!"

"这话不错,"马蒂厄说,"像这样的家伙我天天都碰见。喏,来看望我的学生家长里就不少。生了四个孩子,戴上绿帽子,还是学生家长协会的会员。他们倒态度安详。甚至于可以说非常宽厚。"

"他们自有乐趣,"丹尼尔说,"倒令我看了眼花缭乱。你呢,对你真没有诱惑力吗?"接着又说:"我可以想象你婚姻美满,也会同他们一样,肥肥胖胖,善于保养,有说有笑,心明眼亮。要是我,我才不反对呢。"

"这很像你自己,"马蒂厄毫不动心地说,"可我呀,我更愿意向我哥哥借五千法郎!"

他站起身来。丹尼尔将玛尔维娜放在地上,自己也站了起来。"他明知我有钱,却并不记我的恨:这种情况该怎么办呢?"

钱包就在手头。丹尼尔只需将手伸进衣袋,并且可以说:"喏,老兄,我是有意把你晾在一边,跟你开个玩笑。"但他又怕贬低了自己的身价。

"我真抱歉呢,"他吞吞吐吐地说,"我要是想到什么办法,一定会给你写信。"

他把马蒂厄一直送到大门口。

"别操这份心啦,"马蒂厄乐呵呵地说,"我会自己想办法。"

他关门回屋。丹尼尔听见马蒂厄下楼梯的脚步声,暗想:"这下子糟啦。"他感到憋气。但这为时不久,旋即又想:"他时时刻刻那么悠然自得、精神饱满,前后一贯。他是很烦恼,但这只是在外表。内心深处他却应付裕如。"他凑到大镜子跟前,瞅了瞅自己有些阴沉的漂亮面孔,寻思:"话说回来,他若能决定娶玛赛儿,那才是上上之策!"

八

此刻她已醒来多时,大概正在苦思冥想。应该安慰她,告诉她:无论在什么情况下,她不上那鬼地方去了。马蒂厄动情地想起前一天她那备受折磨的可怜样子,突然觉得她脆弱得令人心疼。"我得给她打电话。"但他决定还是先到雅克家里走一趟。"这样一来,也许我就有好消息告诉她了。"可一想到雅克会摆出一副什么样的面孔,他就愤愤然。一种觉得有趣却又显得明智的表情,比责备、比宽容都更有分量,头朝一边歪着,两眼半开半合,问道:"怎么回事儿?又缺钱啦?"马蒂厄一想到这就起鸡皮疙瘩。他穿过马路,又想起丹尼尔:他并不怪罪他。就是这样,对丹尼尔是不能怪罪的。但他却埋怨雅克。他在雷阿缪尔街一幢大而矮的建筑物前站住,像每次那样,气恼地读那块牌子:"律师雅克·德拉鲁,住在三楼。"律师!他进了门,乘上电梯。"我希望奥黛特不在。"他嘀咕着。

她偏偏在。马蒂厄透过小客厅的玻璃门瞥见了她,她正端坐在沙发上,高雅、颀长、干净得一尘不染。她正在阅读。雅克常常说:"奥黛特是巴黎罕见的妇女之一,居然能抽出时间来读书。"

"马蒂厄先生想见夫人吗?"萝丝问。

"是的,我要向她道声早安。但还要请你通知先生一声,我一会儿去办公室找他。"

他推门而入。奥黛特冲着他抬起那不太招人喜欢、却浓妆艳抹的漂亮面孔。

"您早呀,蒂厄,"她心绪颇佳地招呼着,"您是来拜访我的吗?"

"拜访您?"马蒂厄问。

他亲切而又有些手足无措地瞧着这安详的高额头和这双碧眼。她无疑是个美人儿,但那似乎是一种经不起细看的美。马蒂厄习惯像洛拉那样的美貌:它的含义一眼望去就明明白白;他无数次尝试着从整体上记住奥黛特这些不稳定的面部线条,但它们却溜掉了,而且整体的线条时刻在变化,于是奥黛特的脸始终保持一种令人失望的资产者的神秘。

"我很愿意拜访您,"马蒂厄又道,"但我得见一见雅克,我需要他帮我一个忙。"

"不用太着急,"奥黛特应道,"雅克是跑不了的。请在这儿坐一坐。"

她在自己身边给他让出一席之地,同时笑盈盈地说:

"小心啊,总有一天我会发火的。您不把我放在眼里。我有权要求得到单独拜访。您也答应过我。"

"应当说,是您答应过:总有一天您会约见我。"

"您说得好客气啊,"她仍高高兴兴地说,"可是您的良心上过不去呢。"

马蒂厄坐了下来。他很喜欢奥黛特,但却从来不知该对她说什么好。

"您好吗,奥黛特?"

他有意使声音里饱含热情,以掩饰提问的笨拙。

"非常好,"她回答,"您可知道,今天早晨我上哪儿去了?开车到圣日耳曼去啦,拜访了弗朗索瓦丝,觉得真高兴。"

"雅克好吗?"

"他这几天挺忙的。我几乎没见着他。但他像平常一样,身体好得出奇。"

马蒂厄突然有一种郁郁寡欢之感。"她是属于雅克的。"他暗忖。他不自在地瞧着那晒成褐色的长胳膊,那是从一条非常朴素的长裙袖口里露出来的。裙子用一根红色细腰带束着,差不多还是年轻姑娘穿的那种式样。这胳膊、这长裙、这裙下的肉体全都属于雅克,就像这安乐椅、这桃花心木的写字台、这沙发一样。这稳重文静的女人完全是一副名花有主的样子。一阵静场。然后马蒂厄使用了专为奥黛特保留的那种情感热烈、略带鼻音的腔调,说:

"您的裙子真漂亮!"

"哦,请听我说,"奥黛特含笑而嗔怒地回应道,"别提这条裙子啦。您每回见到我,总是对我的衣裙说长道短。还是对我讲一讲您本周干了些什么事情吧。"

马蒂厄也笑了。他感到一身轻松。

"可是,恰恰是关于这条裙子,我有些话要讲。"

"天哪,"奥黛特说,"是什么话非讲不可啊?"

"是这样的:我在想,当您穿它时,是否应当戴上耳环?"

"戴耳环?"

奥黛特用古怪的目光瞧着他。

"您觉得那模样儿太庸俗?"马蒂厄问。

"不是的。但那会使面孔变得不太庄重。"

她又突然用嘲弄的语气对他说:

"我若是戴上,您同我在一起就惬意得多了吗?"

"没有的事。怎么会呢?"马蒂厄含含糊糊地反驳。

他有些意想不到,心想:"她绝非糊涂之辈哩。"说到奥黛特的智慧,也同她的美色一样:总有一些让人捉摸不透的东西。

一阵沉默,马蒂厄不知说什么好。不过他并无告辞之意,他在欣赏一种宁静的气氛。奥黛特和蔼地对他说:

"我不应当留您,快到雅克屋里去吧。您似乎心事重重。"

马蒂厄站起身来。他想好了要向雅克借钱,手指立刻就有一种发麻的感觉。

"再见啦,奥黛特,"他亲切地说,"不,不用啦,别起身。我一会儿再来跟您告别。"

"她究竟在多大程度上是受害者呢?"他一边敲雅克的门,一边思索着,"跟这类好脾气的女人交往,那是永远也弄不清楚的。"

"请进来。"雅克说。

雅克站起来,举止敏捷、腰板笔直,朝马蒂厄走来。

"你好呀,老弟,"他热情地招呼,"还行吗?"

他看上去比马蒂厄年轻得多,尽管他是哥哥。马蒂厄觉得他臀部发福了。不过他很可能穿了紧身衣。

"你好。"马蒂厄友善地微笑招呼。

他总觉得有点歉疚。二十年来每当他一想到或者重新见到这位兄长时,他总有一种歉疚感。

"那么,"雅克开口问,"是什么风把你吹来的呀?"

马蒂厄做了个不顺心的手势。

"情况不好吗?"雅克问,"喏,坐下再谈。你要杯威士忌么?"

"来杯威士忌吧。"马蒂厄应道。他坐了下来,喉咙却像被噎住了。他暗想:"我喝掉这杯威士忌,啥也不提就回家得啦。"但为时已太晚,雅克已经心中有数了。"他只会认为,我没敢打他的主意。"雅克依旧站着,他拿出一瓶威士忌酒,斟满两只杯子。

"这是我剩下的最后一瓶了,"他说,"入秋之前我不会再买新的。不管怎么说,盛夏季节喝带泡沫的杜松子酒,到底要更好些。你说呢?"

马蒂厄并不回答,而是不太客气地注视着这张显得很年轻的、又红又嫩的面孔,以及这一头剪得短短的金黄色头发。雅克天真无邪地微笑着,他浑身上下都渗透着天真无邪,但他的目光却是冷酷无情的。"他装成没事人儿似的,"马蒂厄气急败坏地想,"其实他对我的来意一清二楚,正在寻思怎样表演哩。"于是他硬邦邦地开口道:

"你可以想见,我是来掏你的腰包的!"

得啦,这就挑明啦。这样一来,他就没有退路了;他的兄长已经带着极为吃惊的神态,频频皱眉头。"他一点儿也不会对我留情的。"马蒂厄失魂落魄地想。

"没有的事,我什么也不曾'想见',"雅克说,"你为什么要那么讲?你是不是想暗示:那是你唯一的来意?"

他坐下来,腰板依旧很直,甚至有些僵硬;同时,他灵巧地架着腿,似乎是为了跟上身的僵硬取得平衡。他身穿一套英格兰呢的漂亮运动装。

"我什么也不想暗示。"马蒂厄说。他眨眨眼睛,紧紧抓着手里的杯子补充道:

"明天之前我急需四千法郎。"

"他马上就会说不的。但愿他立刻拒绝,我就可以溜走啦。"可雅克从不慌张,他是当律师的,有的是时间。

"四张大票子!"他以行家的神气摇着头,"可你得解释一下,跟我解释一下呀!"

他伸直了两腿,颇为得意地瞧着自己脚上的皮鞋,说:

"你真有意思,蒂厄,"他道,"真有意思,你又让我长见识了。哦!别从坏的方面去想我要对你说的话(他见到马蒂厄做手势,便针锋相对地补充说):我并不想批评你的行为,但我在思考、我在斟酌,我从高瞻远瞩的角度来看这件事,也就是用'哲学家'的眼光,如果说我不是在同一位哲学家交谈的话。你看,当我想到你的时候,我一再嘱咐自己:不要做一个死守信条的人。而你呢,你一脑瓜子的信条,你为你自己编造信条,却并不照着办。纯粹从理论上讲,你这样是顶独立的,这美得不行,你是超阶级的人物。但是,我在想:假如没有我,你会变成什么样子。请你注意:我这个没有信条的人,能不时接济你一下,实在是殊荣呀。但我觉得,按照你的观念,我就会牢记不要向一个该死的资产阶级分子提出任何要求。因为我的确是个该死的资产阶级分子。"他加上这最后一句时开心地笑了。

接着,仍旧笑嘻嘻地说:

"还有更甚于此的呢,你是朝咱们这个家庭吐唾沫的,但却仗着亲情关系来敲我的竹杠。因为说到底,假如我不是你的兄弟,你是不会来找我的。"

他做出诚恳关怀的样子。

"说实在的,这一切并不使你难堪吧?"

"我只好洗耳恭听呢。"马蒂厄也笑着回答。

他不会投入一场思想上的争论。同雅克进行思想上的争论,结果总是不好的。马蒂厄很容易变得不冷静。

"是呀,当然是这样,"雅克冷冰冰地说,"你不觉得你自己应当妥善安排吗?……不过那大概有悖于你的思想。我不说这是你的过错:在我看来,这是那些信条的过错。"

"要知道,"马蒂厄没话找话地答道,"拒绝种种信条,这本身就是一种信条啊。"

"哦,不一定吧。"雅克敷衍道。

"到这份儿上,他该掏出钱来啦。"马蒂厄暗忖。但他瞧着兄长饱满的腮帮子,他那富态的脸相和那既开朗又固执的神情,不禁一阵心酸:"他不肯转圜哩。"就在此时雅克又开口说话了:

"四张大票子,"他重复说,"那是突然有需要喽。因为我记得,上周你……你来叫我帮一个小忙时,根本没有涉及此事呀。"

"是这样的,"马蒂厄道,"我……这是昨天才发生的事。"

他突然想起玛赛儿,仿佛见她赤条条的,凄凄惨惨地等在那淡红色的小屋里。于是,他以急不可耐的语调补充说:

"雅克,我必须弄到这笔钱。"

雅克好奇地打量着他,马蒂厄紧咬着嘴唇:这两兄弟见面时,他俩并没有习惯如此流露真情。

"有这么严重吗?真奇怪。你毕竟最不肯……平常你跟我借点儿钱是因为你不会或者不愿好好安排,可我绝对想不到……当然我不会诘问你什么。"他这么说的时候,语气却正是在探问。

马蒂厄不知所措了:"要不要对他说这是为了交税呢?不行。他知道我在五月份交掉了。"

"玛赛儿有孕啦。"他突然憋不住了。

他感到自己脸红了,肩膀也在晃动。说到底,为什么不能讲?为什么突然这么难为情?他以咄咄逼人的目光直视这位兄长。雅克做出关心的样子:

"你们原先想要孩子吗?"

他不理解的样子。

"不想要,"马蒂厄斩钉截铁地说,"是出了事故。"

"我也觉得奇怪哩,"雅克说,"不过,也许你是想把不符合现有社会秩序的试验进行到底……"

"或许是,但实际上根本不是这么回事。"

沉默了一会儿,接着雅克极其自如地问道:

"那么?什么时候结婚呀?"

马蒂厄气得满脸通红:仍像往常一样,雅克不肯老老实实面对现实。他总是来来回回兜圈子。就在这当儿,他绞尽脑汁去找一个制高点,以便从那个高度来俯视别人的行为。不管人家对他说什么,也不管人家做什么,他的第一个行动便是使自己超越争论。他只会俯瞰一切,他热衷于有个制高点。

"我俩已决定让她堕胎。"马蒂厄毫不含糊地说。

雅克连眼皮也没眨。

"你找到医生了吗?"他不冷不热地问。

"找到了。"

"这人可靠吗?照你对我说的来看,这年轻女人的身子很单薄哩。"

"有朋友替这人担保。"

"好,"雅克应道,"这当然很好。"

他稍稍闭了一会儿眼睛,然后又睁开,用指尖将两手合拢。

"总而言之,"他说,"如果我没弄错你的意思,你面临的情况是:你刚刚知道你的女友怀孕了;由于信条方面的原因,你不愿意结婚;但你又认为,自己对她承诺的责任不亚于婚姻关系。你既不愿意娶她为妻、又不愿损害她的名誉,于是决定在尽可能理想的条件下为她做堕胎手术。朋友们向你推荐了一位可靠的医生,他开价四千法郎,于是你只好把钱弄到手。是这么回事吧?"

"一点也不错!"马蒂厄说。

"那为什么要在明天之前拿到钱呢?"

"有关的人在一周之内要到美国去。"

"好哇,明白啦!"雅克说道。

他把合十的手举到齐眉高,以精确的眼光瞧着它们,如同一个人就要为自己所举各条作最后结论的架势。可马蒂厄并没有上当:当律师的人做结论没有这么快。雅克又将手挪下来,将两手分开搁在膝盖上。他舒舒服服地靠在安乐椅上,两眼也不再那么炯炯有神了。他以迷迷糊糊的口气说:

"眼下对堕胎处置很严哩。"

"我知道,"马蒂厄道,"不时出点儿事。他们不时抓几个没有后台的可怜虫去坐牢。但有名的专家却没有人敢惊动。"

"你的意思是说执法不公,"雅克说,"我完全赞成你的见解。但对由此产生的后果,我倒不尽反对。由于事物的必然性,你说的可怜虫大约是些土医师或接生婆,用不干不净的器械摧残妇女。搜捕行动是有选择地进行,是这样的。"

"那么得啦,"马蒂厄不耐烦地说,"我是来跟你要四千法郎的。"

"呃……"雅克支吾着,"你能肯定:堕胎是符合你那些信条的么?"

"为什么不能肯定?"

"我不知道,你应当知道这一点。你出于尊重人命而当上了和平主义者,现在却要去毁灭一条人命。"

"我已下定决心,"马蒂厄说,"何况,也许我是和平主义者,却并不以人命为至上,你大概是混为一谈了。"

"啊,我还以为……"雅克解释着。

他平静却又好奇地端详着马蒂厄。

"那么,你要扮演一个杀害婴儿的罪犯了么?这对你可极不合适哩,可怜的蒂厄呀。"

"他害怕人家把我捉住,"马蒂厄心里嘀咕,"他不会借给我一个铜子儿。"最好能对他这样讲:"你若肯掏钱,是不会冒任何风险的。我一定去找一个没有上警察局名单的能人。假如你不干,我就只好把玛赛儿交给土医师;要是那样,我就什么也不敢保证,因为警察局全都记录在案,可以随时对她们拧紧螺丝钉。"但这些理由过于直率,反而不会令雅克动情。于是马蒂厄简要地说:

"堕胎又不是杀害婴儿!"

雅克取出一根烟点着。

"不错,"他以超脱的口气说,"我同意:堕胎不是杀婴,那只是一种'假想的'谋杀罪。"他又郑重其事地接着说:"可怜的马蒂厄,我对假想的谋杀不持异议,对手段高明的罪行也不持异议。可现在是你,你来犯假想谋杀罪。你呀,按照你的为人……"说着他把舌头弹得嘎嘎作响,表示一种责备:

"那肯定不行,简直是唱歌跑了调儿!"

这下完蛋啦。雅克拒绝啦,马蒂厄也就可以告辞了。他清了清嗓门儿,为了良心上过得去,问道:

"那么,你不能助我一臂之力?"

"希望你理解我,"雅克说,"我不是拒绝帮助你。问题在于这是不是真正帮助你?而且我相信你很容易找到你需要的那笔钱……"他蓦然站起身来,好像打定了某种主意,然后亲切地将手放在弟弟的肩头:

"听我说,蒂厄,"他热情地表白着,"就算我拒绝了吧:我实在不愿帮助你对自己撒谎。但我建议你换个办法……"

马蒂厄本来该起身了,却反而一屁股又坐了下来。他对这位兄长的旧怨此刻又复发了。他不能忍受这对他肩头的轻轻而有力的挤压。他向后抬起头来,瞥见一具缩短了的雅克的面孔。

"对我自己撒谎!瞧呀,雅克,不如说你不愿卷进一桩堕胎案子里去,说你不赞成这种做法,或者说你手头没有现钱,这都是你的权利。我是不会怪罪你的。可你胡扯什么撒谎不撒谎干什么?这里头没有谎话。我不要孩子,却来了这么一个,我想除掉它,就这么回事。"

雅克将手缩回去,装成深思熟虑的样子踱了几步。"他要跟我长篇大论了,我本不该同意进行争论的。"马蒂厄思量着。

"马蒂厄,"雅克以庄重的语调说,"我对你的了解,超过你的估计。你真令我担心。我早就害怕出现类似的情况:这个要出生的孩子是某种局面的逻辑发展。你是自愿陷入此种局面的。你想除掉这孩子,那是因为你不愿接受自己行为的一切后果。喏,要不要我来告诉你全部真相呢?在眼下这个具体时刻,你也许并没有向你自己撒谎:但是你的全部生活都是建立在一个谎言基础上的。"

"请说呀,"马蒂厄道,"不要有顾虑嘛:就请你来告诉我,我到底对自己避讳了什么。"说着不禁一笑。

"你对自己讳言的是:你是一个羞羞答答的资产阶级分子。我本人是经历了许多摸索之后,回到资产阶级中来的。我同资产阶级缔结了理智的良缘;而你呢,却是情趣上的资产阶级、气质上的资产阶级。正是你的气质促使你结婚。因为你是结了婚的,马蒂厄呀!"雅克极其强调地说。

"这是头条新闻。"马蒂厄挖苦道。

"没错儿,你是结了婚的,不过你口头说的恰恰相反,那是因为你有一套理论。你在这个年轻女人家里已养成种种习惯:每周四次你不慌不忙地去同她聚会,同她一起过夜。这已经连续七年之久,已经根本谈不上是什么艳遇。你敬重她,你觉得自己对她应尽某些义务,你不愿与她分手。而且我确信你不仅仅是追求快活。而且据我设想,不管这快活劲儿曾经有多强烈,时间长了就冲淡啦。其实是,到了晚上你就要坐在她身边,向她娓娓叙述一天里的种种经历,并且就某些难题向她求教。"

"那当然。"马蒂厄耸耸肩膀说。他对自己感到极其恼怒。

"好啦,"雅克继续道,"请问你:这和结婚有什么不同?……就差搬到一起住啦!"

"就差住在一起?"马蒂厄用讥诮的口气应道,"请原谅:这无关紧要。"

"哦,"雅克说,"我想,对你来说,不同居也没有什么值得惋惜的。"

"他可从没有像这样高谈阔论过,"马蒂厄琢磨,"他这是故意报复哩。"真该掉头而去啦。但马蒂厄心里明白:他必会奉陪到底。出于好斗和不怀好意的心情,他倒想了解这位兄长的高见。

"对我来说!"马蒂厄道,"你为什么说没有多少值得惋惜的?"

"因为你这样很舒适,表面上还挺自由:你得到了结婚的一切好处,又利用你的信条来回避结婚的种种不便。你不肯将这局面合法化,其实你很容易做到的。如果说有人因此受苦受难,那可不是你。"

"玛赛儿同意我对婚姻的见解。"马蒂厄哑着嗓子说。他听着自己吐出每个词儿,觉得自己一定很招人讨厌。

"哦,假如她不同意,"雅克说,"也一定会出于自尊心而不愿向你承认。你知道,我无法理解你呢。你一听说执法不公,便当即表示愤慨;但是多年来你却一直使这女人处于屈辱的地位,仅仅是为了享受自以为坚持信念这样一种乐趣。这本也可以理解,如果事实果真如此,如果你真使自己的生活与思想相吻合。可是,我要对你再说一遍:你其实是结了婚的,你有一套漂亮的住房,你定期领到颇为丰厚的薪俸,你一点也不必为未来发愁,因为国家保障你一份退休金……你是喜欢这种生活的:平静、规范,真正是公教人员的生活。"

"听我说,"马蒂厄插话道,"你我之间有一桩误会:我对于自己是否资产阶级并不在意。我想得到的仅仅是……(他咬紧牙关说完这句话,颇有些自惭形秽的样子)保持我自己的自由。"

"我呀,我本以为,"雅克继续说,"自由在于正视自己心甘情愿投入的处境,在于接受自己应当承担的责任。但这肯定不会是你的意见:你批判资本主义社会,然而你毕竟是这个社会的公教人员;你宣称原则上是同情共产党人的,但你却避免尽义务,从来也不参加投票。你瞧不起资产阶级,但你却是个资产阶级分子,父兄全都是这个阶级的人,你的生活方式跟资产阶级一个样儿。"

马蒂厄做了个手势,但雅克却不容别人打断:

"我可怜的马蒂厄呀,你毕竟已到不惑之年,"他以怜悯兼责备的口气说,"但就连这一点,你也要向自己隐瞒,总是要表现得比实际上更为年轻。何况……也许我有欠公正罢:不惑之年或许你尚未达到,这更多地是一种精神上成熟的年龄……或许我比你更早地达到了这年纪。"

"这下子好啦,"马蒂厄想,"他要谈到他的青年时代了。"雅克对自己的青年时代是非常自豪的,那是他的护身符,他可以借此心安理得地站在维护秩序一边。在整整五年的时间里,他曾经潜心模仿所有的时髦新潮,他投入过超现实主义,有过值得吹嘘的几起艳遇,有时甚至在做爱之前要吸一吸浸透氯乙烷的一块手绢。突然有一天,他走上正道:奥黛特给他带来了六十万法郎的嫁妆。他当即写信给马蒂厄说:"要有勇气随大流,唯有如此方能标新立异。"他于是买下一间律师事务所。

"我不指责你的青年时代,"他道,"正好相反:你有幸避开了某些歧途。不过,我也不悔恨自己的青年时代。其实,你看,咱俩都不得不发挥咱们那位海盗式爷爷的本能。不同的是,我是一次性完成;你呢,你则是细水长流,迄今还没得其要领。我想,当初你远不及我像海盗,这就毁了你。于是你这一生不得不永远在两者之间寻求折中,一方面是其实非常淡薄的叛逆和无政府的意趣;另一方面则是你内心深处的趋向——毋宁说是守秩序、追求精神上的健全,甚至可以说是墨守成规。结果你始终不过是个不负责任的老学生。可是老弟啊,好好瞧瞧你自己吧:你也三十有四了呢,你的头发已经略显稀疏(稀疏的程度稍逊于我,这倒是不假),你已经早就不是翩翩少年了。流浪汉的生活对你非常不合适。而且,所谓的流浪汉生活到底是怎么回事呢?一百年前是风靡一时的,现在不过是一小撮迷失方向的人,对任何人也没有威胁,却变成了搭不上班车的可怜虫了。马蒂厄呀,你到了不惑之年啦,到了这年龄,或者本应到了这年龄。"雅克漫不经心地重复道。

"得啦,"马蒂厄说,"你所谓的不惑之年,也就是逆来顺受之年,我一点也不想接受它。"

但雅克没听他在说什么。他的目光忽然变得清朗活泼,他兴高采烈地又道:

"听着,像我对你说过的那样,我给你出个主意。如果你拒绝,你也不难弄到四千法郎,我也就无悔无恨了。我留一万法郎供你动用,条件是娶你的女友为妻!"

马蒂厄早就料到这一招,反正他这是给他自己留下后路,借以保全面子。

"谢谢你啦,雅克,"马蒂厄说着站起身来,"你真是太周到啦,但这是行不通的。我不是说你全盘皆错,但假如我什么时候必须结婚,那总得是我确有这个心愿吧。眼下这样做,则无异是摆脱困境的心血来潮,那才是愚不可及哩。"

雅克也站起身来，说：

"你好好考虑一下，不要着急。你的妻子将在这里受到欢迎。无须我说明，我相信你作的选择。奥黛特将很高兴把她当朋友招待。而且我的妻子对你的私生活一无所知呢。"

"我充分考虑过啦。"马蒂厄说。

"随你的便吧。"雅克诚挚地说（他究竟是否那么不满意呢？），随后又道："什么时候再见到你呀？"

"我星期日来吃午饭，"马蒂厄说，"再见啦。"

"再见，"雅克说，"还有……要知道，假如你改变主意，我的建议始终是算数的。"

马蒂厄微微一笑，没有搭理就走了。"完事啦，完事啦！"他暗想。他连跑带跳地下了楼梯，虽然并不感到愉快，却想拉开嗓子唱一唱。此刻，雅克理应重新坐到他的办公桌旁，眼神茫然若失，脸上挂着忧虑而沉重的苦笑："这孩子真令我操心，可他毕竟到了通晓事理的年龄啊。"也许他跑到奥黛特屋里去转了一圈："马蒂厄真叫我烦心。我不能告诉你为什么。但他真不懂道理啊。"她会说些什么呢？她是扮演贤惠沉思的妻子的角色呢，还是寥寥数语、匆匆表示赞同、连头也不抬继续看书呢？

"哎呀，"马蒂厄暗自叫苦，"我竟忘了对奥黛特说声再见！"他为此颇感懊悔：他很容易产生懊悔之感。"真是这样的么？我是不是一直让玛赛儿处于屈辱的地位呢？"他记起了玛赛儿反对结婚的那些慷慨激昂之词："我是向她提出过这种建议的。就这么一次。在五年以前。"那倒的确是空谈而已。不管如何，反正玛赛儿对他是嗤之以鼻的。"哦！这方面呀，"他自忖，"我在这位兄长面前是有自卑感的啊。"然而不，不是这样的，不管他怎样有负疚之感，在雅克面前却一贯认为自己是有理的。"不过，这混账东西始终是牵挂我的。当我在他面前不再感到羞愧时，我就该为他而感到羞愧了。哦,家庭的纠葛真是没完没了呀。就像天花一样,得病是在童年,但留下疤痕却是一辈子的事。"在蒙托格伊街拐角处有一家酒店。他走进去,在柜台上换了一枚硬币。电话间设在一个阴暗角落里。他摘下话筒时心里挺难过。

"喂,喂!是玛赛儿吗?"

玛赛儿的电话机就在她屋里。

"是你呀?"她应道。

"是我。"

"怎么样?"

"是这样的:那老太婆不行啊。"

"嗯?"玛赛儿不以为然地回答。

"我向你保证,她八成是个醉鬼,屋里一股臭味,糟透了。要是你亲眼看到她那双手啊!而且人也很粗野。"

"好啦。那怎么办?"

"那么,我考虑找另一个人。萨拉给介绍的。一个非常好的人。"

"哦!"玛赛儿淡漠地应着。她又问:

"要多少钱?"

"四千法郎。"

"多少?"玛赛尔无法相信,又问了一遍。

"四千。"

"你瞧!这怎么行,我只能到……"

"别去!"马蒂厄使劲喊道,"我去借钱!"

"向谁借呀?向雅克借?"

"我刚从他家出来。他不肯。"

"丹尼尔呢?"

"他也不肯,这混蛋!我今天上午去见了他,我可以肯定他钱多得冒油!"

"你没告诉他:钱是用来……做这件事,"玛赛儿急忙问。

"没有。"马蒂厄答道。

"你下一步怎么办呢?"

"不知道。"他已感觉到自己的声音缺乏信心,便加重语气补充道:"别着急。咱们还有四十八小时:我能弄到的。只要魔鬼也出面,这四千法郎就在眼前!"

"好呀,赶快弄来,"玛赛儿用奇怪的语气说,"赶快弄来呀!"

"我再给你打电话。我明晚还可以见着你吗?"

"没问题。"

"你还好吗?"

"还好。"

"你……你不是太……"

"倒是呢,"玛赛儿生硬地回答,"我非常焦虑。"她又较为缓和地补充:"总之尽最大努力吧,可怜的朋友!"

"我明晚就把四千法郎给你送来。"马蒂厄又道。

他踌躇了一下,勉力说:

"我爱你。"

玛赛儿没有搭理就挂断了电话。

他从电话间里走出来。当他穿过这家咖啡馆时,耳中还萦绕着玛赛儿生硬的声音:"我非常焦虑。""她对我有怨恨。可我还是尽了自己的努力。""处于一种屈辱的地位。"难道我老是让她处于屈辱的地位吗?可假如……他在人行道边突然停住脚步。可假如她想要孩子呢?那么,一切就都化为乌有啦。只要这样想一秒钟,一切就都改变了意义,那就完全是另一回事了。而马蒂厄,马蒂厄本人就从头到脚变了样儿:他一直不停地向自己撒谎,他是个大混蛋。幸好,这不是真的,也不可能是真的。"我经常听到她嘲笑那些已婚女友,笑她们怀了孕;她管她们叫'神圣的花瓶';她说过'她们骄傲得不得了,因为就要下蛋啦!'谁说过这样的话,谁就无权悄悄改变初衷,那会变成不尊重他人对你的信任。而玛赛儿是不会犯这种毛病的,她会对我说实话,她干吗不对我说实话呢?我们一直毫无保留地相互倾诉。嘿!够啦,够啦!"在这盘根错节的丛林里团团转已让他厌倦透了。玛赛儿、依维什、钱、钱!依维什、玛赛儿。"我将做一切必须做的事。但我希望不再想这件事,看在上帝分上,我愿想想别的事情。"他想到布吕内。但这个呀,还要惨呢:这是已经泯灭的友谊。因为就要重新见到布吕内,他感到紧张而忧伤。他瞥见一处报亭,便走过去:"请给我一份《巴黎-南方》报。"

没有这种报纸了。他就随便拿起一份,那是《撷英报》。马蒂厄付了十个铜子儿便走啦。《撷英报》倒不是一家骂人的报纸,这是一种语义含糊、无棱无角,像木薯粉般索然寡味的蹩脚报纸。它不会使你动怒,但你在读它的时候会认为活得没有意思。马蒂厄读到:"对巴伦西亚进行轰炸",顿时抬起头来,微微感到气愤:眼前这条雷阿缪尔街变成了古铜色。下午两点钟,正是白天最热的时刻,暑气在马路当中像一长条带电的火花,蜿蜒曲折,噼啪作响。"四十架飞机在市中心上空盘旋达一小时之久,掷下炸弹一百五十枚。死伤人数尚无确切统计。"他溜了一眼,看到大标题下用斜体字编排的一篇密密麻麻的可怖文字,似乎是"特派记者"在摇唇鼓舌,表现资料之详尽,文中提供了种种数字。马蒂厄翻转了这一页,他实在不想再知道得更多。其他的内容有弗朗丹[1]在巴尔-

---

[1] 皮埃尔-艾蒂安·弗朗丹(1889—1958),法国政治家,一九三四至一九三六年间一度担任内阁总理和外交部部长。一九三八年宣布赞同慕尼黑协定。一九四〇年参加维希政府。后被德国人排挤,转而参与抵抗行动。战后因为其叛变行为曾被判刑。

勒-杜克①的演说。法国龟缩在马其诺防线后面……斯托柯夫斯基宣称:"我永远不会娶格丽塔·伽波为妻。"魏德曼事件的新发展。英王来访:巴黎在等待快乐王子。所有的法国人……马蒂厄一惊,暗想:"所有的法国人都是混蛋!"这是戈梅兹有一次从马德里来信说的话。他合上报纸,开始读头版特派记者写的电讯。已统计出五十名死者和三百名伤员,但这是不完全统计,废墟下面肯定还有尸体。没有迎战的飞机。没有高射炮。马蒂厄模模糊糊感到自己也有罪。五十名死者和三百名伤员,这确切的含意是什么?一家医院里挤满了伤残者?像一次严重的火车事故那样?五十名死者!今天早晨当成千上万的法国人读到报纸时,不会不觉得一团怒火堵住了他们的喉咙,成千上万的人定会握紧拳头,喃喃自语:"一群混蛋!"马蒂厄也握紧拳头,哼唧着:"一群混蛋!"同时格外觉得自己有罪。哪怕他在自己身上发现一种活跃而有节制的激情、一种很受局限的激情,那也要好一点儿。可事实并不是这样:他内心空虚,在他面前展现的是极强烈的愤慨、没头没脑的愤慨,似乎历历在目,似乎伸手可及。然而这愤慨又是僵死的,它等待着他去身体力行才能获得活力,才会爆发,才会为之受苦。这是别人的愤慨啊。"一群混蛋!"他握紧拳头,他大踏步前进,但这情绪就是不肯涌上心头,它依然徘徊于外界。"我去过巴伦西亚,我在那里看到了一九三四年的狂欢节,看到了奥尔特加·依塞②与大学生队之间的一场大规模斗牛赛。"他的思绪此刻正在这座城市上空盘旋,在寻找一座教堂、一条街道、一所房屋的门面,也许他可以感慨地说:"我见过这地方,他们将它炸毁了,它不复存在了。"成

---

① 巴尔-勒-杜克,法国东北部小城。第一次世界大战时为法军重要据点。
② 奥尔特加·依塞(1883—1955),西班牙哲学家、作家,曾任共和派议员,被认为是共和派的精神领袖。一九三六至一九四五年流亡国外。此处指以他的名字命名的斗牛队。

了这副样子!他的思绪落在一条黑黝黝的小街上,一些巨大的纪念性建筑耸立在四周。"我见过这地方。"他这天上午曾在那里散步,他在酷热的阴影中透不过气来,天空高高地展现在人们头顶上,像着了大火似的燃烧着。成了这副样子。炸弹落在这条街上,落在巨大的灰色建筑物上。街道突然开阔啦。它一直伸展到房屋中间,街上不复有阴影,天空的熔液挥洒在马路当间,太阳灼热的光芒照在废墟上。某种东西正准备诞生,那是愤怒的淡淡曙光。成了这副模样!但这地方失去了气势、被夷为平地,现在已空无一人。他一步一步地缓缓前进,像一个参加葬礼的人那么庄重得体,但却是在巴黎送葬,而不是在巴伦西亚,因为巴黎萦绕着愤怒的鬼怪。玻璃窗仿佛在燃烧,汽车在马路上疾驰,他在身着薄衣衫的小人物、在法国人当中行进,而他们并不仰望天空,他们对天空无所畏惧。然而这毕竟是现实啊,在那边,在同一轮太阳照耀下,这已经是现实:汽车停下了,玻璃窗炸碎了,一些惊呆了的、默默无言的可怜女人,像失魂落魄的老母鸡似的蹲在实实在在的尸体旁,她们不时抬起头来张望天空、那布满毒瘴的天空。所有的法国人全都是混蛋。马蒂厄觉得很热,真的很热啊。他用手绢拭了拭额头,心想:一个人无法为自己的要求受苦!"在西班牙那边,正在发生严重的悲剧事件,要求人们为之受苦……我却做不到,我没有卷入。我人在巴黎,处在我的种种现实当间,有坐在办公桌前说'不'的雅克,有冷嘲热讽的丹尼尔,有留在淡红色房间里的玛赛儿,还有今天上午我亲吻了一下的依维什。这实实在在的现实,正因其实在才令人恶心。每个人都有自己的天地,我的天地便是一家医院,医院里有怀了孕的玛赛儿,以及向我索取四千法郎的犹太人。也有别的天地。戈梅兹就是一个。他卷入了,他走啦,这是他的命运。还有昨天那个家伙。他没有去,他大约跟我一样,仍在街上徘徊。不过假如他捡到一张报纸,并且读到'巴伦西亚遭轰炸'时,他不需要强迫自己,他会在那边、在那变成废墟的城市中受苦受难。为什么我偏偏置身于这吵吵嚷嚷,充斥着外科手术刀、出租车中狡黠的轻薄游戏的可恶天地,这与西班牙毫无关联的天地?为什么我没有和戈梅兹、布吕内一起去参与?为什么我不曾渴望前去战斗?我是否有可能另外选择一个天地?我是不是仍然享有自由?我可以去我想去的地方,我不会遭到抵制,但更糟的是:我被关在没有栅栏的囚笼中,没有任何东西把我和西班牙隔开……然而这空间却又不可逾越。"他看了看《撷英报》的最后一版:特派记者拍下的照片。一些尸体沿着墙根躺在人行道上。在马路正当间,一名肥胖的家庭妇女仰卧着。裙子翻转到大腿部位,脑袋已不知炸飞到哪里去了。马蒂厄折起报纸,将它扔进水沟。

鲍里斯在门前等候他。一见到马蒂厄,他马上做出冷淡且一本正经的样子,那是他在装傻。

"我刚刚去您家按了门铃,"他道,"不过我想您大约不在家。"

"您能肯定吗?"马蒂厄以同样的腔调问。

"不完全肯定,"鲍里斯说,"我只能说:您没有为我开门。"

马蒂厄犹豫不决地瞧着他。还不到两点呢,无论如何,布吕内在半小时之内是不会到达的。

"跟我一起上去吧,"他道,"咱们把事情弄清楚。"

他们上了楼。在楼梯中鲍里斯用本色的语调说:

"今晚去苏门答腊歌厅还算数么?"

马蒂厄转过头去,假装在衣兜里寻找钥匙。

"我不知道去不去,"他应道,"我想了想……也许洛拉更愿意您独自去。"

"当然是的,"鲍里斯说,"但这有什么?她会讲礼貌的。何况不管怎样,咱们也不是单独去:还有依维什呢。"

"您看见依维什了吗?"马蒂厄边说边打开房门。

"我同她刚分手。"鲍里斯答道。

"请进。"他说着往后退让一下。

鲍里斯在马蒂厄前头走,非常熟稔而自如地朝书桌走去,马蒂厄不抱好感地盯着他那干瘦的脊背。"他已见过她啦。"他暗想。

"您会来吗?"鲍里斯问。

他转过身来,面带笑容温情地打量着马蒂厄。

"关于今晚,依维什……没对您说什么吗?"马蒂厄问。

"今晚吗?"

"对啦。我在琢磨她去不夫:她似乎一心一意记挂她的考试呢。"

"她是一定要去的,"鲍里斯说,"她讲过,咱们四个人聚在一起才有意思呐。"

"四个人?"马蒂厄重复道,"她说了四个人一起?"

"可不,"鲍里斯老老实实地讲,"也有洛拉呀。"

"那么她估计我会去?"

"当然喽。"鲍里斯惊奇地说。

一阵沉默。鲍里斯倚在阳台栏杆上,俯视着街景。马蒂厄走到他旁边,在背上给了他一拳:

"我很喜欢您这条街,"鲍里斯道,"但久而久之也会生厌吧。您住的是公寓,这始终令我吃惊。"

"为什么?"

"不知道为什么。像您这样自由的人,应当卖掉您的家具去住旅馆。您明白吗?您可以在蒙马特尔的一间屋子住一个月,下个月住神庙街郊区,再下个月住穆夫塔尔街……"

"嗨!"马蒂厄恼火地回答,"这都无关紧要。"

"是呀,"鲍里斯思索一番后才说,"这无关紧要。有人按门铃了。"他不快地补了一句。

马蒂厄过去开房门:是布吕内。

"你好,"马蒂厄道,"你……你提前到啦。"

"嗯,是呀,"布吕内笑嘻嘻地说,"你不高兴吗?"

"没有的事……"

"这位是? ……"布吕内问。

"鲍里斯·塞尔金。"马蒂厄介绍道。

"哦! 就是那位了不起的高足喽,"布吕内说,"还不曾有幸结识哩。"

鲍里斯冷冷地欠了欠身,便退到房间最里面去了。马蒂厄站在布吕内面前,摇晃着两臂。

"他不喜欢人家把他当成我的弟子。"

"明白啦。"布吕内说,却并不惊奇。

他在手指间转动着一支香烟,对鲍里斯恨恨的目光无动于衷,且安之若素。

"坐呀,"马蒂厄说,"坐在这张安乐椅上。"

布吕内坐到了一张木椅上。

"不啦,"他微笑着说,"你的安乐椅腐蚀人呢……"他补充道,"这么说,你这老牌社会叛徒,要跑到你的窝里来才能见着你呀!"

"这可不是我的错,"马蒂厄说,"我经常想同你见上一面,但哪儿也找不着你呀。"

"那倒也是,"布吕内说,"我成了某种推销员了咧。他们搞得我团团转,有时我自己也分不清东南西北啦。"

他亲热地接着说:

"我一见到你,就觉得极舒服。总觉得到了你的家也就是宾至如归啦。"

马蒂厄不胜感激地对他笑着说:

"我常常想:咱俩见面的次数应更多一些。我觉得咱们三人若常碰面,老也会老得慢点儿呢。"

布吕内惊奇地看看他:

"三人?"

"是呀,就是嘛,丹尼尔、你,加上我。"

"真的,丹尼尔!"布吕内惊喜地说,"这伙计还活着呀!你不时还见得到他,是吗?"

马蒂厄的兴致一扫而光:布吕内碰见波塔尔或布尔里埃时,布吕内或许会用同一种厌倦的口气对他们说:"马蒂厄吗?他是布封中学的教师,我不时还见得到他。"

"我见得到他,不错!那还用说!"他不无痛楚地说。

一阵沉默。布吕内早已将双手平放在膝盖上。他待在那儿,沉甸甸的,块头很大,他坐在马蒂厄的一张椅子上,表情固执地将脸俯向一根火柴燃着的火焰。这间屋子里处处可以感觉到他的存在,感觉到他那根香烟冒出的青烟,感觉到他做出的种种缓慢手势。马蒂厄瞧瞧他那双乡巴佬的粗手,暗忖:"他到这儿来啦。"他感觉到在他的内心深处,信任和喜悦正有重燃之势。

"撇开这一点,你有什么变化啊?"布吕内问。

马蒂厄感到局促不安:因为他没有任何变化。

"没变化。"他答道。

"我明白啦:每周上十四小时的课,暑假期间到国外旅行一趟。"

"嘿,正是这样!"马蒂厄笑道。他避免去瞧待在一旁的鲍里斯。

"你那位兄弟呢?还是火十字团①么?"

---

① 火十字团,原为第一次世界大战退伍军人组织,后成为右翼政治团体,一九三六年被取缔。

"不啦,"马蒂厄说,"他有点小变化。他说火十字团缺乏活力。"

"那是多里欧①的猎获物喽。"布吕内说。

"人家这么说……喏!我刚跟他吵了一架。"马蒂厄不假思索地又道。

布吕内向他投以尖锐而又迅疾的一道目光。

"为什么事情?"

"总是老一套:我请他帮个忙,他却以长篇大论的说教来回答我。"

"于是你呢,你就骂他一顿。真奇怪啊,"布吕内含讥带讽地说,"你是不是还抱有改造他的希望?"

"那谈不到。"马蒂厄恼火地答道。

他们又沉寂了一阵子,马蒂厄愁闷地暗忖:"真费劲儿啊。"要是鲍里斯知趣告退就好啦。但他似乎连想也没有想,而是待在一角,样子极不随和,像一只患了病的猎犬。布吕内现在骑在坐椅上,他也以沉郁的目光打量着鲍里斯。"他也希望鲍里斯走掉呢。"马蒂厄满意地想。他开始两眼盯住鲍里斯,也许在目光的交叉火力下,他最终会有所领悟。鲍里斯纹丝不动。布吕内清了清自己的嗓子。

"年轻人,您还在钻研哲学吗?"他问。

鲍里斯点点头表示认可。

"您学到了什么程度?"

"我正在完成学士课程。"鲍里斯干巴巴地回答。

"您的学士课程,"布吕内心事重重地说,"您的学士课程,那

---

① 雅克·多里欧(1898—1945),工人出身,法共叛徒,后组织所谓"志愿军团"参与德军进攻苏联。

正好呀……"

他直率地补充道：

"要是我把马蒂厄抢走一小会儿,您会恨我吗？您有机会天天看到他,而我……"他转身问马蒂厄,"你愿意出去散散步吗？"

鲍里斯态度僵硬地朝布吕内走过来,说：

"我明白啦。请留下,请留下；该走开的是我。"

他微微欠了欠身子：他受到了伤害。马蒂厄把他送到门口,对他满怀热情地说：

"今晚再见,好吗？我大约十一点钟到那里。"

鲍里斯以惋惜的神情对他笑了笑：

"晚上见。"

马蒂厄关上了门,转身朝布吕内走去,搓着手说：

"好哇！你把他撵走啦！"

他俩哈哈大笑。布吕内问：

"也许我过分了点儿。你不怪我吧？"

"正相反,"马蒂厄笑嘻嘻地说,"他习惯啦,何况我同你独处高兴得很哩。"

布吕内一本正经地说：

"我急着要他走,因为我只有一刻钟时间。"

马蒂厄的笑声戛然而止。

"一刻钟！"他急忙又道,"我明白,我明白。你不能支配自己的时间。你来这儿就够仗义的了。"

"说真的,我甚至一整天都有安排了。但今天上午见到你那副尊容,我就想：'我一定得找他谈谈。'"

"我的脸很难看么？"

"是呀,可怜的老兄。脸色太黄、太肿,眼皮和嘴角老抽动。"

他动情地补充道：

"我暗中想：'别让人把他给毁了！'"

马蒂厄干咳着说：

"我没想到我的脸那么有表现力……我没睡好觉，"他费力地补充道，"我遇到了麻烦……哦，你知道，同人人一样，不过是金钱方面的麻烦。"

布吕内不像是心悦诚服的样子，他道：

"假如仅仅如此，那也没什么。你会找到解决办法的。但你的样子，倒像那种刚发现自己借以安身立命的思想行不通了的人。"

"哦！思想嘛……"马蒂厄作了一个含糊的手势，说道。他以谦恭的感激之情瞅着布吕内，心想："他正是为了这而来。他一天的日程排得满满的，有许多重要约会，却愿意跑一趟来救援我。不过也难说，假如布吕内仅仅是熬不住、一定要来看看我，那倒更好一些。"

"听我说，"布吕内直截了当，"我就不跟你兜圈子啦，我是来向你提一个建议的：你愿不愿意入党？如果你同意，我就带你走一趟，只要二十分钟就解决问题啦……"

马蒂厄大吃一惊：

"加入共……产党？"他问道。

布吕内哈哈大笑，他的眼皮眯成了一道缝，两排光亮的牙齿也展露出来。

"是呀，当然是喽，"他说，"你总不会以为我是要让你加入拉罗克①那一伙吧？"

一阵沉默。

---

① 弗朗索瓦·拉罗克（1885—1946），在第一次世界大战中有军功，后成为右翼退伍军人兼政客。"二战"中一度与德国合作，后又转而抵抗德国。其抗德行动在一九六一年得到官方承认。

"布吕内啊，"马蒂厄温和地问道，"你为什么一定要我成为共产党员呢？这是为了对我有利，还是为了对党有利？"

"是为了对你有利呀，"布吕内说，"你用不着做出疑神疑鬼的样子，我并没有变成为共产党拉伕的掮客。何况咱们得说清楚：党并不需要你。对于党来说，你不过是一小笔智慧的财富（要说知识分子嘛，我党已经多得可以外销啦）。可你呀，你却需要党呢！"

"是为了对我有利？"马蒂厄重复道，"为了对我有利……听着（他突然又说），我没想到你……你会提出这个建议，我觉得……措手不及啊，可是……可是我愿意听听你有什么想法。你知道，我周围都是些只会自顾自的娃娃，他们从原则出发全都钦佩我。从来没有任何人谈论我。我呢，有时我也弄不清自己究竟是怎么回事。这么说，你认为我需要参加组织？"

"不错，"布吕内强调道，"你是需要参加组织。难道你自己感觉不到这一点？"

马蒂厄苦笑了：他想起了西班牙。

"你走过了你自己的道路，"布吕内说，"你是资产阶级家庭出身，不可能自动投向我们，你得先解放自己。现在这一步已经完成，你是自由的。但这自由又有何用处，如果不用来参加组织？你用了三十五年的时间来清理自己，结果仍然是一场空。你是一具古怪的空壳呢（他脸上挂着善意的微笑说）。你吊在半空中过日子，同资产阶级的联系已经切断，同无产阶级却毫无瓜葛。你像浮萍一样漂在水里，你是个抽象的人，是个缺席者。朝朝暮暮这样生活是不会很舒服的。"

"可不是，"马蒂厄说，"是不舒服。"

他凑近布吕内，摇了摇他的肩膀：他是很喜欢这个人的。

"你这拉伕老手，"他对布吕内说，"这臭老鸦！你对我说这些还真叫我高兴！"

布吕内心不在焉地对他微微一笑,他按自己的思路在思考,因道:"你放弃了一切来追求自由。再往前走一步吧,就连这自由本身也放弃了吧:一切都将归还给你的。"

"你说话跟教士一模一样,"马蒂厄笑嘻嘻地说,"不尽然呢,认真说,老兄啊,那不会是什么牺牲。你知道,我很清楚我能重新获得一切:血、肉,以及真正的激情。你知道,布吕内,我终于失去了现实感:没有任何东西在我看来是完全真实的啦。"

布吕内不答话:他在思考。他那张砖红色的脸膛胖胖的,肌肉往下耷拉,橙黄色的睫毛很淡,也很长。他长得像普鲁士人。马蒂厄每次见到他,鼻孔里都痒痒的,似乎是在轻轻闻嗅,期待突然闻到浓重的动物气味。然而布吕内却没什么气味。

"你呀,你是很现实的,"马蒂厄说,"你触碰的一切都像是现实。自从你走进我房间,我就觉得它变得真实了,而且令我讨厌。"

他突然又道:"你才是真正的人啊。"

"人?"布吕内问,显得很惊奇,"若不是人岂不糟糕了吗!你这话是什么意思啊?"

"就是我说的那个意思:你选择了做一个人!"

一个肌肉发达、有些青筋暴突的人,他思考问题立足于简单而严峻的事实;一个正直、内向、自信、脚踏实地的人,能抵御各种天使般的诱惑——艺术的、心理的、政治的诱惑,完完全全是人,也仅仅是一个人!而面对着他的马蒂厄却优柔寡断、不老练、不成熟,为种种无情的琐事所包围,他不禁自况:"我呀,我的样子哪儿像个人!"

布吕内站起来朝马蒂厄走去,对他说:

"那你就学我的样,有什么东西妨碍你呢?难道在你的想象中,你将一辈子躲躲闪闪地过活?"

马蒂厄迟疑不决地端详他,说:

"当然,当然。假如我选择,我就选择同你们在一起,没有其他选择啊。"

"没有其他选择。"布吕内重复道。他稍停一下又问:"那就行啦?"

"得让我喘口气呀!"马蒂厄答道。

"喘吧,喘口气吧,"布吕内说,"但要抓紧啊。到了明天,你就太老喽,你会受制于你的日常习惯,变成你的自由的奴隶。也许这世界也会变得太老喽。"

"我不明白。"马蒂厄应道。

布吕内瞅着他,急急忙忙说:

"九月份要打仗啦。"

"你开玩笑。"马蒂厄说。

"你可以相信我:英国人已经确知,法国政府也得到了消息;德国人将于九月下旬进入捷克斯洛伐克。"

"这些小道……"马蒂厄颇为抵触地说。

"你怎么一点儿也不明白?"布吕内恼火地问。他冷静下来,又和气地补充道:

"是呀,假如你明白了,我也就不必和盘托出啦。听着:你跟我一样,都是步兵。假设你在现在这种情况下出发去前线:你可能像肥皂泡一样转眼就完蛋。你等于做了三十五年大梦,而一枚手榴弹就摧毁了你的好梦。你到死都没有醒悟!你当了成天空想的公教人员,又成了一文不值的英烈。你倒下时仍然一窍不通,乖乖地为维护施奈德先生在斯科达工厂的利益而送命!"

"而你呢?"马蒂厄问。他又笑嘻嘻地补充:"可怜的老兄,我很担心,马克思主义不是避弹衣呢。"

"我也有这种担心,"布吕内说,"你知道他们把我派到哪里去吗？派到马其诺防线前沿:这叫作有保障的战争。"

"那又怎样？"

"那就不一样了,变成自愿接受的风险。现在任何东西都不能剥夺我生命的意义,任何东西都阻止不了它成为必然的命运。"

他赶紧补充道:

"像所有同志的生命一样,那是当然的。"

看来他是怕犯骄傲自满的毛病。

马蒂厄未置可否。他走过去倚着阳台,心想:"他把这事说得很透彻。"布吕内说得对:他的生命是一种命运。他的年龄、他的阶级、他的时间,他收回了一切、接受了一切。他选择灌铅的棍子打他的太阳穴、德国的手榴弹炸开他的肚皮。他入伍啦,放弃了自由,成为一名普通的士兵。于是人家将一切都归还给他,甚至包括他的自由。"他比我更自由:他跟他自己一致,跟党也一致。"他就在这儿,非常现实,口中有真正的烟草气味。充盈在他眼中的色彩和形态较之马蒂厄能见到的更真实、也更密集。就在这同一时刻,他将自己延伸到了全世界,同各国无产者一起受苦受难、并肩进行斗争。"就在此刻,就在同一时刻,在马德里近郊,有人正以枪口直逼胸膛相互残杀,在集中营里有奥地利的犹太人正在奄奄一息、束手待毙,在南京城的废墟里埋着很多中国人;而我,我却在这儿,好端端的,自己觉得很自由;一刻钟后,我将拿起帽子到卢森堡公园散步。"他转身向着布吕内,不胜痛苦地瞧着他。"我是多么不负责任啊!"他暗自思量。

"他们轰炸了巴伦西亚!"他突然开口道。

"知道啦,"布吕内回答,"整座城市竟没有一尊高射炮啊!他们将炸弹扔进一家售货市场!"

他并没有握紧拳头,并没有放弃平静的语气和有点拖沓的语流;然而挨轰炸的就是他自己,被杀害的就是他的兄弟姐妹、就是他的亲生儿女！马蒂厄走过去坐在一张安乐椅上。"你的安乐椅腐蚀人呢。"他猛地挺起身子,转而坐在桌面的一角上。

"怎么样？"布吕内说。

他似乎在窥探马蒂厄。

"是啊！"对方回答,"你运气好啊！"

"成为共产党员的运气？"

"是呀。"

"你也有的是机遇！这是自己选择的,老兄。"

"我知道。你有能做选择的好运道。"

布吕内的脸色有些严峻起来：

"这就是说,你没有这种好运道？"

得啦,该回答了啊。他在等待：同意还是不同意。入党,赋予他的生活以意义,选择做一个真正的人,行动,坚持信念。那就是得到拯救。布吕内目不转睛地盯住他：

"你不同意？"

"是的,"马蒂厄绝望地说,"是的,布吕内,我不同意。"

他暗想："他这次来是想把他最深切的体验奉献给我啊！"于是又道：

"你知道,也并不是一成不变。以后……"

布吕内耸耸肩膀。

"以后？假如你期待内心开了窍再作决定,那就有可能要等很久很久。你以为我加入共产党时就心悦诚服了么？信念是逐渐形成的呀。"

马蒂厄苦笑了。

"我很明白：你先下跪,然后便会信仰上帝。你也许是对的。但我却要先信仰才行。"

"当然喽,"布吕内不耐烦地说,"你们知识分子全都一个样儿:一切全垮掉了,人人都跑光了,枪也自行打响了,你们却待在那儿,仍旧心平气和,要求有权利取得信念。哎呀!要是你能用我的眼光来看你自己,你就会明白:时间紧迫得很呢。"

"是呀,不错,时间很紧迫。那又怎样呢?"

布吕内在大腿上拍了一巴掌,表示气愤。

"嘿嘿!你假装对自己的怀疑主义感到懊恼,实际上却在顽固坚持。这就是你精神上的安乐窝!一旦有人朝它发动进攻,你就顽固坚持,抱住不放,就像你哥哥抱住金钱不放一样。"

马蒂厄和气地问:

"此时此刻,我脸上是一副顽固相吗?"

"我不敢说……"布吕内回答。

屋内鸦雀无声。布吕内似乎情绪缓和下来。马蒂厄想:"他要是能理解我就好啦。"他作了一番努力:说服布吕内,这是他剩下的唯一办法,可以用来说服他自己。

"我没有什么要维护的:我对自己的生活并不感到自豪,也没有钱。我的自由吗?它成了我的负担:我自由了这么多年却没有任何用处。我极其渴望干脆放弃了它,换取一种信念。能跟你们一道工作,在我是求之不得的。这可以改造一下我自己,我需要忘记一点我自己。何况我跟你的想法一样:如果找不到足以为之奉献生命的事业,那就算不上是真正的人。"

布吕内重新抬起头:

"那不就行啦?"他几乎是高高兴兴地说。

"那么你就应当明白:我不能参加组织,我没有足够的理由这样做。我跟你们一样牢骚满腹、慷慨激昂,反对的人与事也都相同,但程度不及你们。这是我毫无办法的。要是我也高举拳头、唱起《国际歌》,参加游行队伍,并且自称对此感到高兴,那就等于自己骗自己。"

此时布吕内显得格外壮实、格外像个乡巴佬,叫人想起一座圆塔。马蒂厄一筹莫展地打量着他:

"你能理解我吗,布吕内?告诉我呀,你能理解我吗?"

"我不知道是否能很好地理解,"布吕内回答,"但不管怎样,你用不着自我申辩,并没有任何人在责备你。你在把自己保留给更佳的机遇,那是你的权利。我愿意看到这种机遇早早到来。"

"我也希望如此。"

布吕内好奇地瞅着他。

"你确实有这样的愿望?"

"那可不是……"

"是吗?那就更好。不过我怕不会很快出现这种机遇。"

"我也这么说,"马蒂厄道,"我曾想或许永远不会出现,要不就是姗姗来迟,甚或根本没有机遇。"

"那怎么办?"

"嗨,假如这样,我就变成那种可怜虫啦。如此而已。"

布吕内站起身来,说:

"得啦……得啦……好吧,老兄,我能见到你还是非常高兴的。"

马蒂厄也站起身来。

"你不能……你不能就这么走呀。你还有点儿时间没有?"

布吕内瞧了瞧手表:

"我已经晚点了呢。"

一阵沉默。布吕内彬彬有礼地等候着。马蒂厄想:"他不能走,我得跟他谈谈。"可他找不到什么可对他说的话了。

"不要责怪我啊。"他匆匆说。

"我并不责怪你,"布吕内道,"你不一定要跟我的想法一致。"

"这可不是实话了,"马蒂厄痛心地说,"我熟悉你们,你们这一伙人:你们认为别人一定得跟你们想法一样,否则就是混蛋。你认为我也是个混蛋,只是不愿对我明说,因为你认为此事难以挽回。"

布吕内淡淡一笑,道:

"我没认为你是个混蛋,不过我原以为你已摆脱自己的阶级,实际上没到我想象的那个程度。"

说着,布吕内走到了门口。马蒂厄对他说:

"你无法了解你来看我、表示愿意帮助我令我多么感动。不过今天上午我的脸色一定很不好看。你要知道,你说得很对,我需要有人帮助。然而我所需要的是你布吕内的帮助,而不是卡尔·马克思的帮助。我愿意常同你见见面,交谈一番,难道就不行?"

布吕内转过眼睛,支吾道:

"我是很愿意的,只怕我没有许多时间。"

马蒂厄思忖:"显而易见,他今天上午是对我动了恻隐之心,而我却败坏了他这种情绪。如今,咱俩又重新变成陌路人。我对他的时间没有任何使用权。"他不由自主地说:

"布吕内,你不会那么健忘吧?你曾是我顶要好的朋友呢。"

布吕内玩弄着门上的插销:

"你以为我是为什么而来的呢?假如你接受了我的主意,咱们本可一道工作……"

两人又不复言语。马蒂厄琢磨:"他很着急。他急着想脱身。"布吕内眼睛瞧着别处补充道:

"我始终惦念你。惦念你这张脸、惦念你的双手,还有你的话音。何况还有那么多往事。但这丝毫不能改变这件事:如今我的朋友是党内的同志了;同这些人我有着整整一个共同的世界。"

"你以为咱们两人就不再有任何共同之处了吗?"马蒂厄问。

布吕内不答话而耸了耸肩。只需说出一句话,仅仅是一句话

啊,那么马蒂厄就会重获一切:重新获得布吕内的友谊,以及生活的意义。那就像瞌睡一样富于诱惑力。马蒂厄突然挺了挺身子,说:

"我不想再留你啦。有时间就来看看我吧。"

"一定的,"布吕内说,"你呢,假如你改变主意,不妨通知我一声。"

"那当然。"马蒂厄说。

布吕内已推开门。他向马蒂厄微露笑容,便毅然离去。马蒂厄想:"他曾是我最好的朋友。"

他走了。他沿着一条又一条的街道走了。他摇摇摆摆、大模大样,跟一般水手一样;于是街道也一条跟着一条变得很现实。但房间里的现实却随着他消失了。马蒂厄凝视着他那张绿色的、腐蚀人的安乐椅,还有他的那几把椅子、他的绿窗帘,心想:"他再也不会来坐我的椅子了,再也不会一边卷香烟一边注视我这几幅绿窗帘了。"这间屋子仅仅变成公共汽车开过时的一片绿色光点,随着汽车的颠簸而颤动。马蒂厄走近窗口,倚着阳台。他思量:"我不能接受啊!"他身后的房间有如一潭静静的死水,只有他的脑袋还浮在水面。那腐蚀人的房间就在他身后,他把脑袋保持在水面上。他仔细观察着街景,却思考着:"难道真是这样?难道我真的不能接受?"远处有个小女孩正在跳绳,绳子抛在她头顶上,像一只弧形的环,然后又在她脚下拍打着地面。这是一个夏日的午后。阳光照耀着街道和屋顶,像永恒的真理那样匀称、固定和冷峻。"我当真不是一个混蛋吗?"安乐椅是绿色的,跳绳用的绳子像环把:这些是无可争辩的。但一到涉及人的问题,就总是可以争论的。他们所做的一切都可以作种种解释,自上而下或自下而上地予以解释,随你的便。"我之所以拒绝是因为我想保持自由:我能说的就是这些。我还可以说:我胆小怕事;我喜欢我这些绿色的窗帘；黄昏时我喜欢在我的阳台上乘乘凉,我不喜欢改变这一切。我很乐于怒斥资本主义；但我不愿意人家消灭它,因为那样我就没有理由拍案而起了。我很高兴能感到自己傲慢而孤独,也很高兴永远说不。我定会害怕有人勉强建立一个蛮不错的世界,因为那样我就只好说是,只好人云亦云、随波逐流了。自上而下或者自下而上:谁来决断?布吕内做了决断:他认为我是个混蛋。雅克也这样认为,丹尼尔也不例外:他们全都认定我是个混蛋。这可怜的马蒂厄,他完蛋啦,他是个混蛋。而我呢,我又能做些什么来反对他们所有这些人?必须做出决定,但我决定什么呢?"刚才当他说不的时候,他自认为是肺腑之言。一种痛苦的热忱径自从他胸臆升起。但在这样的阳光下,谁会有能力来保持一丝一毫热忱呢?这是希望消逝之光,它使所照到的一切都变为永恒。那小姑娘将永无止境地跳绳,那绳子将永远被抛于她的头顶之上,将永远拍打她脚底下的人行道。马蒂厄将永远盯着她观看。跳绳有什么用处?有什么用处啊?干吗要决定得到自由呢?在这同一片阳光下,在马德里、在巴伦西亚,也有一些人俯在窗口,他们在观看荒无人烟而又永恒不灭的街道。他们询问:"有什么用处?继续斗争有什么用处?"马蒂厄回到房里,但阳光追随而至。"我的安乐椅,我的家具。"在桌面上,有一只螃蟹形状的镇纸。马蒂厄抓住它的脊背,似乎它是个活物。"我的镇纸。"这又有何用?又有何用?他松开手,让螃蟹落回桌面,决然说道:"我是个完了蛋的家伙!"

九

现在是下午六点。丹尼尔走出工作室时,照了照前厅的大镜子,心想:"又发生这种情况了!"他感到害怕。他走进雷阿缪尔街:这是可以藏身之地,这其实是一个露天大厅、一处可供漫步的场所。由于夜幕降临,道路两旁的商店已空无一人。至少,你不必想象在黑糊糊的玻璃窗后面有卿卿我我的事情。丹尼尔的目光获得了解脱,它穿过这随处都有"洞穴"的悬崖绝壁,直射向微红和死寂的天空,它像一潭静水,被这些悬崖包围在天际线上。

躲藏起来也并非易事。即使对于雷阿缪尔街来说,他依然过于显眼。从商店里跑出的妓女,身材高大且涂脂抹粉,竟大胆地朝他频送秋波。他感觉到身体在悸动,便咕哝着骂了声:"脏货!"他害怕闻到她们的气味。女人们徒然常常洗澡,她们总是有气味。幸好女人比较少。无论如何,这不是一条女人街。男人们对他毫无兴趣,他们依旧边走边读报,或者厌倦地擦着眼镜的镜片,再不就大惊小怪地对着空气痴笑。这可是不折不扣的人群,虽然有点稀稀拉拉。它在缓缓行进。人群的沉重命运仿佛压得它喘不过气来。丹尼尔按照这行列的缓缓步履行进,也学着这些人睡眼惺忪地微露笑意,分享他们朦胧而危险的命运。他感到茫然:他身上只有嗡嗡的雪崩似的巨响,自己似乎变成被遗忘了的明亮海滩:"我到玛赛儿家时间太早啦,还有空闲可以散散步。"

他重新振作起来,挺着身子,警觉起来。他再也不能糊里糊涂继续往前走,"还有空闲可以散散步",这意思是"我要到露天游艺场去转一圈",而丹尼尔早就无法自欺欺人了。何况这又有什么用?他想去露天游乐场吗?那么他就去得啦。他要去,是因为他毫无阻挡自己去的意思:"今天上午是忙猫儿的事,又是马蒂厄的访问。其后是令人厌恶的四小时工作,今晚又得去看玛赛儿,真是吃不消哩。我应当稍微弥补弥补。"

玛赛儿其人简直是一汪沼泽地。她可以接连几小时听人家高谈阔论,口口声声:对、对,总而言之是"对"。但各种思想就这么陷进她的脑海而已。她的存在完全是皮毛的。同笨蛋们闹着玩儿,短时间是很不错的:你放出手里的线,他们就在空中飞,轻飘飘的,如同吹起来的庞然大物。你收一收手里的线,他们就缩回地面飘呀飘,显得晕头转向、目瞪口呆;线摇动一下,他们就傻头傻脑地蹦跶一两下。不过得经常换换对象,若是同一批笨蛋就会令你厌烦。何况眼下玛赛儿正在腐烂,她的屋子里一定是气味难闻的。平常已是如此,你进门时总忍不住要嗅一嗅。怪味儿倒没有,但你总是不放心,你的支气管不免惶惶不安,常常会闹出哮喘病来。"我要到露天游乐场去走走。"其实不必如此过意不去,这是完全清白无辜的。他很想看看鸡奸者追逐猎物的手段。塞瓦斯托波尔大马路的游乐场在同类活动中是闻名遐迩的。财政部的税务官杜拉就是在这里跟一个小婊子勾搭上,后来被她杀害了的。在游戏机前面晃来晃去、等待顾客光临的痞子们,比起蒙巴那斯的同事有意思得多了:他们是些业余的小骗子,没教养的野小子,粗暴无礼、卑鄙下流,讲起话来声音发哑,神态狡黠而谨慎,目的只是捞上十个法郎、混上一顿晚饭。于是这时那些男妓,真要叫人笑得背过气去:他们含情脉脉、轻言细语,讲起话来甜甜蜜蜜,颇有些招蜂引蝶的劲头儿,眼神则可怜巴巴、困惑迷惘。丹尼尔不能容忍他们那副低三下四的样子,他们好像总是一脸认罪服罪的模样。他真想揍他们一顿。一个自轻自贱的人,人们总想饱以老拳,百般凌辱,将他残余的尊严扫尽荡光。丹尼尔通常总是靠在一根柱子上,仔细端详他们在同性恋人贪婪而嘲弄的目光下,如何千方百计地炫耀自己的色相。男妓们往往把他当成密探,或者是哪个小家伙的杈杆儿,这往往使他们大为扫兴。

丹尼尔突然着急起来,脚步也加快啦:"咱也要开心开心哩!"他的嗓子发干,四周干燥的空气火烧火燎地烤着他。他什么也看不见了,眼前一片漆黑,只记得出现了一片浓稠的蛋黄色亮光,它既在推搡着自己,又拼命吸引着他。这该死的亮光,他需要看见它,但它却仍是那么遥远,在低矮的墙壁之间飘浮,有如地窖里冒出的一股气味。雷阿缪尔街消失了,他眼前仅仅剩下一段距离,以及路障和行人;这倒像是在做一场噩梦。不过在真正的噩梦中,丹尼尔从来也没有走完一条街。他是在塞瓦斯托波尔大街转悠,在万里晴空下被烧烤着。他放慢了脚步。露天游乐场到啦:他看见招牌,吃准了行人的脸全是陌生的,便走了进去。

这是一条积满灰尘的狭长通道,墙上刷了褐色的灰粉,像一般寄存货物的仓库那样丑陋无比,并且散发出一股酒气。丹尼尔钻进黄色光照之中,它比平素更凄惨、更接近奶油色。白昼的强光似乎将这黄色的灯光挤压到大厅的深处。对丹尼尔来说,这黄光便是晕船的光线:它使丹尼尔想起那次乘船去巴勒摩①时度过的病痛之夜。在空无一人的机器房里也有一线与此相仿的黄色雨丝,他在梦中有时忆起这一幕,便不禁猛然惊醒,幸好发现自己是处在漆黑的夜色里。他在游乐场度过的分分秒秒似乎都由一种喑哑的传动杆的操作声打着拍子。

沿着墙壁安放了一些装有四条腿的粗糙的盒状物,那便是各类游戏了。丹尼尔全都谙熟:足球队队员,有十六个涂上色彩的小木人,穿在长长的铜棍上;马球队队员;白铁做的汽车,要让它在呢质公路上奔驰,穿过住房和田野向前疾驶;月夜里有五只小黑猫爬上屋顶,得用五发左轮枪子弹将它们一一击倒;电动卡宾枪;以及巧克力糖和香水的中奖游戏机。在大厅尽里,有三排"全景电影"。电影的片名用巨型黑色字母标出:《新婚夫妇》《顽皮的女仆人》《日光浴》《魂断洞房夜》。一位戴夹鼻眼镜的先生走近这几部机器中的一部,他往机器缝隙里塞了二十个铜子,又匆忙又笨拙地将眼睛贴在云母质的望孔上窥看。丹尼尔快要窒息了:又是尘土、

---

① 巴勒摩,意大利城市,以其拜占庭风格的宫殿及教堂闻名于世。

又是酷暑,况且人家从墙壁的另一面,每隔一段时间就大刀阔斧地敲敲打打。朝左侧一看,他发现了钓饵:一些衣衫寒酸的小伙子聚集在那黑人"拳击手"的四周:那是一个两米高的人体模型,腰间挂着一块皮垫子和一具计力器。小伙子一共四名:一名头发金黄,一名棕红,两名深褐。他们脱下了上衣,卷起衬衫袖子,露出瘦削的小胳膊,绷足力气朝那皮垫猛击。一根针在皮垫上标出他们拳击的力度。他们朝丹尼尔送来狡黠的目光,然后格外卖力地猛击起来。丹尼尔朝他们瞪了瞪眼,暗示他们看错了对象,毅然掉头而去。右侧靠近柜台的地方,背着光线可以瞥见一名高个子的男青年,脸色发灰,穿一件皱皱巴巴的上衣、一袭睡衣和一双短袜。他同另外那几个肯定不是一伙人,而且他似乎并不认识他们。他走进游乐场纯属偶然(丹尼尔愿以脑袋打赌),似乎正一门心思地注视着一架小吊车。过了一会儿,他大概发现了在玻璃后面,一堆糖果上面好端端地摆着一只手电筒和柯达牌小型照相机。他不声不响地走了过去,狡黠地将一枚硬币塞进了那部机器的缝隙里。然后他稍稍后退几步,似乎又重新陷入沉思,他以表示思考的手指头轻抚着鼻翅。丹尼尔感到一种极其熟悉的战栗掠过后颈,暗想:"此人孤芳自赏,他乐于抚摩自己。"这些人很富于魅力,也别有一番情趣:他们任何细小的动作都流露出一种下意识的卖弄风情,一种深挚而隐晦的自恋。这小伙子急急抓住机器的两只把手,非常内行地操作起来。那小吊车开始自转,发出机械摩擦和衰老的震颤声,整部机器都剧烈地摇晃。丹尼尔很希望他能赢下那只手电筒,但洞口吐出的却是五颜六色的糖果,颇像一些又蔫又瘪的干扁豆。这小伙子似乎并不失望,又在衣兜里摸了半天,终于掏出另一枚硬币。"这是他最后的几文钱了,"丹尼尔判定,"他从昨天起就没有吃饭!"不该这样想。见到这干瘦而可爱的身躯,而且他一心一意忙着自己的事情,就不该想象他过着什么既节衣缩食、又充满自由与希望的生活。不该在今天,不该在这儿、这地狱般的所在,在这阴森可怖的光线下,在这敲打墙壁的隆隆声中。我曾向自己起誓要奋力顶住。然而丹尼尔是如此了解:人们有可能被这些机器攫夺,渐渐在这些机器里把钱丢光,然后一次又一次地再干,喉管因为受到诱惑和愤怒而发干:丹尼尔了解各式各样的诱惑。那小小吊车开始旋转,动作小心翼翼但越来越快:这件镀镍的小机械似乎感到自满自足。丹尼尔害怕起来:他向前迈出一步,极想将手放在那小伙子的胳膊上(他已经接触到那已经磨亮的粗糙衣料),并且大喊一声:"别再玩啦!"噩梦将重新袭来,带着这永恒的情趣,以及从墙壁那边传来的得意的当当声,还要加上他所熟悉的无限的忧戚,它将淹没一切,需要许多个日日夜夜方能将它摆脱。但一位先生走了进来,丹尼尔获得了解脱。他挺了挺身子,以为自己要哈哈大笑起来,暗想:"就是这个人。"他有些迷惑,但毕竟是满意的,因为他顶住了这一关。

那位先生走得挺欢快,他行进中两膝弯曲,但上身笔挺、腿脚轻健。"你呀,你穿着硬衬胸衣呢。"丹尼尔暗忖。此人大约五十岁上下,脸刮得很仔细,从长相就可看出他人情练达,显然已饱经世故。头发已全白,可谓鹤发童颜;鼻子端正漂亮,像佛罗伦萨人的鼻子;目光略嫌冷漠,有几分近视;正是合乎时宜的那种目光。他的光临引起了震动:四个小痞子同时转过头来,都做出清白无辜的假象,然后重新对那黑人的肚皮施以拳击,却已显得心不在焉。那位先生将目光在他们身上停留片刻,带着既有保留、又不无严厉的色彩。然后他转过身去,走近足球比赛的台子。他转动了一下那些铁棍,带着笑容仔仔细细看那些小木偶,似乎对自己竟随心所欲来到这地方感到好笑。丹尼尔注意到这笑容,感到这是对自己当头一棒,否定了前面的猜测。他厌恶这一套做作与虚伪,很想拔腿就走。但这也只是一闪念,是无足轻重的情绪波动,这在他是常有的事。他舒适地斜倚在一根柱旁,以凝重的目光注视那位先生。在他右侧,穿睡衣的年轻人从衣兜里掏出第三枚铜钱,第三次在那小吊车四围静静地转悠。

那位漂亮先生欠身瞧瞧那游戏机,用食指摸摸那些木偶球队队员细小的身躯。他不愿意降尊纡贵地提出要求,大约以为,以他的苍苍白发和这身鲜亮的衣着,可以说是一块美味的面包片,足以吸引这几只小苍蝇。确实,经过一番窃窃私语之后,那金发小伙子便从那一帮人中走出,他将上衣披在肩上,双手插在衣袋里,摇摇晃晃,慢慢凑近那男色嫖客身旁。他一脸胆怯和试探的模样,浓浓的眉毛下面目光如犬一般机敏。丹尼尔厌恶地瞅着他那肥大的臀部、浮肿而发灰的乡巴佬腮帮子,由于蓄着一点胡髭,脸上已显得不干不净。"女人般的肉体,"丹尼尔想,"可以像揉面粉那么捏一把的。"那位先生会把他带回家、让他洗个澡、给他擦肥皂,甚至还会给他洒上香水。想到这里,丹尼尔不禁怒火重新燃起,唾骂道:"混账东西!"那年轻人在离老先生几步远的地方停下,现在是他在端详那游戏机。他们两人都在俯身观看那几根金属杆,似乎瞧得兴趣盎然,却并不相互瞟上一眼。不一会儿,那年轻人似乎断然下定了决心:他一把抓住一个键钮,急急忙忙让一条金属杆转动了一圈。于是有四只小木偶跟着转动,待停下时已是脑袋朝下了。

"您会玩这游戏吗?"那位先生甜甜蜜蜜地问,"哦,您愿意给我解释解释吗?我弄不明白呀!"

"您得放进二十个铜子,然后拉一拉这弹簧。于是冒出若干圆球,得将它们打进窟窿眼儿里。"

"但得有两个人一道玩儿,是吗?我想办法把球打进去;您呢,您该阻挡我吧?"

"那当然,"年轻人回答,过一会儿又道,"得站在两头,一人在这边,一人在另一边。"

"您愿意同我玩一局吗?"

"我么,愿意呀。"年轻人说。

于是他俩玩了起来。那位先生尖着嗓门儿叫:

"瞧这小伙子多机灵!怎么弄的?他一个劲儿地赢哩!教教我呀。"

"多玩玩就会啦。"那年轻人谦虚地说。

"哦,您经常练习!那么一定是这里的常客喽?我有时也顺便进来,却从来也没碰到过您呢:否则我会注意到您的。是的,是的,我准会注意到的。我很会看相貌,而您的长相很有意思。您是都兰地区的人吧?"

"是的,是的,没错儿。"那年轻人不知所措地应答。

那先生中断了游戏,挨近了他。

"可这一局还没完呐,"年轻人天真地说,"您还有五个球呢。"

"不错!那咱们一会儿再玩,"那位先生道,"如果您不讨厌,我愿意聊一会儿天。"

年轻人意味深长地一笑。那位先生为了同他会合,不得不转过身子。他抬起头来,一边用舌头舔着薄薄的嘴唇,这当儿却同丹尼尔的目光相遇。丹尼尔撇了撇嘴,那先生匆匆转过眼睛,似乎有些不安,像神甫一般搓了搓手。年轻人什么也没看见,他张大着嘴巴,目光空虚却不失礼貌,正等着人家跟他说点儿什么。一阵静场之后,那位先生压低嗓门儿,柔声柔气对他说了点儿什么。丹尼尔徒然伸长耳朵,只偶尔辨出"别墅""台球"等字眼儿。年轻人心悦诚服地频频点头。

"那一定是干干净净的喽!"他大声说。

那位先生并不作答,而是朝丹尼尔的方向偷偷觑了一眼。丹尼尔浑身发热,因为他又气恼又觉得颇为有趣。他了解这类人分手的全过程:他俩会相互道别,那位先生会匆匆忙忙先走一步。小伙子会没精打采地同伙伴们会合,再向那"黑人"的腹部打上一两拳,然后有气无力地说声再见,拖着两腿也走开了。现在应当盯他的梢啦。那老家伙大概正在邻近的一条街上踱方步,定会发现丹尼尔正紧跟他的美少年亦步亦趋。多么好的时机!丹尼尔提前品尝着这难得的收获,他以裁判官的目光打量着他的猎物衰老而窘迫的脸相,他的双手在颤抖。他的兴致本可以是完美无缺的,只可惜喉咙发干,口渴得要命。要是他找到好机会,就会对他俩来一手"风化警察"的把戏:他总可以记下那老家伙的大名,吓他个死去活来:"假如他要求我出示警官身份证,我就掏出警察局的特别通行证来给他看。"

"你好哇,拉里克先生!"一个声音羞羞答答地招呼道。

丹尼尔一惊:拉里克是他有时使用的化名。他蓦然转身:

"你在这儿干什么?"他严厉地问,"我早已禁止你再到这儿来!"

原来竟是鲍比。丹尼尔将他介绍给了一家药店老板。他现在变得又肥又胖,穿着一套新买的成衣,已经丝毫不能引起人们的兴趣。鲍比耷拉着脑袋,做出天真烂漫的样子:他两眼盯着丹尼尔,却不回答他的话。此时鲍比脸上挂着天真无邪而又略带狡黠的笑容,那样子仿佛是在玩捉迷藏:"瞧我在这儿呐!"这笑容把丹尼尔的怒火拱到了顶点。

"你怎么不回话!"他诘问。

"我找了您三天啦,拉里克先生!"鲍比拖长了声音说,"我不知道您的地址。我琢磨:'总有一天丹尼尔先生会到这附近来散步的!'……"

"总有一天!该死的小坏蛋!"他居然敢揣摩丹尼尔的动向,猜测他将如何如何:"他自以为对我了如指掌,可以随意支配我!"有什么办法呢,除非将他像小小的蜗牛一般碾死。丹尼尔的某种形象已经烙在这狭小的额头下,这形象始终存留在那里。丹尼尔虽然极不情愿,却仍然同这软弱而活生生的形象有着默契:正是他自己,如此这般地存活在鲍比的意识之中啊。

"你真丑!"丹尼尔嘟囔道,"你发胖了,而且这套衣服对你不合适,你是从哪儿弄来的呀?你一穿着打扮,就显得格外俗不可耐,真叫人作呕!"

鲍比似乎无动于衷:他打量着丹尼尔,两眼和和气气地睁得溜圆,脸上始终挂着微笑。丹尼尔讨厌这种穷人特有的麻木不仁的耐心,讨厌这如同橡皮一样又软又顽固的微笑:即使你挥动老拳将他的嘴唇打开花,这微笑仍将残留在血淋淋的嘴巴上。丹尼尔斜睨了一眼那英俊的先生,气恼地发现他不再拘谨:他正俯向那金发小流氓,嬉皮笑脸地使劲吸着他头发上的香气。"这本在意料中,"丹尼尔愤然自语,"他看见我同这个男妓在一起,就把我也当成同道,这玷污了我。"他恨透了这臭不可闻的帮口。"他们以为人人都跟他们一伙。无论如何,我就是死了也不能跟这伙臭男妓混为一谈!"

"你想干什么?"丹尼尔突然问,"我时间很紧,还有,请你后退一两步,你浑身散发一股美发油的气味!"

"真抱歉,"鲍比不急不忙地说,"您刚刚靠着那根柱子,样子一点也不着急,所以我才斗胆……"

"哦!你瞧,你多会说话!"丹尼尔哈哈大笑道,"你在买成衣的时候,是不是也买到一根现成的舌头?"

这些冷嘲热讽的话从鲍比的耳边飘然而过:他仰起头来,眯着两眼,以混杂着惬意和谦卑的神情瞅着天花板。"他曾经讨我喜欢,因为他像一只猫。"想到这里,丹尼尔压不住心中爆发的怒火:可不是!正是这样,有过这么一天,鲍比有一天是得到过他的欢心!难道这就赋予他一辈子的权利么?

那位老先生牵起了小男友的手,像慈父一般用双手捧着它。然后他拍拍男友的腮帮就告辞而去,还向丹尼尔投以会心的眼神,跳舞似的迈着大步远去。丹尼尔朝他伸伸舌头,但那家伙早已转过身去了。鲍比不禁失笑。

"你怎么啦?"丹尼尔问。

"那是因为您向那老嫖客吐了舌头。"鲍比答道。接着他温和地说:"丹尼尔先生,您还是老样子,还是跟顽童一个样儿!"

"得啦。"丹尼尔恼怒地说。他突然起了疑心,询问道:

"你那位药店老板呢?你不在他店里干啦?"

"我运气不好呗。"鲍比抱怨道。

丹尼尔厌恶地瞧着他。

"可是你心宽体胖哩。"

那金发小子走出了游艺场,一副没精打采的样子。他路过时碰了碰丹尼尔。他的三名伙伴不一会儿也随他离去。他们相互推推搡搡,放开嗓门儿哈哈大笑。"我待在这儿干什么?"丹尼尔心想。他的视线在搜寻那穿睡衣的小伙子拱起的双肩和干瘦的后颈。

"来吧,说实话呀,"他神不守舍地说,"你对那药店老板做了什么坏事?你偷了他的东西吗?"

"是老板娘不好,"鲍比回答,"她对我没有好感。"

穿睡衣的小伙子已不在场了。丹尼尔感到厌倦和无聊,他很怕又变成孤孤单单的一个人。

"因为我同拉尔夫见面,她就勃然大怒了。"鲍比又说。

"我叮嘱过你别再同拉尔夫往来,那是个卑鄙的小贱货。"

"难道自己走了运,就得抛弃伙伴们?"鲍比极其愤慨地反问,"我见他的次数减少了,但不愿意突然一刀两断。他是个小偷,所以她说:'我禁止他进我药店的大门。'有什么办法,她就是这么个混账女人。于是我就在店外同他会面,免得被她抓住。但那学徒却看见我们啦。那个肮脏的小混蛋,我想他是有癖好的。"鲍比腼腆地说,"我刚来时,他老是我的鲍比长、我的小鲍比短的,我好不容易把他撑开。他对我说:我要逮住你的。他回到药店,哇哩哇啦什么都说。什么他看见我们待在一起啦,表现恶劣啦,别人见着我们就离得远远的啦。'我怎么关照你的,'老板娘说,'我不准你同他见面,否则就不许在我这儿干!''太太,'我对她说,'在店里是您说了算。可我在外面的时候,您就管不着啦。'于是,'砰'的一记闭门羹来啦。"

游乐场已空无一人,墙的那一面也停止了敲打。收款员站起身来,她是一个金黄头发的胖女人。她迈着小碎步走到一架送香水的游戏机前,笑嘻嘻地照了照镜子。钟声敲响七点正。

"在店里是您说了算。可我在外面的时候,您就管不着啦。"鲍比自鸣得意地又说了一遍。

丹尼尔振作了一下精神。

"他们就这样把你赶出来啦?"他敷衍地问道。

"是我自己离开的,"鲍比自豪地说,"我想:我宁愿一走了之。我一个铜子儿也没啦,哼!他们连欠我的钱也不肯给,但那就拉倒了:我就是这么个人。我住进拉尔夫家,下午睡大觉,因为晚上他要接待一位交际花,那是他的相好。我从前天起就没进过食啦。"

他以讨好的神情看了看丹尼尔:

"我心想:我总要想办法见一见拉里克先生,他会理解我呢。"

"你是个小傻瓜,"丹尼尔说,"我对你已经不感兴趣啦。我费了九牛二虎之力给你找到一个位置,你却只待了一个月就弄得扫地出门。而且你要知道,你说的这些我连一半都不信。你像拔牙的江湖医生那样信口开河。"

"您可以去问人家,"鲍比说,"您可以弄清我说的是不是实话。"

"问人家，'人家'是谁？"

"老板娘呗。"

"我才不会去问她呢，"丹尼尔说，"她会对我胡扯一通的。再说我对你已经无能为力啦。"

他觉得浑身发软，心想："我该走啦。"可他的两腿发木。

"拉尔夫和我想合伙干点儿事情……"鲍比满不在乎地说，"我们想自立门户呢。"

"是这样啊？你是要我给你垫一笔钱做原始资本？别跟我胡编乱造啦。说你要多少钱吧。"

"您真是好样儿的，拉里克先生，"鲍比感激不尽地说，"我今天早晨还在对拉尔夫说：只要能找到拉里克先生，你就会看到他不会见死不救的！"

"你要多少？"丹尼尔又问了一遍。

鲍比来回扭动着身子。

"我的意思是，假如您有时也能借点钱给我，我是说借，嗯？头一个月的月底我就如数奉还。"

"多少？"

"一百法郎。"

"喏，"丹尼尔说，"给你五十法郎，算我送你的。你就滚开吧。"

鲍比不声不响地将这张钞票收进衣兜。于是两人面面相觑，不知如何是好。

"滚蛋罢。"丹尼尔软绵绵地说。他全身已软得像烂泥似的。

"谢谢您啦，拉里克先生。"鲍比说。他假装走开，却又折了回来。"您要是想找拉尔夫或找我说点儿什么事情，我们就住在附近，大熊街六号，八层楼。要知道，关于拉尔夫，您可是全弄错啦。

他可喜欢您呢。"

"快滚罢!"

鲍比往后倒退着离去,脸上一直挂着笑容,然后转过身子,终于走开。丹尼尔朝那小吊车走去,仔细瞧了一瞧。在那柯达小照相机和手电筒旁边,还有一副望远镜,那可是他从未注意到的。他塞了一枚二十铜子的硬币到机器缝里,随意转动了一番各种键钮。吊车放下它的两只钳手,笨拙地在糖果盆子里抓了一番。丹尼尔取出五六颗糖放在掌心里,随即吃起来。

太阳还在将残留的金色光芒照射到黑色的巨大建筑物上,天空里已布满金黄色的云霞。但在马路当间,已渐渐出现了柔和湿润的阴影,人们在阴影的轻拂下展露出笑容。丹尼尔口渴得要命,但他不愿意喝水:渴死算了,渴死了拉倒!"不管怎么说,我没有做任何坏事。"但这更糟:他让邪恶从自己身旁擦肩而过,他放肆地为所欲为,就是不曾满足自己,他甚至没有这样做的勇气。此刻他让这邪恶附在自己的躯体上,如同一种止不住的瘙痒,从头到脚毒害他的身体。他的眼里仍充满这种黄颜色的影响,以致看什么物体都呈现这种颜色。倒不如在享乐中将自己毁掉,同时也就毁掉了那邪恶本身。的确那邪恶是会一再复活的。他转过身来,突然想到:"他有可能盯我的梢,好弄清我住在哪里。我倒愿意他是跟在后面,那我就要当街狠狠揍他一顿!"但鲍比却并未露面。他赚到了这一天的食宿费,此刻回家去啦。住在拉尔夫那里,大熊街六号。丹尼尔一惊:"要是我能忘掉这地址该多好!要是能想办法将它忘掉……"有什么办法?他是绝对忘不掉的。

四周的人们正在喊喊喳喳地聊天,相处得和和气气。一位先生对他的太太说:"哎,可这要追溯到战前啦。是一九一二年。不对。是一九一三年。我那时还在保尔·卢卡斯①那里。"和平。诚实人的和平,正派人、好心人的和平。为什么他们算是好心,而我就不是?这是没有办法的,事情就是这样。天空里,光线里,大自然里的某种东西决定了是这样的。他们明白,他们懂得自己是有理的;而如果上帝存在,上帝也是站在他们这一边的。丹尼尔看看他们的面孔:虽然他们很自在,但脸上的表情却是严峻的。只要有一个信号,这些人就会向他扑来,把他撕成碎片。而天空、光线、树木、整个大自然都将同他们看法一致,像历来那样:丹尼尔是个心术不正的人。

在门槛上,那位肥胖、脸色苍白的看门人有一副溜肩,此刻正在乘凉。丹尼尔远远就瞥见了他,心想:"这便是善良的化身。"看门人在一张椅子上坐着,两手搭在肚皮上,活像一尊菩萨。他望着人们走过,不时微微点头,表示对他们的赞赏。"做一个像他那样的人",丹尼尔不胜羡慕地思量。他肯定有一颗敬重他人的心。不仅如此,而且能感受到冷热、明暗、干湿等各种自然力量。丹尼尔站住了:他对那傻呵呵的长睫毛,以及那胖脸上一本正经的狡黠感到困惑。他昏头昏脑,以致脑子里好像只剩下刮脸用的带泡沫香料的白色乳剂。"他夜夜都睡得很香。"丹尼尔想。他也弄不清,自己到底是想杀掉这家伙呢,还是钻进这循规蹈矩的灵魂中去?

胖看门人抬起头来,丹尼尔却继续向前走:"按照我这样生活,可以指望很快就变成一个又痴又呆的人。"

他不高兴地看了一眼他的手提包,他不喜欢手里拿着这玩意儿。它使他看上去像一名律师。但这阵恶劣的心情立刻化为乌有

---

① 保尔·卢卡斯,美国无声及有声影片演员。

了,因为他记起带上这东西原是有目的的;甚至可以说,它将大有用场。他并不隐讳自己正在冒风险,但他安详而冷静,只是稍稍有点儿活跃。"也许我跨十三步就可以到人行道终端……"他当真跨了十三步,不多不少正落在人行道边缘。不过那最后一步明显地比前面十几步要大得多。他竟像击剑手那样劈开两腿一跃向前:"这没什么要紧,反正这事已完全有把握。"那是不会失败的,是非常科学的。甚至可以自问:为什么没有人早早想到这办法。"事实是,"他颇为严厉地想,"小偷都是笨蛋。"他一边穿过马路,一边想得更为透彻了:"他们早就该组织起来。像魔术师一样,组织成工会。"组织一个协会,以共同占有偷窃技巧并且加以开发,这正是他们所欠缺的。应当有一个注册会址、会徽、传统习惯和一个图书馆。还要有一个电影资料馆,以及一些影片,用来将高难技术摄成慢镜头资料。每种新的技术改良均应摄成电影,理论均应录制成唱片,并且署上发明人的大名。一切均应分门别类。比如,其中有一六七三年式对货架的窃技;或者还有"塞尔金技巧"(又称"哥伦布鸡蛋法"[①],因为它像道早安一样简单,但也得想到才行啊)。鲍里斯会同意拍一部示范性短片的。"哦!还得免费教授偷窃心理学课程,这也是必不可少的。"他设想。他这一套办法几乎完全建立在心理学基础上。他心满意足地瞧着只有两层楼的一家小咖啡馆,店面是淡黄色的,他又突然发现这家小店恰好处在奥尔良大道正中。在奥尔良大道上,晚上七点与七点半间,人们的神情竟是那么和蔼可亲!光线当然起重要作用,它好似一层极为合身的薄纱衣衫,衬托出了此情此景。另外,住在巴黎一隅的尽头、靠近某一城门的地带也是令人惬意的。你脚底的街道似乎在向这

① 典出哥伦布竖鸡蛋的故事:有人想在餐桌上难倒哥伦布,拿起一只煮鸡蛋请哥伦布把它竖起来,哥伦布拿起鸡蛋在桌上一敲,把一端击碎,鸡蛋就立起来了。

座城市古老的商业中心疾驰,奔向中央菜市场、奔向圣安东区阴森森的小街小巷,你好像一头扎进傍晚时分城市近郊那种温馨的宗教朝拜当中。人们看上去是有意出门上街,好相聚在一起。你如果推搡他们一下,他们并不生气,你甚至可以认为这使他们很开心。还有,他们观望商店橱窗的表情充满天真无邪和不含私利的赞赏之意。在圣米迦勒大道上人们也观看橱窗,但用意在于购货。"我每天晚上都要来这里一次。"鲍里斯热心地做出了决定。再有一件事,就是到明年夏天,他将在这批四层楼的房屋里租赁一间卧室。这些楼房如同孪生姐妹一般彼此相像,不由得令你想起一八四八年的革命。但假如窗户都是这么狭小,我就不知道当年那些家庭主妇怎样把横木穿过窗户、扔到士兵身上去的。窗户四周全是焦黑焦黑的,似乎全都被大火的火舌舔了个遍。这些颜色青灰、点缀着小小黑洞的屋面,颇像万里晴空中的片片乌云,并不显得凄惨。我凝视这些窗户,假如我能爬上这家小小咖啡馆的屋顶平台,就准能窥见各家房间里面镶有大镜面的衣橱,把它们当成纵向的小小湖泊。人群川流不息从我上方走过,我会联想到市政警察、想到王宫的金黄色栅栏、想到七月十四日,真不知为什么会有这些联想。他忽然想到,"这共产党员,他跑到马蒂厄家里来干什么啊?"鲍里斯不喜欢这些共产党员,他们太一本正经。尤其是布吕内,简直可以说是一位教皇。"他把我赶了出来,"鲍里斯感到好笑,"这混蛋,他不折不扣地把我赶走!"接着他突然脑子一热,很想使使坏:"也许马蒂厄发现自己全都弄错啦,他也许会加入共产党咧。"他一时好玩,便列举这样一种改变信仰将带来的种种不可估量的后果。但他立刻害怕起来,于是戛然而止。完全可以肯定马蒂厄并没有弄错,否则实在是太严重啦。现在他鲍里斯可是有了立场:在哲学课上,他曾对共产主义流露过极大的同情,但正是马蒂厄通过向他阐明自由的意义,才使他得以改邪归正。鲍里斯当即明白了:人们有责任做自己想做的一切,想你觉得适合的一切,并且应当仅仅对你自己负责,而且要经常重新判断自己的思想,重新判断所有的人。鲍里斯是将自己的一生建立在这种基础上的。他是完完全全自由的:这特别表现在他一贯在重新判断所有的人,除了马蒂厄和依维什。这两人是完全用不着啦,他们已是完人。至于那自由,也是用不着对它反复思考的。否则你就不再是自由的了。鲍里斯不知所措地搔着脑袋,琢磨着他不时产生的砸烂一切的冲动究竟从何而来。"实际上,也许我具有焦虑的天性。"他不胜惊奇而又颇有兴致地自忖。因为归根到底,假若冷静地考察一下各种事情,就会认定马蒂厄并没有弄错,那是根本不可能的:马蒂厄不是那种把事情搞错的人。鲍里斯高兴起来,轻松地摇晃起手里的提包。他也在想,具有焦虑的天性,这符不符合道德呢? 粗粗看来,正面反面都有一些道理。但他不让自己作进一步思考。他将去请教马蒂厄。鲍里斯认为:在他这个年纪就妄图独立思考,那是极不得体的。他在巴黎大学见得多啦。像这类自作聪明的人,戴眼镜的高等师范学生,他们总是保留某种具有个人色彩的理论,结果却总是以这种或那种方式胡说八道而告终。即使不是这样,那些理论也是见不得人的、古怪偏执的。鲍里斯最讨厌贻笑大方,他不愿胡诌,而宁可保持沉默,让人家把他当作头脑空虚的人。这倒不至于太令人生气。再往后那当然是另一码事,眼下他可以信任马蒂厄,这原是他的本行本业嘛。何况看到马蒂厄思考问题的样子,他总觉得很愉快:马蒂厄有些脸红,瞧着自己的手指,有点儿结结巴巴,但是在进行诚实的、出色的工作。有时在这当中,鲍里斯有了点小小的想法,那是不期而至的;他竭力不让马蒂厄看出来。但这坏蛋总是能发现,便对他说:"您脑子里藏着点儿什么东西。"接着就向他不停地提出问题。鲍里斯狼狈不堪,一再想转移话题,但马蒂厄却扭住不放。鲍里斯终于和盘托出,窘得眼睛向下瞧着自己的双脚。最糟糕的是,在这之后马蒂厄常常要训他,说:"那天您愚蠢之至,推理乱得像个白痴。"仿佛鲍里斯真的曾以为自己有过什么天才的见解。"这坏蛋!"鲍里斯乐呵呵地自语着。他在一家漆成红门面的药店前停住脚步,不偏不倚地观察起自己的模样儿来。"我是个谦虚的人。"他想。他觉得自己是讨人喜欢的。他跳到自动磅秤上,称一称自己的重量,看看自己自昨日以来有没有发胖。一只红灯泡亮了一亮,机器带着尖啸的叫声开始转动。鲍里斯得到一张硬纸卡片:五十七公斤半。他一时有些慌神:"我增加了五百克!"他暗想。但幸好他在此时发现自己手里还拿着那提包。于是他从磅秤上走下来,又重新来一遍。五十七公斤,对于一米七三的身高,正合适。他的心情好极了,内心觉得极舒坦。在外部,有一种淡淡的愁绪,伴随着在他四周渐渐逝去,并且拂过他身边的旧的一天;这一天徐徐降临时有通红的夕阳残照,也有无限怀旧的浓郁芬芳。这一天,这热带的海潮渐渐退去,将他独自遗留在愈益淡泊的夜空下:它不过是一个驿站、一个小小的驿站。黑夜即将来临,他将要去苏门答腊歌厅,在那里见到马蒂厄,见到依维什。他将要和歌而舞。然后,过一会儿,在这昼夜交替之际,将会有这窃技的精彩一幕。他挺起身子,加快步伐:应当谨慎行事。这是因为有这些装作若无其事的家伙,他们正在道貌岸然地翻阅书籍,其实却是一伙私家侦探。伽尔布尔书店雇用了六名之多。这消息是皮卡尔告诉他的,此人在地理结业考试落第之余,操了三天这样的营生。那是不得已而为之,因为爹娘断了他的炊。可他厌恶已极,便很快洗手不干了。他不仅得像一般下流的密探那样窥察顾客,而且奉命要伺机栽赃于天真的读者:比如某些戴夹鼻眼镜的顾客畏畏缩缩走近书架时,你就得趁其不备扑将上去,硬说人家企图将什么典籍装进衣兜。当然,这些倒霉鬼会吓得面无人色。你就把他们带到走廊尽头一间黑糊糊的办公室里,敲它个一百法郎,否则即予法律追究云云。鲍里斯想到这里不禁自我陶醉起来:他要为所有这些倒霉鬼报仇。他呀,人家是抓不住的。"大多数这类人物都不会为自己辩护,"他思忖,"在一百个小偷中,有八十个是临时动念。"至于他,他从来不干心血来潮的事。他不敢自称无所不知,但他知道的那一点却是有条不紊地学得的。他始终认为,脑力劳动者也应再掌握一门手工技艺,才能保持同现实的接触。迄今为止,他的尝试并未带来任何物质上的好处,他认为弄到手的东西一文不值:计有十七根牙刷、二十来个烟灰缸、一个指南针、一个火钩、一只补袜撑子。在每桩案子里他重视的是技术上的难度。比如上个星期,在一家无人问津的商店里偷一只摩洛哥羊皮公文包是不算什么的,但在药店老板的眼皮底下弄到一小盒甘草片就非同小可了。偷窃的收益完全是精神上的。在这个问题上,鲍里斯自认为同古代斯巴达克人意见一致,即偷窃是一种苦行。当然也有其乐无穷的时刻,如当你想到:"我要数到五,'五'字一出口,这把牙刷就应当进我的衣兜!"这时便很快乐。你虽然喉头发紧,但却觉得头脑分外清醒、全身充满力量。他不禁微微一笑,这回他要对自己的信条来个例外,利益将首次成为偷窃的动机。至多不过半小时之内,他就将拥有这珍宝,这不可缺少的宝物:"这宝贵的词库!"他小声自言自语着。因为他喜欢"词库"的说法,这使他想起中世纪、阿倍拉尔①、一种植物志、浮士德,以及克吕尼博物馆②收藏的贞洁腰带等。"这词库将属于我,我可以每天随时查阅它!"而在这之前,他不得不在书架上匆匆忙忙翻阅,而且书页也未曾裁开,经常只能查到一些支离破碎的资料。今天

---

① 皮埃尔·阿倍拉尔(1079—1142),法国哲学家、神学家,其女弟子爱洛伊丝与他之间的恋情曾传为文坛佳话。
② 克吕尼,法国东部城市。一八四四年法国政府在此创建中世纪工艺品博物馆。

晚上他就会把它放在床头几上,第二天早晨一睁开眼,他的头一道目光便是投向这词库的。"哦,不行。今天晚上我将在洛拉屋里过夜!"他懊恼地想到。不管怎样,他要把这词库带到巴黎大学图书馆去。他将不时中断复习功课,瞧一瞧它作为一种乐趣:他决心每天学习一句甚至两句成语,以六个月计算,三六一十八,再乘以二,总数达到三百六十句,加上他现已掌握的五六百句成语,就可以向一千条迈进,这就是所谓的中等知识水平了。他横穿拉斯帕伊大道,有点儿不开心地走进了丹费尔-罗什罗街。他很讨厌这丹费尔-罗什罗街,也许是由于那里的栗子树。无论如何,这是个毫无价值的地方,例外的只有一家黑黢黢的染料店,挂着血红色的窗帘,那阴森可怖的样子倒像印第安人割下的两块带发头皮。鲍里斯路过时向那染料店投以友好的目光,然后便钻进了这条寂静无声且泛着金黄色的别致街道。一条街道吗?其实只是一个大洞眼,两边有一些房屋罢了。"是这样的,不过地下铁道从它下面经过呢。"鲍里斯想,并且从中得到一些慰藉。有这么一两分钟,他想象自己是在一层薄薄的沥青硬壳上行走,也许它会塌陷呢。"我得把这事告诉马蒂厄,"鲍里斯想,"他会目瞪口呆的。"不,他突然涨得满脸通红。他什么也不会讲啦。对依维什倒是可以说:她能理解他。如果说她自己并不动手去偷,那是因为她没有这种天赋。他也会把这个故事讲给洛拉听,好叫她笑得上气不接下气。但马蒂厄在偷窃这类问题上的态度不是那么明朗。当鲍里斯向他提及时,他似笑非笑地聊表宽宥。然而鲍里斯不太敢说他赞成。天晓得,马蒂厄究竟会怎样责备他。洛拉嘛,这把她急坏啦,但这是正常的,她不能理解个中奥妙,尤其是因为她有些吝啬。她对鲍里斯说:"你会去偷你亲娘的东西,也总有一天会偷起我的东西来。"而他的回答是:"嘿、嘿!要是有机会,我也不反对嘛。"当然喽,这是违背常识的:一般都不会偷亲友的东西,因为做起来太容易啦。他以表示恼火作为答复:他讨厌洛拉这种作风,就是什么事情都要扯到自己身上去。可是马蒂厄……就是马蒂厄呀,却教人十分费解呢。他有什么理由反对偷窃呢?须知都是按照规则进行的呀。马蒂厄的这种暗含的责备使鲍里斯一度不胜痛苦,然后他摇着头自言自语:"真有意思!"再过五年七载,他就会有自己独立的思想了,就会觉得马蒂厄的思想太婆婆妈妈,并且老掉了牙。到那时,他就自己来评判自己:"天晓得咱们还能不能见面?"鲍里斯一点儿也不愿意看到这一天来临,他觉得自己极其幸运,但他很理智,明白自己早晚会变,会把许多人和事抛在身后,目前他还没有定型。马蒂厄是一个阶段,正如洛拉也是如此。即使鲍里斯对他顶顶崇拜的时候,在这崇拜之中就含有某种暂时性的东西,使它虽然狂热却并不盲目。马蒂厄是再好也不过的人,但他不可能与鲍里斯同时变,甚至可以说他已完全无法再变了,他已经太成熟啦。这些想法使鲍里斯感到颓丧,所以他很庆幸走到了爱德蒙-罗斯当广场:穿过这广场总是令人愉快的,也许是因为那些公共汽车像肥大的火鸡似的,笨头笨脑地冲着您开过来,但您只需稍稍收一收胸脯,就可以凑凑合合地躲闪过去。"但愿他们别灵机一动,恰恰在今天把那本书收了回去!"走到亲王先生街与圣米迦勒大道交叉的路口,他停下来歇息一会儿。他想约束一下自己急切的心情。假如由于抱着希望而兴奋得满面通红,又睁着野狼般贪婪的大眼跑进书店,那可就不谨慎啦。他的信条就是在冷静中采取行动。他强迫自己安安静静地站在一家卖阳伞和刀具的商店面前,然后从容不迫地挨个观赏配有钟表的各种商品、绿色和红色的女用短柄阳伞、油伞、雕得像叭儿狗脑袋般的象牙柄雨伞……所有这些东西都单调得可怜。而且,鲍里斯极愿把注意力转向那些来买这类商品的老年人。他就要冷静地、并无快意地下决心啦,却突然瞥见什么又使他重新兴奋起来的东西:"一把木柄小刀!"他喃喃道,两手不禁微微颤抖。这是一柄货真价实的可用作武器的小刀,刀锋又厚又长,有卡槽,黑牛角柄儿,形状像月牙儿一般优美。刀锋上有两块锈斑,你还以为是血迹呢。"嗨!"鲍里斯不禁叹出声来,心儿因欲望而十分激动。这把刀被打开了,好端端地放在一个喷漆小托盘上,两侧各放一把雨伞。鲍里斯凝视良久,周围的男男女女黯然失色了;凡与那刀锋的寒光无涉的一切,顿时都在他心目中失去了价值。他真想抛开一切,冲进那间小店铺,买下这把小刀,然后随便逃到哪里。就像江洋大盗带走他们的赃物一般。"皮卡尔会教我如何投刀的。"他琢磨着。但他那严格的责任感不久又重占上风:"等一会儿。我过一会儿再将它买下,作为干成那桩壮举的自我奖赏!"

伽尔布尔书店位于沃吉拉尔街与圣米迦勒大道的拐角处,在两条街各有一个门面(这正合鲍里斯之意)。在书店门口安放了六张长桌,上面摆满各种书籍,其中大部分是旧书。鲍里斯借着眼角余光看见一位蓄红胡子的先生,常在附近来回踱步,很怀疑他是一名密探。接着他就凑近第三张桌子,果然发现:那本书就放在那里,又厚又重,以致鲍里斯一度感到泄气。那是一部四开本、合计达七百页的大书,夹有像小指头那么厚的凹凸花纹纸。"这得装进我的手提包才行啊。"他暗自琢磨,内心有点儿沮丧。但一看到封面上微微闪耀着金光的书名,他立刻恢复了勇气。那书名是:《十四世纪以来俚语隐语历史和词源词典》。"历史词典!"鲍里斯暗自赞叹不已。他以亲切和爱惜的姿态,用指尖轻轻拂了拂书皮,算是又接触到了它:"这哪里是一本书,简直是一件动产啊!"他极为赞赏地寻思着。在他身后,那蓄胡子的先生毫无疑问已经转过身来,正在窥测他的动向呢。现在应当叫这场戏开演啦:翻弄一下这本书,装成犹豫不决的闲逛者,最终要做成受到吸引的样子。鲍里斯随意打开这本字典,读道:

"对……来劲,意即:热衷……或爱好。如今已相当普遍使用此种说法。例:'教士对某事像雄蜂一样来劲。'可释作:'教士热衷于性爱'。又如:'对男人来劲儿',意即:'爱好男色'。此一成语似来自法国西南部。"

此后的书页未曾裁开。鲍里斯不再往下看,却径自笑起来。他美滋滋地喃喃自语:"教士对那种事像雄蜂一样来劲儿。"然后他恢复严肃的表情,并数起数目来:"一、二、三、四!"同时,一种单纯无邪的兴奋使他的心怦怦跳动。

一只手突然放到他肩上。"我完蛋啦,"鲍里斯自忖,"不过他们动手太早,不可能取得对我不利的证据。"于是他不慌不忙地缓缓转过身来。原来是丹尼尔·塞雷诺,马蒂厄的一个朋友。鲍里斯见过他一两回,觉得他非常好。天哪,他怎么像个密探啦!

"您好,"塞雷诺道,"您在看什么啊?好像有什么东西迷住您啦。"

其实他一点儿也不像密探,不过还是要小心:说真的,他显得过于客气,没准儿在酝酿什么卑鄙勾当。而且,真好像是故意的,他恰在鲍里斯翻阅这本隐语词典时抓住了他。这准会传到马蒂厄耳中,叫他笑破肚皮的。

"我是路过在这儿稍停的。"鲍里斯勉强应答道。

塞雷诺微微一笑。他用两手捧起那本大书,将它举到齐眼高度:他大约有些近视。鲍里斯很欣赏他的从容大方。在一般情况下,翻阅图书的人有心将它们留在桌面上,以防备私家侦探。但显而易见,塞雷诺觉得自己可以为所欲为。鲍里斯用压抑的嗓音喃喃道:"这是一部奇书……"

这样说是为了装成漫不经心的样子。

塞雷诺避不作答。他似乎沉浸在阅读之中了。鲍里斯感到愤然,便很严厉地审视了他一番。但他按照正派人的思维,不得不承认塞雷诺的穿着十分讲究。说实在的,这套几乎是粉色的粗呢西服、这件亚麻衬衫、这条黄颜色的领带,无不流露出一种刻意的放肆,令鲍里斯有点反感。鲍里斯喜爱简朴大方、稍有点随便的优雅。不过总而言之,这大体上是无懈可击的,虽然像新鲜黄油一样软绵绵。塞雷诺突然大笑。他的笑声是热烈而讨人喜欢的,而且鲍里斯觉得他很可亲,因为他笑起来嘴巴张得大大的。

"对男人来劲儿!"塞雷诺念叨着,"对男人来劲儿!真是一大发明呢。我间或会使用此说的。"

他将此书放回到桌上。

"您对男人来劲儿么,塞尔金?"

"我……"鲍里斯支吾着,气都喘不过来了。

"别红脸呀,"塞雷诺说(鲍里斯倒因此而满面通红了),"请相信:我从来没有过这种念头。我可会辨别那些有此劲头儿的人呐(显然这种说法令他乐不可支),他们的姿态圆圆软软的,不会看错的。而您呢,我观察了您好一阵子,我都入迷啦:您的姿势轻快优美,却有棱有角。您大概很乖巧。"

鲍里斯仔细聆听着塞雷诺的这番话:有人解释他怎么看待你,这听起来总是很有意思的。何况塞雷诺的男低音嗓门听来极为悦耳。可是呀,他那双眼睛却让人不自在:粗看你以为它们充满柔情;仔细一看,却发现包含某种冷漠,甚至怪僻。"他有意拿我开心呢。"鲍里斯暗想,不由得警觉起来。他倒想问问塞雷诺,所谓"有棱有角的姿势"指的是什么,却又不敢;他琢磨着,此时恐怕是言多必失呀。而且,在这咄咄逼人的目光下,他觉得自己心里滋生出一种莫名其妙的温情。他此时真想跺脚抖动一番,好挣脱这温情的纠缠。他转过头去,于是出现一阵令人颇为难堪的静场。"他会把我当成笨蛋哩。"他抱着逆来顺受的心情想。

"您是在研究哲学吧,我想。"塞雷诺开口道。

"不错,研究哲学。"鲍里斯急忙应道。

他很高兴有了一个由头可以打破沉默了。然而就在此时,巴黎大学的大钟敲了一下,于是鲍里斯惊恐不已地打住话头。"八点一刻啦,"他忧心忡忡地想,"假如他不马上滚开,那就完啦。"伽尔布尔书店的关门时间是八点半。塞雷诺一点儿也没有要走开的意思。他又道:

"我向您坦白:我对哲学可是一窍不通。您,您应该是很懂的喽,理应是这样嘛……"

"我不知道,略懂一点,我想是这样。"鲍里斯说,其实他急得如热锅上的蚂蚁。

他掂量着:"我准是十分无礼的样子,可他为什么不滚蛋呢?"其实马蒂厄早就跟他说过:这塞雷诺总是不识时务而来,这已成为他那魔鬼式性格的一个部分。

"我猜想您喜欢哲学。"塞雷诺说。

"是呀。"鲍里斯回答,觉得自己又一次红了脸。他讨厌谈论自己喜欢的东西:这好羞人呀。他觉得塞雷诺想到了这一层,现在是故意做出不知趣的样子来。塞雷诺以十分专心的神情凝望着他,又问:

"为什么喜欢?"

"我不知道。"鲍里斯说。

这是实话:他并不知道。然而,他极喜欢哲学。甚至极喜欢康德。

塞雷诺微笑道:

"至少,立刻可以看出,这不是一种心血来潮的爱好。"

鲍里斯生气了,塞雷诺赶紧说:

"我是在开玩笑。其实,我是觉得您很走运呢。我呀,也像所有的人一样,学过一阵子。但人家没能让我爱上它……我想,正是德拉鲁使我倒了胃口:对我来说,他太高明了。有几次我请他作些解释。但他一开口对我讲,我就全糊涂了。甚至觉得连我自己提的问题也弄不明白啦。"

鲍里斯对这种冷嘲热讽的语气感到十分不快。他甚至怀疑,塞雷诺可能是居心不良地想引导他说马蒂厄的坏话,以便幸灾乐祸地转述给马蒂厄。他佩服塞雷诺竟会无缘无故地干这种蠢事,但他极力反抗,冷冰冰地驳道:

"马蒂厄讲解得极好。"

这一回塞雷诺不禁大笑,鲍里斯窘得咬了咬嘴唇。

"我一秒钟也没怀疑过,"塞雷诺道,"只不过我同他是老朋友了,我猜想他是把他的教学才能留给了青年人。他一般是从自己的学生当中招募弟子。"

"我并不是他的弟子。"鲍里斯说。

"我想到的并不是您,"丹尼尔说,"您的容貌也不像是弟子。我想到了胡迪盖尔,他是一个头发金黄的高个儿,去年上印度支那去啦。您肯定有所风闻:两年前他俩打得火热,简直如胶似漆、形影不离呢。"

鲍里斯不得不承认这一招很高明,他对塞雷诺的敬意随之增加,但他还是恨不得当面给他一拳。

"马蒂厄对我提起过他。"鲍里斯说。

马蒂厄是先认识这胡迪盖尔的,鲍里斯很讨厌这个家伙。鲍里斯到圆顶咖啡厅去找马蒂厄时,他有时摆出一副专心致志的模样,口中喃喃说道:"我得给胡迪盖尔写封信!"说罢全神贯注、久久若有所思,活像前线的大兵给家乡的小妞儿写信的那副神态。而且他面对一页白纸,举着钢笔老在上头转圈圈。于是鲍里斯在他身边坐下做起功课来,但他不喜欢马蒂厄这个样子。当然他并不是忌妒胡迪盖尔。恰恰相反,他对胡迪盖尔颇为怜悯,外加几分反感(何况他对这胡迪盖尔一无所知,仅见到过他的一张照片,照片上是一名样子挺倒霉的高个儿男孩,穿着打高尔夫球的运动短裤;再就是见到过他的一篇愚不可及的哲学论文,至今仍被搁置在马蒂厄的书桌上睡大觉)。但是他绝对不愿意马蒂厄将来对待他就像现在对待胡迪盖尔那样。他宁愿永远也不要再见到马蒂厄,假如马蒂厄某一天真会对一位年轻的学哲学的大学生摆出一副自以为是而又悲天悯人的样子,胡诌什么:"哦!今天呀,我得给塞尔金写封信!"他勉强可以接受马蒂厄只是他的人生途中的一站(接受这一点已经相当困难),却不能忍受自己变成马蒂厄人生途中的一站。

塞雷诺好像在这儿扎下了根。他用双手撑着桌面,那姿态似乎既没精打采、又轻松随和:

"我常常对自己在哲学方面全然无知感到惭愧,"他接着说,"搞哲学的人似乎非常开心呢。"

鲍里斯没有回答。

"我需要一位入门导师,"塞雷诺又道,"某个像您这样的人……不要太在行,却又很认真对待它。"

他笑了笑,似乎脑中闪过什么有趣的念头。

"您说呢,要是我听您讲讲课,那一定是很有意思的喽……"

鲍里斯怀有戒心地瞧了瞧他。没准这又是一个圈套。塞雷诺肯定比自己聪明得多,肯定会向自己提出许许多多难以解答的问题。他无法想象自己如何给塞雷诺上课!他要给吓坏了的。眼下他冷静而逆来顺受地想到:大约已经八点二十五分啦。塞雷诺的脸上依然堆满笑容,他对自己的主意感到扬扬自得。然而他的目光却有些古怪,鲍里斯不太敢正视他。

"要知道,我可是懒汉,"塞雷诺又说,"得对我厉害点儿才行哩……"

鲍里斯不禁笑出声来,只好老老实实地承认:

"我想我根本没有能力……"

"哪里哪里!"塞雷诺应道,"我相信您有能力……"

"您会把我吓坏的。"鲍里斯说。

塞雷诺耸了耸肩膀:

"嘿!……听着,您有没有点儿时间? 咱们也许可以上对面达尔古尔酒店喝上一杯,谈谈咱们的计划。"

说什么"咱们的"计划……! 鲍里斯的两眼盯着伽尔布尔书店一名伙计的动作。他正动手将书一本一本地堆起来。不过他还真愿意跟塞雷诺一起上达尔古尔酒店:他真是个怪家伙,但却一表人才。而且同他谈话是很有意思的,因为必须针锋相对,你好像时时刻刻处在危难中。他思想斗争了一阵子,但一种责任感占了上风:

"我有比较急的事儿要办。"他道,说话的声音因为惋惜而变得有些生硬。

塞雷诺的脸色变了。

"很好,"他说,"我不愿打扰您。原谅我耽误您这么多时间。好啦,再见吧,替我向马蒂厄问好。"

他蓦然转过头来瞧瞧,便离去了。"我有没有得罪他啊?"鲍里斯于心不安地思量着。他以忧虑的目光凝视着塞雷诺阔大的肩膀,他正沿着圣米迦勒大道向着上方行走。鲍里斯猛悟到他已不能再耽误一分钟了。

"一、二、三、四、五!"

数到五的时候,他用右手堂而皇之地抱起了那本大书,毫无躲闪之意地径直朝那家书店走去。

一连串的字眼,向着随便什么处所飞去。字眼在逃逸,丹尼尔也在逃避,避开一个细长的、有些佝偻的身躯,眼睛泛着浅褐色,整个的容貌朴实而可爱,他是一个小修道士、俄罗斯(式的)修道士:阿辽沙。脚步声、字眼,脚步声一直传入他的脑际。只要这些脚步声、只要这些字眼,一切总比寂静要好:"那小傻瓜,我看他可看准啦。我的父母不许我同不认识的人说话:什么亲爱的小姑娘,您要不要我给您一颗糖果……这可是爸爸妈妈禁止的……哎,这本是个头脑十分简单的家伙,我不知道,我可是不知道呀。您喜欢不喜欢哲学?我不知道。天老爷,他怎么会知道呢,这可怜的羊羔!马蒂厄在他的课堂上称王称霸,他向他扔了手绢。他把孩子带到咖啡馆,那孩子就连同牛奶咖啡以及各种理论,一并吞了下去,像吞圣餐面饼一样。去吧,去亮你那个初领圣体者的相吧。他装作一本正经、恃才傲物的样子,像一头载满宝物的蠢驴!哦,我明白啦,我不愿用手碰你,我不配这样做。我对他说我不懂哲学,这时候他瞧着我的眼神多么特别。到最后,他甚至于连礼貌也不屑一顾了。哦!我可以肯定(胡迪盖尔还在时我就预感到这一点),我可以肯定:他叫他们都提防着我。这很好哇(丹尼尔泰然自若地笑道),这是给我上了极好的一课,而且没花很大代价。他把我打发走,我对此是很满意的。假如我冒傻气对他流露出一点兴趣,并且对他一吐衷肠,那他立刻就会去向马蒂厄打小报告,他俩会笑破肚皮呢。"他猛地停下脚来,一位跟在他后面行走的太太竟然撞到他的背部。他甚至小声喊了出来:"他跟马蒂厄议论过我!"这念头实在叫人咽不下去,叫你气得浑身发抖。不难想象。他俩养足了精神,聚在一起兴高采烈。年轻的那个当然是目瞪口呆,还用手捂住半边耳朵好听个一清二楚,视之若灌顶醍醐!地点当是在蒙巴那斯的什么咖啡店里,四围散发着浓重的脏衣服的臭气。"马蒂厄对他肯定是傲然视之,故作高深向他解释一通我禀性如何,他俩一定是笑得死去活来。"丹尼尔反复自语道:"笑得死去活来呀!"一边用指尖掐着自己的掌心。他们竟在背后品评他,将他大卸八块、精心解剖,而他却毫无招架之功。他连猜也没有猜到,他在这一天也像在别的日子里一样过活,仿佛他是一个既无过去、也无未来的幻影,仿佛他在别人眼里并不是那具略显发胖的躯体、不是那鼓得溜圆的一对腮帮子、不是那正在凋谢的东方式美男子、不是那张冷漠无情的笑脸,谁知道呢?……不对呀,没有人议论我。"如果说鲍比知道、拉尔夫知道,马蒂厄却不知道。鲍比不过是只小虾米,他没有头脑,仅仅是住在大熊街6号拉尔夫家里。嗨,要是能在盲人当中生活该多好。他不是盲人,他以此自豪,他看得一清二楚。他是个细心的心理学家,有权利议论我几句,因为他认识我已有十五年之久,并且是我最要好的朋友。他不会放弃这种权利。只要他遇见什么人,我为之而存在的人就变成两个、三个、九个,以至一百个。塞雷诺、塞雷诺,掮客塞雷诺、做交易所生意的塞雷诺,干其他营生的塞雷诺……哼!要是他死掉才好呢。可不会是这样,他的脑海深处带着对我的看法,自由自在地到处转悠,并且传染给所有接近他的人。你得四处奔波,得刮啊、刮啊,得擦啊、洗啊,倾江河之水不停地洗啊。我已经用刮骨疗毒的办法刮了玛赛儿。她初次见面就向我伸出手来,死死盯着我说:'马蒂厄常常对我谈到您!'于是就轮到我盯着她,我被摄住啦,我钻了进去。我存在于她的血肉之中、在这固执的脑门儿后面、在这双明眸的深处啊!这混账东西!可是现在,她对马蒂厄议论我的那些话,连一个字儿也不相信啦。"

他心满意足地笑了。他对这胜利无限自豪,以致在瞬间忘记了管住自己:在字眼的罗网当中出现了一个大窟窿,这窟窿渐次扩大、延伸,终于变成一片沉默。沉重而空虚的寂静啊。他本来不应当、本来不应当停止唠叨的啊。风已经停住,怒火在踌躇徘徊。在沉寂的黑洞之底,可以瞥见塞尔金的面庞,犹如敞开的伤口。温和而阴沉的面庞,要有多么大的耐心、多么强烈的热情,才能将它照亮些许啊!他思忖:"我本来可以……"我在今年,甚至今天,他本来可以那样做的。在这之后呢……他寻思:"便是我最后的机遇啦。"那是他的最后机遇,马蒂厄漫不经心地夺走这个机遇。什么拉尔夫之类、鲍比之类,就是给他留下的残羹剩粥。"而他呢,那可怜的孩子,马蒂厄会把他变成一只有学问的猴子!"他不声不响地朝前走,只有那足音回荡在他脑际深处,如同在清晨无人行走的街道上。他的孤独是这样彻底,而头顶上的天空是那样美丽,并且像善者的良知那样柔和,周围的人群又是那样忙忙碌碌。以致他为自己的存在而感到惊愕。他或许是什么人的噩梦的化身,而这人终究是要睡醒的。幸运的是,那愤怒如潮水般泛滥,它淹没一切。他感觉到自己因为释放出某种狂怒而再度兴奋起来,于是发泄重新开始,一连串字眼重新冒出。他恨马蒂厄。这家伙大概觉得自己的存在是完全合乎自然的,他从来不向自己提出什么问题,这一碧如洗的青天、这德行圆满的宇宙正是为了他而设置的,他觉得如鱼得水、伸展自如,从未产生过孤独感。"我的天,"丹尼尔寻思,"他以歌德自居呢。"他抬起头,直勾勾地瞧着过路行人。他在发泄这种愤恨之情:"可你要小心啊,你若愿意,收几个弟子也未尝不可,但却不能是为了对付我,否则我也会叫你瞧点儿颜色的!"一股新的怒气使他感到飘飘然,他觉得自己已离地而起,自己在飞翔,并且为自己的神通广大而万分欣喜。突然他起了一个念头,一个锋利泼辣、光彩夺目的念头:"然而,然而,然而……也许咱们可以帮助他思考思考,帮助他安分守己起来,设法使他不那么轻而易举地得手,这将是真正地拉他一把啊。"他回想起,某日玛赛儿蓦地以阳刚之气,以高亢的声音扬言:"当一个女人毫无出路时,她只需让自己生一个孩子就得啦!"他俩对此见解不尽相同,这才叫有意思呢:他因此而跑遍草药店,而她却待在那粉红色房间的一角,因为渴望生一个孩子而变得面容憔悴。只是她不敢对他表白自己的想法……假如这时有个什么人,比如他俩共同的好友,能够鼓励她一两句话……"我也够狠毒哩,"他心里想,其实是喜不自胜。狠毒,眼下就表现为这神奇无比的速度感。你似乎突然同自己的躯体分了家,像箭一样向前飞驰。速度揪住你的脖根,它一分钟一分钟地加快,那滋味又难受又甜美,你放开了车闸儿飞快地向前,你冲过左侧、右侧或临时出现的小小障碍物,将它们一律踏倒,像折断一把枯树枝那样(可怜的马蒂厄呀,我也太损啦,我会糟蹋他的一生哩!)。而这糅合着恐惧的欢乐实在令人陶醉啊,它像雷鸣电殛一样干脆利落,那是一种刹不住的欢乐呀!"我倒要问一问:难道他还会有什么弟子吗?既已为人之父,那就不容易有人光顾喽!"当马蒂厄或许要来向塞尔金宣布他就要结婚时,塞尔金将会摆出怎样一副面孔!这小伙子的蔑视、他那不尽的惊异之感!"您竟要结婚了?"马蒂厄支吾着:"人有时要尽义务啊。"可小家伙是不懂这类义务的。有些什么东西正在竭力要重新出现。那是马蒂厄的容貌,他那善良的好好先生相;但那狂奔却又变本加厉地再度出现:邪恶只有在保持一定速度之下才能得到平衡,如同自行车那样。他的思想机敏而欢快,此刻又在他眼前连蹦带跳起来:"马蒂厄可是个好人呀。他心眼不坏,哦,不坏;他是亚伯①那一类型的,他有着自己的良知。是啊,他必须娶下玛赛儿。此后他就高枕无忧啦,他还年轻,还有整整一辈子时间可以庆幸自己的善行哩。"

在宽厚而亲切的天空下,这纯洁良知的舒适的憩息,深不可测的纯洁良知的憩息是多么地诱人啊!他简直闹不清楚自己是为了马蒂厄,还是为了他本人才如此地渴望这憩息。一个完蛋了的、逆

---

① 亚伯,《圣经》中的人物,亚当和夏娃的次子,禀性善良。

来顺受而又心平气和的家伙,总之是心平气和啦……"要是她不愿意……"哦!假如有一线希望,有一线希望使她宁愿有这么个孩子,我可以起誓:她一定会要求他明天晚上就迎娶她。"德拉鲁先生暨夫人……德拉鲁先生暨夫人荣幸地通知您……"总之,我成了他俩的护佑天使、成了他们家庭的专任天使哩。那是一名大天使,是一名仇恨的大天使、充当青天老爷的大天使,他走进了维尔辛杰托里街。一时间,他仿佛又看见那有点笨拙、却很优雅的修长体形,正在伏案苦读什么著作。但这形象很快便消失,重新显现的却是鲍比,"大熊街6号"。他觉得自己同空气一样自由,他允许自己为所欲为。维尔辛杰托里街的那家大杂货铺还开着门,他走了进去。当他从店里出来时,右手持圣米迦勒的利剑①,左手则提着准备送给杜菲夫人的一盒糖果。

十

小挂钟敲响了十点。杜菲夫人似乎不曾听见。她仔细瞧着丹尼尔,但她的眼睛微微发红。"她一会儿就要走开啦。"他想。她带着狡黠的神情微笑着,但从她那合不太拢的上下嘴唇间却漏出了微微的气息:她借着笑容在打呵欠呢。突然,她把头向后一仰,似乎做出了什么决定。她带着几分调皮的活跃说道:

"好啦,孩子们!我得上床啦!别叫她睡得太晚啊,丹尼尔,我指望您呢。一旦入睡,她就能睡到明天中午。"

她站起身来,用灵活的小手轻轻拍着玛赛儿的肩膀。玛赛儿此刻正坐在床上。

---

① 大天使圣米迦勒的形象是手持利剑,此处系作者嘲讽丹尼尔以大天使自喻。

"你听见吧,我的胖猫,"她故意咬紧牙齿逗乐,"我的女儿,你睡得太多,一直到第二天中午,结果长一身肥肉哩。"

"我保证午夜之前离开。"丹尼尔说。

玛赛儿莞尔一笑:"如果我愿意放他走。"

他转身向着杜菲夫人,装作无可奈何的样子:"我有什么办法呢!"

"反正要合情合理呀,"杜菲夫人说,"谢谢您美味的糖果!"

她将那系着彩带的糖盒举到齐眉高,做出几分威胁的样子:"您太客气啦,这下把我惯坏啦。我到头来要骂您呢!"

"您要是喜欢就是我最大的乐趣了。"丹尼尔以诚挚的声调说。

他弯下身子亲吻了一下杜菲太太的手。从近处看,手上已布满皱纹,外加一些浅褐色的老人斑。

"大天使哟!"杜菲太太动情地说,"得啦,我走啦。"她又道,随即亲了亲玛赛儿的前额。

玛赛儿用胳臂挽着杜菲太太的腰,同她亲热了一小会儿。杜菲太太玩弄着玛赛儿的头发,让它披散开来,然后便轻轻挣脱身子。

"我一会儿过来替您掖好被子。"玛赛儿说。

"不用,不用,你这坏丫头!我让你跟你的大天使待在一起。"

她像小姑娘一般雀跃而去。丹尼尔以冷漠的目光盯着她那枯瘦的背影。他还以为她粘在这儿永远不走了呢。房门重新关上了,但他并没有放松下来:他对与玛赛儿单独相处感到有些紧张。他转过头来看看她,发现她正笑盈盈地端详着他哩。

"您觉得有什么好笑的事情?"他问。

"每回看到您同妈妈说话我都觉得好玩儿,"玛赛儿说,"您真会迷人,可怜的大天使呀!这是一种耻辱呢,您身不由己地老要去诱惑别人！"

她带着主人的温存打量丹尼尔,她似乎对能够单独拥有他而感到惬意。"她现在的脸相跟一般孕妇相同。"丹尼尔怀着怨愤想。他怨的是玛赛儿居然这么心满意足。他总是有几分忧虑,因为他又将开始窃窃私语的长谈,而且必须完全投入。他赶紧清了清嗓门儿。"我要得哮喘病了呢。"他暗忖。现在的玛赛儿,已经化成一团浓烈的幽香,像是安置在床上的气团儿,只要轻轻做一个手势,就会散发成为丝缕。

她站起身说：

"我要给您看一件东西。"

她到壁炉台上去找一张照片。

"您总是想知道我青少年时是什么样儿……"她边说边将照片递了过去。

丹尼尔接了过来：那是玛赛儿十八岁时拍摄的。那模样真像一个烟花女郎,嘴唇软绵绵地,目光却透着冷酷。松弛的肉体总像是披在身上的一件过于肥大的衣服。其实她那时是清瘦的。丹尼尔抬起两眼,发现她目光里含着焦虑。

"您那时挺可爱,"他小心翼翼地说,"不过您变化不太大。"玛赛儿扑哧笑出声来：

"哪里哪里！您真是会讨好女人的坏小子。您明知我今非昔比了呢！不过您可以放心,好在我妈不在这儿。"

她又道：

"可不是,我当年勉强算得上是个美人儿吧？"

"我更喜欢您现在的模样,"丹尼尔说,"您那时嘴唇有点儿软绵绵……您现在的神情有意思得多哩！"

"别人永远弄不清您讲的是不是真话。"她脸色阴沉地说。但很容易看出,她心里挺得意。

她抬起一点儿身子,朝大镜子瞥了一眼。这又笨拙又不知羞的动作令丹尼尔感到不快:在她卖弄风情的把戏中有一种能博得谅解的孩童般的真诚,同她那忧心忡忡的成年女人面庞恰成对照。他冲着她笑了。

"我也要问问您:您觉得有什么好笑呢?"她道。

"那是因为您照着镜子顾影自怜的神情完全像个小女孩儿。您偶尔照应照应自己时是那么楚楚动人!"

玛赛儿脸上泛起红晕,急得顿足道:

"他无时无刻都要说恭维话!"

于是两人相视而笑。丹尼尔不很自信地想:"可以谈那件事啦。"看情形还不错,时机也正好,但他却觉得内心空虚而提不起劲儿来。他有意想到马蒂厄,以便自策自励,并且很高兴那宿怨依旧。马蒂厄像根肉骨头那样干脆利索,因此恨他可以恨得起来。但对玛赛儿却无从恨起。

"玛赛儿,您瞧瞧我呀。"

他向前挺了挺胸脯,以关切的目光打量了她一番。

"行呀。"玛赛儿道。

她报之以相同的目光,但她的脑子里却在翻腾起伏:她难以承受男人直勾勾的凝视。

"您似乎很疲倦。"

玛赛儿眨了眨眼皮,说:

"我觉得有点儿不舒服,都是因为天气太热啦。"

丹尼尔更加俯身向前。他带着惋惜和责备的口气重复道:

"是非常疲倦哩!我刚才有心观察了您。当您母亲向咱们讲起她的罗马之行时,您的模样是那么魂不守舍,又是那么神情紧张……"

玛赛儿打断了他的话头,含嗔带怒地说:

"您听着,丹尼尔:她这已是第三次对您叙述此行观感啦。您呢,每次都装作兴致很浓的样子。老实说,我是不太高兴的。真不知道这几次您脑子里究竟在想什么。"

"我觉得您母亲很有意思,"丹尼尔道,"我已熟知她那些故事,但还是愿意聆听她娓娓道来。她的那些小小动作和手势很有吸引力。"

他说着微微扭了一下脖子,玛赛儿不禁大笑。丹尼尔有意模仿他人时,是学得很像的。但他立刻又板起面孔,玛赛儿也就收敛了笑容。他不无责怪之意地瞅着她。她在这种目光下略显不安。她对他道:

"今晚是您的表现奇特。您有什么事不对劲儿吗?"

他并不急于作答。在他俩之间,出现了难堪的静场。这间小屋不啻是一具蒸笼。玛赛儿抿嘴苦笑,但这表情转瞬即逝。丹尼尔觉得怪有趣。

"玛赛儿,"他道,"这话不知对您当讲不当讲……"

她朝后一扬脖子,说:

"什么?什么?出了什么事呀?"

"难道您不责怪马蒂厄?"

她的脸色煞白了:

"他……啊!这……他向我起过誓,说一点儿风也不向您漏哩!"

"玛赛儿,这件事太重要啦,您却要瞒着我!难道我不是您的好友吗?"

玛赛儿一惊,脱口道:

"这是件不清不白的事!"

原来如此!明白啦:她已暴露在光天化日之下。不必再侈谈什么大天使、什么年轻时的照片了。那种以嘻嘻哈哈来充作体面的挡箭牌已不复存在。剩下的只是一个怀了孕的胖女人,只是一具血肉之躯。丹尼尔觉得很热,用手拭了拭汗涔涔的额头。

"不是这样的,"他慢吞吞地说,"不,这没有什么不清白。"

她突然以臂肘和前臂做了个手势,仿佛要劈开房间里灼热的空气。

"我一定招您讨厌了。"她道。

他报之以苦笑:

"讨厌?招惹了我?玛赛儿,您费尽心机也找不着会惹得我讨厌您的事情哩。"

玛赛儿没有搭理,只是忧伤地耷拉下了脑袋。末了,她只得说:

"我一心一意想让您置身事外呢!"

他们不再言语。从此,他俩有了一种新的联系:那是一种不洁的、柔软的纽带,如同婴儿的脐带一般。

"马蒂厄同我分手以后,您见到他了么?"丹尼尔问。

"下午近一点钟时,他给我来过电话。"玛赛儿生硬地答道。

她缓过劲儿,态度也固执起来。她是处在守势,却将腰板挺得笔直,连鼻头也皱缩起来。她是在受苦受难啊。

"他对您说我不肯借钱给他么?"

"他说您没有钱。"

"我有的是呢。"

"您有钱?"她不胜惊奇地重复道。

"我确实有,就是不想借给他。至少我得先见您一面再说。"

他稍稍停顿了一下,又问:

"玛赛儿,我该不该借钱给他?"

"这个么,"她很为难地回答,"我不知道呀。这得您看自己办不办得到喽。"

"我完全能够办到。我有一万五千法郎可以随意支配,一点儿不会觉得拮据。"

"那么,对啦,"玛赛儿又道,"对啦,亲爱的丹尼尔,就该借给我们。"

一阵沉默。玛赛儿用手指搓揉着床单,她那沉甸甸的乳房上下起伏着。

"您没有弄明白,"丹尼尔解释道,"我的意思是说:您是否真心实意渴望我借钱给他?"

玛赛儿抬起头来,颇感诧异地打量着他:

"丹尼尔,您好古怪。您心里有什么想法吧?"

"那么说……我不过在琢磨,马蒂厄有没有先同您商量。"

"那是不言而喻的。这么说吧,"她带着浅浅的微笑说,"我俩从不相互商量,您是了解我俩是怎么回事儿的:两人中有一个说,咱们将如何如何;要是另一个不赞成,就表示异议。"

"不错,"丹尼尔说,"不错……可是啊,这太方便了那已形成定见的一方:另一方仓促上阵,来不及形成自己的见解。"

"或许是这样的……"玛赛儿道。

"我知道马蒂厄是十分尊重您的看法的,"他又说,"但我很能想象此事的经过:它在我的脑子里盘踞了整整一个下午啦。他肯定是拱起了脊背,就像他遇到这种情况常常做的那样,然后一边咽唾沫一边嘀咕着:'好吧!那就这么着吧,咱们采取断然措施。'他一点儿也没有犹豫,何况他不会有这种心态:他是个男人啊。可是呀……这样决定是不是有点儿仓促呢?您大概并不知道自己的愿望是什么吧?"

他又俯身向着玛赛儿:

"难道经过情形不是这样么?"

玛赛儿没有瞧他。她把头转向洗脸池那边。丹尼尔见到的是她的侧影。她的神情忧郁。

"差不多是这样。"她答道。

这时她的脸涨得通红了:

"哦,丹尼尔,咱们不谈这个啦,我求求您!这……这对我来说是不那么愉快的。"

丹尼尔眼睁睁地盯着她。"她心跳得很快。"他猜想。他不知道自己的乐趣是令她感到屈辱呢,还是同她一起领略屈辱?他琢磨:"谈这件事比想象的要容易。"

"玛赛儿呀,"他道,"不要拒人千里之外嘛:我知道咱们谈这件事对您是多么不愉快……"

"尤其是同您谈,"玛赛儿说,"丹尼尔,您的情况完全不同啊!"

"天哪,我成了她心目中纯洁的化身!"她又颤抖了一下,用双手抱着胸部道:

"我连看也不敢看您啦。即使我不令您讨厌,也觉得失掉了您这个好友。"

"我明白,"丹尼尔凄苦地说,"一个大天使,那是很容易被触怒的。请您听着,玛赛儿:别再让我扮演这种可笑的角儿了。我并不是什么'大天使'。我只是您的朋友、您的最要好的朋友。但我总可以说句话吧,(他态度坚定地说)因为我有能力帮助您。玛赛儿,您是否真的认定:您不想要一个孩子?"

他说着将身子挨近玛赛儿,一时有些把持不住,似乎要全身散架似的。但举动刚露头就突然止住,他重重地一动不动地落座在床沿。她转过头来看看丹尼尔,不觉面红耳赤。但她并不是怀着怨恨瞅着他,而是带着一种谅解的惊愕表情。丹尼尔暗忖:"她感到一筹莫展啦。"

"您只需说一句话,如果您能肯定自己的想法,马蒂厄明天上午就可以拿到钱。"

他几乎希望她回答："我能肯定自己的想法。"那他就可以将钱送去，一切都可以说清楚了。可她却讷讷无言。她早已将身子转向他，似乎在静候。那就不能不把事情进行到底啦。"哦，竟是这样！"丹尼尔有些厌恶地想，"她居然一副感激不尽的样子，我的天！"就像那母猫玛尔维娜挨了他打之后的模样儿。

"您呀！"她又说，"您还费心考虑这类问题！可他却不管……丹尼尔啊，世上就只有您在关心我呀。"

他站起身来，坐到她身边，抓住她的手，一只柔软发烫的手好比一桩隐情：他默默将这手握在自己手里。玛赛儿似乎在努力忍住眼泪。她直勾勾地看着自己的膝盖。

"玛赛儿，您觉得打掉这孩子也无所谓吗？"

玛赛儿做了个表示厌倦的手势：

"不这样做又有什么办法呢？"

丹尼尔琢磨："我成了赢家哩。"但他并不觉得高兴。他胸口闷得慌。在玛赛儿身边，可以闻到一股气味，他可以起誓说有这回事。但这是难以闻辨的，也许并不一定是什么气味，也可以说她在孕育她四周的空气。还有这只手被握在他手中，正不停地出汗。他竭力握得更紧些，仿佛要将那手里的汁液都挤出来。

"我不知道能做些什么，"他用有些生硬的语调说，"咱们以后再看情况。现在我完全是为您着想。您要是留住这孩子呢，可能会变成灾难，但也许会成为一种机遇。玛赛儿，总不要弄成今后您自责考虑欠周吧！"

"是这样……"玛赛儿答道，"当然是这样……"

她诚实地凝视着空旷之处，这模样儿使她显得年轻起来。丹尼尔不由得想到照片上的那个女学生。"真的！她那时很年轻啊……"但在眼下这副令人不快的面庞上，连青春的光华也不怎么动人了。他突然放开玛赛儿的手,稍稍离她远了一点儿。

"好好想一下,"他急切地重复道,"您是不是真能肯定?"

"我不知道。"玛赛儿回答。

她站了起来:

"真对不起,我得给妈妈掖被子去啦。"

丹尼尔默默点了点头:这是天天如此的事。"我赢啦。"当房门在玛赛儿身后关上时他暗想。他用手绢擦擦手,猛然站起身来,打开了床头桌的抽屉:有时那里面放着一些有趣的信件,或者是马蒂厄的字条,完全是用夫妇之间的口吻写成;也有一些安德蕾抱怨自己不幸的长篇大论。这回抽屉却空空如也,丹尼尔重新坐在安乐椅上,暗忖:"我猜对啦,她非常想生出这孩子。"他很高兴独自待着:这样可以减轻点儿他的怨愤。"我敢担保他会娶她为妻的,"他喃喃自语,"而且他真卑鄙,甚至不同她商量一下。真不值得,(他冷笑着又对自己说)不值得去恨他,原因很简单:我同别人还有许多事情要做。"

玛赛儿愁容满面地回到屋里。她用唐突的口气说:

"即使我想要这孩子,这能对我有什么好处?我不能存有当单身母亲的奢望,他也根本不会正式娶我,难道不是这样么?"

丹尼尔不胜惊奇地扬了扬眉:

"那是为什么?他为什么不能娶您?"

玛赛儿呆呆地瞧着他,接着毅然决然地哈哈大笑起来:

"啊,丹尼尔,说到底,您也明白我们之间是怎么回事!"

"我可是一点儿也不明白,"丹尼尔说,"我只知道一点:假如他想娶您,他只需跟别人一样办正常手续。那么不出一个月,您就是他的妻子了。玛赛儿,会不会是您这方面决心一辈子不结婚呢?"

"他如果勉强娶我,我会很反感的。"

"您没有回答我的问题啊。"

玛赛儿感到轻松了点儿。她放声大笑,于是丹尼尔明白,自己的思路不对。她说:

"不是这么回事。说真的,不把我叫作德拉鲁夫人,我才不在乎呢。"

"这个我相信,"丹尼尔敏捷地答道,"我的意思是说:假如这是保住孩子的唯一办法呢?"

玛赛儿似乎很激动:

"可是……我从来没有这样考虑过问题。"

这大概是实情。很难让她正视各种问题。得强迫她集中注意一件事,否则她会分散精力而不得要领。

她补充道:

"这……这对我俩是不言而喻的:婚姻是一种束缚,我俩都不想要它。"

"可您又想要孩子?"

她避而不答。这是关键时刻啦。丹尼尔冷酷地重复道:

"难道不是?您想要孩子吗?"

玛赛儿一只手撑着枕头,将另一只手放在大腿上。此刻她将这另一只手抬高了一点,摸着肚皮,就像腹痛的样子。这很可笑,又很迷人。她用痴人独语的声调说:

"不错,我想要孩子。"

赢啦。丹尼尔没再吭气。他的目光已离不开这肚皮。这冤家对头的皮肉,这赋予人脂肪和食物的皮肉,这婴儿的食橱啊。他想马蒂厄当初是要占有它的,于是他有一种短暂的满足感,似乎他已进行了报复。那褐色的、戴着戒指的手,正在丝绸衣料上抽动,正在压迫这肚皮。她感觉得到体内是什么在蠕动吗,这沉甸甸的、惊慌失措的母性啊?他真想转化成她!玛赛儿压低嗓门道:

"丹尼尔呀,是您解救了我。我不能对任何人,对世上任何人明言啊。我甚至认为这是一种罪过。"

她忧心忡忡地瞧着丹尼尔:"这不是一种罪过吗?"

他失笑了:"罪过?玛赛儿啊,您这是反常哩。您会觉得您的自然需要是罪过吗?"

"不是这么说。我的本意是:对马蒂厄来说是有罪啊。这等于毁了双方的约言。"

"您得好好跟他谈一次,如此而已。"

玛赛儿没有回答。她似乎在反复咀嚼。突然,她充满激情地说:"哦,如果我有了孩子,我决不会让他像我这样虚度此生!"

"您并没有虚度此生呀。"

"虚度啦。"

"没有,玛赛儿。还没有嘛。"

"我毫无作为,而且谁也不需要我。"

他不吭气了:此话不假啊。

"马蒂厄并不需要我。万一我死掉……那是不会令他痛心疾首的。对您也一样,丹尼尔。您对我怀有最深厚的友情,这也许是我在世上最宝贵的东西。但您并不需要我。倒不如说,是我需要您。"

回答,还是表示反对?要谨慎小心啊:玛赛儿似乎正处在那种玩世不恭式的清醒状态中。他不言不语地抓住她的手,不无暗示地紧紧握着它。

"一个孩子,"玛赛儿继续道,"一个孩子,对啦,他或许会需要我的。"

他抚摩着她的手。

"所有这些话应当去对马蒂厄说呀。"

"我不能这样做。"

"那是为什么?"

"我受到约束。我等着他主动。"

"可您明明知道他永远不会主动:他不去想这些。"

"他为什么不想?您不是想到了吗?"

"我不知道呀。"

"那么,事情依然是这样。您借些钱给我们,我去找那医生。"

"您不能这样做,"丹尼尔突然大声说,"您不能这样做啊!"

他突然打住,疑惑地打量着她:一时的激动使他发出这愚蠢的喊声。这念头令他感到浑身冰凉,他讨厌失去自制力。他抿紧嘴唇,扬起一边的眉毛,做出含讥带讽的表情。这样的自我解嘲是徒劳无益的。本来就应当不去看她:她向前拱着双肩,两臂沿两胁下垂。她被动而疲惫地等待着,她将经年累月地这样等待,一直等到尽头。他琢磨:"这是她最后的机遇!"就像方才他为自己使劲琢磨一样。人们在三十至四十岁之间是在尝试自己最后的机遇。她将进行赌博,并且输光。再过两三天,她就仅仅是一个大腹便便的可怜虫,如此而已。应当力求避免出现这种情况。

"假如由我出面跟马蒂厄谈呢?"

他油然生出无限的怜悯,一种含混不清的怜悯。他对玛赛儿并不同情,并且感到厌恶之至。但怜悯心却不可抑制地涌上心头。他愿意随便做点什么以摆脱这怜悯心。玛赛儿抬起头来,她好像认为他在发疯。

"跟马蒂厄谈?由您出面?可丹尼尔呀,您在胡思乱想些什么啊?"

"也许可以对他说……我偶然碰见了您……"

"在哪儿碰见?我是从来不出门的。即使勉强这么说,难道我可以直愣愣地跟您说这些?"

"不,不可以。那不用说。"

玛赛儿将手放在他的膝盖上,说:

"丹尼尔,我求求您,千万别掺和进来。我对马蒂厄感到极为恼火,他实在不该对您唠叨……"

但丹尼尔不肯放弃他的设想:

"玛赛儿,您听着。您不知道咱们该怎样对付他吗?其实简单之至。就是对他讲实话:'请您原谅我们玩了一个小小的捉迷藏:玛赛儿和我偶尔见见面,就是没跟你打招呼。'"

"丹尼尔,"玛赛儿是在恳求了,"不要这样做。我不愿你们议论我。无论如何,我不愿显得是在争取当然的权利。本来就应当是他来理解这一切。"

她又以夫妇之情的口吻说:

"您还得知道:他决不会原谅我不亲自同他谈这件事。我们之间从来是无所隐瞒的。"

丹尼尔思量:"她真善良啊。"但他不愿流露出笑意。

"我自然不会用您的名义说话,"他道,"我可以告诉他我见到了您,您似乎很苦恼,也许事情并不像他以为的那么简单。所有这些仿佛都是我在采取主动。"

"我不愿意,"玛赛儿态度固执地说,"我不愿意哪。"

丹尼尔急切地瞅着她的肩膀和脖子。这种愚蠢的顽固劲儿使他很恼火。他想打掉它。他产生了一种强烈而不太体面的欲望:强暴这种意识,同她一起堕入屈辱之中。但这并不是要施虐,而是带有试探性的、比较具体和物质的。这是出于善意。

"必须这样做,玛赛儿。玛赛儿,瞧瞧我呀!"

他抓住她的肩膀,手指陷入热乎乎的一堆"黄油"般的肌肤中。

"要是我不对他说,您就永远什么也不会说,那么……那么就完蛋啦。您将默默地在他身旁度过这一生,最终会把他恨透的。"

玛赛儿没有回话。但从她那含着怨愤和泄了气的表情中，他领悟到她正在退让。她口头上还在说：

"我不愿意。"

他放开了她，怒气冲冲地说：

"假如您不让我这样做，我会一直埋怨您的。您将亲手毁掉自己的一生！"

玛赛儿用足尖触摸着床头地毯。

"只能……只能对他说些非常含糊的话，"她道，"仅仅是为了提醒他注意……"

"当然是这样。"丹尼尔说。

他心里却想："别指望我会这么做！"

玛赛儿又做了个沮丧的手势：

"还是不行啊。"

"我的天！您方才已差不多是很理智了……怎么又说不行了呢？"

"您就不得不告诉他，咱俩见了面。"

"那可不是，"丹尼尔恼火地说，"我跟您说了嘛。不过我了解他，他不会因此而生气，最多表面上有些不高兴。而且，正因为他会感到负疚，他对您也有不是之处反而会很满意。何况我会对他说，咱俩是近几个月才见面，间隔时间也很长。反正咱们迟早也得说真话嘛。"

"是的。"

但她并非口服心服，而是极其惋惜地嘀咕着：

"那本是咱俩的秘密。听着，丹尼尔，那本是我的私生活。我也没有别的私生活啦。"

她恨恨地补充道：

"唯有向他隐瞒的事，才算是属于我自己的啊！"

"得试试看嘛。为了那孩子呀。"

她就要让步了,只需再等待一下。她在自重力的牵引下,将滑向逆来顺受、滑向听其自然。再过一会儿,她就会坦诚相告,不再戒备,甚至满意地对他说:"随便您怎么做吧,我交给您啦。"她吸引着他。这正在吞没他的温情,他已不知究竟是邪恶抑或善良。亦善亦恶,他们的善与他的恶,这本是一回事。有这么个女人,有这样一种两心相通,既令人嫌恶又令人晕眩。

玛赛儿用手掠了掠头发。

"那么好,让咱们试一试,"她以挑战的口气说,"说到底,这是一种考验呢。"

"一种考验?"丹尼尔问道,"您是想考验马蒂厄吗?"

"是的。"

"您能想象他会无动于衷,而不急着向您解释?"

她冷冷地说:

"我需要保持对他的敬重。"

丹尼尔的心激烈地跳动起来。

"您已经不再敬重他了吗?"

"也不是……但从昨晚起,我同他已经不再相互信任。他实在……您说得对:他实在过于漫不经心啊。他没有替我着想。还有今天打来的电话,太令人痛心。他竟……"

她唰一下满脸通红了:

"他竟认为应当对我说,他爱我。在挂上电话时这样说。这是感到内疚的恶俗表演。我无法向您形容这给我留下的印象!万一我对他不再敬重……不过我不愿这么想。当我偶然对他啧啧有怨言时,在我是极其痛苦的。哦!但愿他明天听我说一说,哪怕询问我一次、仅仅一次:'你脑子里在想些什么?……'"

她沉默了,不胜忧郁地摇摇头。

"我会同他谈，"丹尼尔说，"从您这里出门之后，我会捎个信给他，约他明天见面。"

他俩讷讷无言了。丹尼尔已在设想明天的会见：看来可能会是激烈而严酷的，这将洗净今天这种黏黏糊糊的怜悯心。

"丹尼尔！"玛赛儿喃喃道，"亲爱的丹尼尔！"

他抬起头来，遇见了她的目光。那是一种沉甸甸的、迷惑人的目光，充满了性爱般的感激之情，一种类似爱情的目光。他闭上两眼：他俩之间存在着比爱情更强的东西。她敞开了心扉，他深入了她的心灵。他俩已经合二为一。

"丹尼尔！"玛赛儿又呼唤道。

丹尼尔睁开眼睛，艰难地咳嗽着。他患有哮喘病。他抓着她的手，屏住呼吸，长时间地亲吻着。

"我的大天使。"玛赛儿在他的头顶上喃喃道。

他简直要一辈子俯身在这香气溢人的手掌上了。而她也在轻轻抚摩着他的头发。

十一

一朵巨大的淡褐色花朵正向天空徐徐升起，那便是夜色了。马蒂厄正在这片夜色中缓缓步行，心里叨念着："我是个完了蛋的家伙。"这么想在他是崭新的，要反复琢磨、小心揣测。有时他竟抓不到头绪，仅仅剩下几个字眼。这些字眼不无某种令人沮丧的魅力："一个完了蛋的家伙！"他想到了大灾大难、自杀、造反，以及其他各种极端的结局。但很快转念又想：并不是这样，完全不是这样。眼前是一场小小的灾难，平静而微不足道。谈不到走投无路。正好相反，情况还算比较让人宽心：马蒂厄的印象似乎是，人家刚给了他各种出路,像对一个身患绝症的病人,"我只需让自己活下去就是了。"他想。他看见了"苏门答腊歌舞厅"几个火红的字。门口的黑人早已向他走来,要帮他摘去鸭舌帽。走到门槛上马蒂厄倒犹豫不决起来:他听见一些嘈杂的声响,一支探戈舞曲。他心头还充满慵懒的情调和蒙蒙的夜色。何况这一切是突然来临的,就像清晨起了床却不记得是怎样离开床铺的:他掀开绿色的帷幔,走下了十七级通往下层的阶梯,便走进一间大红色的、人声鼎沸的地窖,点缀着不干不净的白色斑块,那便是桌上铺的台布。这里散发着男人的气味,舞厅里到处都是男人,如同在望弥撒时一样。在地窖的尽里,身着丝绸衬衫的高丘人①正在一座平台上演奏音乐。他面前站立着许多人,纹丝不动而且穿着整齐,似乎在等待着什么:他们在跳舞;他们的表情闷闷不乐,仿佛陷入某种无休无止的命运折磨。马蒂厄以疲惫的目光搜索着整个大厅,为的是能发现鲍里斯和依维什。

"您想要一张桌子吗,先生?"

一个英俊的青年向他点头致意,那模样像是拉皮条的。

"我在找人呢。"马蒂厄应答道。

那青年认出了他是谁,便用诚恳的态度招呼道:

"哦,是您呀,先生?洛拉小姐正在更衣。您那几位朋友在尽里,靠左手,我带您去他们那儿。"

"不用啦,谢谢,我自己能找到的。你们这儿今天客人很多呀。"

"不错,相当多。都是些荷兰人。他们有点儿吵闹,但肯花钱喝酒。"

那青年走开了。在翩翩起舞的舞伴间别想走出一条路来。马

---

① 高丘人,拉丁美洲潘帕斯平原上的人。

蒂厄等待着。他聆听着探戈舞曲和拖曳的舞步声,静观这无言的聚会里徐徐的挪动。到处是裸露的丰肩,光彩照人、体态丰盈的女人,还有一位黑人露了露头,一副假领闪耀着洁白的光芒。也有许多上了年纪的男人似乎带着几分歉疚起舞。探戈舞曲尖啸的音符从这些人头顶飘过来,乐师们似乎不像是为他们在演奏。"我跑到这里来干什么?"马蒂厄暗自琢磨。他的上装肘部已经发亮,他的长裤也早已没有裤缝的痕迹。他的舞跳得一点儿也不好。他无法像他们既消消停停又郑重其事地消遣。他感到十分不自在:在这蒙马特尔街区,虽然领班服务员态度和蔼可亲,你也永远不会感到泰然自若。空气里就荡漾着一种惶惶然的、永无休止的冷酷劲儿。

　　白色灯泡又重新亮了起来。马蒂厄穿过舞池,跟在跳舞者的身后向前行进。在一处角落里安置着两张桌子。一张桌旁的男女二人正在交谈,语句短促,也不彼此相视。在另一张桌旁,他瞥见了鲍里斯和依维什。他们在交头接耳,似乎很专注。看起来朴素无华,但落落大方。"人家还以为是两位修道士呢。"此刻正是依维什在高谈阔论,做着激烈的手势。对于马蒂厄,即使在充满信任的时刻,她也没有显示出这样的表情。"他们多么年轻啊!"马蒂厄思量。他简直想来个向后转,即刻离去。然而他还是向他们走去,因为他不复能忍受孤寂,觉得此刻自己似乎在透过锁孔窥探他们。不一会儿,他俩会瞥见他,会将通常留给父母和大人看的那种一本正经的面孔转向马蒂厄,即使他们内心深处或许已有变化。他现在同依维什仅有咫尺之距了。但她仍未看见他。她俯在鲍里斯的耳边喁语着。她那模样有点儿(稍稍有点儿)像一位大姐,对鲍里斯说话带着一种得意的倨傲。马蒂厄感到有所慰藉:即使同她自己的兄弟相处,依维什也没有完全放松,她装成大姐姐的样子,永远不会忘乎所以。鲍里斯微微一笑:

"毫无办法!"他很干脆地说。

马蒂厄将手放在桌面上。"毫无办法!"说到这里,他俩的交谈就打上了一个句号:有点像一部小说或一出戏的最后一句对白。马蒂厄凝视着鲍里斯和依维什,他觉得他们颇有些浪漫情调。

"你们好哇。"他招呼道。

"您好!"鲍里斯一边起身一边说。

马蒂厄朝依维什很快地扫了一眼:她将身子朝后仰起。他看到了她那毫无表情而又闷闷不乐的眼神。真实的依维什已不知去向。"为什么一定要真实呢?"他恼火地琢磨着。

"你好哇,马蒂厄!"依维什说。

她没有露出笑容,但也没有显出惊异或怨恨的样子。她好像觉得马蒂厄在场是很自然的。鲍里斯以敏捷的手势指着人群:

"有人来啦!"她满意地说。

"是呀。"马蒂厄应道。

"您要我这个位置吗?"

"不必啦,用不着的。您一会儿让给洛拉吧。"

他坐了下来。舞池里没有人了,乐队的平台上也没有人:高丘人已奏完探戈系列。希吉多黑人爵士乐队将取而代之。

"你们想喝什么?"马蒂厄问。

人们在他周围发出嗡嗡的谈话声。依维什并没有怠慢他,倒是他自己感受到一股湿漉漉的热气,由于感到自己是这些男人当中的一员,他有一种愉快的充实感。

"来杯伏特加酒。"依维什说。

"啢,现在您喜欢伏特加啦?"

"这酒很厉害。"她不置可否地说。

"这一种又怎样呢?"马蒂厄问,一边指着鲍里斯杯子里的白色泡沫儿。这样提问是为了表示态度公正。鲍里斯以惊喜的赞赏姿态瞅着马蒂厄。马蒂厄觉得局促不安。

"这很差劲儿,"鲍里斯说,"这是酒吧侍者调的鸡尾酒。"

"您要这种酒是出于礼貌吧?"

"他缠了我三个星期,非要让我尝一尝。要知道,他根本不会调鸡尾酒。他成为酒吧侍者是因为他当过魔术演员。他说这两者是同一种行当,其实他弄错啦。"

"我想这是因为反正有调酒器嘛,"马蒂厄说,"何况即便是打鸡蛋,手也得灵巧呀。"

"这么说真不如耍手技的了。无论如何我是不会要他这恶劣的混合物的,但今晚我却向他借到了一百法郎。"

"一百法郎吗,"依维什道,"可我有呀。"

"我也有的,"鲍里斯说,"但因为他是酒吧侍者。向酒吧侍者就应该借钱。"他以某种节俭精神解释着。

马蒂厄看了看那酒吧侍者。他站在酒吧台子后面,穿一身白衣,交叉着手,抽着一根香烟。他的表情很平静。

"我倒愿当一名酒吧侍者,那一定是很有趣的。"

"那您就很划不来喽,"鲍里斯说,"您会把什么都砸碎的!"

一阵静场。鲍里斯瞅着马蒂厄,而依维什则瞅着鲍里斯。

"我是个多余的人。"马蒂厄忧郁地想。

领班递给他一份香槟酒价目表:得小心点儿呀,他兜里剩下的钱已经不到五百法郎。

"来一杯威士忌。"马蒂厄说。

他突然讨厌攒下的钱,讨厌起钱袋里这薄薄的一沓钞票来。他把领班又叫了回来。

"请等一下。我更喜欢要香槟酒。"

他又要过了价目表。莫姆酒①要三百法郎一瓶。

"您一定得喝啊。"他对依维什说。

"不行。也行啊,"她考虑了一下改口道,"喝一杯更好些。"

"请来一瓶莫姆酒,您这手艺高明的调酒师!"

"我为喝香槟酒而感到高兴,"鲍里斯说,"因为我不喜欢喝它。得习惯习惯啊。"

"你们两人都太气盛,"马蒂厄道,"喝的全都是你们不喜欢的玩意儿!"

鲍里斯很开心:他顶顶喜欢马蒂厄用这种腔调跟他说话。依维什噘着嘴巴。"简直什么话也不能对他俩说啦,"马蒂厄稍带幽默地想,"不管说什么,其中总有一位不以为然。"他俩此刻都坐在他对面,又专注、又严肃。他们对马蒂厄都各有既定的看法,两人都希望他符合自己的看法。只不过这两种形象互不相容。

他们不声不响了。

马蒂厄放松他的两条腿,让它们歇息一下。他高兴得喜笑颜开了。他听到一阵阵号声,尖锐而嘹亮。他并不想从中听出什么曲调,这里有这样的演奏,如此而已,于是便出了音响,使他感受到铜管乐富于刺激性的乐趣。当然,他清楚地知道自己已经完蛋;但是说到底,在这场舞会中,在这一桌上,在所有这些同样也完蛋了的人当中,这就无所谓,也并无令人难堪之处了。他转过头来,只见那酒吧侍者仍在若有所思。右边有一个戴单片眼镜的家伙,一人独自待着,形容憔悴。稍远处,另外一个男人也无人陪伴,面对三杯酒和一只女用提包。他的妻子和妻子的男友大约正在翩翩起舞。他的表情倒显得颇为轻松。他用手遮着脸连连打呵欠,那双小眼睛不住地眨巴,一副寻欢作乐的样子。到处都是笑盈盈、白净

---

① 一种烈性酒。

净的面孔和赌光输光的眼神。马蒂厄突然感到自己同所有这些男人是同呼吸共命运的。他们本应回家去,但却连这也力不从心,便只好待在这里抽细长的特别香烟,喝酸溜溜的混合酒,咧开嘴微笑,耳朵里断断续续听着音乐的演奏,或者用疲惫的眼光注视着自身命运的残febra。马蒂厄感觉到一种谦卑而怯懦的幸福在向自己悄然发出呼唤:"同他们一样生活……"他恐惧了,不觉悚然一惊。他转身朝向依维什。她仍然怀着怨愤,并且不肯亲近,但她仍然是他唯一的救命草。依维什对着眼凝视自己杯中残存的透明液体,神情忧郁。

"得一饮而尽!"鲍里斯说。

"别这么干,"马蒂厄说,"您的喉管会觉得火烧火燎呢!"

"伏特加酒总是一饮而尽的!"鲍里斯严肃地说。

依维什举起杯来。

"我倒更喜欢一饮而尽,那才是速战速决呢!"

"别,别喝下去,等香槟酒上来!"

"我必须将它咽下去,"她气恼地说,"我要喝着玩儿嘛!"

她将头朝后一仰,将酒杯凑近了嘴唇,让酒杯里盛的全部饮料都流到嘴里。她那神气仿佛是在注满一只水晶瓶。她便这样僵持了一秒钟,不敢吞下去,将这一小团火留在喉管里。马蒂厄为她感到难受。

"咽下去呀!"鲍里斯对她说,"你把它想象成水就得啦,也不过如此。"

依维什的脖子变粗了。她将酒杯放下时,做了个可怕的鬼脸。她的两眼充满泪水。她的邻座、那位褐发女士一时抛开了自己的忧思,用充满责难的目光斜睨她一眼。

"呸!"依维什说,"滚烫滚烫的……简直是一团火啊!"

"我给你再买一瓶,好让你练一练。"鲍里斯道。依维什稍稍思索了一下说：

"那我还不如练着喝葡萄渣烧酒,那度数还更高呢。"

她又稍带不安地说：

"我想,我现在可以喝着玩儿啦。"

谁也没搭理她。她敏捷地转过身来向着马蒂厄:这是她今天头一回正视他。

"您呢,您有酒量么？"

"他么？ 他可了不得呀,"鲍里斯说,"有一天他同我一边议论康德,一边竟喝下七杯威士忌！ 末了我也听不清他讲什么啦,我替他沉醉不醒啦！"

这是实话:即使这样,马蒂厄也没有晕头转向。他在痛饮的时候,便硬着头皮顶住。靠什么？ 靠的是突然想到了高更:那胖胖的苍白面颊和失魂落魄的眼神。他心想:"为了保持我做人的尊严！"他害怕若稍微松点劲,脑子里就突然浮起酷暑天气的浓雾,冒出什么苍蝇蟑螂式的胡思乱想来。

"我最讨厌酩酊大醉,"他谦恭地解释道,"我能喝,但我绷足全身力气抵制出现醉态。"

"说到这方面,您有一股执拗劲儿,"鲍里斯赞赏道,"比骡子还要倔强呢！"

"我不是执拗,而是顽强:我不会放纵自己。我总是要想一想会有什么遭遇,这是一种自卫。"

他讥诮地说,仿佛是说给自己听的：

"我是一枝会思考的芦苇！"

仿佛是说给自己听。但这不是实话,他并不坦诚。其实他是想讨好依维什。他在想:"难道我落到了这种地步？"他确实落到利用自己失意的地步,不惜从中捞取微利,借此取悦于小姑娘们。"混账东西！"但他却大惊失色地打住了。当他自认是混账东西时,他也并不坦诚,也并不是真正怒不可遏。这不过是用来自赎的一种雕虫小技,他自认为借助"清醒"便可以摆脱卑劣;但这种"清醒"在他是毫不费力气的,而仅仅令他感到有趣罢了。这种清醒的自审,这种踩着自己的肩膀抬举自己的想法,也都是如此。……"应当脱胎换骨才是。"但任何东西都无助于他达到这目标。他的所有思想从产生之时起便染上这特色。突然间,马蒂厄像伤口一样敞开,他彻头彻尾地看透了自己,好像是洞开的井底:思想,关于思想的思想,关于思之再思的思想……他透明而至于无穷、腐朽亦至于无穷。接着,这一切都熄灭啦。他重新看见自己坐在依维什的对面,她正以古怪的表情瞧着他:

"那么,"他问她,"您刚刚做功课啦?"

依维什愤愤地耸了耸肩:

"我不愿人家对我提这件事!我厌烦啦,我上这儿来是散心的。"

"她一整天都蜷着身子待在半榻上,眼睛睁得像小碟子那么大!"

鲍里斯不顾姐姐投来不高兴的目光,挺自豪地补充道:

"她真有意思,盛夏酷暑,也可以冻得周身发抖呢。"

依维什颤抖了好几个钟头,也许还抽泣过。此刻已经不露痕迹啦:她在眼皮上涂了青色,又在嘴唇上抹了淡红的唇膏。酒精又烧红了她的腮帮,使得她似乎精神焕发。

"我想度过一个极愉快的夜晚,因为这是我在这里的最后一夜了。"

"您真可笑。"

"不是的,"她固执地说,"我知道我必定落榜,我会立刻就走的,我不能在巴黎多待一天。否则……"

她没有讲下去。

"否则怎么样?"

"没有什么。我求求您,咱们别再谈这个吧。这使我感到屈辱。哦!香槟酒来啦!"她高高兴兴地说。

马蒂厄看见了那瓶酒,估量着:"得付三百五十法郎!"昨天在维尔辛杰托里街跟他搭讪的那个人,他也是山穷水尽的,但他所求有限,谈不到香槟酒或寻欢作乐;何况他当时饿了。马蒂厄对那瓶酒厌恶已极。瓶子又沉又黑,瓶颈部分围了一块白色餐巾。那侍者俯向冰桶,装作严肃认真、恭恭敬敬,拿起酒瓶熟练地在指尖上旋转起来。马蒂厄还在端详这酒瓶,又想起昨天那个家伙,觉得一种不折不扣的焦虑猛烈袭上心头。就在此时,平台上有一个气派十足的年轻人,对着扩音器唱道:

埃米尔呀埃米尔
他一箭便中的!

同时还有那在苍白的指尖上扬扬得意旋转的酒瓶,以及在闷热中受煎熬却毫无异议的人们。马蒂厄寻思:"这香槟也就是粗红葡萄酒的味儿,其实都是一码子事。何况我根本不喜欢香槟酒。"这整个舞场给他的感觉,犹如一个像肥皂泡那样轻飘飘的小地狱。想到这里,他抿嘴一笑。

"什么事让您那么开心呀?"鲍里斯未语先笑,随即问道。

"我刚刚想起,我自己也不喜欢这香槟酒呢。"

于是三人笑做一团。依维什的笑声又尖又脆,惹得邻座的太太转过头来上下打量了她一番。

"我们的样子太可笑啦!"鲍里斯说。

他补充道:

"等侍者走开之后,也许可以将它全倒进盛冰块的小桶里。"

"随您的便。"马蒂厄应道。

"不行!"依维什抗议,"我呀,我可是想喝下去呢。你们若不想喝,我就整瓶包下来。"

侍者为他们三人斟了酒。马蒂厄不胜忧戚地将酒杯送到唇边。依维什不知所措地盯着自己的杯子。

"如果冒着泡儿喝,大概味道是不坏的。"鲍里斯说。

白灯泡灭了,又点燃了红蜡,响起了咚咚的鼓声。一位矮个、秃顶、浑圆的先生,身着燕尾服,跳上了平台,对着扩音器眉开眼笑地宣布:

"女士们、先生们:苏门答腊歌舞厅极为高兴地推出艾丽诺尔小姐在巴黎的首演。"然后重复一遍:"艾丽诺尔小姐,哈哈!"

在安的列斯土风舞的旋律下,一位身材颀长的女郎走进大厅。她赤身裸体,在赤红的灯光下,她的躯体像一长条棉花。马蒂厄转头向着依维什:她睁大苍白无力的两眼凝视着这裸体女郎。她摆出了那副乖僻冷酷的面孔。

"我认识她。"鲍里斯轻轻说。

女郎跳起舞来,似乎急于博得喝彩。她好像并不在行。她一前一后地将两腿向前踢去,踢得强劲有力,两脚在腿的末端向前伸展,如同手指指着前方。

"她太卖力啦,这样会累垮的。"鲍里斯品评道。

说实话,她的四肢细弱得令人担忧。她将双足重新放回地面时,两腿自踝骨到大腿都在颤抖。她挨近平台,然后转过身子:"行啦,"马蒂厄厌烦地想,"她要卖弄臀部的功夫啦。"叽叽喳喳的说话声此起彼伏地盖住乐曲声。

"她根本不会跳舞,"依维什邻座的女客撇着嘴说,"酒水费就收了三十五法郎,娱乐节目得下点儿功夫才是!"

"他们还有洛拉·蒙特罗呢。"那胖汉子说。

"这于事无补。真不要脸,这是街上随便捡来的破烂货色!"

她喝了一口面前的鸡尾酒,随即玩弄起自己的戒指来。马蒂厄用目光将大厅扫视一番,所见都是些严厉而古板的面容。人们津津乐道的竟是自己的怒气:他们觉得这女郎真是双重的一无所有①,因为她表演得太拙劣了。她似乎感觉到人们的敌意,于是希望能缓和他们的情绪。马蒂厄对她没头没脑的好意深为感动:她将半裸的臀部向他们伸过去,表现出极度的热情。这叫人看了好不伤心。

"她真是十分卖力啊!"鲍里斯道。

"这打动不了观众,"马蒂厄说,"他们希望受到尊重。"

"他们主要是想看到光屁股!"

"这也不错,但他们要求有艺术包装。"

不一会儿,那舞女不但臀部怪模怪样地扭动,而且下肢也跟着踢蹬,随后又笑嘻嘻地重新站直,举起两臂在空中不停地抖动,于是带动全身自肩胛骨至腰间一波又一波地战栗。

"真好笑,她的屁股那么僵!"鲍里斯说。

马蒂厄没有答话,他刚刚想到了依维什。他不敢正视她,但想起了她那副冷酷的表情。末了,这小丫头也跟所有其他观众一样成了圣洁的孩童:她优雅的举止和得体的衣着成了她的双重护身符。她也像食肉动物一般,馋涎欲滴地盯住这具可怜的、一丝不挂的肉体。于是一股怨愤之情涌上马蒂厄心头,使他差点儿说出刻毒的话:"既有此刻,今天上午又何必那么忸怩作态!"他稍稍转过头来,只见依维什攥紧拳头,搁在桌面上。她的大拇指指甲猩红,又尖又细,像箭头一样指向舞池。"她是那么凝神屏息、旁若无人,"马蒂厄暗想,"她将那动情的面庞藏在头发下面,正紧紧并拢大腿,在享受其中的乐趣哩!"这念头使他觉得难以忍受。他差点

---

① 意谓既无衣衫,又无技艺。

起身离去,但浑身已没有力气。他只是想:"我居然以为她纯洁而喜欢她!"那舞女将拳头贴紧屁股,转动鞋跟侧行,臀部差点儿擦着他们这一桌。马蒂厄倒很想摸一摸这在可怜巴巴的脊梁骨下摆动的大屁股,好摆脱前面的杂念,也可以好好捉弄一下依维什。那女郎叉开两腿蹲了下来,前后慢慢摇晃着臀部,活像夜色笼罩的小火车站里,在无形手臂提携下不断晃动的昏暗灯笼。

"呸!"依维什嚷嚷,"我看不下去啦!"

马蒂厄颇为吃惊地朝她转过头来,他看到的是由于气愤和厌恶而扭曲变形的一副尖面孔。"她还没有晕头转向。"他宽慰地想道。依维什颤抖着。他想以微笑相迎,脑子里却充满顾虑。鲍里斯、依维什、那淫荡的肉体和淡红色的薄雾,统统滑到他的身心之外。他似乎是孤身一人,远处是光华四射的焰火。在腾腾烟雾中,一具四足怪物正在像孔雀开屏一般施展魅力。节日的乐曲透过树枝细润的窸窣声,起起落落地传入他的耳际。"我出了什么事呀?"他自言自语。这情景与今晨何其相似:在他四周剩下的仅仅是一场戏。马蒂厄却置身事外。

乐曲戛然而止。那女郎也已立定,此时面向整个大厅。在盈盈笑脸中,那双迷人的眼睛却露出绝望的神情:没有人鼓掌,甚至有一阵喝倒彩的笑声。

"一帮兔崽子!"鲍里斯怒斥起来。

于是他使劲拍起巴掌来。几张大吃一惊的脸孔朝他转过来。

"你安静点儿不行吗,"依维什火冒三丈地嚷嚷,"你不能为她鼓掌!"

"人家尽了最大努力呀!"鲍里斯说着仍在鼓掌。

"那就更不合适!"

鲍里斯耸耸肩道:

"我认识她。我同她,还有洛拉共进过晚餐。她是个好姑娘,却没什么头脑。"

那女郎笑盈盈地连送飞吻,然后退了场。一道白色灯光照亮了大厅,有如大梦初醒:人们在平息怒气之余高高兴兴地再度相见,依维什的女邻座点燃一支香烟,独自微微噘着嘴。马蒂厄却并未苏醒。他是在做白日梦,事实就是如此。周围的人都已喜笑颜开,他们欢声笑语、怡然自得;在轻松之余,大多数人并无魂牵梦萦的心态。"我的模样儿也应当是这样,眼睛、嘴角都应当表情适当。而且尽管如此,人家也应看出它是空洞无物的。"那主持人是一个噩梦中的人物形象:他在平台上蹦蹦跳跳,不断做着手势要求大家肃静,显得似乎在提前品尝自己将唤起的惊奇,接着便不加说明地故意向那扩大器推出那颇孚众望的大名:

"洛拉·蒙特罗!"

大厅里激荡着热烈欢迎的气氛,掌声自四面八方迸发出来,鲍里斯似乎很开心。

"他们情绪高昂,会很带劲儿的。"

洛拉倚门而立。远远看去,她的脸扁平多皱,像狮子的面孔。她雪白的丰肩微微泛着绿光,像在汽车车灯照耀下被晚风吹动的桦树枝叶。

"她多么漂亮啊!"依维什喃喃道。

她不慌不忙地大步迈向前台,仿佛无可奈何,却又从容自然。她像苏丹王后那样拥有一双细巧的小手和极其沉稳的风度。但她却在一举一动间表现出男子汉的洒脱仪态。

"她的台风真棒,"鲍里斯赞不绝口地说,"他们不敢对她使坏!"

这可是真的:第一排观众坐在椅子上朝后移了移,似乎有些怯生生,不敢在如此贴近的距离端详这位名流的丰采。那是个雄辩家的漂亮脑袋,硕大且有名流气派,稍有点政界人士那种自命不凡的神情:那张嘴巴精通自己的专业,也惯于毫无顾忌地打呵欠,嘴唇突起,为了唾弃邪恶、厌倦,也是为了把歌声送向远方。洛拉蓦地来了个亮相,依维什的女邻座又喜又嘖地喘着粗气。"她抓住了观众。"马蒂厄暗忖。

他觉得有些别扭:洛拉其实原本是高尚热情的;然而她的脸在做假,硬要假扮高尚和热情。她这是在受罪,鲍里斯令她伤心绝望。但她每天有五分钟光景,借助登台高歌来受这份美人罪!"那么我呢?我不也是受的美人罪么?我在音乐伴奏下摆阔,其实是个完了蛋的家伙。的确是这样,我是名副其实地完蛋了。"在他四周,情形亦复如此:有些人其实并不存在,是无影无踪的水蒸气;另一些人又存在得太嚣张,比如那位酒吧侍者。刚才他在抽一支香烟,难以捉摸又富有诗意,漂亮得像朵牵牛花。此刻他苏醒啦,又过于守酒吧侍者的本分,不停地摇动着调酒器,然后将它打开,将黄色的泡沫分倒在许多酒杯里,姿势精确得实在有些过分:他在卖弄酒吧侍者的身份。此刻马蒂厄想起了布吕内。"也许没有别的办法,也许应当做出选择:要么什么也不是,要么扮演自己本分的角儿。这就很可怕了,人从本性上就弄虚作假啦。"

洛拉并不着急,只是用目光扫视一下大厅的前前后后。她那脸上的苦相加剧并且凝固起来,她好像顾不上面部的表情。然而马蒂厄感觉到,在那唯一保持生气的两只眼睛深处,似乎有一种强烈而逼人的好奇心,那可不是硬装出来的。她终于瞥见了鲍里斯和依维什,仿佛因此放下心来。她向他们投来极其友善的微笑,然后以茫然的神情自行报幕:

"唱一支水手的小曲儿:《琼尼·帕尔默》。"

"我喜欢她的歌喉,"依维什说,"像灯芯绒一般柔中有骨哩。"

"说得是。"

马蒂厄暗忖:"又是《琼尼·帕尔默》!"

乐队奏出引子,洛拉抬起她那沉甸甸的两臂(准备好啦,她做出两臂交叉的姿势)。他看见张开的是一张血红的大口:

是谁无情、妒忌而且刻薄? 是谁一输了钱,便急忙做手脚?

马蒂厄不再聆听。在这不胜痛苦的形象面前,他很难为情。这不过是一种形象,他心里明白。但无论如何……

"我不懂得受苦,从来没有受够苦。"在苦难之中最令人烦恼的是:它像一具幻影,你把时间全用于追寻它,总以为快追到了,准备投身进去,咬紧牙关,受苦受个够,哪知就在投入之际,这苦难却逃之夭夭,你得到的不过是支离破碎的言词,以及满脑子的奇怪推理:"它们总在我脑子里喋喋不休。我愿不惜代价,以便做到闭口无言。"他不胜羡慕地瞧着鲍里斯。在这固执的脑门后面,却是不同寻常的沉寂。

他无情、妒忌而且刻薄! 这就是琼尼·帕尔默。

"我在说假话啊!"他的颓唐、他的哀叹,全都是谎言、全都是空虚。他将自己推入空虚、推到他自身的表面,以逃避真实世界的巨大压力。在那个世界里,在那漆黑而又酷热、散发着麻醉药味的世界里,马蒂厄并未完蛋,绝非如此,而是更糟:他放荡,放荡而且有罪。假如在后天之前他搞不到五千法郎,那么将要完蛋的是玛赛儿。那是彻底完蛋、实实在在地完蛋。这意味着她要么生下那小孩,要么冒在土医师手里送命的风险。在这个世界里,苦难并非什么精神状态,也无须词句来表达它:它反映为事实。"娶了她吧,你这假流浪汉,娶了她吧,亲爱的。你为什么不肯娶她为妻呢?"我敢打赌:她会鼓掌欢迎的,马蒂厄不胜惊恐地想。此刻大家都在鼓掌,于是洛拉才以微笑回报。她欠欠身,说:

"再唱《平民歌剧》里的一首歌:《海盗的未婚妻》。"

"我不爱听她唱这支歌。马尔戈·丽昂①强多了。更显得神秘一些。洛拉是很理智的女人,谈不上神秘。而且她过于善良。她恨我,但那是粗率的恨,并非病态的恨,是老实人的恨。"他迷迷糊糊地在脑中闪过这些细小的念头,如同小老鼠在谷仓里窜来窜去。台下,是浓浓的愁楚的睡意,是静默地等候着的稠密的人群:马蒂厄迟早会回到他们当中的。他眼中兀然显现的是玛赛儿,是她那无情的嘴巴和迷惘的眼神:"娶了她吧,你这假流浪汉。娶了她吧,你已到达明理晓事的年龄,应该娶她为妻啊。"

> 一艘来自远洋的轮船,
> 舷樯边三十门炮对准炮眼,
> 将要徐徐驶入这港湾。

"得啦,得啦!我能弄到这笔钱,我最终是能弄到的。不然我就娶她为妻,就这么说定啦。我并不是那种混账东西,可是今晚,仅仅是今晚,就别跟我提起这些倒霉的事。我想把一切都忘掉。可玛赛儿没有忘记,她仍待在屋里、躺在床上,她什么都记得清清楚楚,她正眼睁睁地瞧着我,她聆听着她体内的躁动。而以后呢?以后她将使用我的姓氏,也许还将占有我的毕生;但今夜却是属于我的!"他转身朝着依维什,朝着她冲去,她正向他微笑。但他的鼻头却撞到了一排酒杯,大厅里正响起热烈的掌声。"再来一个,再来一个!"大家纷纷要求。洛拉并不考虑这些愿望:她在凌晨二时还有另一场表演,此时得省点儿力气。她鞠了两次躬,便向依维什走来。一些人将头转向马蒂厄这一桌。马蒂厄和鲍里斯站起身来。

"你好哇,我的小依维什!还行吗?"

---

① 马尔戈·丽昂,法国歌手兼演员。《平民歌剧》是德国戏剧大师布莱希特的作品。

"你好！洛拉。"依维什娇声应答。

洛拉轻轻摸了一下鲍里斯的下颌：

"你好呀,你这坏蛋！"

她那平静低沉的语音赋予"坏蛋"这个词庄重的意味。洛拉似乎是从她那些拙劣却动人的歌词里有意选了这字眼。

"您好啊,夫人！"马蒂厄说。

"哦,"她回答,"您也来啦？"

他们都坐了下来。洛拉向鲍里斯转过头来。她似乎挺自在。

"他们好像给艾丽诺尔喝了倒彩？"

"大家正在议论呢。"

"她跑到我的化妆室来哭了一鼻子。萨伦扬大发脾气。这是一周以来的第三次啦。"

"他会不会把她撵走啊？"鲍里斯忐忑不安地问。

"他很想这样做：她没有拿到合同。我对他说啦：假如她离开,我也一同走！"

"那他怎么说呢？"

"说她还可以再待一个星期。"

她扫视了一下整个大厅,拉开嗓门儿嚷道：

"今晚的观众太差劲！"

"嘿,我不会这么说的。"鲍里斯道。

依维什邻座的那位太太正不知羞耻地打量洛拉,一听这话便怔了一下。马蒂厄直想发笑；他觉得洛拉为人极好。

"那是因为你不习惯,"洛拉说,"我一进来就立刻明白,他们刚刚干了坏事,他们一脸厌烦的样子。要知道,假如那丫头丢了这差使,就只有当婊子的份儿啦！"

依维什蓦然抬起头来,她似乎有些恍惚。

"我才不在乎她去当婊子呢。这比跳舞对她更合适！"依维什激愤地说。

她费尽力气保持脑袋不耷拉下来,睁大暗淡无光、发着淡红色泽的双眼。她不像方才那样理直气壮,改口以迁就和不得已的语气说:

"当然,我非常理解她也得混饭吃啊。"

没有人答话,马蒂厄为她感到痛苦:保持脑袋笔直想必是不容易的。洛拉却心平气和地看着她,那意思似乎是在琢磨:"富家子女的毛病!"依维什淡淡一笑。

"我不需要翩翩起舞。"她狡黠地说。

她的笑容消失了,脑袋终于耷拉下来。

"她还真能坚持。"鲍里斯心平气和地说。

洛拉好奇地端详起依维什的脑袋来。过了一会儿,她伸出胖胖的小手,一把抓住依维什的发绺,将她的头拉起来。洛拉此时真像是一位护士小姐:

"怎么回事,我的孩子?酒喝多了吗?"

她将依维什金黄色的鬈发拨开,就像拉开帷幔一样,于是露出一张苍白的大脸。依维什半睁着一双毫无生气的眼睛,脑袋朝身后仰去。"她马上就要呕吐啦。"马蒂厄无动于衷地思忖着。洛拉不时猛拉几下依维什的头发。

"睁开眼呀,得啦,快睁眼啊!您费心瞧瞧我呀!"

依维什的两眼睁得大大的,眼中闪耀着恨意:

"行啦,可不是吗:我在瞧您呐!"她用清晰而冷淡的声音说。

"哦,"洛拉说,"您醉得并不厉害呀。"

她松开了依维什的头发。依维什急忙抬起双手,将鬈发在腮帮上重新铺开。她似乎在塑造一只面具,果然,在她的手指拨弄下重新出现了她那张瓜子脸,不过在眼窝里和嘴巴周围却仍有某种呆滞和精疲力竭的痕迹。她有一阵子纹丝不动,像梦游者一样令人害怕。就在这当儿乐队奏出了一支慢步舞曲。

"你请我跳吗?"洛拉问。

鲍里斯站起身来,于是他俩迈开了舞步。马蒂厄用目光追踪他们,却无意于开口说话。

"这女人在责怪我。"依维什忧伤地诉说。

"洛拉吗?"

"不是她,是我邻座那位太太。是她责怪我。"

马蒂厄没有回答。依维什又打开了话匣子:

"我多么想在今晚好好玩一玩,可是……竟会这样!我恨这香槟酒!"

"她大概也恨我吧,因为是我让她喝香槟的呀。"他十分惊奇地看到,她又从冰块桶里取出那瓶酒,并且把自己面前的酒杯斟得满满的。

"您这是干什么?"他问道。

"我想我喝得还不够。一定得达到某个数量,再往后就没问题啦。"

马蒂厄认为自己本应阻止她再喝,但却毫无行动。依维什将酒杯举到唇边,做了个不胜厌恶的鬼脸:

"味道真不好。"她说着,将酒杯放回原处。

鲍里斯和洛拉从他们桌旁舞过,他俩笑得挺欢。

"行吗,小姑娘?"洛拉呼唤着。

"现在一切正常。"依维什含着和蔼可亲的微笑说。

她又端起香槟酒杯,盯着洛拉一饮而尽。洛拉以微笑相报,这两人一边起舞一边远离开去。依维什似乎入了迷。

"她紧紧依偎着他,"依维什用几乎听不明白的声音说,"这……这真可笑。她那副模样就像吃人的女妖!"

"她忌妒哩,可忌妒两人中的哪一个?"马蒂厄思量。

她已是半醉,神情古怪地微笑着。她一心关注鲍里斯和洛拉,却根本没把他马蒂厄放在眼里。他只不过给她提供了高谈阔论的借口:她的音容笑貌和她的每句话,都只是透过他向她自己表达罢了。"我本来很难忍受这局面,现在却平心静气、无动于衷。"马蒂厄自语道。

"咱们跳舞吧!"依维什突然说。

马蒂厄怔住了:

"您不喜欢同我跳呢。"

"没关系,"依维什说,"我喝醉啦!"

她摇摇晃晃地站起身来,差点儿没跌倒,只是靠扶住桌边才站定脚跟。马蒂厄用两臂搂住她,带着她向前。他俩仿佛钻进了蒸气浴中。人群在他俩身后重新合拢。气氛阴暗却香气四溢。马蒂厄一度淹没在人群里。但不一会儿他又重新出现,跟在一位黑人后面缓缓走步。他变成了一人独步;从最初几个节拍开始,依维什即已舞步轻盈,他简直感觉不到这舞伴的存在。

"您跳得真轻快!"

他低头一看,只见许多只脚。"不少人跳得并不比我高明呢。"他认定。他几乎是伸直胳臂挽着依维什,保持相当大的距离;同时他瞧也不瞧她一眼。

"您跳得很合规矩,"她道,"但可以看出,您并不喜欢跳舞。"

"跳舞令我害怕呢。"马蒂厄说。

他又含笑道:

"您真令人吃惊。方才您走路都有困难,现在舞却跳出了专业水平!"

"我可以在酩酊大醉中跳舞,也可以跳它个通宵达旦。从来不会觉得疲劳的。"

"我也愿意如此啊。"

"您做不到的。"

"这我知道。"

依维什紧张地环顾四周：

"看不见那吃人女妖了咧。"她道。

"洛拉吗？在您的左后方呢。"

"咱们往那边去吧。"她又说。

他们撞到一对羸弱的舞伴身上。男的向他们说了声对不起，女的却投来恨恨的目光。依维什头朝后仰，拉着马蒂厄向后退。鲍里斯和洛拉都没看见他俩舞过来。洛拉双目紧闭，眼皮在表情严肃的面庞上像两块青色的斑点。鲍里斯微笑着，似乎忘情于这天使般的孤独。

"现在又该怎样呢？"马蒂厄问。

"咱们就留在这附近吧，这里人少点儿。"

此刻依维什变得几乎是沉甸甸的了。她可以说是在走步，两眼一直盯着她的弟弟和洛拉。马蒂厄只能瞥见两个发卷间的一小截耳朵。鲍里斯与洛拉各自旋转着，复又相互靠拢。当他们离得很近时，依维什拧了一把她弟弟的前臂：

"你好，小拇指！"

鲍里斯惊奇地睁圆了两眼：

"喂，依维什！"他招呼道，"别想溜走！你为什么这样叫我啊？"

依维什避而不答。她拽着马蒂厄来了个向后转，又设法让自己背对鲍里斯。洛拉现在睁大了两眼。

"你知道她为什么管我叫小拇指么？"鲍里斯问洛拉。

"我想我猜到了呢。"洛拉回答。

鲍里斯又说了几句话，但噼噼啪啪的掌声压住了他的声音。爵士乐队停止了演奏。黑人乐师纷纷收拾道具，以便让位给阿根廷乐队。

依维什和马蒂厄回到了原桌。

"我玩得真痛快。"依维什说。

洛拉已端坐在那里。

"您跳得棒极啦。"她对依维什说。

依维什并不答话。她以凝重的目光注视着洛拉。

"您情绪很好哇,"鲍里斯对马蒂厄说,"我本以为您从不跳舞呢。"

"是您姐姐让我跳的。"

"您身体这样壮实,倒满可以跳杂技性的舞蹈呢。"鲍里斯道。

一阵令人窘迫的静场。依维什不言不语,显得孤寂和有所求的模样。谁也不想开口说话。在他们头顶上,露出一小片局部的净空,干燥、沉闷,呈现出一团圆圆的气体。灯泡又重新亮起来。当探戈舞曲奏出头几个节拍时,依维什朝洛拉欠了欠身:

"来呀!"她用沙哑的声音说。

"我不会带人。"洛拉说。

"我来带吧。"依维什说。她露着牙齿不太友善地又道:"别害怕,我带得跟男人一样。"

两人站起身来。依维什强行搂住洛拉,将她推进舞池。

"这两人真有意思。"鲍里斯边说边填烟斗。

"是呀。"

洛拉尤其有意思:她完全是少女的神态。

"瞧这个。"鲍里斯招呼着。

他从衣兜里取出一柄阔大的匕首,将它搁在桌面上。

"这是一柄巴斯克匕首,"他解释道,"它装有保险卡槽哩。"

马蒂厄彬彬有礼地接过匕首,尝试着要将它打开。

"不是这么开,您这倒霉家伙!"鲍里斯嚷道,"您要伤了自己呢!"

他收回匕首,将它打开,放在自己酒杯近侧,说道:

"这是北非长官用过的匕首。您看见这些褐色的斑痕吗?售刀人一口咬定这是血迹呢。"

他们不再说话。马蒂厄注视着远处洛拉表情丰富的面庞,它仿佛在灰色海洋的水面上轻轻滑动。"我没想到她的身材有这么高大。"他转过目光,看到鲍里斯脸上天真而满足的神情。一股难过的感觉油然而生。"他之所以满意是因为同我待在一起,"他愧悔交集地想道,"而我却从来找不到可以对他说一说的话语。"

"请注意刚刚进来的那个女人。在右侧第三桌落座啦。"鲍里斯说。

"戴珍珠项链的金发女人吗?"

"就是她。可那是一串假珍珠。别露声色呀,她正在盯着咱们看呢。"

马蒂厄悄悄向一位身材高大的女郎投以阴沉的目光,那是一位冷面美人。

"您觉得她怎样?"

"平平常常。"

"上星期二我被她看上了咧。她有几分醉意,老要请我跳舞。此外,她还将她的香烟盒送我当礼品,这可把洛拉气疯啦。她叫侍者送了回去。"

鲍里斯又朴实无华地补充道:

"那烟盒是银质的,还镶了钻石。"

"她正一个劲盯着您看呢。"马蒂厄说。

"我可以想见。"

"您准备拿她怎么办?"

"不理她,"鲍里斯轻蔑地说,"她是有人豢养的女人。"

"怎么?"马蒂厄问道,"您忽然变成清教徒了?"

"不是这么回事,"鲍里斯笑嘻嘻地说,"不是这样的。可是放荡女人、舞女、歌女,终归是一码事。您要是粘上一个,那就会全都粘上。"他说着放下了烟斗,非常郑重地说:"何况我持身清白。我呀,可跟您不一样。"

"哼!"马蒂厄不以为然。

"您会看到的,"鲍里斯又道,"会看到的:等我跟洛拉吹了之后,我会像修道士那样生活。"

他好不开心地搓搓手。马蒂厄说:

"不会那么快就吹掉的。"

"定于七月一日。您拿什么打赌?"

"什么也不赌。您每月都发誓说下个月告吹,但每次都赌输了。您已经欠我一百法郎、一副赛马望远镜、五包皇冠牌雪茄烟,还有咱们在塞纳街看到的酒瓶里装船的玩具。您从来就不打算一刀两断。您对洛拉依恋得很呢。"

"您这话我听了胸口发疼!"鲍里斯解嘲道。

"不过您身不由己罢了,"马蒂厄不动声色地接着说,"您不能有承担义务的感觉,这会使您发慌的。"

"别胡扯啦,"鲍里斯觉得又好气又好笑,"您可以继续奔走,把雪茄和小船弄到手。"

"我明白,您欠的赌咒账是从来不还的:您是个小无赖。"

"您呢,您是个庸人。"鲍里斯回敬道。

他的脸忽然一亮:

"您不觉得这对男子汉是莫大的侮辱么:先生,您是个庸人!"

"这话不算坏。"马蒂厄说。

"要不再刻薄点儿:先生,您是个没价值的人!"

"不,这可不行,"马蒂厄回答,"这会削弱您自己的立场!"

鲍里斯痛痛快快地承认道：

"您说得对。您可恶就可恶在这里：您总是说得对啊。"

他小心翼翼重新点燃烟斗。

"跟您说实话吧，我自有主意呢，"他有些慌乱、却依然执拗地说，"我想得到一个上流社会的正经女人。"

"哦，"马蒂厄说，"那是为什么？"

"我也不知道。我想那一定是很好玩儿的，她们肯定是忸怩作态的。而且，要知道，这是体面事儿呢。其中有些是在《新潮》上了榜的。您买上一本《新潮》杂志，看看上面的图片，读到'德·罗加马杜尔伯爵夫人和她的六条猎兔犬'这条消息，您会想道：'昨夜我就是跟这个女人睡觉的。'这会令你为之一振！"

"瞧呀，她此刻正向您送秋波呢。"马蒂厄说。

"不错。她脸皮厚着呢。这纯粹是怪癖，要知道：她想从洛拉手里把我夺走，因为她讨厌洛拉。我要对她转过脸去。"他决然道。

"那同她待在一起的男人又是谁呢？"

"一个老伙伴。他在摩尔宫跳舞。他长得俊，嗯！瞧他这张脸。他大概有三十五岁啦，但还摆出一副大天使的架势。"

"那有什么？"马蒂厄说，"您到三十五岁时，也会是这样的。"

"到三十五岁时，我早死了好几年啦。"鲍里斯干脆地说。

"您这是说着玩儿的。"

"我有肺病。"他回答。

"我知道，（一天鲍里斯在刷牙时擦破了牙龈，因而吐了血，）我知道。后来呢？"

"我有肺病也无所谓，"鲍里斯说，"但我讨厌去治病。我认为不需要活过三十岁。再往后不过是一只老皮囊罢了。"

他盯住马蒂厄又说：

"这话对您不适用。"

"不,"马蒂厄接道,"其实您说对了呢,过了三十岁就是老皮囊了。"

"我愿意再长两岁,然后一辈子保持这个年龄:那才叫享福呢。"

马蒂厄端详着他,脸上挂着一种略带诧异的同情。对鲍里斯来说,青春一方面是一种会消亡的、天生的长处,应当以玩世不恭的心态充分利用;另一方面又是一种精神上的品质,应当表现出受之无愧。不仅如此,青春还是一种报偿。"没什么关系,他懂得保持青春。"马蒂厄想。在所有这些人当中,也许只有他一人端坐在椅子上,全心全意投入这场舞会。"其实这也不那么坏:把青春活个够,然后在三十岁上一命呜呼。不管怎样,三十岁之后也跟死人差不多。"

"您的样子似乎非常烦恼。"鲍里斯说。

马蒂厄一惊:鲍里斯窘得满面通红,但他射向马蒂厄的目光却充满心神不宁的关切。

"一眼能看出?"马蒂厄问。

"别提啦,当然看得出。"

"我有金钱方面的苦恼。"

"您守不住财哩,"鲍里斯有些严厉地说,"假如我领一份像您那样的工资,才不至于需要借钱呢。您要酒吧侍者的那一百法郎吗?"

"谢谢您。我需要五千法郎呢!"

鲍里斯心领神会似的吹了声口哨,说道:

"哦,真抱歉。您的朋友丹尼尔能助一臂之力吗?"

"他不能。"

"您的胞兄呢?"

"他不愿。"

"哦,他妈的,"鲍里斯怅然道,"假如您愿意……"他很为难地又想说什么。

"假如我愿意……什么呀?"

"没什么,我自己在琢磨:真可笑,洛拉的手提箱里塞满了钞票,可她一点儿也用不着。"

"我不愿向洛拉借钱。"

"但我可以向您发誓:她一点儿也不用。如果涉及她在银行的户头,我也不会开这个口:她买股票、玩证券,就算她需要这些钱吧。可是她四个月来在家里闲置了七千法郎,连碰也没碰,甚至没找到时间往银行送。我告诉您,这七千法郎垫了箱子底。"

"您不明白,"马蒂厄不快地应道,"我不愿向洛拉借钱,因为我不喜欢她。"

鲍里斯哈哈大笑:

"这不见得吧?您不喜欢她?"他问。

"您明明看见了嘛。"

"这毕竟很蠢啊,"鲍里斯说,"您为了五千法郎烦恼得像一只虱子。可钱就在您伸手可及之处。您却不愿去拿。假如我作为自己的需要向她提出要求呢?"

"不,不!别这样做,"马蒂厄急忙回答,"她终究会了解真相的。我可是说真的,嗯!您跟她要求借钱,那会使我很不高兴的!"他说得很肯定。

鲍里斯没有搭理。他用两个指头夹着匕首,将它缓缓举到齐眉高,刀尖朝着地面。马蒂厄觉得很不自在,心想:"我真卑鄙,我没有权利以牺牲玛赛儿为代价,自己却充当正人君子。"他转过头来向着鲍里斯,想对他大喊:"去吧,去跟洛拉要钱呀!"但他却挤不出一个字来,血却一下子涌到面部。鲍里斯松开两指,匕首立刻落下。刀锋扎进地板,匕首柄簌簌颤动着。

依维什和洛拉回到原位。鲍里斯拾起匕首,将它重新放在桌面上。

"这可怕的东西是怎么回事?"洛拉问。

"这是长官用的刀,"鲍里斯笑道,"是用来督促你勇往直前的呀!"

"你真是个调皮鬼!"

乐队开始演奏另一首探戈曲。鲍里斯略带愁容地瞧着洛拉。

"喏,来跳舞啊。"他喃喃地说。

"你们要把我累死呀。你们所有这些家伙!"洛拉说。

她的脸上放出光彩,又笑嘻嘻地补了一句:

"你真好!"

鲍里斯站起来,马蒂厄暗想:"他仍然会向她借钱的。"他感到羞愧得无地自容,却又有些胆小鬼式的轻松愉快。这时依维什坐到他的身旁。

"她真不简单。"依维什声音沙哑地说。

"不错,她很美。"

"哦!……还有她的身段!脸相是有些憔悴了,可身材却楚楚动人哩。我感觉到时光在流逝,似乎她即将在我的怀抱里渐渐凋谢!"

马蒂厄凝望着鲍里斯和洛拉。鲍里斯还没有提到那个问题。看样子他正在说说笑笑,而洛拉也以欢颜报之。

"她挺讨人喜欢。"马蒂厄漫不经心地说。

"讨人喜欢?"依维什冷冷地应道,"嘿,那可谈不到。她是个下流女人,母性动物罢了!"

接着自鸣得意地说:

"我镇住了她!"

"我看出来啦。"马蒂厄道,一边神经质地忽而将一条腿架在另一条腿上,忽而又分开。

"您愿意再跳一圈么?"他问。

"不啦,"依维什答道,"我想喝一杯。"于是斟了半杯酒,解释道:"在舞会上喝点儿挺合适,因为舞蹈可以防醉,而酒精却能助兴。"

她极认真地又道:

"我玩得真痛快,这样结束真带劲儿!"

"行啦,"马蒂厄想,"他对她开口啦。"鲍里斯的表情严肃,说话时两眼并没看洛拉。洛拉一言不发。马蒂厄感到自己已经面红耳赤,此刻感到对鲍里斯极为恼火。一位黑人极其阔大的两肩一度遮挡住洛拉的颜面,待她重现时只见她一脸不悦之色。接着乐曲就停下了。人群渐渐散开,鲍里斯从众人中间走出,神情是假充好汉而又郁郁寡欢。洛拉离他好远跟随而来,样子也很不开心。鲍里斯欠身向着依维什,急忙耳语道:

"帮我个小忙:请她再跳!"

依维什不露声色地起身,主动向前迎住洛拉。

"哦,不行啦,"洛拉回答,"不行啦,我的小依维什!我累坏啦。"

她俩讨价还价一番,接着依维什硬把她拉走了。

"她不愿意?"马蒂厄问。

"不愿意,"鲍里斯回答,"我要找她算账的!"

他气得脸色发青,那恨恨的、软绵绵的双唇使他的模样跟他姐姐很相像了。这是一种说不清道不明的令人不快的相像。

"别干蠢事啊!"马蒂厄不安地说。

"哼,您在责怪我呢,是不是?"鲍里斯问,"方才您是不让我向她开口的……"

"我要是怪您就是混账东西啦:您明知我是悉听尊便的……可她为什么不答应啊?"

"不知道,"鲍里斯说着耸了耸肩膀,"她脸色很难看,说她自己也需要钱。居然这么说!"他说这话时又惊又恼。"我可是头一回向她开口……她全不当回事儿!有她好看的!这么一把年纪的女人,还想占我这种人的便宜!"

"您是用什么口气提出的呀?"

"我说成是一个伙伴需要买一间车库。我还说了那伙伴的姓名:皮卡尔。她认识这皮卡尔。他也真是想买下一处车库。"

"她大概没法儿相信你。"

"我一点儿也不明白,"鲍里斯道,"但我知道,我马上就要找她算账!"

"千万别激动啊。"马蒂厄大声叮嘱。

"哦,没什么,"鲍里斯咬牙切齿地说,"那是我分内的事儿!"

他跑过去对那大个子金发女郎微微一欠身。那女人稍有些脸红,随即站起身来。他俩正欲起舞之际,洛拉和依维什却从马蒂厄身旁擦过。那金发女郎正在挤眉弄眼,做出种种媚态。但满脸笑容下面却隐藏着警觉的目光。洛拉不动声色,雍容大度地向前迈步。人们在她所过之处无不退避相让,以示对她的尊重。依维什向后倒退着,两眼朝天,一脸无动于衷的样子。马蒂厄从刀刃一面拿起鲍里斯的匕首,用刀柄笃笃敲起桌面。"将有一场恶斗!"他猜想。其实他才不在乎。他想到的是玛赛儿。他自言自语道:"玛赛儿,我的妻子!"耳中仿佛听见砰砰的关门之声。"我的妻子,她将在我的家中生活。"就是如此,这是合乎自然的,完全合乎自然的。就如同呼气吸气,就如同咽下唾沫。这将是无处不在。"你就顺乎自然吧,不必紧张。要灵活、要自然。在我家中,我这辈子将天天看到她。"他自忖:"一切都清清楚楚。我将有我的生活啦。"

一种生活。他端详着这些红光满面的脸,这些正在云蒸霞蔚之中飘忽而行的赤红的月轮儿:"他们自有生活。人人如此。各有各的。这种种生活透过舞会的四墙、飞越巴黎的大街小巷、遍布法国的城镇乡野,到处延伸着。它们相互交错、彼此重叠,但却仍然具有严格的个人色彩。犹如一把牙刷、一柄剃刀,以及其他不可外借的洗漱用具。我本也知道他们都各有自己的生活。可我却并不知道我也有自己的生活啊。我一直以为:'我什么也不干,我会躲开它的。'可现在呢,我一头扎了进去。他将匕首放在桌面上,拿起酒瓶,在自己的酒杯上倾倒起来:那酒瓶却已空空如也。依维什的酒杯里还剩下些许香槟酒,他举起那杯子一饮而尽。

"我打过了呵欠。我读了一会儿书报。我上床做了爱。这一切无不留下痕迹!我的每一个动作,无不在其自身之外,在未来的岁月里,引发出一种细小而固执的期待,这期待将发育成熟。这些期待便是我自己。我在十字路口、在条条道路的交叉处、在第十四区区政府的接待大厅里等待着我自己。我在那里的一张红色安乐椅上等待我自己。我等着我的光临:穿一身黑色大礼服、戴着硬假领。等待我冒着那酷暑盛夏,公开宣称:是的、是的,我同意娶她为妻!"他猛烈地摇着头,可是他的生活仍然执着地环绕着他。"缓缓地,确凿地,随着我的喜怒哀乐,随着我的慵懒懈怠,我像春蚕吐丝般筑着窝巢。现在大事已毕。我已蜕变成形,到处皆我!中央是我的宅邸,有我躲在屋子正中,环绕着一圈绿皮安乐椅,外面有欢乐街,单行线,因为我总是下行。再外面是曼恩大道,整个巴黎呈圆形环绕着我。前方是北,后方是南,右侧是先贤祠,左侧是埃菲尔铁塔。正对着我的是克里扬古尔门。而在维尔辛杰托里街的正当中有一个淡红色闪闪发光的小洞穴,便是我妻子玛赛儿的小屋。玛赛儿赤身裸体,正在那里等着我归来。再外圈,环绕巴黎的便是全法国,处处是单行方向的公路,以及染成黑色或蓝色的海洋:有湛蓝的地中海、有黑浪滚滚的北海、有牛奶咖啡色的英吉利海峡;还有德国、意大利诸国,西班牙成了白色,因为我不曾去战斗过;还有距离我的房间特定里程的圆形城市,廷巴克图、多伦多、喀山、尼日尼-诺夫戈罗德,像路标界石一般巍然屹立。我出去、我离开、我漫步、我流浪。我徒然在流浪:那是大学的暑假,我随便走到哪里都背负着我的蜗居。我仍然待在自己屋里,如同在家中一样,仍然埋在一大堆书报之中,并不曾向马拉喀什或廷巴克图挪近一厘米!即使我乘坐了火车、轮船或长途汽车,即使我到摩洛哥去度假,即使我蓦然来到了马拉喀什,我也仍然等于还留在自己的房间里,仍然在自己家中。而假如我到广场、到阿拉伯市场去散步,假如我去搂一个阿拉伯男子的肩膀,为了通过他对马拉喀什有所感受,那又怎么样呢!在马拉喀什的仍是这个阿拉伯人,而绝非我自己!我却仍然端坐着,在我自己的房间里,像我自己所选择的那样平静且沉浸在思考当中,距离那位摩洛哥男子和他的呢斗篷有三千公里之遥!待在我的房间里。永远如此。永远是玛赛儿从前的情人、现在的丈夫、教授;永远是那个不曾学习英语、没有加入共产党,也没去西班牙的人,永远如此。"

"我的生活。"它环绕着他。这是一种没头没尾的奇怪物件,然而它又不是没有终极的。他经历着这生活:从一个区政府到另一个区政府,一九二三年十月是在第十八区区政府通过了征兵体格检查;一九三八年八月或九月,他将在第十四区区政府娶玛赛儿为妻。这生活具有朦胧不定的含义。像自然现象一样;它又具有经久不散的霉味儿,类似尘土和蝴蝶花的味道。

"我过着贫齿类动物的怠惰生活,"他反思着,"一种极怠惰的生活。我从来没有啃啮,我一直在等待。我保养自己是为了未来,而我刚刚发现:我已没有用作啃啮的牙齿。怎么办呢?打碎这蜗壳吗？说起来容易。再说,那还能剩下什么呢？剩下一小堆黏稠的胶状物,身后在尘土中拖着一道闪光的印迹。"

他抬起眼睛,看见了洛拉。她嘴边挂着一丝恶意的微笑。他也看见了依维什,她在翩翩起舞,头向后仰,心醉神迷,既不考虑年龄,也不考虑未来:"她的背上没有蜗壳。"她在尽情跳舞。她如醉如痴,一点也没想到马蒂厄。一丁点儿也没有,仿佛他马蒂厄从来不曾存在过一样。乐队已开始演奏一支阿根廷探戈舞曲。马蒂厄很熟悉这支探戈舞曲,它的曲名是《一匹紫红色的骏马》。但他此刻正端详依维什,于是仿佛头一回听到这支伤感而粗犷的歌曲。"她将永不会属于我,它将永不会进入我的蜗壳。"他微微一笑,体验到一种使人清醒的谦卑的痛苦。他温情地观赏这狂热而娇弱的身躯:他的自由曾触及这躯体。"我亲爱的依维什,我亲爱的自由啊!"而突然间,只见在她那被玷污的身躯之上,在她的生命之上,君临着一种纯净的意识,一种与我无涉的意识,仅仅是些许温热的空气罢了:这意识在飘浮,那是一道目光,正在凝视那位冒牌的流浪汉,那死抱住自己舒适生活的小资产者。那失败了的、"既不革命,也不造反"的知识分子,那虚无缥缈、却囿于松散生活的梦想家。那意识准在评判:"这家伙已经完蛋,他是罪有应得哩。"它不站在任何人一边,它在旋转不已的气泡中自我旋转,被粉碎、被断送,在依维什的脸上印着苦难,尽管乐声朗朗,却转瞬即逝,留下无尽的哀思。一种红的意识、一曲短小凄切的哀歌《我那闭塞的小屋》。它无所不能真正地为西班牙人哀痛欲绝,能决然拿定主意。假如这情形能如此这般延续下去,……但这是不可能延续的啊。那意识在膨胀、在膨胀。乐队停止演奏,于是那意识也爆裂了。马蒂厄只剩下一人,孑然独处。在生活的谷底,冷漠,固执,甚至不再自我评审、不再自我容忍。他曾经是马蒂厄,如此而已:"又一个心醉神迷的人。结果会怎样呢?"鲍里斯重新回到座位上。表情不算十分自信。他对马蒂厄说：

"嘿,真够呛!"

"怎么回事?"马蒂厄问。

"那金发女郎。那是个坏女人。"

"她干了什么?"

鲍里斯皱了皱眉头,颤抖着没有回话。依维什回来在马蒂厄身边坐下。她独自一人回来。马蒂厄用目光搜索一下大厅,发现洛拉正坐在乐师们身旁,同萨伦扬交谈。萨伦扬一脸吃惊的样子,接着阴沉地朝高个子金发女郎这边扫了一眼。金发女郎正漫不经心地扇着扇子。洛拉朝她笑了一笑,便穿过大厅走来。当她坐下时,她的表情古怪。鲍里斯做作地瞧着右脚的皮鞋。出现了一阵凝重的沉默。

"这太过分啦!"金发女郎嚷着,"您没有这个权利,我就是不走!"

马蒂厄一惊,所有人都转过身来。萨伦扬谄媚地朝金发女郎欠身,像旅馆的侍者领班在接受客人的订单。他对她说话时细声细气,态度既安详又生硬。金发女郎突然起立。

"过来!"她召唤她的相好。

她在手提包里搜索,嘴角颤抖不已。

"不,不,"萨伦扬说,"该由我来请您!"

金发女郎揉皱了一张一百法郎的票子,将它扔在桌面上。她的男伴已经站起身来。男伴带着责备的眼神瞧了瞧那张一百法郎的票子。接着那金发女郎挽起他的臂膀,两人昂首阔步地离去,姿势相仿地摇晃着屁股。

萨伦扬吹着口哨向洛拉走过来。

"她再来的时候,一定会热闹的。"他带着幽默的口吻笑着说。

"多谢,"洛拉说,"我没想到会这么容易。"

他走了。阿根廷乐队已离开大厅,黑人们一个挨着一个提着各自的乐器又走回来。鲍里斯向洛拉投去又恼怒又佩服的目光,接着突然转向依维什。

"来跳一圈。"他道。

当他们起身时,洛拉平和地瞧了一眼。但当他们走远时,她的面孔陡然变色。马蒂厄对她微微笑道:

"您在这夜总会可是得心应手啊。"他说。

"我养着他们,"她满不在乎地说,"这些人都是因为我而来的。"

她的眼神依然充满焦虑。她神经质地轻轻叩击着桌面。马蒂厄不知对她说什么是好。幸好她不久便站起身来。

"真抱歉呢。"她道。

马蒂厄眼见她在大厅里兜了一圈便无影无踪了。他猜想:"是到了吸毒时间了。"他一人枯坐着。依维什和鲍里斯舞兴正浓。兄妹俩如乐曲般纯洁,也差不多如乐曲般毫不留情。他转过头瞅着自己的两只脚。时间在流逝。毫无作为。他无所思念。突然沙哑的抱怨声使他一惊。洛拉回来了。她闭目养神,笑容可掬。马蒂厄暗想:"她如醉如痴了。"她睁开两眼,在一边坐下,脸上笑意不减。

"您知道鲍里斯需要五千法郎么?"

"不,"他回答,"我不知道,他竟需要五千法郎?"

洛拉依旧盯着他,身子一前一后微微摇摆。马蒂厄看见两只大大的碧眼珠儿,瞳孔却细小难辨:

"我刚拒绝了他借钱的要求,"洛拉说,"他说这是为了皮卡尔,我以为他会向您借呢。"

马蒂厄哈哈大笑:

"他知道我从来就无钱可借。"

"那么您不知道这件事吗?"洛拉一脸狐疑地发问。

"可不,就是不知道!"

"哦,"她道,"那就怪了。"

你会觉得她像一只旧沉船,会船底朝天闹得不可开交,或者张开血盆大口发出怒吼。

"他刚才去您那儿了么?"她只是提问。

"不错,大约三点钟来的。"

"他一点没提及吗?"

"这有什么奇怪? 他也许是下午见到了皮卡尔。"

"他对我正是这么说的。"

"那又怎样呢?"

洛拉耸了耸肩:

"皮卡尔整天在阿让特伊干活。"

马蒂厄冷冷地说:

"皮卡尔需要用钱,他大概上鲍里斯的旅馆走了一趟。他没找到人,后来沿圣米迦勒大道折回时,却偶然与他相遇。"

洛拉含讥带讽地盯着他:

"您想想看,鲍里斯只有三百法郎的零花费。皮卡尔怎么会向他去借五千法郎呢?"

"那我就不知道啦。"马蒂厄怒气冲冲地回答。

他真想一语道破:"那笔钱是我要的。"这么一来,就可以了结此事。但因为鲍里斯,这就万万使不得。"她会恨死他的。他就像是我的同谋啦。"洛拉用她的红指甲尖轻叩桌面,嘴角突然噘起,微微哆嗦了一下,又恢复原状。她不安而执着地窥视马蒂厄,但在这待机欲发的盛怒下,马蒂厄约略看到隐隐的巨大空虚。他真想笑出声来。

洛拉转过目光,问:

"这会不会是一次故意试探呢?"

"试探?"马蒂厄颇为惊奇地重复道。

"我怀疑呢。"

"试探?多么奇怪的想法!"

"依维什老是向他嘀咕,说我是守财奴!"

"谁告诉您的?"

"我知道这事您觉得奇怪吗?"洛拉得意扬扬地问,"那是因为这孩子很憨厚。你们别以为可以对他说我的坏话而不让我知道。就凭他瞧我的眼风,我每回都心里有数。要不然他就装作若无其事的样子向我提问。您可以想见,我怎么会不心领神会。这种事在他是身不由己,他宁愿交代清楚。"

"那又怎样?"

"他想弄清我是不是守财奴呗。他编造了这皮卡尔的故事。要不然就是别人面授机宜的。"

"您认为那会是谁呢?"

"我一无所知。不少人认为我是个老东西,而他却还是个娃娃。这里的臭婊子们看到我跟他在一起,那副面孔就可以证明。"

"您以为他在乎她们对他说的闲话?"

"那倒未必。可也有人以为,在他面前搬弄是非正是为了他好。"

"您听着,"马蒂厄说,"用不着拐弯抹角、含沙射影。您这话若是指我,可就大错特错了。"

"哦!"洛拉冷淡地应道,"也许是吧。"一阵静场后,她蓦然质问道:"为什么每次您和他一同来这里就会争吵?"

"我不知道。我没起任何作用。今天我本不想来……我猜他对待咱们两人方式是有区别的。因此看见您我同时在场,心里就不是滋味儿。"

洛拉面色阴郁而紧张地直视前方。她终于开口道：

"请牢记这一点：我可不愿别人把他从我手里抢走。我相信自己不至于伤害他。将来他对我厌倦了，可以离开我嘛。这日子不会太遥远的。但我不愿意别人把他从我手里抢走。"

"她说出心里话啦。"马蒂厄想。这当然是吸毒的影响。不过也有另外的原因：洛拉对马蒂厄怀恨在心，但此刻她对马蒂厄说的话，却未必敢对别人说。在他俩之间，虽不无怨恨，却又难解难分。

"我并不想从您手里把他抢走。"他道。

"我原来是相信的。"洛拉若有所思地说。

"那么，就不应当这样想喽。您同鲍里斯的关系与我无关。假如有关，我倒觉得像现在这样挺好。"

"我曾经琢磨：他自认为对鲍里斯负有责任，因为是他的老师嘛。"

她不再说什么，于是马蒂厄明白：自己没能说服她。她似乎在寻找字眼。

"我……我知道自己已经是个老太婆了，"她不胜痛苦地又道，"我不需要等您开口才知道这个。但正因为这样，我才能够帮助他：有些事情我可以教他。（她以轻蔑的口吻这样说）而且您凭什么认为：对他来说我已经太老？他就爱我这个模样儿。只要别人不硬把这些念头往他头脑里塞，他同我在一起是很幸福的。"

马蒂厄没有吭气。洛拉措词激烈而并不自信地嚷道：

"可您本应当知道，他爱我。他大约对您说起过，既然他对您无话不说。"

"我想他是爱您的。"马蒂厄说。

洛拉将沉郁的目光转向马蒂厄：

"我什么酸甜苦辣都尝过，决不会作茧自缚。但我得告诉您：这孩子是我最后的缘分儿啦。这之后，您爱干什么就干什么吧。"

马蒂厄没有立刻回答她。他瞧瞧正在酣舞中的鲍里斯和依维什,真想对洛拉进一言:"咱们两人不必争论。您明明看见,咱们是半斤八两啊。"不过这种相似之处有些令他反感。洛拉的爱诚然强烈而纯洁,但其中也有某种无奈和贪婪。然而他却勉为其难地说:

"您向我絮叨这一套,……其实我跟您一样清清楚楚。"

"为什么说:跟我一样?"

"咱俩不相上下。"

"这是什么意思?"

"请您看看咱们自己,"他应道,"再看看他们兄妹俩。"

洛拉不胜轻蔑地噘起嘴巴:

"不能说您我不相上下。"她道。

马蒂厄耸了耸肩膀,他们各执一端,只好沉默了。于是两人都注视着鲍里斯和依维什。鲍里斯和依维什舞兴正浓,没想到正在做无情的事。他们或也略有所感。马蒂厄就坐在洛拉身边,他俩不入舞池,是因为到底上了点儿年纪。"也许有人还以为咱们才是一对情侣呢。"他暗想。他隐约听见洛拉自言自语:"但愿我能弄清楚,那确实是为皮卡尔借的钱!"

鲍里斯和依维什正朝着他俩这边走回来。洛拉费力地站立起来。马蒂厄担心她会跌倒,但她扶住桌子,深深吸了口气。

"过来,"她招呼鲍里斯,"我有话要对你讲。"鲍里斯似乎有些发窘:

"你不能在这儿讲么?"

"不行。"

"那么,就等乐队开始演奏,咱们边舞边谈吧。"

"不,"洛拉说,"我累了。你到我的化妆室来。请您原谅,好吗,我的小依维什?"

"我喝醉了呢。"依维什客客气气地回答。

"我们一会儿就回来,"洛拉道,"再说,不一会儿就该我上场唱歌啦。"

洛拉离去了,鲍里斯勉强跟随着她。依维什一屁股坐在原来的椅子上。

"我真是喝醉了呢,"她说,"是在跳舞当中感觉到醉意上来的。"

马蒂厄没有搭理。

"他们干吗要走开?"依维什问。

"他们有话要说清楚。而且洛拉刚刚吸了毒。要知道,在服了第一剂之后,就会一心一意想着吸食第二剂。"

"我想我也会爱上吸毒的呢。"依维什说,一脸沉思的样子。

"这很自然。"

"那怎么着?"她愤愤道,"假如我一辈子都得在拉昂度过,我总得有事可做呀。"

马蒂厄不吭气了。

"哦,我明白啦!"她道,"您责怪我,是因为我喝醉了。"

"没有的事。"

"有,您责怪我呢。"

"这从何说起?何况您并不很醉呀。"

"我醉得非常厉害。"依维什心满意足地说。

人们开始退场。这时大约是凌晨二时。洛拉的化妆室是一间肮脏的小屋。屋里挂着红丝绒的帷幔,悬有一面金黄框架的旧镜子。在这间屋里,洛拉正连威胁带恳求地大声叫嚷:"鲍里斯,鲍里斯,鲍里斯!你惹得我要发疯啦!"而鲍里斯正耷拉着脑袋,模样儿既胆怯又固执。在红色的四壁当中,一袭黑长裙晃来晃去,那黑色的光泽映照在大镜子里;美丽雪白的两臂从长裙袖口伸出,正以过时的哀伤姿态,做着绞扭的动作。再过一会儿,洛拉就会突然转到屏风背后,她将舒坦地仰着头(似乎为了止住鼻孔流血),猛吸两下那种白色的粉末。马蒂厄的额头满是汗水,但他却不敢拂拭。他对于在依维什面前汗流不止感到难为情。依维什不停地跳了舞,她脸色苍白地待着,却并未流汗。她今天早晨就说过:"我最讨厌那些湿漉漉的手掌。"他真不知该怎样处置自己的两手。他觉得自己浑身无力、极度疲乏,已经没有任何欲望,也不再思念什么。他不时想到:再过一会儿太阳就要升起了。他就得再想办法:给玛赛儿打电话、给萨拉打电话,从早到晚又经历新的一天。他觉得这不可思议。他倒愿意无休无止地待在这桌边,照着这人造的灯光,挨近依维什。

"我觉得好玩。"依维什用醉醺醺的声音说。

马蒂厄瞅了她一眼:她处在那种兴奋的激情中,很容易为区区小事而勃然大怒。

"我不在乎那些考试,"依维什说,"要是落了榜,我反而很开心。今天晚上我就埋葬自己的顽童岁月。"

她破颜一笑,忘情地说:

"这像一粒小钻石一样闪闪发光。"

"什么东西像小钻石啊?"

"此时此刻呀。它是浑圆的,它挂在半空,像一粒小钻石。我是永生不灭的。"

她拿起鲍里斯那把匕首的木柄,将刀刃按在桌边上,试着把它弄弯。

"这女人是怎么回事儿?"依维什突然问。

"说谁呀?"

"我旁边穿黑衣服的这一位。打从她来这儿以后,就一直对我横加指责哩。"

马蒂厄转过头来。原来那位黑衣女士正用眼角余光斜睨着依维什。

"是吗?"依维什问,"难道不是这样么?"

"我想是的。"

他看见依维什那张小脸蛋缩成一团、表情不善,眼神迷茫而充满怨恨,暗想:"我最好别在此时开口说话。"黑衣女士心中完全清楚,他们正在议论她:她摆出凛然不可冒犯的样子。她的丈夫这时睁开大眼,正瞪着依维什。"真烦人哪!"马蒂厄想。他感到周身懒洋洋的,并有些胆小怕事。他愿意想一切办法避免生出是非。

"这女人瞧不起我,因为她很体面,"依维什对着她的匕首喃喃自语,"我呀,我就是不体面。我是来娱乐的,来一醉方休的,我在物理、化学、生物考试中将要落榜。我讨厌所谓的体面。"她突然拉开嗓门大声说。

"别嚷嚷,依维什。我求求你。"

依维什冷漠地瞪了他一眼。

"您是在对我说话吧,我想?"她又道,"不错,您也是体面的。您不必害怕:等我在拉昂的父母膝下再过十年,我会变得比您还要体面得多呢!"

她软软地瘫在椅子上,固执地将匕首的刀刃紧贴桌边,像疯子一般试图将它折弯。出现了一阵沉闷的静寂,接着那黑衣女士转身朝向她的丈夫,说:

"我不懂,一个人怎能像这小丫头一样?"

那丈夫畏缩地瞧了瞧马蒂厄的肩膀,应道:

"嗯,嗯!"

"不能全怪她自己,"那女人继续说,"作孽的是那些把她带到这儿来的人!"

"这下子好啦,"马蒂厄琢磨,"要出丑闻了咧。"依维什肯定听到了前面的对话,但她却不做声,显得很乖巧。实在是太乖巧啦:她的样子似乎是在窥探什么东西:她重新抬起头来,做出一副古怪而又开心的表情。

"出什么事啦?"马蒂厄不安地问。

依维什的脸色变得刷白:

"没什么。我……我还要做一件不得体的事,好让这位太太解解闷儿。我想看看她见了血受不受得了。"

依维什的邻座轻轻叫了一声,接着眼皮不停地打战。马蒂厄匆匆扫视了一下依维什的双手。她右手执住那匕首,正聚精会神地划开左手的掌心。从拇指的肥厚部至小指根部,皮肉已经绽开,鲜血正缓缓流出。

"依维什!"马蒂厄喊道,"您可怜的一双手啊!"

依维什表情含糊地冷笑道:

"您以为她会转动一下眼珠么?"马蒂厄从桌面上伸过手去,依维什并不抵抗地由他将匕首挪开了。马蒂厄慌了神。他盯着依维什瘦小的指头,只见已被鲜血染红。他估计她的手一定很疼。

"您发疯啦!"他嚷道,"跟我到卫生间来,清洁女工会给您包扎一下。"

"给我包扎?"依维什不怀好意地笑了笑,"您明白您在说什么吗?"

马蒂厄站起身来。

"来吧,依维什。我求求您,快来呀。"

"这是一种挺舒服的感觉,"依维什回答,却并不起立,"我本来还以为我的手像一团黄油那么柔软呢。"

她将自己的左手举到齐鼻头那么高,并且以品评的眼光打量一番。鲜血淌得东一滴西一滴,像一窝蚂蚁到处流窜。

"这是我的血,"她道,"我很爱看见自己的鲜血。"

"这就很够啦。"马蒂厄说。

他一把抓住依维什的肩头,但她却用力挣脱了。于是一大滴血落在桌布上。依维什亮晶晶的两眼恨恨地盯着马蒂厄。

"您还敢碰我么?"她怒道,又带着蔑视的微笑说,"我本应想到,您会认为这样做有些过分。看见有人居然用自己的鲜血闹着玩儿,您会觉得不可思议。"

马蒂厄感到自己气得脸色煞白。他重新坐下,将左手平放在桌面上,柔声道:

"过分吗?不是的,依维什。我觉得这很有意思。我想,这大概是贵族小姐的娱乐吧?"

于是他将那匕首一下扎进自己手心,却几乎没有特别的感觉。当他松开时,那匕首仍立在他的皮肉中,刀柄朝着上方。

"哎哟,哎哟!"依维什厌恶地说,"快拔出来,快拔出来呀!"

"您看哪,"马蒂厄咬紧牙关说,"这也是人人可以做到的呢。"

他有一丝甜蜜和沉重的感觉,有点儿担心自己会晕倒。但这时他心头涌上一股固执的快感和一种懒学生恶作剧的劲头儿。他对自己捅这一刀不仅仅是为了在依维什面前逞强,而且也是向雅克、向布吕内、向丹尼尔、向自己的生活发出挑战:"我是个傻瓜,布吕内说我是个大孩子,说得很有道理啊。"但他毕竟感到一种满足。依维什注视着马蒂厄那只似乎钉在桌面上的手掌,以及在刀刃四周溢出的鲜血。接着她注视着马蒂厄,脸色全变了。她柔声细语地问:

"您为什么这样做啊?"

"可您呢?"马蒂厄直愣愣地反问。

在他们的左侧,出现了一小阵不以为然的嘈杂声:那是舆论的反应。马蒂厄置之不理,他凝视着依维什。

"哦!"依维什说,"我……太抱歉啦。"

嘈杂声越来越大,那黑衣女士大喊大叫起来:

"他们是醉鬼,他们自我伤害。应当阻止他们这样做,我看不下这种事!"

有几个人转过头来,侍者也应声而至:

"夫人需要什么吗?"

黑衣女士用一块手绢紧紧掩着嘴巴,一言不发地用手指了指马蒂厄和依维什。马蒂厄急忙将匕首从伤口拔出,感觉非常疼痛。

"我们是用这把匕首自伤的。"

这侍者早就见怪不怪了。

"假如先生和女士想去洗手间,"他不动声色地插话道,"负责更衣间的女士手头有一切必需物品。"

这一次依维什顺从地站起身来。他们跟在侍者身后穿过舞池,两人各将一只手举向空中。这看上去是那么滑稽,以致马蒂厄忍俊不禁了。依维什先是忐忑不安地注视着他,接着自己也哈哈大笑。她笑得太厉害,以致那只手簌簌发抖。两滴血掉落在地板上。

"我觉得挺好玩儿。"依维什说。

"天哪!"更衣间的女管理人叫道,"可怜的小姐呀,您对自己干了什么蠢事啊!还有那位可怜的先生!"

"我们拿一把刀子玩儿来着。"

"您看看!"更衣间的女人愤然道,"说出事就出事啦!是本厅的刀子吗?"

"不是。"

"哦,我也这么想……因为这伤口挺深呢,"她审视着依维什的伤处说,"不过不用担心,我会安排妥帖的。"

她打开一个柜子,自己的身子有一半探进柜中。马蒂厄和依维什相视而笑。依维什似乎减去了几分醉意。

"我没想到您也能这样做。"她对马蒂厄说。

"您看到啦:并不完全是白付代价咧。"马蒂厄说。

"我此刻有疼痛的感觉。"依维什说。

"我也一样。"马蒂厄说。

他很高兴。他读到了"女厕"和"男厕"的金字,分别刻在涂有奶灰色瓷漆的两扇门上。他瞧了瞧方格白瓷砖的地面,闻到一股消毒药液的茴香气息,顿时心花怒放:

"当一名更衣间女管理员也不坏啊。"他热情洋溢地说。

"可不是。"依维什开心地答道。

她又粗野又温情看着他,稍稍踌躇了一下,突然用左手掌拍打马蒂厄那只负伤的手,发出一声喑哑的拍击声。

"咱们的血就流淌到一处啦。"依维什解释。

马蒂厄一言不发地紧握她的手,感到一阵剧烈的疼痛,似乎伤口在他的手心底下裂开。

"您弄得我好疼。"依维什说。

"我知道。"

那更衣间的女人已从柜子里钻了出来,脸有些发红。她打开一只白铁盒子,说:

"器材都在这儿。"

马蒂厄瞥见一瓶碘酒,几根针,一把剪刀和一些消毒纱布。

"您的设备可真齐全哩。"他道。

她郑重其事地点点头:

"哦!这是因为有时候事情不是闹着玩儿的。前天就有一个女人把酒杯扔到我厅的一名常客头上。这位先生的血流啊、流啊,我真担心他会伤了眼睛。结果我从他眉毛那儿取出不小的一块玻璃碎片!"

"活见鬼!"马蒂厄咒道。

更衣间的女管理人在依维什身边忙忙碌碌。

"请耐心点儿,可爱的孩子。会有点儿烧得痛,这是碘酒。涂在这儿,行啦。"

"我不知道该不该提一个好奇的问题?"依维什小声问马蒂厄。

"请提吧。"

"我想知道:我同洛拉跳舞时,您在想些什么?"

"是说刚才么?"

"是的,就是鲍里斯邀请那金发女郎的时候。您当时独自一人待在您那个角落里。"

"我认为我大概在想我自己。"马蒂厄说。

"我悄悄觑了您一眼,您……差不多是美男子哩。希望您永远能保持这样的容貌。"

"人们不可能总想自己啊。"

依维什笑了:

"我呀,我相信我总想着自己。"

"请将您的手伸过来,先生,"那位更衣间的女士说,"请注意,会有点儿烧得痛。噢,噢!这没什么。"

马蒂厄感到一阵灼热,但他并不在意。他在看依维什,她正笨拙地在大镜子面前梳头,用包扎了的手抓着耳环。她终于将头发全部掠到脑后,于是她那张阔大的脸庞展露无遗。马蒂厄感觉到一种强烈的欲念正在他身上膨胀。

"您很美啊。"他道。

"谈不上,"依维什笑道,"正好相反,我是个丑八怪。现在的面孔是不供观瞻的。"

"我想我更喜欢这副面孔,胜于平常那一副。"马蒂厄揶揄道。

"明天我就梳成这发式。"她说。

马蒂厄找不到什么话来应答。他点点头就不作声了。

"包扎好啦。"更衣间的女管理人说。

马蒂厄忽然发现,她嘴唇上的茸毛浓密而灰白。

"谢谢您,夫人。您真像护士小姐那么能干哩。"

洗手间的这位女士高兴得满面通红:

"哦!"她道,"这很自然。干咱们这一行的,有许多棘手的事情得做。"

马蒂厄放了十个法郎在小碟子里,他俩就走开了。他们满意地瞧了瞧自己包扎齐整了的僵木的手。

"我就跟长了木头假手差不多。"依维什说。

舞厅几乎已空无一人。洛拉站在舞池正中,就要开始唱歌。鲍里斯坐在他俩那一桌上,正等候他俩归来。黑衣女士及其夫君已杳无踪影。他们的桌面上留下两只喝去一半的酒杯,还有一只敞开的香烟盒,内剩十余支香烟。

"真是一件糟糕的事。"马蒂厄说。

"是呀,"依维什道,"那是我造成的。"

鲍里斯乐呵呵地瞧着他俩。

"你们这是自相残杀啊!"他揶揄道。

"就因为你那把破刀子!"依维什赌气道。

"看来它挺锋利呢。"鲍里斯说。一面以旁观者的目光端详他俩的手。

"洛拉呢?"马蒂厄问。

鲍里斯一脸愁云。

"很不妙,我说了一句蠢话。"

"什么话?"

"我说皮卡尔上我家里来了,我在自己屋里接待了他。好像我头一回说的跟这不相符,鬼知道我胡诌了些什么。"

"您说他在圣米迦勒大道上与您巧遇啦。"

"哎唷!"鲍里斯嚷了起来。

"她大喊大叫了么?"

"嘿嘿! 叫得像猪嚎。您瞧瞧她那副模样儿就会明白的。"马蒂厄瞟了洛拉一眼。她一脸怨恨和悲伤的表情。

"真对不起。"马蒂厄道。

"您用不着说这话,都是我不好。何况会好起来的,我已经习惯了。每一回都能缓解下来。"

他们沉默了。依维什不胜怜惜地瞅着自己包扎好的手。睡意、晨风、苍白的曙光全都静悄悄地潜入大厅。舞会上出现了拂晓的氛围。"一粒钻石,"马蒂厄思忖,"她说过自己是一粒小小的钻石。"他感到幸运。他再也不想什么有关自己的事情。他觉得自己仿佛坐在室外的一条长凳上:在室外、在舞厅之外、在他的生活之外。他抿嘴一笑:"她还说过这话:她说自己是永生不灭的……"

洛拉拉开嗓门唱起歌来。

十二

"十点钟在圆顶咖啡厅见。"马蒂厄睡醒了。床上的这堆白纱布,便是他的左手。它隐隐作痛,但他整个身躯却是轻快的。"十点钟在圆顶咖啡厅见。"她说过:"我会比您先到,我会一整夜无法合眼的。"现在已是九点了。他跳下床来。"她要改变她的发式哩。"他自语道。

他推开百叶窗:街道上空无一人,天空低沉而灰暗。天气不像昨天那么热,这是真正的清晨。他打开洗脸池的水龙头,将脑袋浸泡在水里:我也一样,我是属于这清晨的。他的生活已撒在他的脚下,变做了沉重的皱褶,它还环绕着他,缠住他的踝骨。但他会跨越过去,将这生活当作一张没用的皮抛在自己身后。桌子、床铺、电灯、绿色的安乐椅:它们已不是他的合伙者,而是铁制或木质的无名之物,一些器具而已。他是在一家旅馆的房间里过了夜。他匆匆穿上衣裤,吹着口哨下了楼梯。

"您有一封市内快信。"女看门人说。

玛赛儿!马蒂厄立刻感到口中起了一种苦涩的味道:他把玛赛儿全然抛在了脑后。女看门人递给他一个黄色信封:原来是丹尼尔寄来的。丹尼尔写道:

> 亲爱的马蒂厄:我已搜遍我的余款,肯定达不到你要的那个数目。请相信我深感抱歉。你愿意中午来寒舍小坐吗?我要同你谈谈你那桩事情。
>
> 致友好问候

"那么好。"马蒂厄暗想,"我去看他。他不愿直接把钱交出来,但肯定是找到了什么办法。"他觉得生活是方便的,它也应当是这样的:反正萨拉一定会负责设法叫那医生耐心等几天。实在不行,也许可以将钱寄到美国去。

依维什在那里,躲在一个阴暗的角落里。他首先看到的是她那只打了绷带的手。

"依维什!"他温情地呼唤道。

她抬起眼来瞧瞧他,她的面容仍旧是尖削的、虚假的,显露出那种有些做作的纯真。她的发卷遮住了面颊的一半;她没有掠开头发。

"您睡了一会儿吗?"马蒂厄忧伤地问。

"没怎么睡。"

他坐了下来。她发现,他正在端详他俩包扎起来的手。于是她缓缓将手抽回,藏到桌子底下。侍者凑了过来,他很熟悉马蒂厄。

"好吗,先生?"他问道。

"挺好,"马蒂厄回答,"请给我一份茶和两只苹果。"

出现了一阵沉默,马蒂厄借此机会将昨夜的事统统隐没了。当他觉得心静如洗时,他又重新抬起头来:

"您似乎情绪不高。是因为这场考试吗?"

依维什的回答只是轻蔑地噘了噘嘴巴,马蒂厄不作声了。他两眼瞪着没有人坐的长凳。一个女人正跪在方格地面上使劲擦洗。圆顶咖啡厅还没怎么睡醒,现在是上午嘛。在可以上床睡觉之前,还要度过整整十五个小时!依维什开始小声说话,神情很痛苦。

"原先是夜里两点钟,"她道,"现在已是九点。我感觉得到,每时每刻都在我身子下面飞逝。"

她又带着怪僻的神情,重新扯着自己的鬈发。那样子令人难受。她道:

"您认为,人家大商场会接受我做女售货员么?"

"您就没想到,依维什,那可是累死人的呀。"

"做女模特呢?"

"您身材矮小了点儿,但也许可以试一试……"

"我愿意随便干什么,只要不在拉昂待下去,我可以洗碗涮碟子。"接着又带着焦虑和老气的口吻问:

"如果是这样,要不要在报纸上登求职广告?"

"听我说,依维什,咱们还有回旋余地。反正您现在还没有落榜嘛。"

依维什耸了耸肩,马蒂厄急忙接着说:

"即使您落了榜,也不能说就一切完蛋。比方说,您可以回到家乡待两个月。在这段时间里,由我来寻找机会,我一定能给您找到一份差事的。"

他说这话时,其实是将信将疑,内心并不抱什么希望:即使他给她找到工作,她不出一个星期就会被扫地出门的。

"要在拉昂住上两个月!"依维什愤慨地说,"很明显,您在瞎说。那是……那是无法忍受的!"

"反正您可以在那里过暑假嘛。"

"那倒是。但事到如今,他们会怎样接待我?"

她说不下去了。他也讷讷无言地凝视着她:她的脸色发黄,这是上午的脸色、每天上午的脸色。黑夜仿佛从她身上悄然溜走了。"什么东西也不会在她身上留下痕迹。"他思忖。他忍不住问她一句:

"您没有把头发梳到脑后?"

"您明明看见没有嘛。"依维什冷冷地回答。

"昨天晚上您答应过我的。"他有点生气地说。

"那是酒后失言。"她说,然后似乎为了镇住他,她大声重复道:"我喝得酩酊大醉了啊。"

"当您向我许诺的时候,却不像是醉得很厉害的样子。"

"好呀!"她很不耐烦地说,"那又说明什么?人们在许诺的时候,总是作惊人之言的嘛。"

马蒂厄没有回答。他的印象是,人们无休无止地向他提出一些十万火急的问题:怎样才能在今晚之前搞到五千法郎?怎样在明年将依维什弄到巴黎来?现在对玛赛儿应当采取什么态度?他还没有来得及缓过劲儿来,没有来得及重新考虑自昨晚以来即已是根本性的反思:"我是个什么样的人物?我拿我这一生派什么用场?"正当他转过头来似乎想甩掉这新的焦虑时,他远远瞥见了鲍里斯犹疑不决的修长身影。鲍里斯似乎正在平台上寻找他们两人。

"这不是鲍里斯么?"他怏怏不乐地说。他又带着怀疑的口气问:"是您叫他也上这儿来的吗?"

"没有的事,"依维什极为惊异地答道,"我本应当在中午跟他见面,因为……因为她跟洛拉一起宿夜。您瞧他这副神态!"

鲍里斯瞥见了他俩。他朝着他俩走来。他两眼圆睁、目瞪神呆,脸色发青,但嘴上挂着一丝笑意。

"你好哇!"马蒂厄喊道。

鲍里斯将两个指头伸到齐眉高处,那是他向别人致意的习惯动作,但他没能做完这动作。他将两只手摊在桌面上,脚跟竟不停地摇晃起来,口里吐不出只言片语。他脸上仍挂着笑意。

"你怎么啦?"依维什问,"你像那个怪物弗兰肯斯坦①!"

"洛拉死了。"鲍里斯说。

他傻乎乎地盯着前方。马蒂厄一时没弄明白,接着惊呆了。

"你说什么?……"

他注视着鲍里斯:可别想立刻询问什么。他抓住鲍里斯的胳膊,强令他在依维什身边坐下。鲍里斯机械地重复着:

"洛拉死了!"

依维什将睁得溜圆的大眼转向弟弟。她在长凳上朝后闪了闪身子,似乎很怕跟他挨在一起。

"她自杀了?"依维什问。

鲍里斯未曾答话,双手便簌簌颤抖不已。

"说呀,"依维什神经质地重复道,"她是不是自杀了?她是不

---

① 弗兰肯斯坦,英国女作家玛丽·雪莱的小说《弗兰肯斯坦》中的人物,他发明了一个人造人,该人造人犯下许多罪孽,最后也毁灭了发明家本人。泛指可怕的人物。

是自杀了?"

鲍里斯嘴角的笑意令人不安地扩展开来,以致嘴唇哆嗦起来。依维什一边扯着发卷,一边上下打量他。"她真不懂事啊!"马蒂厄愤然想到,便转圜说:

"得啦,您以后再告诉我们。现在别说什么。"

鲍里斯竟然笑道:

"假如你们……假如你们……"

马蒂厄用指尖轻捆了他一记耳光。鲍里斯收敛了笑容,一边抱怨一边瞅着他。接着他缩了缩身子,安静下来,张着嘴,一副蠢像。他们三人都讷讷无言,死神无名而凛然地来到他们当中。这并不是一种结局,而是一种环境、一种黏稠的物质存在;正是透过它马蒂厄看见他那杯茶、那张大理石桌子,以及依维什高贵而凶狠的面庞。

"这位先生要喝什么?"侍者问。

他凑过来,用讥诮的目光看看鲍里斯。

"请快上一杯白兰地。"马蒂厄说。然后他神色自若地说:"这位先生有急事。"

侍者走开了,过一会儿送来一瓶酒和一只杯子:此时马蒂厄感到浑身疲乏、心力交瘁,这才发现昨夜十分劳累。

"喝呀。"他对鲍里斯说。

鲍里斯顺从地喝了一口。他放下杯子,似乎自言自语地开口道:

"这可不是闹着玩儿的!"

"小家伙!"依维什招呼着,同时挨近了他。"我的小家伙!"

她对他温柔地微笑着,抓住他的头发,轻轻摇动着他的脑袋。

"你在这儿,你的两手是热的啊。"鲍里斯轻松地叹了一口气。

"现在你讲讲是怎么回事吧,"依维什道,"你能肯定她的确死了吗?"

"她昨夜吸了毒,"鲍里斯难受地说,"我俩吵了架。"

"那么她服毒是自杀啦?"她急忙问。

"我说不上。"鲍里斯回答。

马蒂厄惊诧不已地瞧着依维什:她无限温情地抚摩着兄弟的手,但她的上唇古怪地向上翻卷,露出一口小牙。鲍里斯开始用重浊的声音说话。他似乎并不是以他们两人为谈话对象:

"我们进了她的房间,她吸了毒。她在这之前已在化妆室里吸食过一次,那时我俩发生了口角。"

"其实那大概已是第二次,"马蒂厄插话道,"我的印象是您同依维什跳舞时,她已经在吸毒。"

"是啊,"鲍里斯厌倦地说,"那就一共吸了三次。她过去从来没有吸过这么多。咱俩没有说话就睡下了。她在床上翻来覆去,我无法入睡。后来,她突然安静了,我也就睡着啦。"

他把杯里的酒一饮而尽,接着又说:

"今天早晨我醒了,因为感觉闷得慌。原来是因为她的胳膊,那胳膊从被头上横伸过来压着我。我对她说:'把胳膊挪开,你弄得我快憋死啦。'她并不挪动。我还以为她是有心表示和解,于是便去抓她的胳膊,顿时感到冰凉冰凉。我问她:'你不舒服吗?'她一言不发。我只好使劲去推她的胳膊,她差点儿跌落在墙壁与床铺之间的空当里。我只好下床来,抓住她的手腕儿,想拉她一把,让她躺直了。她两眼是睁着的。我看着这双眼睛,那是永远也不会忘记的。"他有点儿生气地说。

"可怜的小家伙!"依维什说。

马蒂厄竭力对鲍里斯表示怜悯,却做不到。鲍里斯比依维什更令他不知所措。简直可以说,他是在责怪洛拉不该死掉。

"我抓起我的衣服,急忙穿上了身,"鲍里斯用单调的声音继续说,"我不想让人在她的房间里发现我。谁也没看见我出门。收费处一个人也没有。我叫了一辆出租汽车便上这里来啦。"

"你觉得伤心吗?"依维什轻声问。她朝他俯下身来,却也并无太多的同情:她的神情不过是打听打听事情经过。她又问道:

"瞧着我呀!你觉得伤心吗?"

"我呀……"鲍里斯结结巴巴起来。他盯着她,突然说:"我觉得很可怕!"

侍者正好走过,他叫道:

"我还要一杯白兰地。"

"是不是同头一杯一样急?"那侍者笑嘻嘻地问。

"得啦,就快点儿上吧。"马蒂厄没好气地说。

鲍里斯有点令他厌恶。他平日严峻优雅的风度已经荡然无存。他这副新面孔跟依维什太相像啦。马蒂厄想到正躺在一家旅馆屋内床铺上的洛拉的遗体。一些戴圆形帽的先生们将会冲进房间,他们审视这具艳尸的目光,将既带有贪欲,也有职业上的关切。他们将掀开被子,脱去睡衣寻找伤痕,一边暗想:警官的差使有时也挺不错呢。他不寒而栗了:

"她独自一人留在旅馆?"他问道。

"是的,我猜想人家会在中午发现她,"鲍里斯焦虑地说,"女仆通常都是在这个时间叫醒她。"

"两小时以后。"依维什说。

她又拿出大姐姐的神气。她似乎很怜悯、很得意地抚摩着兄弟的头发。鲍里斯让她轻轻抚摩。他突然爆出一声:

"他妈的!"

依维什大为吃惊。鲍里斯平常爱说俗语,可从不说粗话。

"你干了什么事啊?"她忐忑不安地问。

"我那些信件啊!"鲍里斯喃喃道。

"什么?"

"我的信件啊,我真傻,我把它们留在她屋里了。"

马蒂厄没听明白:

"是指您给她写的信么?"

"是的。"

"那又怎样呢?"

"那呀!……医生会来检查的,大家都会知道,她是中毒而死的。"

"你俩在通信中谈到了毒品问题?"

"正是这样。"鲍里斯闷闷不乐地答道。马蒂厄的印象是他在装腔作势:

"您也吸毒吗?"他问。他有些不悦,因为鲍里斯从没对他提起过。

"偶尔干过……也就是一两次,出于好奇。另外,我提到一个男人贩毒品,是白滚球商店的,我为了洛拉从他那里买过一回。我不希望他因为我而倒霉。"

"鲍里斯,你发疯啦,这种事情你怎么能写在信里?"

鲍里斯抬起头来:

"您该明白这有多麻烦!"

"不过也许人家不会发现这些信件?"马蒂厄说。

"他们首先会发现的就是这个。即使一切如愿,我也会作为见证人被传讯。"

"哦!咱们的老爹,"依维什说,"他准会气得大叫。"

"他可能把我叫回拉昂,把我塞进一家银行。"

"那你就给我做伴喽!"依维什忧郁地说。

马蒂厄不胜怜悯地瞧瞧这姐弟俩:"他们竟是这样!"依维什不再那么神气活现:他俩相互依偎,脸色苍白,五官都变了形,活像两个小老太婆。沉默了一会儿,接着马蒂厄发现鲍里斯正在斜睨着自己,他的嘴巴周围露出狡黠的模样,那是一种可怜的、笨拙的狡黠。"这里头有手脚。"马蒂厄快快地思量。

"您说女仆会在中午来叫醒她?"他询问。

"不错。她总是敲门一直敲到洛拉答应为止。"

"那么好,现在是十点半钟。您有时间从从容容回去一趟,将您的信件拿走。假如您愿意,就要一辆出租汽车。但您也可以坐公共汽车去。"

鲍里斯将两眼转开去。

"我不能回去。"

"原来如此!"马蒂厄暗想。他追问道:

"您真不能去么?"

"我不能去。"

马蒂厄发现依维什在注视他。

"您的信件放在什么地方?"马蒂厄问道。

"在窗前的一只小手提箱里。在小手提箱上面有一只衣箱,您只需将它推开。您会发现,有许许多多信件。我的那些信是用一根黄带子捆起来的。"

他稍停了一会儿,又以无所谓的口气补充道:

"还有一些钱。一些钞票。"

钞票。马蒂厄轻轻吹了声口哨,他暗忖:"这孩子并没有精神失常。他想得真周到,想到了给我那笔钱。"

"那手提箱上了锁吗?"

"上啦。钥匙在洛拉的手提包里,手提包在床头桌上。您会发现一串钥匙,上面有一把扁平的小钥匙。就是它啦。"

"房间号是多少?"

"四层楼21号,左手第二间屋子。"

"这很好,"马蒂厄说,"我去一趟。"

他站起来。依维什仍然端详着他,鲍里斯似乎得救啦。他恢复了原先的优雅,将头发掠向后脑,略带笑意地说:

"假如有人拦住您,您就说是去波里瓦尔的房间,他就是堪察加的那个黑人,我认识他。他也住在四层楼。"

"你们两人都在这儿等着我。"马蒂厄说。

他不知不觉用了发号施令的口吻。接着又比较和气地补充道:

"我一小时后回来。"

"我们等您。"鲍里斯说。

他又带着无限钦佩和感激的神情说:

"您真是金子般的好人啊!"

马蒂厄在蒙巴那斯大道上走了几步,对于能孤身独处颇觉满意。他走了之后,鲍里斯和依维什一定会叽叽喳喳耳语一番,他们将重新组成那弥足珍贵而又令人窒息的小天地。但马蒂厄并不担心这一点。环绕着他的,倒是昨天经历的种种操心事,现在又支离破碎地重现在眼前:对依维什的爱情啦、玛赛儿的身孕啦、金钱问题啦,还有在这一切当中的一块黑斑点,即死神。他用双手拂拭着面部,接连发出了好几声:"哎唷!"同时又搓揉着腮帮。"可怜的洛拉,我喜欢过她呢!"他喃喃自语。但是他没有资格对她表示惋惜:这一死亡之所以该诅咒,是因为它没有得到惩罚,但这不是他分内的事。它是突然降临到一个慌里慌张的小小心灵中来的,在这心灵中漾起波纹。思考这死亡、为这死亡赎罪,这样不堪负荷的责任竟完全落到这小小的心灵上。鲍里斯若有一丝哀痛也好些⋯⋯可是他感受到的却仅仅是恐惧。洛拉之死将永远与社会无关,将永远是不入流的,如同一种谴责。"像一条狗似的倒毙!"这念头怎能叫人忍受啊!

"出租车!"马蒂厄唤道。

他坐进汽车之后,感到比较平静了。他甚至有一种心平气和的优越感,仿佛突然间已得到某种谅解,即他与依维什不是同一年龄层次的人,也可以说,青春突然失去了它的价值。"他们还得依赖我。"他带着痛苦的豪情喃喃自语。这出租汽车最好不要停在旅馆面前。

"在纳瓦兰街与殉难者街的交界处!"

马蒂厄凝视着拉斯帕依大道那一连串色彩暗淡的大建筑物。他自言自语地重复道:"他们还得依赖我啊!"于是他觉得自己很结实,甚至很厚重。接着,玻璃窗变得灰暗不明,出租车钻进了渡船街狭窄的通道。突然间,马蒂厄意识到洛拉已经死了,而他将走进洛拉的房间、见到她圆睁的大眼和惨白的尸身。"我不要看她。"马蒂厄毅然决然地想。她死了。她的意识已经消亡。但这不等于她的生命消亡。那生命曾长期停驻其中的柔软温情的动物,现在已将这生命抛弃。而这孤寂的生命仅仅是暂时停顿。它仍在飘浮,充满着并无反响的呐喊,以及毫无结果的期待、阴暗的片段回忆、过时的形象和气息;它游离于社会的边沿,虽无关紧要,却令人难以忘怀,并且已成定局;它比矿石还坚不可摧,但没有任何东西可以阻止它既往的存在,它不过是刚刚经历了最后一次蜕变:它的未来已经凝固定形。"一个生命,那是包括未来在内构筑而成的,正如各种实体也是包括空白在内而形成的。"马蒂厄沉思着。他低下头来,想到自己的生命。未来已渗透到他的心中,那里的一切都是即将发生或延期发生的。他童年时代曾有过最悠远的岁月,某日他说过:"我将获得自由",某日他又说过:"我将长大成人";他过去和如今都觉得,这些岁月带着它们特定的未来,就像在上头的一小片有个性色彩的浑圆天空。而这未来便是他,便是如今这副模样的他,既无精打采又正在成熟。经过所有这些已流逝的时光,这些最悠远的岁月仍在支配着他。它们坚持自己的要求,而他常常感到无限追悔,因为这无精打采和令人生厌的现在,曾经是这既往岁月曾拥有过的未来。它们期待了二十年之久的,竟是如今的他,一个疲倦了的人;一个固执的孩子曾指望他实现自己的意愿,这些童稚的誓言是永远幼稚可笑,抑或变成一种命运的发端,这都取决于他。他的既往不断被现实修正;每过去一天,就有更多的昔日那些伟大梦想在破灭。每一天都有一个新的未来。于是由期待到期待、由未来到未来,马蒂厄的生命就这样渐渐滑向……滑向什么呢?

不会滑向任何有意义的东西。他想起了洛拉,她已经死去,而她的一生如同马蒂厄的一生那样,不过只是一种期待罢了。过去肯定有个留着鬈发的小姑娘,在某年的夏日发誓要做一名伟大的歌唱家;她在一九二三年前后已成为青年歌手,又急于要在海报上跃居明星的地位。她对鲍里斯的爱情,这女人的黄昏之恋,曾给她带来无限痛苦,却从第一天起就注定将久拖不决。就在昨天,默默无闻而步履蹒跚的他,还在等待未来的意义。就在昨天,她还认为她将活下去,鲍里斯也总有一天会爱她。最充实、最沉重的时刻,她觉得最具有永恒价值的爱情之夜,其实都只不过是期待。

并不曾有什么可供期待的东西:死亡逆转了所有这些期待,将它们拦腰截断。于是它们变得静止、沉默,毫无目标,纯属荒谬。并不曾有什么可供期待的东西:任何人都永远不会知道洛拉最终能否赢得鲍里斯的爱情。这个问题是毫无意义的。洛拉已经死去,不再有什么手势可做,不再有抚爱,不再有企求。剩下的仅仅是对期待之期待,仅仅是色彩紊乱的泄了气的生命,它逐渐自行消亡。"万一我今天突然死掉,"马蒂厄忽而想道,"那就永远不会有人知道我是否已经完蛋,抑或是否还有机会可以解救自己。"

出租汽车停下来,马蒂厄下了车。"请等一等我。"他对司机说。他斜穿马路,推开旅馆大门,走进阴暗的、香气浓郁的门厅。左侧一扇玻璃门的上方有一块釉质标牌,上书"经理室"。马蒂厄透过玻璃扫了一眼。屋子里似乎空空荡荡,能听见的只是一座时钟嘀嘀嗒嗒的声音。这家旅馆的常客,如女歌唱家、舞蹈家、爵士乐队的黑人乐师,都是深夜方归、迟迟不起的。大家都还在梦乡。"我不能上楼上得太快。"马蒂厄自忖。他感到自己的心在怦怦乱跳,两腿早已发软。他在四层楼的楼梯平台上停住脚步,向周围扫视了一番。钥匙挂在房门上。"万一里面有人呢?"他凝神谛听片刻,接着便敲门。没有人回话。五层楼有人拉了一拉马桶的水箱,马蒂厄听到一阵咕噜咕噜的水声,接着是细小的水流声。他推开房门走了进去。

房间里很暗,还保留着沉睡中的潮湿空气。马蒂厄用目光搜索着半明半暗的处所,急于想看到死亡在洛拉脸上的反应,似乎这也是一种人之常情。床铺安置在房间尽里的右侧。马蒂厄发现洛拉脸色惨白,正盯着他看。"洛拉么?"他轻轻唤道。洛拉没有回答。她的面容特别富于表现力,但却不易捉摸。她的乳房赤裸着,那美丽的臂膀有一只僵直地横搁在床上,另一只却藏在被窝里。"洛拉!"马蒂厄一边朝床走去,一边又唤了一声。他的目光不能从这丰满的酥胸上移开,他简直想去抚摩一番。他在床边站立了一会儿,神情犹豫,忐忑不安,整个身子被强烈的欲念浸透。然后他转过身来,急忙从床头桌上拿起洛拉的手提包。那只扁扁的钥匙果然就在包里,马蒂厄取出便朝窗户走去。一线灰色的光芒透进窗帘,屋子里充满一种静止的存在。马蒂厄在手提箱前跪下来。那不可阻挡的存在就在他背后,像一道目光。他将钥匙插进锁孔。他打开手提箱盖,将两手伸进箱子,一些纸张在他手指下发出窸窣声。那是纸币,里面装了许多。都是票面一千法郎一张的。在一束收据和发票下面,洛拉藏了一札信件,用黄色窄缎带系着。马蒂厄将这札信举到有光亮的高度,看了看那上面的笔迹,小声说:"就是这批信啊!"然后将它们装进衣兜。但是他却舍不得离去。他继续跪在那里,目光紧紧盯着钞票。过了一会儿,他紧张地搜索起那些纸币,把头转了开去,仅仅根据触觉,连看也不看地筛选着。"我有了钱啦!"他心中想。在他身后,有着这位身材修长、皮肤白皙的女人,她一脸惊诧之色,两臂似乎还可以伸过来,她的红指甲似乎也还可以抓搔。他重新站立起来,用右手掌掸了掸膝盖。他的左手紧紧握着一沓钞票。他喃喃自语:"这下子咱们摆脱困境啦……"他惶惑地端详着这些纸币。"咱们摆脱困境啦……"他不由自主地伸长耳朵,倾听着洛拉无声的身躯,顿时觉得自己被钉在原地了。"得了吧!"他逆来顺受地嘀咕一声,便放开手指。于是钞票旋转着又落回手提箱里。马蒂厄重新关上箱盖,将钥匙转了一圈,再将这扁扁的薄片放进自己的衣兜,便蹑手蹑脚地走出了房间。

光线照得他两眼发花。"我没有拿钱。"他大惊失色地想。

他纹丝不动地站立着,手扶着楼梯的栏杆想:"我真懦弱啊!"他绷足力气想发一顿脾气,但人们是不可能对自己火冒三丈的。他忽然想到玛赛儿,想到那能用手掐死人的混账老太婆,倒确实有些害怕起来:"这没什么,不过是举手之劳。为了不使她受罪。为了避免终身落下病根子!可我居然未能做到:我过于思前虑后啦。好小子,干吧。从今以后(他一边凝视自己缠了绷带的手,一边思忖),我可以用匕首割手,在小姐们面前充好汉:我将永远不会把自己当回事了。"她将到老太婆那里去,没有别的出路啊。到时候就该她表现得勇敢啦,该她自己去与焦虑和恐惧抗争了。在这当儿,他将跑进一家小酒店,靠喝罗姆酒来支撑自己。"不行,"他又不胜惊恐地转念想,"她不会去啊。我还是得娶她为妻,我只有这个本领。"他叹息:"我将娶她为妻!"一边用那只受伤的手紧紧压着扶梯,觉得自己简直如溺水者一般。他连连嘀咕:"不行!不行!"一边将头向后一扬,然后深深吸了一口气,便转过身子,穿越走廊回到房间里。他像第一回一样又倚门而立,竭力让两眼适应半明半暗的光线。

他简直不敢肯定自己有勇气去偷窃。他迟疑不决地向前走了几步,终于辨别出洛拉灰暗的面孔以及她那正盯着他的两只大眼。

"是谁啊?"洛拉问。

那声音是微弱而凶狠的。马蒂厄从头到脚都哆嗦起来,喃喃自语:"你有多笨!"

"我是马蒂厄。"

一阵长时间的沉默之后,洛拉问道:

"现在几点钟啦?"

"十一点欠一刻。"

"我的头好疼。"她说。她将被窝拉到下颏,一动不动地待着,两眼紧盯马蒂厄。她的样子似乎仍在昏死之中。

"鲍里斯到哪儿去啦?"她问,"您上这儿来干什么?"

"您生病了呀。"马蒂厄匆匆解释道。

"生什么病?"

"您浑身僵直,两眼圆睁。鲍里斯跟您交谈,您却不搭理,他吓坏啦。"

洛拉似乎并不注意听他说什么。接着,她发出一声令人难受的笑声,又很快将它压下去。她绷足力气说:

"他以为我死了吗?"

马蒂厄无言以对。

"嗯?是这样的吧?他准以为我死了吧?"

"他很害怕。"马蒂厄含含糊糊地应答。

"唉!"洛拉叹道。

又是一阵沉默。她闭拢了眼睛,她的上下颚在颤抖。她似乎在尽最大努力来恢复元气。她仍旧闭着眼说:

"把手提包递给我,在床头桌上。"

马蒂厄把包递给她:她取出一只粉盒,用镜子照了照自己,做出不胜厌恶的样子。

"我的确像个死人。"她说。

她将手提包放在床上,有气无力地叹息一番,又道:

"而且真比死人好不了多少。"

"您觉得难受吗?"

"很不好受。但我心里有数,白天就会好起来的。"

"您需要什么?要不要我去请医生?"

"不必啦。您待着得了。这么说是鲍里斯叫您来的喽?"

"是的。他慌作了一团。"

"他在楼下吗?"洛拉边问边稍稍抬起身子。

"不在那里……我……我当时在圆顶咖啡厅,您知道。他上那儿去找我。我跳进出租车,就到了这儿。"

洛拉的脑袋又重新落到枕上。

"还是要感谢您。"

她竟笑出声来,那是一种气喘吁吁、勉为其难的笑。

"总而言之,这小天使吓坏啦。他匆匆忙忙地溜走啦。他让您来看一看,好确认我真死掉啦。"

"洛拉!"马蒂厄唤道。

"得了,"洛拉说,"不要胡扯了!"

她重新闭上两眼,马蒂厄以为她又要昏厥过去。但稍过一会儿,她完全清醒,冷冷地又道:

"请您叫他放心。我没什么危险。我有时稍感不适,因为我……总之他会明白是由于什么原因。是心脏有点儿毛病。叫他立刻来一趟。我等着他。我在这儿一直待到晚上。"

"明白啦,"马蒂厄说,"您当真不需要什么吗?"

"不需要。今晚我就会好的,我还要上那儿去唱歌。"她补充道:

"他同我的事还没完呢。"

"那么再见吧。"

他朝房门走去,但洛拉把他叫了回来。她用恳求的声音说:"您答应我叫他上这儿来吗?我俩……我俩……昨晚有些争吵。请转告他,我不记恨,现在什么问题也不存在啦。但一定要他来。我求求您,要他来呀!我不能忍受他以为我已经死掉。"

马蒂厄很受感动,他道:

"明白啦。我为您把他叫来。"

他走了出去。那包信被他塞进上衣的内兜,现在正沉沉地压在他的胸口。马蒂厄琢磨着:"天晓得他会多么吃惊!我得把钥匙交还给他,他自己想办法将它放回手提包。"他试着兴高采烈地对自己反复说:"我没把钱拿走,是有先见之明啊!"但他高兴不起来,虽然他的懦弱产生了有利的效果。重要的是,他没能将那笔钱拿走。"不管怎么说,我对她并未死去感到高兴。"

"喂,先生,"出租汽车司机喊道,"请打这边走!"

马蒂厄莫名其妙地转过身来。

"怎么回事?哦,原来是您啊!"他认出那辆出租车之后说,"那么,请把我送到圆顶咖啡厅。"

他坐进车里,出租车立刻开动起来,他想赶走这次失手的念头。他取出那包信件,解开绳结,开始阅读起来,那是些鲍里斯在复活节期间从拉昂寄来的短信。信里间或提到可卡因,但用词极隐蔽,马蒂厄十分惊奇地自忖:"我本不知道他还这么小心谨慎。"所有这些信件开头的称谓都是"我亲爱的洛拉",接着便是关于鲍里斯日常生活的简要汇报。"我游了泳。我同父亲吵了架。我认识了一位前摔跤运动员,他将教我兰开夏式摔跤。我抽了一支亨利·克莱牌香烟,直到抽完都没让烟灰落在地上。"鲍里斯的信每次结尾都写:"我爱你,拥抱你。鲍里斯。"马蒂厄不难想象洛拉会带着怎样的心情阅读这些信件,她大约每次都会感到既是意料中的、又是很新鲜的失望心情;而且她每次都得做出新的努力,以便自我安慰道:"其实他是爱我的:问题在于他不善表达。"马蒂厄想:"她毕竟收藏着这批信件。"他仔细地重新打好结,将这札信放回衣兜:"鲍里斯必须想个办法,将它们重新塞进手提箱,而又不叫她看见。"当出租车停稳时,马蒂厄已感觉自己变成了洛拉的天然盟友。但他想到她时总是把她当成了古人。在走进圆顶咖啡厅时,他的印象是,自己将要维护的是对一位逝者的记忆。

可以说,自从马蒂厄走后,鲍里斯一动也没动过。他坐在一边,两肩微拱,嘴巴张开,鼻孔皱缩。依维什正活跃地对他说着悄悄话。但当她见到马蒂厄进来时,便立刻不作声了,马蒂厄挨近了,将那捆信扔在桌面上,说:

"喏,都在这儿。"

鲍里斯拿起信札,赶紧藏进衣兜。马蒂厄不甚友善地打量着他。

"没有碰到大困难吧?"鲍里斯问。

"一点儿也不困难,只是有一个情况:洛拉并没有死。"

鲍里斯抬起两眼瞧瞧马蒂厄,似乎一点也不明白:

"洛拉没有死。"他傻乎乎地重复道。

他在椅子里陷得更深了,似乎沮丧之至。"当然喽,他大约开始适应啦。"马蒂厄思忖。

依维什两眼闪闪发光地瞅着马蒂厄。

"我本来可以打赌说她没死的!"她道,"那么她出了什么毛病？"

"仅仅是晕过去而已。"马蒂厄生硬地回答。

他们无言以对。鲍里斯和依维什得花些时间来消化这条新闻。"简直是开玩笑。"马蒂厄想。鲍里斯终于重新抬起头来。他的眼神呆滞：

"是……是她自己把这些信件交还给您的吗？"他问。

"不是的。我取走这些信时，她还在昏迷中呢。"

鲍里斯喝了一口白兰地，将酒杯放回桌面上：

"竟是这样！"他仿佛在自言自语。

"她说，她吸食毒品时，有时不免如此。她对我说，您应当知道这个情况。"

鲍里斯没有回答。依维什似乎明白过来。

"她说什么来着？"她好奇地问，"当她看见竟是您站在床脚前时，一定是非常震惊的喽？"

"还好。我说，鲍里斯被吓坏了，所以跑来向我求援。当然，我又说，我赶来看看出了什么事情。"他转过脸来叮嘱鲍里斯："您可要牢牢记住我的话，可别自相矛盾。还有，您得想个办法把这些信放回原处，而又不让她发现。"

鲍里斯用手抹了抹脑门儿，说：

"我可不去。我亲眼看见她死了嘛。"

马蒂厄不耐烦了：

"她要求您立刻去看她。"

"我……我还会以为她是死人的。"鲍里斯重复说，似乎想以此来开脱自己。

"是呀，可她偏偏没有死！"马蒂厄恼火地说，"叫上一辆出租车，赶快去看望她！"

鲍里斯一动不动。

"您听见没有?"马蒂厄问,"这女人孤苦伶仃,可怜得很啊。"

他伸出手想抓住鲍里斯的胳臂,但鲍里斯使劲挣脱了。

"不行!"他大喊一声,弄得平台上的一个女人立刻转过头来张望。他又放低了点儿嗓门说:"我不去。"声音虽柔却固执得毫无商量余地。

"可是,"马蒂厄惊奇地说,"要知道,昨天那些事已过去了:她答应不再重提旧事。"

"哦,昨天那些事!"鲍里斯说着耸了耸肩。

"怎么样?"

鲍里斯不高兴地瞅着他:

"她令我厌恶。"

"就因为您曾以为她已死了?听我说,鲍里斯,快振作起来,整个这件事是很滑稽的。您是弄错了,可不是!如此而已:这已成为过去。"

"我倒觉得鲍里斯在理。"依维什情绪激昂地说,然后又补上一句:"我……我要是他也会这样。"那声音分明颇有寓意,但马蒂厄却不知个中奥妙。

"难道您不明白?他这样会让她送命的。"

依维什摇了摇头,她那阴沉的小脸蛋不胜愤慨。马蒂厄向她投以反感的目光,心想:"她在煽动他的情绪!"

"假如他又到她那里去,那一定是出于怜悯了,"依维什说,"您不能这样要求他:没有比这更令人厌恶的了,即使对她也是这样。"

"他至少该去看看她。他会明白的。"

依维什做了个不耐烦的鬼脸,说:

"有些东西是您体会不到的。"

马蒂厄还在惊愕不已,鲍里斯又道:

"我不想再见她，"声音里透着犟劲儿，"对我来说，她已是死人。"

"真是愚不可及！"马蒂厄喊道。

鲍里斯表情阴沉地看着他。

"我不愿对您说，但假如再见到她，我就得碰她，而这是我办不到的。"他不胜厌恶地补上后一句话。

马蒂厄深感无能为力。他厌倦地瞧着这两张情绪抵触的小面孔。

"这样吧，"他道，"你等会儿再说，……等您的印象淡漠下去。您向我保证：明天或后天再去看望她。"

鲍里斯似乎轻松了，却假惺惺地说：

"那好吧，明天去。"

马蒂厄差一点嘱咐他："您至少得给她去个电话，就说您现在不能去。"但他把话咽了下去，暗想："他不会打这电话的。我自己打。"于是起身告辞：

"我得上丹尼尔家去了，"他对依维什说，"您的成绩什么时候公布？是两点钟么？"

"对啦。"

"要不要我也去看一看？"

"不必啦，谢谢。鲍里斯会去的。"

"我什么时候再见到您？"

"不知道。"

"看了榜马上给我发一封市内快函，告诉我您被录取了没有。"

"好的。"

"别忘了啊，"马蒂厄渐行渐远地叮咛着，"再见！"

"再见！"姐弟俩不约而同地回答。

马蒂厄走进圆顶咖啡厅的地下室,查了查电话号码簿。可怜的洛拉!鲍里斯明天才会回苏门答腊舞厅去。"可这整整一天,她将在等待中度过!……我可不愿处在她这种境地。"

"您能给我拨一拨'特鲁00—35'号电话么?"马蒂厄问那肥胖的女话务员。

"两处电话间都有人在用,"她回答,"您得等一会儿。"

马蒂厄等待着。他从两扇敞开的门看见了洗手间的方格白瓷砖。昨晚在另一处"洗手间"……有那么一段奇特的爱情往事啊。

他觉得心中充满对依维什的怨恨。"他们都害怕死亡,"他暗自琢磨,"他们徒然年轻、整洁,心灵却狭小阴暗,因为他们胆小怕事。怕死、怕病、怕衰老。他们死抱住自己的青春,就像奄奄一息的病人紧紧攥住生命。我已有那么多次,亲见依维什在大镜子面前捏着脸颊:她居然已担心自己长出皱纹。他们把时光全用在咀嚼回味青春上面了,所做的打算全是急功近利的,仿佛两人都只剩下五至六年的寿命。在这之后呢……在这之后,依维什说过要自杀,但我却处之泰然,她永远也不敢这样做的:他们将回首往事。说透了,现在是我有了皱纹,我的皮肤已像鳄鱼皮般老化,肌肉也打起了结儿,可我呀,我还有些年头儿好活呢。……我开始认为:倒是咱们这些人经历了青春。咱们这些人充过好汉,做了许多可笑的事,但我在思索:拯救自己青春的唯一办法,是不是将它忘掉?"但他这时感到很不自在,他感觉到他俩就在上面,正脸对脸地窃窃私语并且串通一气。然而他们毕竟富有吸引力。

"电话接通了吗?"他问。

"稍等一会儿,先生,"那胖女人用刺耳的声音回答,"我有一位顾客要挂阿姆斯特丹的长途。"

马蒂厄转过身来走了几步,"我没能把钱取走!"一个女人正轻盈而敏捷地走下楼来,似乎用小姑娘般的面部表情在说:"我要去撒尿啦！"她看见马蒂厄，犹豫了片刻，又以滑行的大步继续往前走，样子很精神，香气四溢，像一朵鲜花似的走进洗手间。"我没能将钱取走。我的自由是一篇神话。一篇神话（布吕内说对啦），而我的生命却是在它下面，以机械般的严整构筑而成。那是一种虚无，是骄傲而凄惨的梦想，想成为没有价值的东西，成为与现实的我永不相同的东西。正是为了不属于我自己的年龄层次，所以这一年来我跟两个孩子做游戏；但这是枉然的，我是个成年人，是个大人，正是一位大人，一位先生在出租车里亲吻了小姑娘依维什。正是为了不属于我自己那个阶级，我才给左翼杂志写文章；可这也枉然，我是一个资产阶级分子，我没能取走洛拉的钱，他们的清规戒律使我恐惧。正是为了逃避我的生活，我才征得玛赛儿同意，东眠一宵、西宿一夜，才固执地拒绝在区长面前办结婚手续。这是白费力气，我无异于已婚的男人，过着有家室的生活。"他抓起电话簿，漫不经心地翻阅着，读道："霍尔倍克：剧作家，诺尔77—80号。"他感到恶心，自语道："就是这样。愿意做我实际上是的那种人，这便是我仅剩的自由了。我仅有的自由是：愿意娶玛赛儿为妻。"自认在几股相反的潮流间被抛来抛去，他对此已十分厌倦，以致他几乎感到慰藉。他攥紧拳头，拿出了大人、资产阶级、先生、家长的严肃神情，在自己内心宣布：我愿意娶玛赛儿为妻。

呸！这不过是空话，是幼稚的和枉然的选择。"这也一样，"他在想，"这也是一种谎言：我并不需要意愿就可以娶她为妻，我只需顺乎自然就行。"他合上了电话号码簿，他心情沉重地审度着他的人格尊严的残余。突然间，他觉得他看到了自己的自由。它是不可及的，既冷酷无情、又年轻幼稚、变化莫测。它却单单命令他抛弃玛赛儿。这只是刹那间的现象；这无从解释的自由，它的外表却是罪恶。他只是隐隐约约地窥见过它。它令他惧怕，并且是那样遥远。他却猛然撞在了凡人的意愿、凡人的字句上:"我将要娶她为妻。"

"该您啦,先生,"那女话务员说,"请去第二个电话间。"

"谢谢。"马蒂厄说。

他走进了电话间。

"请拿起话筒,先生。"

马蒂厄顺从地拿起电话筒。

"喂!是特鲁00—35号吗?请给蒙特罗太太传个话。不,不必打搅她。请您过一会儿上楼转告。是鲍里斯先生的话:他不能来啦。"

"莫里斯先生?"对方问。

"不对,不是莫里斯,是鲍里斯。勃奥,鲍。鲍里斯不能来了。对了。正是这样。谢谢,再见,夫人。"

他正要往外走,却搔着头皮想道:"玛赛儿大概急坏啦,趁我在这儿,我该给她去个电话。"他有些踌躇地瞧了一眼那管电话的女人。

"您想拨另一个电话吗?"她问。

"是的……请拨塞格25—64。"

这是萨拉家的电话号码。

"喂,萨拉,我是马蒂厄。"他道。

"您好,"萨拉的粗嗓门儿应道,"是吗?是不是已经办妥啦?"

"完全不是那么回事,"马蒂厄说,"那些人都不肯松口哩。我正想求您呐:您能不能到那个人家里跑一趟,请他允许赊账,月底结清。"

"可是月底他就远走高飞了。"

"我把该给的钱寄到美国去。"

一阵短暂的静场。

"我可以试试看。"萨拉不怎么热心地答道,"但这不是一说就能成功的。他是个老守财奴,而且正在发犹太自大狂,自从人家把他赶出维也纳之后,他就仇恨一切非犹太的东西。"

"您若不觉得麻烦,就请您还是试试看。"

"一点儿不麻烦。午饭后我就去。"

"谢谢您,萨拉,您真是金子般的好人啊!"马蒂厄道。

十三

"他太不公道。"鲍里斯说。

"是呀,"依维什应道,"假如他自以为帮了洛拉一把的话!"

她轻轻冷笑了一声,于是鲍里斯心满意足,没有再说什么。谁也不像依维什那样了解他。他转过头去瞧瞧通向洗手间的楼梯,十分严肃地想:"刚才他话说过了头。他不应该像方才那样对我说三道四。我又不是胡迪盖尔!"他两眼盯着那楼梯,希望马蒂厄上楼梯往回走时能朝他们笑一笑。马蒂厄重新出现啦,但出门时连朝他俩这边看都没有看上一眼。鲍里斯对此极为反感。

"他那样子可是神气活现呢。"他说。

"谁啊?"

"马蒂厄呗。他刚出门。"

依维什默不作声。她的表情非怒非喜,只是一味端详自己那只缠着绷带的手。

"他迁怒于我,"鲍里斯说,"一定是认为我不道德。"

"说得对,"依维什道,"但在他这是一时之见。"她耸了耸肩,"他道貌岸然时,我一点儿也不喜欢他。"

"我倒不是。"鲍里斯回答。稍稍考虑一下之后,他又说:"我比他还更讲道德呢。"

"呸!"依维什说。她在凳子上晃了晃身子,表情呆痴,脸蛋显得胖乎乎的。她用无赖的口吻说:"我才不把什么道德之类放在眼里,我不理会这玩意儿。"

鲍里斯深感孤独。他真想挨依维什更近一些,但马蒂厄似乎仍在他俩中间。他便说:

"他不公道。连让我解释解释的时间都不给我。"

依维什以公正的神态说:

"有些事情是无法向他解释的。"

鲍里斯习惯性地不加驳斥。但他却认为:对马蒂厄是什么都可以解释的,只要他当时情绪不坏。他总觉得他俩所议论的并不是同一个马蒂厄:依维什口中的马蒂厄要更加平淡无奇一些。

依维什淡淡一笑,揶揄道:

"你的表情好固执,你这匹小骡子!"

鲍里斯没有回话,他正在反复思考他本应对马蒂厄表白的话:他并不是一个自私自利的坏小子;当他以为洛拉已经死去时,他顿时感到五雷轰顶,一时间甚至以为自己会因此备受折磨,这令他大为恼怒。他觉得折磨自己是不道德的,何况他确实受不了任何折磨。于是他抑制住了自己。出于道德。可是有什么东西卡在那儿了,出了什么故障。得等待恢复正常。

"真有意思,"他道,"此刻我想到洛拉的时候。她给我的印象是心地善良的老婆婆。"

依维什暗自好笑,鲍里斯很不高兴。出于公道,他又说:

"她此刻大概没法儿开心!"

"当然喽。"

"我可不愿她难受啊。"他接着说。

"那好呀,你只需去看看她就得啦!"依维什像在唱歌,语调还挺悠扬。

他这才明白,她是故意让他掉进圈套,便愤然回答:

"我决不去。首先她……在我的心目中仍然是一具尸体。其次我不愿意让马蒂厄觉得,他可以牵着我的鼻子团团转。"

在这个问题上,他决不让步。他可不是胡迪盖尔。依维什语气缓和地说:

"他倒真有点儿牵着你的鼻子团团转呢。"

这是耍花招,鲍里斯看出奥妙却并不生气:依维什是出于好意,想让他同洛拉告吹,这是为了他好。所有的人都是为鲍里斯好。但这所谓"好",内容却因人而异。

"我这么做是给他一个错觉,"鲍里斯不慌不忙地应答,"这是我对付他的策略。"

但他这样说是触到了要害,他对马蒂厄不无怨恨。他在长凳上有些晃动,依维什神情不安地瞧着他。

"小家伙,你想得太多啦,"她说,"你只需想象她果真死了便得了呗。"

"那可不是,那才方便呢。但我做不到呀。"鲍里斯说。

依维什似乎觉得有趣。

"这就奇了,"她道,"我是做得到的。当我不再见一些人时,他们就如同已经不在人世。"

鲍里斯很佩服他这姐姐,便不作声了:他觉得自己没有这等魄力。稍过一会儿他道:

"我在琢磨他有没有把钱取走。那就要咱们好看啦!"

"什么钱呀?"

"洛拉屋里的钱。他需要五千法郎。"

"嘿!"

依维什的神情是既好奇又不高兴。鲍里斯在想,他本来或许应当守口如瓶。他俩早说定了,要无话不谈;可是有的时候也不妨对这条规矩作一些例外处理。

"你似乎对马蒂厄有一团怒火呢。"他喃喃道。

依维什噘着嘴唇说:

"他让我恼火。今天上午他在我面前充男人。"

"啊……"鲍里斯漫应着。

他在琢磨依维什想表达的意思是什么,但他不露声色:他俩理应做到心照不宣,否则就大煞风景了。在片刻沉默之后,依维什突然又道:

"咱们走吧。我受不了这圆顶咖啡厅。"

"我也一样。"鲍里斯说。

他们站起身来,走出了店门。依维什挽着鲍里斯的臂膀。鲍里斯想呕吐,感觉虽很轻微,却不易驱散。

"你想他会老那么牢骚满腹么?"他问。

"那不会,那不会的。"依维什颇不耐烦地回答。

鲍里斯居心叵测地说:

"他对你也嘟嘟哝哝呢!"

依维什哈哈一笑:

"这很可能,但我以后再计较,现在还有别的心事呢。""不错,"鲍里斯含混地说,"你心烦得很。"

"烦得要命。"

"由于你这场考试么?"

依维什耸了耸肩膀而未置可否。他俩不声不响地走了几步。鲍里斯在琢磨到底是否真因为这场考试。他倒希望果真如此:那是比较合乎道德的。

他抬起眼来看了看,恰巧蒙巴那斯大道是由于这灰蒙蒙的光线而闻名遐迩的。你还以为是处在十月呢。鲍里斯对十月非常有感情。他喃喃自语:"去年十月,我还不认识洛拉呢。"与此同时,他又觉得如释重负:"她还活着啊。"自从他将她的尸体抛弃在那间阴暗的屋子里以来,他还是头一回感到她仍然活着,仿佛她是死而复生。他思忖:"马蒂厄不可能老是责怪我,因为她并没有死呀。"直至这一分钟,他才知道她在经受痛苦,她在焦虑中等待着他;但这种痛苦和焦虑在他看来已是无法补救和凝固不变了,如绝望的弃世者的痛苦和焦虑一样。然而事情全搞错了:洛拉依然活着,她睁大了两眼躺在床上,她胸中蕴藏着活人的小小怒火,就像他每回赴约迟到时一样。这愤怒不多不少就像往常一样不可忽视,也许稍微更重一点儿。他对她并没有对死者必尽的那种难以确定而又令人生畏的义务,而仅仅是一些严肃的责任,总之是家庭式的责任。这样一来,鲍里斯可以毫无恐惧地回想起洛拉的容貌来了。应召而来的并不是一名死者的面孔,而是昨天她向他转过来的、依然年轻却怒不可遏的面孔。那时她对他大喊大叫:"你跟我撒了谎,你根本没见着皮卡尔!"与此同时,他感到心中升起一股实实在在的怨气,针对着这假死鬼:正是她引发了所有这一连串灾难。他说:

"我不回我自己的旅馆去,她有可能到那里登门造访。"

"你就到克洛德家里住一夜。"

"可以。"

依维什忽生一念。

"你应当给她写一封信。这比较合规矩。"

"给洛拉写?哦,那不行。"

"行的。"

"我不知道跟她说什么好。"

"我替你写,你这小废物!"

"跟她说些什么呢?"

依维什惊奇地打量着他:"难道你不想跟她分手么?"

"我不知道。"

依维什似乎很恼火,但她也不坚持。她从不坚持己见,她也很适于这样做。但无论如何,处在马蒂厄与依维什之间,鲍里斯得小心翼翼:眼下,他既不想丢掉洛拉,也不想再看见她。

"走着瞧吧,"他道,"老想这件事是毫无益处的。"

他的的确确是走在这条林荫大道上。这些人脸色都很好,他几乎同所有的人都面熟。此刻还有一线略带欢快的残阳,正照着丁香花园的玻璃窗上。

"我肚子饿了,"依维什说,"我要去进餐啦。"

她走进德马里亚食品店。鲍里斯在门外恭候。他觉得自己像一个大病初愈的人一样脆弱。他琢磨,应当想点什么,才能为自己提供一点小小的乐趣。他的选择突然落在《俚语隐语历史和词源词典》上了。他很高兴。这部词典现在已经躺在他的床头柜上,一眼能见到的便是它了。"这等于一件动产,"他精神焕发地想,"我干了件绝活儿!"还有,福也是从来不单行的。他想到了那把匕首,便将它从衣兜里掏出,打开来看。"我真走运啊!"他前一天才买下这把匕首,现在它已颇有阅历啦:它划破过他两位最亲近者的皮肤。"它非常锋利啊!"鲍里斯思量。

一个女人从这儿路过,正使劲儿端详他。她穿得漂亮极了。他转过身来看见她的背影:她也转过身来,他们不无好感地互相打量一番。

"我回来啦!"依维什道。

她手里拿着两只加拿大产苹果。她将其中一只在屁股上擦了擦,擦亮之后便啃了一口,又将另一只递给鲍里斯。

"我不要,"鲍里斯说,"我肚子不饿。"又说:

"你让我不痛快。"

"为什么?"

"你把苹果拿到屁股上擦!"

"好叫它们光亮呀。"依维什回答。

"你瞧瞧那往前走的女人,"鲍里斯说,"我看上她了呢。"

依维什吃着苹果,样子很和气。

"又是一个?"她嘴里塞得满满的问。

"不是这边,"鲍里斯道,"在你身后呢。"

依维什掉过头来,扬了扬眉。

"她很漂亮。"依维什简单评论道。

"你看到人家的穿着了吗?我要是得不到这样一个女人,那一辈子就白活啦。要一个上流社会的女人。那才叫快活呢。"

依维什仍在观看那渐行渐远的女人。她一只手拿着一个苹果,模样儿似乎是向着他伸手。

"我对她厌倦了之后,就转送给你。"鲍里斯颇为慷慨地说。

依维什还在啃她的苹果。

"瞧你说的!"她道。

她挽起他的胳膊,拉着他就走。在蒙巴那斯大道的另一侧,有一家日本商店。他俩穿过马路,在货架面前站住。

"瞧那些小酒杯儿!"依维什说。

"那是喝日本清酒用的。"鲍里斯说。

"清酒是什么?"

"是用大米做的一种烧酒。"

"我要来买这种酒。我用茶杯喝它。"

"茶杯太小了呢。"

"我可以连着斟好几杯呀。"

"要不然你也可以一次斟它六杯。"

"对呀,"依维什兴高采烈地说,"我把斟得满满的六个杯子放在面前,一杯一杯轮流喝!"

她稍稍往后挪了挪身子,咬着牙齿极为热烈地说:

"哦,我真想把整个铺子全买下来!"

鲍里斯不赞成他姐姐对这些小玩意儿如此兴致勃勃。不过他还是想跨进这小铺,但依维什却一把拉住了他。

"今天不进去啦。来吧。"

他俩沿着丹费尔-罗什罗街往上走。依维什嘀咕道:

"为了弄到这些小玩意儿,(那会装满整整一间屋子!)我宁可卖身给一个老头儿。"

"你不行的,"鲍里斯厉声道,"那可是专门的行业。要专修呢。"

他俩缓缓前行。这是一个幸福的时刻。依维什肯定已经忘记了考试,她的神情是高高兴兴的。每到这样的时刻,鲍里斯总觉得他俩就像一个人。在天空里,有大片大片的蓝色,也有翻腾跃动的白云;树叶上渗透着雨水,闻得见烧木柴的气味,就像走在一个村庄的主要街道上。

"我挺喜欢这种天气,"依维什边说边啃起第二只苹果来,"天气有点儿潮湿,但并不黏人。况且也不亮得刺眼。我觉得一口气可以走二十公里。"

鲍里斯悄悄张望附近有没有咖啡馆。依维什一说到步行二十公里,总是立刻要求坐一坐。

她瞧了瞧贝尔福雄狮①,一往情深地说:

"我喜欢这雄狮。它像一位巫师。"

"嘿!"鲍里斯说。

---

① 贝尔福,法国东北部城市,有雄狮雕塑,象征普法战争时对普军的抵抗。此处可能是指仿制品或工艺品。

他即使不赞同姐姐的趣味,也还是尊重它的。何况马蒂厄为此作过担保。他有一次对鲍里斯说过:"您姐姐趣味恶俗。但这比最稳妥的那种趣味要好:这是一种深刻的恶俗趣味。"在这种情况下,就无可争议了。但鲍里斯本人倒是偏爱古典美。

"咱们走阿拉戈大道吗?"他问。

"哪一条道?"

"这一条。"

"我很愿意,"依维什说,"这条路闪闪发光。"

他俩静静地走着。鲍里斯发现,他姐姐脸色阴沉下来,显得有些神经质。她故意将两脚扭来扭去地向前走。"痛苦即将开始。"他强忍着担忧暗自思量。每当依维什等待考试结果时,她总是开始自我折磨。他抬起两眼,看见四个工人正朝他们走来,有说有笑地打量着他俩。鲍里斯对这种说笑本是习以为常的,他便怀着好意瞧着这几个人。依维什却自管低着头,不像是瞥见了他们。这几个年轻人快要同他俩迎面相遇时,他们散了开来:有两个从鲍里斯左侧走过,还有两个则从依维什右侧行走。

"把他们夹在当间?"他们当中有一人在出主意。

"胡闹什么。"鲍里斯还算客气地说。

就在这一刻,依维什扑腾跳起来,口里尖叫一声,继而又用手遮住嘴巴,压下了这喊声。

"我的举止像个小厨娘呢。"她满脸愧色地说。那几名青年工人已远去了。

"出什么事啦?"鲍里斯惊奇地问。

"他摸了我一下,这卑鄙的小子!"依维什厌恶地说。

她一本正经地补充道:

"这没什么,我也不该大喊大叫。"

"是其中哪一个?"鲍里斯怒不可遏地问。

依维什一把拉住他。

"我求求你,别造次。人家是四条汉子。何况我这就已经够可笑的了。"

"倒不是因为他摸了你一下,"鲍里斯解释道,"我不能忍受的是,当我陪着你时,居然有人敢这么对待你。你与马蒂厄同行时,就没有人敢碰你。我看上去像个什么?"

"本来就是嘛,我的小家伙,"依维什忧愁地说,"我也没能保护你呀。咱们不是受人敬重的人呀。"

这是实话。鲍里斯常常觉得奇怪:当他照镜子时,他觉得自己的模样儿挺威严。

"咱们不受人敬重。"他重复道。

他俩紧靠在一起,觉得自己是被遗弃的孤儿。

"这是什么地方?"过了一会儿依维什问。

她指着一列长长的墙壁,在栗子树的绿叶丛中显得格外黝黑。

"这是一座监狱,桑台监狱。"鲍里斯回答。

"这可是臭名远扬的咧,"依维什说,"我从没见过更阴森的地方。有人从这里逃出来过吗?"

"很少有这种情况,"鲍里斯说,"我在什么地方读到过,说有一名囚犯曾从墙头跳下,挂在一株栗树的粗干上,后来逃走啦。"

依维什想了想,便用手指头指了指一株栗树。

"该是这棵树吧,"她道,"咱们不妨到那旁边的凳子上坐一会儿?我累啦。也许咱们会看到另一名囚徒往外跳。"

"也许,"鲍里斯将信将疑地回答,"要知道,他们一般是夜间才这么干的。"

他俩穿过马路,过去坐了下来。凳子是潮湿的。依维什满意地说:

"挺凉快呢。"

但不一会儿她就折腾起来,开始拉扯头发。鲍里斯只得拍拍她的手,示意她别扯她的鬈发。

"你摸摸我的手,"依维什说,"它冰凉的呢。"

果真如此。而且依维什的脸色铁青,她的样子似乎痛苦不堪,浑身上下都微微颤抖。鲍里斯看到她这么难受,不禁出于同情而联想到洛拉。

依维什突然抬起头来:她那样子像是下了什么不祥的决心。

"你带了骰子吗?"她问。

"带啦。"

马蒂厄曾送给依维什一套骰子,小方块儿装在一只皮质小口袋里。依维什又当作礼品转送给了鲍里斯。他俩经常玩这游戏。

"咱们玩掷骰子。"她说。

鲍里斯从小口袋里取出骰子。依维什又道:

"两局再加一次决胜局。你先掷。"

他俩分开来,鲍里斯骑在凳上,扔出骰子。结果是三个同为K。

"干净利落!"他道。

"讨厌鬼!"依维什说。

她皱了皱眉头,在掷出骰子之前,先念念有词,并且在自己的手指上吹了一吹。这相当于念咒语。"这可是当真的,她在赌考试成败哩。"鲍里斯琢磨。依维什掷了小方块,却输啦:三个同Q。

"来第二局吧。"她一边说,一边眼睛闪闪发光地瞧着鲍里斯。这一回她得了三顺王牌。

"全赢啦!"这回该她宣布道。

鲍里斯掷了骰子。眼看就要出现四个大王。但没等它们落下,他伸出手去,假装要拾起它们,其实是用食指和中指巧妙地碰了碰其中两只。于是两个老K取代了一张红心A和一张王。

"两对同花!"他沮丧地宣布。

"我赢了一局,"依维什得意地说,"开始决胜局!"

鲍里斯在想她是否看出了他玩弄的花样。不过无论如何,这无关宏旨:依维什只重视结果。她以二比一胜了决胜的这一局,而他并没有做手脚。

"好呀!"她简简单单地说。

"你还想玩吗?"

"不,不,"她道,"这很好嘛,我刚才玩是为了猜我会不会被录取。"

"我不知道你有这想法,"鲍里斯说,"那么好!你已被录取啦!"

依维什耸了耸肩。

"我不信这个。"她道。

他俩沉默了,低着头并排坐着。鲍里斯并没有盯着依维什看,但感到她在哆嗦。

"我觉得好热,"依维什说,"真可怕:我的两只手湿漉漉的。我因为焦虑而流汗。"

实际上,她的右手刚才还是冰凉的,现在却滚热滚热。她的左手不能动弹,并且包得紧紧的,正放在膝上。

"我讨厌这绷带,"她说,"我活像一名战场上的伤兵,真想将它扯掉。"

鲍里斯没有作答。远处的一座时钟敲响了一下。依维什一惊:

"已经……已经是十二点半了吗?"她茫然问道。

"是一点半。"鲍里斯看看自己的手表答道。

他俩面面相觑,鲍里斯忙道:"是啊,现在我不能不去了。"

依维什紧紧挨着他,用两臂勾住他的双肩。

"别去,鲍里斯,我的小家伙,我什么都不想知道。我今晚就回拉昂,我……我什么都不管啦。"

"你在胡说,"鲍里斯温和地对她说,"你在重见爸爸妈妈时,一定得心中有数才行。"

依维什垂下两臂。

"那你去吧,"她道,"但赶快回来,我在这儿等你。"

"在这儿?"鲍里斯极为惊异地问,"你不愿意咱俩一同走一走么?你可以在拉丁区的一家咖啡店等我。"

"不,不,"依维什说,"我在这儿等你。"

"随你的便。如果下起雨来呢?"

"鲍里斯,我求求你,别折磨我,快去快来。我待在这儿,即使下雨、即使发生地震;我已经无法站起身来。我连伸出手指头的力气都没啦。"

鲍里斯站起身,大步流星地走了。他横穿马路之后,转过头来看了看。他瞥见依维什的背影,她瘫坐在那张凳子上,脑袋深陷在两肩之间,模样活像一个穷愁潦倒的老太婆。"不管怎样,她也许是会被录取的。"他喃喃自语。他向前走几步,突然回想起洛拉的容貌。真正的容貌。他想:"她多不幸!"于是他的心怦怦乱跳起来。

十四

过一会儿。过一会儿,他将重新开始那毫无成果的搜寻。他无法摆脱玛赛儿怨恨和厌倦的目光、依维什阴沉的表情,以及洛拉死尸般的面孔。因此过一会儿他又将感到嘴里有一种发烧的苦涩,焦虑又会压得他喘不过气来。过一会儿准是如此。他沉沉地坐在那张安乐椅中,并点燃烟斗。他孤独而平静,沉浸在这酒吧间昏暗的清新气息中。这里有那只涂了漆的大桶,人们将它当桌子用,有许多女艺人的照片,有水手们挂在墙上的贝雷帽。有这台几乎让人看不见的收音机,它在像一股喷泉似的喁喁低语。在厅堂的深处,有这些大腹便便、穿着考究的大亨们,正吸着雪茄烟、饮着波尔图葡萄酒。他们是最后一批顾客,一些商人。另外那些顾客早就回家进午餐去了。此刻也许是下午一点半,但你很容易以为还是上午时分,白昼在这里展示,如同风平浪静的海洋。马蒂厄溶解在这片没有激情、没有波浪的海洋中,化成了一曲几乎听不见的黑人圣歌、一片由不同声部混成的杂音、一线红棕色的光亮,还有所有这些动作优美的外科医生式的巧手,它们悠悠摆动,手指里夹着雪茄烟,宛如载着各种香料的帆船。这恬静生活的小小片段,他清楚地知道只是人家暂时借给他享用的,不一会儿他就必须交还,但他却悠然自得地充分利用:对于失败了的人,社会仍保留给他们许多微不足道的小小享受,唯须享用适度;甚至可以说,他正因为这些享受而保持了大部分一时的风雅。丹尼尔正坐在他的左侧,庄重而沉静。马蒂厄可以从容不迫地欣赏他那阿拉伯酋长式的英俊相貌,这本身也是一种小小的眼福。马蒂厄伸了伸腿,专为丹尼尔露出一丝笑容。

"我介绍你喝他们这儿的色雷斯白葡萄酒。"丹尼尔说。

"行呀。可你得请客,我身无分文啊。"

"我请你喝,"丹尼尔应道,"可你得告诉我:你愿不愿意我借给你二百法郎?我感到很惭愧,能贡献的实在微不足道啊……"

"嗨!"马蒂厄回答,"其实连这也不必。"

丹尼尔那双体贴人的大眼转向他。他坚持道:

"恳请你接受。我有四百法郎应付这一周:咱们俩对半分。"

应当避免接受,这不合常规。

"不用啦,不用啦,"马蒂厄说,"我向你保证,用不着。你太客气啦。"

丹尼尔用殷切关怀的目光打量着他:

"你当真没有任何需要吗?"

"不,"马蒂厄回答,"我得有五千法郎才行。但不是立刻就要。眼下我需要一杯色雷斯酒,还需要你同我谈谈话。"

"我但愿谈话不比色雷斯酒差。"丹尼尔说。

他只字不提他那封市内快信,也不提促使他把马蒂厄请来的原因。马蒂厄倒很领这份情:反正不会误了这话题。他先开口道:

"你知道吗,我昨天见到了布吕内。"

"真的?"丹尼尔有礼貌地问。

"我相信这么一来,我和他的交情就完啦。"

"你们吵架了么?"

"不是吵架。比吵架还糟。"

丹尼尔显出难过的样子。马蒂厄不禁笑道:

"你啊,你对布吕内是不以为然的喽?"

"哎呀,你知道,……我同他从来也不像你们俩那么亲密,"丹尼尔说,"我很敬重他,但假如我能做主,我会叫人把他制成标本,送到人类博物馆二十世纪分馆展出。"

"他在那儿露脸不会寒碜的。"马蒂厄说。

丹尼尔说了假话:其实,从前他非常喜欢布吕内。马蒂厄尝了一口色雷斯酒,品评道:

"这酒很好。"

"是呀,"丹尼尔说,"这是他们最上品的了。但他们的存货快完啦,没办法补充,因为西班牙在打仗。"

他将空酒杯放下,从一只小碟里取了一粒橄榄。

"你知道吗?"丹尼尔又道,"我要向你坦白一件事呢。"

这下子完啦:这微不足道而轻松自在的福气就此变成了历史。马蒂厄用眼角瞟了瞟丹尼尔:丹尼尔的表情庄重而深沉。

"你说吧。"马蒂厄道。

"我在思索,这会给你造成什么印象,"丹尼尔犹豫不决地又说,"假如你一定要责怪我,我就太遗憾啦。"

"你只需说下去,这样才能安心。"马蒂厄带着微笑答道。

"那么……你猜猜我昨晚见到谁啦?"

"昨晚你见到了谁?"马蒂厄失望地重复着,"可我不知道啊,你有可能见了许许多多人。"

"是玛赛儿·杜菲。"

"玛赛儿? 哦。"

马蒂厄并不特别吃惊。丹尼尔同玛赛儿过去并未经常见面,但玛赛儿似乎对丹尼尔有好感。

"你真走运,"他应道,"她从来不出门的。你在什么地方遇见她啦?"

"可不就是在她家里……"丹尼尔笑嘻嘻地说。"你想还有什么地方,既然她从来不出门?"

他垂下眼皮,显出谦卑的样子,又补充道:

"跟你说实话吧,我们不时见见面。"

出现了一阵静场。马蒂厄凝视着丹尼尔又浓又黑的长睫毛,只见它们眨巴眨巴地轻轻跳动。时钟敲了两下,一位黑人的歌喉唱着《卡罗利纳有一个摇篮》(There's cradle in Caroline)。"我们不时见见面。"马蒂厄将头转开,瞅着一名水手贝雷帽上的红色飘带。

"你们见面,"他不甚理解地重复说,"可……在什么地方见啊?"

"不就是在她家么,我刚才已告诉你啦。"丹尼尔有些不悦地说。

"在她家?你的意思是说你上她家里去?"

丹尼尔没有回答。马蒂厄问:

"你怎么会有这种念头?怎么引起的呢?"

"其实再简单也不过了。我一向对玛赛儿·杜菲很有好感。我钦佩她的勇敢和气度。"

他停了一停,马蒂厄不胜惊奇地喃喃复述着:"玛赛儿的勇气,她的气度。"这些并不是他在她身上最看重的品质。丹尼尔继续说:

"有一天我觉得无聊,忽然想起去按按她家的门铃。她非常友善地接待了我。就是这么回事:从那以后,我们就继续见面。我们唯一的过失就是没对你讲。"

马蒂厄沉浸到那玫瑰色房间浓郁的芬芳和软绵绵的气氛中了:丹尼尔仿佛坐在那张安乐椅上,他用他那双牡鹿般的大眼睛盯着玛赛儿。玛赛儿却笨头笨脑地微笑着,好像人家要为她照相似的。马蒂厄摇了摇头:这对不上号呀,太荒唐、太奇怪啦。这两位毫无共同之处。他俩是不可能谈得来的。

"你上她家去,而她似乎向我隐瞒了这一点?"

他又泰然自若地说:

"这是胡扯。"

丹尼尔抬起两眼,阴郁地瞧着马蒂厄。

"马蒂厄!"他以最诚挚的语调说,"你应当公道地向我承认:我可不敢在你同玛赛儿的关系问题上有什么造次,你俩的关系太值得珍惜了。"

"我没有这样说,"马蒂厄道,"我没有这样说。但你这毕竟是在胡扯。"

丹尼尔非常泄气地垂下两臂。

"那么好,"他忧郁地说,"咱们就到此为止吧。"

"不,不,"马蒂厄道,"说下去呀,你这人真有意思:我想不通,如此而已。"

"你不肯帮我一把,"丹尼尔带着责备的口气说,"我在你面前责备自己,这本来已是十分艰难了。"他叹了口气又道:"我本希望你能相信我口头的诉说。但既然你一定要证据……"

他从衣兜里取出一只皮夹子,里面塞满各种便条。马蒂厄随便瞥了一眼这些小条子,暗想:"这混账东西!"他这样做时神态慵懒,不过是做做样子罢了。

"你瞧呀。"丹尼尔说。

他将一封信递给马蒂厄。马蒂厄接了过来:那是玛赛儿的笔迹。他读道:

> 亲爱的大天使:您像平常那样,总是说对啦,那天确实是长春花。但您写给我的那些废话,我可是一句也不懂,既然您明天没空,星期六再说吧。妈妈说,为了糖果的事,她要狠狠地骂您。快来吧,亲爱的大天使:我们急切地期待您降临。
>
> 玛赛儿

马蒂厄盯了丹尼尔一眼,说:

"那么……这是真的喽?"

丹尼尔点了点头:他的身子挺得笔直,阴沉而一本正经,像决斗场上的见证人。马蒂厄将那短笺又从头到尾读了一遍。那上面写的日期是四月二十日。"她写下了这份东西。"这种矫揉造作而又轻松活泼的文风一点儿也不像是她的。他困惑地拭了一下鼻头,接着竟大笑起来:

"大天使。她管你叫大天使,我是绝对不会想到这个词儿的。我想,该是指一个贬到下界的大天使,类似路济费尔①这样的角色。而且你还见了老太太,这可就齐啦!"

丹尼尔似乎不知所措,他生硬地说:

"这太好啦。我担心你会发脾气呢……"

马蒂厄转过头来,六神无主地望望他。他明白,丹尼尔原来估计他会勃然大怒的。

"说得对,"他道,"我应当生气,那才正常。可你要记住:也许以后会这样,但眼下我只感到震惊。"

他将杯里的酒饮尽。现在轮到他自己对为什么没有更生气而感到奇怪。

"你常见她吗?"

"说不准。每月两三次。"

"可你俩到底有什么可谈呢?"

丹尼尔一惊,两眼闪闪发光。他以过于温和的语调挖苦道:

"难道你想给我们建议一些话题么?"

"别生气呀,"马蒂厄以息事宁人的口气说,"所有这些对我来说是太新鲜、太出乎意料啦……这几乎使我觉得有趣。但我并没有恶意。那么真有这么回事喽?你们喜欢在一起谈谈喽?可是(你别嘀嘀咕咕,我求你。我只是在设法弄明白),你俩在一起谈什么呢?"

"什么都谈,"丹尼尔冷冷地说,"当然喽,玛赛儿并不期待我有什么高见。但她可以从中得到憩息。"

"真难以令人置信,你们差别太大啦。"

他无法摆脱这荒唐的印象:丹尼尔那么一本正经,一脸阴沉、

---

① 路济费尔,魔鬼撒旦的别名,原为天使,因犯罪被贬谪人间,常引诱人们犯罪。

优雅、高贵的表情,样子活像卡利奥斯特罗①,脸上挂着非洲人经常保持的那种笑容;而玛赛儿端坐在他对面,呆板、笨拙而忠厚……忠厚吗?呆板吗?也许不那么呆板:"来吧,大天使,我们期待您。"写下这句子的竟是玛赛儿,试着讲这种笨拙的俏皮话的竟是玛赛儿。马蒂厄头一回微微感到心中有一股怒火。"她对我撒了谎,"他惊愕地想,"她对我撒谎已有半年之久啦。"于是他又道:

"玛赛儿有些事竟瞒着我,这太叫我吃惊啦!"

丹尼尔没有答话。

"是你要求她三缄其口的吗?"马蒂厄问。

"是我要求的。我不想让你左右我们的关系。目前我对她已相当了解,这就不那么重要了。"

"那么是你要求她这样的喽?"马蒂厄较轻松地重复道。他又问:"她没有为难么?"

"她非常吃惊。"

"不错,但她也没有拒绝啊。"

"没有。她不应认为这有多大罪过。我记得,她微微一笑,说:'这是个良心问题。'她认为我喜欢在身边制造神秘气氛。"他带着含蓄的嘲讽又说:"开头她称我为罗恩格林②。后来就像你现在看到的,她选中'大天使'的称呼。"这口吻让马蒂厄听了极不愉快。

"是的。"马蒂厄说。他心想:"他在嘲笑玛赛儿。"他为玛赛儿感到屈辱。他的烟斗熄灭了,他伸过手去,机械地抓了一颗橄

---

① 卡利奥斯特罗(1743—1795),十八世纪意大利冒险家、江湖医生,卷入法国宫廷阴谋,被判死刑,后减刑为终身监禁。
② 罗恩格林,原为德国民间传说中的人物。一八五〇年瓦格纳将其故事编为著名歌剧《罗恩格林》。

榄。情况是严重的,他感到自己还谈不上沮丧。一种精神上的惊愕,那是有的,就如同人们发现自己全盘错了的时候一样。……若在过去,他是会有切肤之痛的。而现在他只是以闷闷不乐的语调说:

"我同她过去是无话不谈的……"

"那是你的想象,"丹尼尔说,"能做到什么话都说吗?"马蒂厄怒气冲冲地耸了耸肩。但他主要是生自己的气。

"还有这封短信!"他嚷道,"我们期待您的降临!我觉得好像冒出来另一个玛赛儿。"

丹尼尔似乎吓坏了:

"另一个玛赛儿,瞧你说的!听着,你总不至于为了这种儿戏行为而……"

"刚才是你自己责备我对事情不够认真。"

"这是因为你从一个极端跳到另一个极端。"丹尼尔道,接着亲热而谅解地又说:"问题在于,你过分相信自己对各色人等的判断。这段小插曲不过是证明:玛赛儿比你想象的要复杂。"

"也许是这样,"马蒂厄说,"但还有别的因素。"

玛赛儿是不在理的;但马蒂厄却害怕迁怒于她,他不应当丧失对她的信任,尤其是在今天:今天他也许必须为她而牺牲自己的自由。他需要对她保持敬重,否则就太难忍受啦。

"再说,"丹尼尔又道,"我们一直想告诉你的,但神神秘秘地也挺有趣儿。于是就一再拖延下来。"

我们!他口口声声说:我们!有人在向马蒂厄提到玛赛儿时可以自称"我们"了!马蒂厄很不友善地盯着丹尼尔:这本应是恨他的时机了。但像往常一样,丹尼尔总是弄得人家无计可施。马蒂厄蓦然对他说:

"丹尼尔,她为什么要这样?"

"这个么！我已经对你说过啦,"丹尼尔答道,"因为我要求她这样。何况她对于有自己的秘密觉得挺有意思。"

马蒂厄摇了摇头:

"不。还有别的因素。她心里明白自己干下了什么事情。可她为什么要干呢?"

"可是……"丹尼尔说,"我猜想:在你的光照之下过日子并不总是舒服的。她为自己寻找了一个荫凉的角落。"

"她觉得我咄咄逼人吗?"

"倒也没有明说,但我自以为理解到了这一点。有什么办法啊！你代表一股力量嘛,"他笑盈盈地补充道,"请注意:她钦佩你,她钦佩你宛如生活在玻璃房子里,却要在屋顶上大喊大叫,披露一般人视作隐私的东西。但这却耗尽了她的精力。她没有对你提起过我的造访,因为她害怕你会曲解她的感情,会强制她给这种感情命名,害怕你将它随意割裂、再支离破碎地归还原主。要知道,这类感情需要保持其模糊,……那是某种游移不定、含义极不精确的东西……"

"她对你这样说了吗?"

"是的。这是她明说过的。她告诉我:'同您在一起使我觉得好玩儿的是,我一点也不知自己走向何方。同马蒂厄在一起呢,我却始终明白这一点。'"

"同马蒂厄在一起,我却始终明白这一点。"依维什也说过:"同您在一起,永远也不必担心有意外的事。"马蒂厄感到一阵恶心。

"她为什么从不向我谈及这些呢?"

"她认为这是因为你从来不问她。"

这倒是实话,马蒂厄耷拉下了脑袋:每当涉及深入了解玛赛儿的感情这类问题时,马蒂厄总是油然生出一种无法克服的慵懒心情来。他有时也发现玛赛儿的目光里闪过些许阴影,但此时他必定会耸耸肩:"得啦!若真有什么东西,她会告诉我的,她对我是无话不谈的。"这便是我所谓的信任她。我把一切都弄糟啦。

他振作了一下,突然又问:

"你为什么今天把这件事告诉我呢?"

"迟早总有一天得告诉你啊!"

这种不着边际的态度,是故意拿来吊胃口的:马蒂厄没有上当。

"为什么在今天、又为什么由你来说?"他又道,"比较正常的做法……应当是她先对我说这件事。"

"是啊,"丹尼尔假装为难地说,"也许我搞错了,但我认为这关系到你们二位的利益。"

好哇。马蒂厄挺直身子,暗想:"你得提防更毒的一手啊。这才开始呢。"丹尼尔又道:

"跟你说实话吧:玛赛儿并不知道我俩的谈话,她直到昨天似乎都没有下决心及早把这事告诉你。你若能注意别对她提起咱俩的交谈,我就感激不尽啦。"

马蒂厄不由得笑起来:

"你倒做了好人,你这撒旦!你到处制造神秘。昨天你还同玛赛儿密谋对付我,今天却要求我与你串通去对付玛赛儿。你真是个两面三刀的怪物啊。"

丹尼尔淡淡一笑,说:

"我绝非撒旦式的人物。促使我吐露真情的,是昨晚我的的确确深感不安了。我觉得你俩之间出现了严重的误会。当然,玛赛儿心高气傲,不会自己来找你谈开的。"

马蒂厄手里紧紧握住酒杯:他开始明白了。

"那是由于你们……"丹尼尔含蓄地把话说透了,"你们出了事故。"

"嗨!"马蒂厄答道,"你对她说你已知道了吗?"

"没有,没有。我什么也没说。是她先提到的。"

"啊!"

"昨晚在电话里她似乎还唯恐我同他谈及。可当晚她却向他和盘托出了。又一个弄虚作假的把戏啊!"马蒂厄接着问:

"那又怎样呢?"

"是这样:情况不大好。出了点儿毛病。"

"你根据什么这样说?"马蒂厄口干舌燥地问。

"没有具体原因,而是……她谈这件事的方式。"

"出了什么问题?她埋怨我给她制造了一个娃娃吗?"

"我想不是。不是埋怨这个。而是责怪你昨天的态度。她对我谈起时是有情绪的。"

"我做了什么错事啊?"

"我没法确切地告诉你。喏,她特别向我提到过:'老是他说了算;假如我不赞同他的意见,当然会抗议。只不过他总是占上风,因为他已形成定见。他从来不给我时间形成自己的意见。'我不能保证字字句句都准确。"

"但我没有什么可说了算的,"马蒂厄惊愕地说,"出现这类情况时,我们对于该怎么办总是意见一致的。"

"不错。但是前天你考虑到了她的看法么?"

"天哪,没有啊,"马蒂厄说,"我确实以为她同我的想法一样。"

"是啊,总之你什么也没有问人家。你们俩上一次遇到这种……意外情况是在什么时候啊?"

"我不知道。是在两三年前吧。"

"有两三年了。你没想到,这当中她有可能改变主意吗?"

在厅堂的后面,那些先生们已站起身来。他们嘻嘻哈哈相互恭维一番,一名跑堂将他们的帽子取来,三顶黑色毡帽,一顶瓜形帽。他们出大门时向酒吧侍者打了个友善的手势,侍者便关掉了收音机。小酒店重新恢复一片死寂的状态。空气里有一股大灾大难的气息。"不会有好结局。"马蒂厄思量。他不清楚究竟什么结局会不好:是这风云变幻的一天,还是这件堕胎的事情,抑或是他同玛赛儿的关系?不是的,是某种更模糊、更广泛的东西:他的生活、整个欧洲,以及这平淡无奇、带有不祥之兆的和平。他仿佛又看见布吕内棕红色的头发:"九月份将会爆发战争。"眼下,在这冷清阴暗的小酒店里,人们几乎要相信这种估计了。在他的生活中,在这个夏天,似乎有一种腐臭气息。

"她害怕动手术吗?"他问。

"我不知道。"丹尼尔神情淡漠地说。

"她渴望我娶她为妻吗?"

丹尼尔扑哧一笑:

"这我就一无所知喽,你问得太多啦。不管怎样,事情大概不是那么简单。你知道吗?你应当在今天晚上同她谈谈这个问题。当然不必提到我:应当显出你自己忽然前思后虑的样子。按照昨天我见到她的模样儿看来,她不会不一吐为快的:她似乎心理负担极为沉重。"

"那好吧。我尽量让她开口说话。"

一阵沉默之后,丹尼尔颇为窘迫地补充道:

"那么就这样办啦:我可是先给你打过招呼了。"

"很好。我得谢谢你。"马蒂厄说。

"你责怪我吗?"

"哪儿的话。你能这样帮忙难能可贵啊:这事像是天外飞来的横祸啊。"

丹尼尔大笑:他的嘴张得老大,可以窥见他那两排光洁的牙齿,还有那颤动的喉头。

我不该这样。她将手放在电话话筒上思忖,我不该这样啊。我们过去是无话不谈,从不隐瞒的呀。他一定认为:玛赛儿什么都告诉我。哦!他这样想,他知道啦,现在他知道啦,他又惊愕又压抑,脑子里回荡着这细言慢语:玛赛儿从来都是把什么都告诉我的。现在这声音在那里,在他脑子里,这是叫人难以忍受的。我百倍千倍地但愿他恨我。但他却在那儿,坐在一家咖啡馆的长凳上,两臂张开,似乎刚让什么东西掉落在地上,又目光盯着地面,好像什么东西刚在那儿破碎了。事情已办妥,谈话已进行。眼没见,耳未闻,我并不在场,什么也不知道。可谈话是在那里进行,它已进行,话已说出。我却什么也不知道。那低沉的声音像一缕青烟似的徐徐升向店堂的天花板。那声音就将从那里传来;那低沉而动听的声音总是使电话的话筒微微震颤:它将从那里发出,它将宣布事已办妥。天哪,天哪,那声音将说些什么呢?我一丝不挂,我大腹便便,而这声音却将穿戴整齐地从那白色薄片里逸出。我们本不该这样,我们本不该这样。如果可以责怪丹尼尔,她就几乎想要责怪他啦。他是那样地宽容大度,那样地满怀善意。他是唯一替我着想的人,他承担起了我这段公案。那位天使,他将他那动听的嗓音用来为我辩护。一个女子,一个弱女子,非常脆弱的、在男人的世界、活人的世界里受到保护的女子,是一个低沉却热烈的嗓音在保护她。那嗓音将从那里逸出,它将宣称:"玛赛儿把一切都告诉了我。"可怜的马蒂厄,亲爱的大天使!她在思索:大天使啊,于是她的两眼湿润了。那是温馨的泪水,象征丰盛和多产的泪水,那是经过八天酷热之后的一个真正的女人、一个受到保护的温良女子的泪水呀。他将我搂在怀里,我受到抚爱,呵护,眼里噙着颤抖的泪花,两腮流下曲曲弯弯的清清细流,嘴巴颤抖着向上噘起……在整整八天之中,她一直凝视远方某个固定地方,两眼干涩而孤寂:他们将从我这儿夺去那生命。在整整八天之中她曾是那个思想清晰的玛赛儿,坚强而理智的玛赛儿,男子汉式的玛赛儿;他说我是个男子汉,可现在却流下了泪水,成了弱女子一个,那是从眼中洒下的细雨啊。干吗非要挺住呢?明天我将变得坚强而理智。仅仅一次,就这么一次落泪、悔恨、甜甜的自我怜惜,以及更加甜甜的谦卑。她柔软的双手托着腰部、臀部……她真想搂住马蒂厄,请他原谅,双膝跪下求他原谅;可怜的马蒂厄,我可怜的伟人。一次,仅仅一次,受到呵护、受到宽容,这是多么好啊!突然,一个念头使她喘不过气来,仿佛一罐子酸醋流进了她的血管:今晚他上我这里来时,当我用两臂勾住他的脖子,拥抱他的时候,他就什么都知道啦。但我呢,我却得伪装并不知道他已明白。哦!我们在向他撒谎(她一筹莫展地暗想),我们仍在向他撒谎。我们把什么都对他说了。但我们的诚意却已经被毒化。他已经知道,他今晚走进屋来,我将注视他那双善良的眼睛,我将费神思考。他已经知道,我又怎堪忍受这一点!我的伟人,我可怜的伟人哟!我有生以来头一遭儿使你难受啦。哦!我什么都可以接受。我可以到那老太婆的诊所去。我可以打掉那孩子。我感到羞愧。我做他想做的一切,做你想要我做的一切!

电话铃在她手指下发出响声,她紧张地抓起话筒:

"喂!"她招呼道,"喂!是丹尼尔吗?"

"是的,"那安详而美妙的嗓音回答,"您是谁呀?"

"是玛赛儿呀。"

"您好,亲爱的玛赛儿!"

"您好!"玛赛儿应道。她的心怦怦直跳。

"您睡得好吗?"那男低音在胸中回荡,又动听又令人不很好受,"昨夜,我告辞得太晚啦,杜菲夫人要骂我啦。不过我希望她没有察觉。"

"没察觉,"玛赛儿喘着粗气说,"您离开的时候,她正在呼呼大睡。"

"您呢?"那温柔的嗓音继续问,"您睡着了吗?"

"我吗?您问这……我睡得很好呀。您知道,我有些着急。"

丹尼尔笑了起来,那是一种多余的美妙笑声,平和而洪亮。玛赛儿稍稍松弛了一点。

"您不必着急呀,"他道,"一切都很顺利。"

"一切都……这是真的么?"

"是真的。比我原来估计的还要好。咱们有点错怪了马蒂厄,亲爱的玛赛儿。"

玛赛儿因为深深的悔恨而十分难受。她道:

"是吗?咱们果然是错怪了他?"

"我刚说一两句话他就打断了话头,"丹尼尔说,"他告诉我,他完全明白有什么事情不顺当,这事弄得他昨日一整天都不得安宁。"

"您……您对他说了咱们常见面吗?"玛赛儿嗓音哽咽地问。

"当然说了,"丹尼尔惊奇地答道,"咱们不是早已说好了吗?"

"是的……是的。他的反应怎样呢?"

丹尼尔似乎有些犹豫,回答说:

"反应很好。总之是很好。起先他不愿相信……"

"他大概会对你说:'玛赛儿同我是无话不谈的。'"

"正是这样,"丹尼尔似乎觉得很有趣,"他恰恰就是这么说的。"

"丹尼尔!"玛赛儿说,"我后悔莫及哩!"

她又听见了那深沉而欢快的笑声:

"事情就是这样:他也后悔。他走的时候悔恨不已。哦! 要是你们二位都抱着这样的心情,我真想躲在您屋里的什么角落,让他来见您:那一定会妙不可言呢。"

他又笑了起来,玛赛儿谦卑而感激地想:"他在嘲笑我哩。"但这时那嗓音已变得非常低沉,听筒竟像管风琴一样震颤起来。

"不,说真的,玛赛儿呀,一切都极其顺利。您知道:我真为您高兴。他没有让我说下去,我刚说了一点儿就被打断,他接过话头道:'可怜的玛赛儿,我是罪魁祸首啊,我恨我自己,但我一定将功补过。你认为我还来得及补过吗?'他说这话时,两眼全红了。他是多么爱您啊!"

"哦,丹尼尔!"玛赛儿说,"哦,丹尼尔……! 丹尼尔!"

一阵沉默之后,丹尼尔补充道:

"他对我说,今晚他要同您开诚布公地谈一谈:'我们要挖掉祸根儿。'现在一切全看您啦,玛赛儿。他会完全照您的意思去做的。"

"哦,丹尼尔! 哦,丹尼尔!"她缓过点儿劲来,又道:

"您真是善良啊,真是……我想尽早同您见面。我有那么多话要对您说,并且不愿不当面交谈。您明天能来吗?"

那嗓音变得有些冷漠,不是那么和谐了。

"哦,明天,那不行! 我当然急着想见见您……听我说,玛赛儿,我一定给您去电话。"

"好的,"玛赛儿道,"尽快来电话吧。哦! 丹尼尔,亲爱的丹尼尔……"

"再见啦,玛赛儿,"丹尼尔说,"今晚要灵活一些呀。"

"丹尼尔!"她呼唤着。可他已经把电话挂断。

玛赛儿放下话筒,用手绢拭了拭湿润的两眼:"大天使啊! 他匆匆溜走啦,唯恐我向他表示谢意呢。"她挨近窗户,瞧着过往的行人:有女人,有顽皮的男孩,有三五个工人,她觉得他们的样子都很幸福。一个年轻女人在马路当中奔跑。她怀里抱着孩子,一面气喘吁吁地跑着对他耳语,一面贴着他的小脸笑个不停。玛赛儿一直盯着她看,然后走近大镜子,神色惊异地照了照自己。在洗脸池上方的小搁板上,漱口缸里插着三枝红玫瑰。玛赛儿颇费踌躇地取出一枝,拿在手指间转动着,然后眯起眼睛将它插在乌黑的发际。"我的头发上插着一朵玫瑰花……"她张开眼,顾影自怜了片刻,轻拍了拍头发,羞答答地看着自己微笑起来。

十五

"请在这儿等一等,先生。"那矮个子男人说。

马蒂厄在一条长凳上坐了下来。这是一间阴暗的会客室前厅,散出一股大白菜的气味;左侧有一扇玻璃门微微闪光。有人按了电铃。那矮个子男人便去开门。一名少妇走进来,她穿戴得体,却略显寒酸。

"请坐,夫人。"

他陪着她走到长凳前,几乎紧挨着她的身子。她坐下来,将两腿并拢,坐得很端正。

"我已来过啦,"年轻女人道,"是为了借一笔钱。"

"是的,夫人,一定照办。"

矮个子男人冲着她的面孔问:

"您是公教人员吗?"

"我不是,我丈夫是。"

她开始在手提包里搜寻。她长得并不难看,但表情痛苦而无奈。矮个子男人贪婪地打量着她。她从手提包里取出两三张折叠得整整齐齐的证件。他接过来,走近玻璃门,以便看得更清楚。他拿在手里久久审查着。

"好极啦,"他一边交回证件一边说,"太好啦。两个孩子?可您却长得那么年轻!……急切地期待他们降生,不是吗?可他们一来到人间,就会打破家庭的收支平衡。你们眼下有些拮据,是吗?"

年轻女人脸红了。于是那矮个子男人连连搓手:

"那么,"他好心好意地说,"咱们会妥善安排的。咱们会把一切都弄妥帖。咱们就是干这一行的嘛。"

他面带沉思和笑意端详一阵这年轻女人,然后便离去了。那女人恶狠狠地瞧了一眼马蒂厄,便玩弄起手提包的拉链来。马蒂厄感到很不自在:他这回可真是扎到穷人堆里了。他将要拿到的是为他们准备的钱,灰暗发黑、散发着大白菜气味的钱。他垂下头来,望望两脚间的地板,又想起洛拉手提包里那些闪闪发光、香气四溢的钞票。这两种钱可不一样哟。

玻璃门打开了,一位身材高大、蓄着白胡髭的先生出现了。他那银灰色的头发整整齐齐梳向后脑。马蒂厄跟着他走进办公室。那位先生和和气气地将一张旧皮椅指给他看,于是两人同时坐下。那位先生臂肘撑在桌上,两只白皙漂亮的手交叉放着。他系着一条暗绿领带,领带上不大引人注目地点缀着一粒珍珠。

"您希望求助于本公司的服务吗?"他带着长者的口吻询问。

"不错。"

他打量着马蒂厄。他那双淡蓝色的眼睛在脸上略显暴突。

"尊姓大名?……"

"敝姓德拉鲁。"

"您不会不了解,本公司的章程规定,仅向公教人员提供贷款服务。"

那嗓音像那双手,美丽、平和、厚实有力。

"我是公教人员,"马蒂厄说,"是教师。"

"噢,噢!"那位先生关切地说,"我们特别乐于帮助教育界人士。您是在中学任教吗?"

"不错。在布封中学。"

"好极了,"那位先生从容不迫地说,"那么,咱们来办一办例行的小手续,……首先,我得问问您有没有携带身份证件,无论哪一种:护照、兵役证书、选举证……"

马蒂厄递上他的各种证件。那位先生接过来,漫不经心地看了片刻。

"好。非常之好,"他说,"您要借多少钱呢?"

"我要六千法郎。"马蒂厄说。

他思索片刻后又说:

"就算是七千法郎吧。"

他既吃惊、又高兴。他想:"我没想到办得这么快。"

"您了解我们的贷款条件么?规定的借期为六个月,不得延长。我们不得不规定百分之二十的利息。这是因为我们要付高额费用,并且冒巨大的风险。"

"好,好!"马蒂厄赶快回答。

那位先生从抽屉里取出两张印好的纸张。

"劳驾您填一填这些表格,好吗?您在末尾签上自己的大名。"

这是一式两份的借贷申请表。填写的项目有姓名、年龄、婚姻状况、住址。马蒂厄动手填写起来。

"好极啦,"那位先生用目光扫视着表格说,"一九〇五年……生于巴黎……父母均为法国人……这样吧,目前就办这些。在交付七千法郎时,我们将要求您在贴好印花的表格上确认自己负债。

印花费由您负担。"

"交付时？您不能立即将钱给我吗？"

那位先生似乎极为惊异。

"立即？可是，亲爱的先生，我们至少要有十五天才能收齐有关情况。"

"什么情况？您已经看到了我的证件……"

那位先生以宽容而颇感有趣的表情，注视着马蒂厄，然后说道：

"哦！教育界的人十个都这样！全都是理想主义者。先生，请您注意：就这件个别事情而言，我并不怀疑您说过的话。但就一般而论，怎样才能证明向我们出示的证件并非伪造的呢？"他苦笑了一笑，"当人们处理金钱问题时，人们就学会了怀疑。我跟您的看法一样，也认为这是一种卑劣的感情。但我们没有权利表示信任。现在就这样吧（他似乎在下结论），我们必须进行那小小的调查。我们将直接去找您所属的那个部。请不必担心：我们会注意必要的保密。但不妨私下说说，您也知道行政机关是怎么回事。按常理，我很怀疑您在七月五日之前能否指望我们的援助。"

"那就不行啦，"马蒂厄喉头发紧地说，接着又补充道，"我最迟在今晚或明晨要拿到这笔钱，因为有紧急需要啊。能不能考虑……付更高的利息呢？"

那位先生似乎惊讶之至，他将他那双优美的手举到半空：

"可我们这儿不是放高利贷的！亲爱的先生！本公司得到公共工程部的鼓励。这可以说是一家官方机构。我们收取正常利息，那是根据我们的费用和风险确定的。我们不能助长任何这一类交易。"

他正色补充道：

"如果您急需，就该早点儿来。您没有读过我们的公告吗？"

"没有,"马蒂厄边起身边说,"我毫无准备,措手不及啊。"

"那么我很抱歉……"那位先生冷冷地说,"要不要撕掉您刚才填写的表格呢?"

马蒂厄想到了萨拉:"她肯定已经争取到了延缓的时间。"

"不要撕掉,"他回答,"在这段时间里我想办法安排。"

"这就对啦,"那位先生和气地说,"您总能找到一位朋友,在这半个月里垫付这笔钱,解决您的需要。那么这就是您的地址喽?"说着他用食指指了指表格上填写的地名:于依更斯街12号。

"不错。"

"那么,到七月初时,我们会给您发一个小小的通知单,邀您相见。"

他站起身来,陪同马蒂厄走到门口。

"再见,先生,"马蒂厄说,"谢谢。"

"很高兴为您效劳,"那位先生一边鞠躬一边说,"希望有幸与您再见。"

马蒂厄大步流星地穿过前厅。那位少妇还坐在那里,她正神色惊恐地咬着自己的手套。

"夫人,劳驾您到屋里来。"那位先生跟在马蒂厄后面说。

在室外,植物油点燃的灯光在灰暗的空气里颤动着。现在,马蒂厄老有一种走投无路的感觉。"又碰了壁!"他暗想。他现在只能把希望寄托在萨拉身上。

他已走到了塞瓦斯托波尔大道上。他走进一家咖啡馆,在柜台上要了一个电话筹码。

"电话间在尽里右侧。"

马蒂厄一边拨电话号码,一边喃喃自语:"但愿她已办成这件事。"这变成了一种祈愿。

"喂,喂,是萨拉吗?"他问道。

"喂,是她的住所,"一个声音说,"我是魏缪勒。"

"我是马蒂厄·德拉鲁,"马蒂厄说,"我能跟萨拉说话吗?"

"她出门啦。"

"哦?这可麻烦了,……您不知道她什么时候回家吗?"

"不,我不知道。您有什么话要转告她吗?"

"没有。只要告诉她我打过电话就行了。"

他挂上电话就走出了咖啡馆。他的生活已由不得他自己,而操在萨拉手中。他除了等待别无他法。他向一辆公共汽车招了招手,坐到一位老太太身旁。老太太正用手绢掩着嘴不停地咳嗽。"犹太人相互之间总是能说通的。"他自忖。他会有办法,肯定会有办法。

"去丹费尔-罗什罗吗?"

"三张票。"售票员回答。

马蒂厄打了三张票,开始观望车窗外的街景。他想到玛赛儿时又怨愤又伤心。车窗在抖动,老太太在咳嗽,她那黑草帽上装饰的花朵在跳动。草帽、花朵、老太太、马蒂厄,一切都由这巨大的机器带动着往前走。老太太捂着手绢,连头都不抬;她在大熊街与塞瓦斯托波尔大道拐角处咳嗽,到蒙托格伊街仍在咳嗽,直至经过新桥的桥面,在平静的灰色河水之上,还是咳个不停。"假如那犹太人不同意呢?"但这个念头不足以使他从混沌中清醒过来。他仿佛是被塞在卡车车斗尽里头的一袋煤炭,同其他麻袋混在一起。"拉倒,那就算完蛋啦。我今晚就告诉她要娶她为妻。"公共汽车庞大而任性,将他载往前方,让他左转右转,将他摇来晃去,使他东碰西撞,接踵而来的种种事变使他撞在长凳的靠背上、撞在这汽车的车窗上。他随着他生活的速度而摇动,暗自念叨:"我的生活已不属于我自己,我的生活不过是一种命运罢了。"他眼见圣父街黑沉沉的建筑物一个接一个地涌现,他眼见自己的生活一幕幕展现。

娶她、不娶她:"这已与我毫不相干,不过是扔铜子落在正面或反面的问题。"

突然一个刹车,公共汽车停下了。马蒂厄挺了挺身子,焦虑地瞧着司机的背部。他的全部自由与不自由的问题适才涌上了他的心头。他思忖。"不、不、不是正面或反面这样的偶然性。任何事情都应当通过我而发生。"即使他让自己被带着向前,一筹莫展、毫无希望,即使他像装满煤炭的旧麻袋一样任凭载运,那还是他自己选择了自己的沉沦。他是自由的,可以自由地做任何事情,自由地做牲畜或机器。自由地接受、自由地拒绝,或自由地支吾搪塞。娶她、甩掉她、将这个包袱再背上许多年。他可以随便怎么做,任何人都无权出主意。对他来说,无所谓善恶,除非他自己加以界定。在他四周,各种问题排列成一个圆圈,它们不作任何表示地静静等待着不提供任何暗示。在这极度沉寂之中,他是孤独的。自由而孤独,无人相助、无可自恕,命定要不可更改地做出决定,永远命定得拥有自由。

"丹费尔-罗什罗站。"售票员嚷道。

马蒂厄站起身,走下汽车。他一头钻进了弗瓦德沃街。他既疲倦又紧张,眼前老是出现那黑房间深处敞开着的一只手提箱。手提箱里装着香气四溢、手感柔软的钞票。那也是一种悔恨啊:"啊!我本应将它们取走的呀!"他心里想。

"您有一封市内快信,"女看门人说,"是刚收到的。"

马蒂厄接过市内快信,拆开信封。立刻,他觉得四围的墙壁坍塌下来,感到换了天地。信纸当中赫然写着三个短句,字很大,字体下坠:

落榜。晕倒。依维什。

"但愿不是什么不幸的消息?"女看门人问道。

"不是的。"

"哦,那就好。因为您目瞪口呆了呢。"

"我从前的一个学生,考试没考好。"

"嘿,听人家说,考题更刁啦。"

"难得多了呢。"

"您想嘛!录取那么多年轻人,"女看门人道,"然后,他们就都得到了学位。拿这些人派什么用场呢?"

"我正想问您呢。"

他第四次重读依维什的来信。他感到吃惊的是她夸大其词,令人担心。落榜、晕倒……"她正在干蠢事,"他暗想,"这是明摆着的,她正在干蠢事。"

"现在几点钟?"

"六点整。"

"六点。她是两点钟看到考试结果的。她被抛弃在巴黎街头已有四小时之久啦。"他将那封市内快信塞进了衣兜。

"伽里奈夫人,请借给我五十法郎。"他对女看门人说。

"可我不知道我有没有。"女看门人吃惊地回答。她在针线桌的抽屉里寻找了一番:"喏,只有一百法郎,您晚上还我。"

"好的,"马蒂厄说,"谢谢啦。"

他出了门,思量着:"她究竟会在哪里呢?"他觉得脑子一片空白,两只手簌簌发抖。一辆流动兜客的出租车正从弗瓦德沃街开过。马蒂厄将它拦住:

"圣雅克街173号,女大学生之家。请快点儿。"

"可以。"司机道。

"她会在哪里呢?最好的情况是,她已出发回拉昂;最糟呢……而我已经晚了四个小时。"他暗想。他身子前倾,右脚使劲踩住地毯,口里只催快点儿、快点儿。

出租车停下了。马蒂厄走下车来,在女大学生之家门前按电铃。

"依维什·塞尔金小姐在这儿吗?"

女管家颇有戒心地打量他。

"我去看一看。"她道。

她一会儿就走回来:

"塞尔金小姐从今天早晨起就外出未归。有什么话要转告她么?"

"没有。"

马蒂厄重新登上出租车。

"索默拉尔街波兰旅馆。"

稍过片刻,他敲了敲车窗,嚷道:

"哎,哎!是左面这家旅馆。"

他跳下车来,推开玻璃车门。

"塞尔金先生在吗?"

那位患白化病的胖服务员正在柜台值班。他认出了马蒂厄,对他露齿一笑:

"他通宵没回来呢。"

"那么他姐姐呢……? 一位金发姑娘,她今天来过吗?"

"哦,我很熟悉依维什小姐,"那服务员回答,"不,她没有来过。只有蒙特罗夫人来过两次电话找鲍里斯先生,要他一回来就去看望她。您要是见到鲍里斯先生,可以转告他。"

"好的。"马蒂厄说。

他走开了。她会在哪里呢?去看电影了么?这不大可能。在街上来来去去地流浪么?不管怎样,她还不曾离开巴黎,否则她该会回女大学生之家一趟,好取走衣箱。马蒂厄从衣兜里掏出市内快信,又仔细看看信封:那是从居亚斯街邮局发出的,但这说明不了什么问题。

"往哪儿开呢?"司机问。

马蒂厄犹豫不决地看看他。突然心头一亮:"她这么写,准是在酒后。她肯定是喝醉了。"

"您听着,"他吩咐,"您从河滨一带开始,顺着圣米迦勒大道缓缓上行。我在寻找一个人,得找遍各咖啡馆。"

依维什不在比亚里茨、不在水泉、不在达尔古尔、不在比亚尔,也不在咖啡宫。在卡普拉德,马蒂厄瞥见一个同她熟识的中国学生。他朝这学生走去。那中国人正在喝波尔图葡萄酒,身子骑在一张酒吧间的圆凳子上。

"请原谅,"马蒂厄一边抬头看他一边说,"我想您大概认识塞尔金小姐。您今天看见她了吗?"

"没有呀,"那中国人回答,他说话颇不流畅,"她碰上了倒霉事。"

"碰上倒霉事!"马蒂厄惊叫道。

"不是这意思,"那中国人解释,"我是问:她有没有碰上倒霉事儿。"

"我不知道呀!"马蒂厄说着转过身子。

他甚至已不再想防止依维什自己伤害自己。他只有一种痛苦而强烈的愿望,就是重新见她一面。"万一她企图自杀呢?她这方面很傻,是有可能这么干的。"他愤然想道。不管怎样,她也许就在蒙巴那斯。

"去瓦文十字路口。"他道。

他又登上出租车。他双手不停地抖:他将它们揣进了衣兜。出租车在梅迪契喷泉附近掉头,这时马蒂厄瞥见依维什的意大利籍女友雷纳塔。她腋下夹着一只皮包,正从卢森堡公园走出来。

"停车,停车!"马蒂厄对司机喊。

他跳下出租车,朝雷纳塔奔去。

"您见到依维什了吗?"

雷纳塔做出一副高贵的样子,招呼道:

"您好,先生。"

"您好,"马蒂厄应道,"您见到依维什了吗?"

"依维什吗? 当然喽。"雷纳塔说。

"什么时候见着的?"

"大约一个钟头之前。"

"在什么地方?"

"在卢森堡公园,跟她搭伴儿的人挺古怪,"雷纳塔略带矜持地说,"您知道,这可怜的姑娘没有被录取呢。"

"知道啦。她上哪儿去啦?"

"他们想去舞厅。我想是去了彝蛛舞厅吧。"

"在什么地方?"

"在亲王殿下街。您会见到一家唱片店,舞厅在地下室。"

"谢谢。"

马蒂厄刚迈出几步就折了回来:

"真抱歉。我也忘记跟您说再见。"

"再见,先生。"雷纳塔说。

马蒂厄回过头来又对司机说:

"亲王殿下街,离这儿很近。慢慢开,我会叫您停下的。"

"但愿她还在那里! 我要看一看拉丁区的所有茶座舞厅。"

"停车。就在这儿。请在这里等我一会儿。"

马蒂厄走进一家唱片商店。

"是彝蛛舞厅吗?"他问。

"在地下室。请下楼梯。"

马蒂厄顺着一处楼梯下行,闻到一股清凉而潮湿的空气。他推开一扇包着皮革的门,不禁大吃一惊:依维什就在这里。她正在跳舞。他倚着门柱,自语道:"她真是在这里!"

这是一个空荡荡的、却经过消毒的地窖,光亮洁净。从罩着油纸灯罩的顶灯上,落下经过筛滤的光线。马蒂厄瞥见在这灯光照耀的死寂海洋的深处,放着铺有桌布的十来张桌子。在淡黄色的墙壁上,主人贴了绚丽多彩的纸板,表现的是异国情调的植物。但在潮气的影响下,它们已翘起角来,仙人掌上仿佛长满水疱。一台看不见的唱机正在放一首快速狐步舞曲。这种背景音乐的乐曲,使舞厅显得更空旷。

依维什将脑袋靠在男舞伴肩上,紧紧贴着他的身子。他舞跳得很棒。马蒂厄一眼认出了他:就是那褐发的高个子青年,昨天在圣米迦勒大道陪着依维什的那一位。他吸着依维什头发的气息,不时亲吻一下她的发丝。于是她把头往后一仰,嘻嘻笑起来,脸色苍白、双目紧闭;而他却在她耳边絮语。舞池中仅有他俩在对舞。在舞厅尽里,四个小伙子和一个浓妆艳抹的姑娘正拍着巴掌,一边高喊:"加油呀!"那高个子青年搂着依维什的腰肢,将她领回他们那一桌。男大学生们围住她,忙不迭地恭维讨好。他们的表情既亲切又夸张。他们在一定距离之外,以殷勤和温情来包围她。浓妆艳抹的女人在冷眼旁观。她显得举止笨拙,萎靡不振。她点燃一支香烟,若有所思地叫:

"再来呀!"

依维什一屁股跌坐在一张椅子上,身旁一边是那位年轻女人,另一边是一个蓄络腮胡的矮个子青年。她狂笑不止。

"不,不!"她一边说一边在自己面前挥着手,"不要逃!不许逃啊!"

那蓄胡子的青年殷勤地站起来,把座位让给那英俊的褐发男舞伴,"这下子齐啦,"马蒂厄琢磨,"人家承认他有权坐在她旁边了。"英俊的褐发青年似乎觉得如此安排完全顺理成章。何况他是唯一神态自若的青年人。

依维什用手指着那蓄胡子的人:

"他想逃哩,因为我答应过亲吻他!"她嘻嘻哈哈地说。

"对不起,"那蓄胡须者庄重地说,"您没有答应我,而是威胁要亲吻我!"

"那么好,我就不吻你,而要吻吻依尔玛!"依维什嚷道。

"您想亲吻我呀,小男儿依维什!"那年轻女人又惊奇又得意地说。

"好,来呀!"她不由分说地拉着这女人的胳膊。

其他人都惊奇得纷纷散开。有人高喊:"加油,依维什!"声音里略带责备之意。英俊的褐发青年冷冷地瞧着她。脸上挂着一丝微笑。他在窥探她。马蒂厄感到屈辱:"对这位漂亮的男青年来说,依维什不过是已经到手的猎物,他用行家的色情眼光打量她,好像正在剥光她的衣服,她在他面前早已一丝不挂了:他仿佛看到了她的乳房、她的大腿,也闻到了她肌肤的香味……"马蒂厄猛然振作起来,两腿发软地朝依维什走去:他发现自己头一回通过另一个男人的欲念而对她产生了欲念。

依维什在亲吻她邻座的女人之前千娇百媚地忸怩作态。末了,她用双手捧住那女人的脑袋,亲吻了她的嘴唇,然后使劲将那女人推开。

"你身上一股茶树味儿!"她一脸责备的样子说。

马蒂厄在她们的桌前站定。

"依维什!"他唤了一声。

她张大嘴巴盯着他。他甚至怀疑她还认不认识他。她却不急不忙地举起左手给他看。

"原来是你!喏,瞧呀!"

她早已扯掉了她的绷带。马蒂厄看见她手上有一处淡红色、黏黏糊糊的硬壳,四周有一些小小的黄脓疱。

"你还留着绷带,"依维什大失所望地说,"的确,你呀,你很谨慎呢。"

"她不听我们劝告,将绷带扯了,"那女人以抱歉的口吻说,"简直是个小淘气鬼!"

依维什蓦地站起来,表情阴郁地瞧着他。

"把我从这里带走吧,我在这里堕落啦。"

年轻人面面相觑。

"您听着,"蓄胡子的年轻人对马蒂厄说,"我们可没有灌醉她。我们倒是想不让她喝的。"

"这下说对啦,"依维什厌恶地说,"他们都是侍候小孩的保姆,如此而已。"

"除了我,依维什,"那英俊的男舞伴说,"除了我呢。"

他以同谋的神色盯着依维什。依维什转身瞧瞧他,说:

"除了这一位,他是条莽汉。"

"来吧。"马蒂厄柔声说。

他搂住她的肩膀,将她带出去。只听得身后一阵啧啧称奇的嘈杂声。

走到楼梯当中,依维什变得沉甸甸的。

"依维什呀。"他恳求地呼唤。

她嘻嘻哈哈地摇动着一头鬈发。

"我要在这里坐下。"她道。

"请便吧。"

依维什扑哧一声笑了,立刻将裙子撩到膝盖以上。

"我要在这里坐下。"

马蒂厄将她拦腰抱起,往外就走。走到街上,他才将她放下:

她并没有挣扎。她眨眨眼睛,闷闷不乐地看看四周。

"您愿意回家吗?"马蒂厄出主意道。

"不愿意!"依维什大声说。

"要不要我把您送到鲍里斯那里呢?"

"他不在家。"

"他在哪儿?"

"鬼才知道。"

"您愿意上哪儿去呢?"

"我吗,我哪儿知道啊?您得找个地方,是您把我弄出来的呀。"

马蒂厄思索片刻。

"好的。"他道。

他将她扶到出租车旁,吩咐道:

"去于依更斯街12号。"

"我送您到我的住所,"他说,"您可以在我的沙发上躺一躺。我给您沏茶喝。"

依维什没说什么。她颇为艰难地上了汽车,立刻扑倒在坐垫上。

"不舒服吗?"

她脸色铁青。

"我病啦。"她说。

"我叫司机在一家药店前停一停。"马蒂厄道。

"不用。"她激烈反对。

"那么您就躺平,闭上眼睛,"马蒂厄叮嘱,"咱们一会儿就到。"

依维什有点儿哼哼唧唧。突然,她脸色由青变绿,把头伸向车窗。马蒂厄眼见她那干瘦的脊背,由于呕吐而晃动不已。他伸过手去,一把握住了车门的卡锁。他真担心门会自动打开。过了一会儿,咳呛止住了。马蒂厄急忙向后仰仰身子,拿起烟斗,神情专注地往里填烟丝。依维什在坐垫上重新躺倒,马蒂厄将烟斗放回衣兜。

"咱们到啦。"他对她说。

依维什艰难地坐起来,开口道:

"真不好意思啊!"

马蒂厄头一个下车,接着伸出手臂去扶她。但她却将他推开,自己在马路当中跳下。他匆匆付了车费,转身看看她。她却毫无表情地瞧着他。从她那纯洁的小嘴里涌出一丁点呕吐的酸味儿。马蒂厄充满感情地吸着这气味。

"您好些了吗?"

"我不醉啦,"依维什怏怏不乐地说,"可我觉得头好疼。"

马蒂厄轻轻牵着她上楼梯。

"每上一级阶梯,我的脑袋就好像挨了一记。"她恨恨地对他说。在三层楼平台上,她停下来喘了喘气。

"现在我都想起来啦。"

"依维什呀!"

"全都想起来啦。我同一些卑鄙的家伙一同乘车,我出乖露丑了,而且我……在物理、化学、生物考试中落了榜。"

"来呀,"马蒂厄说,"现在只剩下一层楼啦。"

他们静静地往上走。依维什突然说:

"您怎么把我找到的呀?"

马蒂厄弯下身子,将钥匙插入锁孔。

"我到处找了一阵子,"他回答,"后来我遇见雷纳塔。"

依维什在他背后嘀咕道:

"我一直盼望您赶快来啊。"

"请进。"马蒂厄一边退缩一边招呼。她走过时碰了碰他,他真想一把搂住她。

依维什趔趔趄趄地走了几步,便进到房间里面。她沮丧地扫视了一下四周。

"您的住房就这样啊?"

"可不是。"马蒂厄答道。他还是第一次在自己寓所接待她。他环顾一下自己那几张绿皮安乐椅和那张书桌。他用依维什的眼光一打量,立刻觉得很惭愧。

"这是长沙发,请躺下。"他招呼。

依维什往沙发上一扑。什么话也没有说。

"您想喝茶吗?"

"我觉得冷呢。"

马蒂厄去找来他的脚毯,用它盖住她的两腿。依维什紧闭两眼,把头放在靠垫上。她觉得很难受,在她的额头上、鼻头上方,出现了三条细细的竖纹。

"您想喝茶吗?"

她默不作声。马蒂厄拿起电水壶,到洗碗池的水龙头去接满一壶水。在食橱里,他找到半只放了很久的柠檬,外壳已枯干,差不多已无汁水。但假如使劲挤,也许还能挤出一两滴来。他将它放在一只托盘上,另加两只茶杯,便回到房间里。

"我在烧开水。"他道。

依维什没有回话。她睡着啦。马蒂厄拉过一张椅子,紧紧靠着沙发,然后不声不响地坐下。依维什额头上的三条竖纹消失了,额头光滑纯净。她面带微笑,两眼紧闭。"她是多么年轻啊!"他思忖。他曾将全部希望寄托在一个女孩身上。她此刻在这沙发上显得如此孱弱和轻盈:她不能帮助任何人,恰恰相反,她需要别人帮助才能生活。但马蒂厄却无法助她一臂之力。依维什将去拉昂,将在那里糊糊涂涂地度过一两个冬天,然后会出现一个男子(一位年轻男子),把她带到什么地方去。"至于我,我将娶玛赛儿为妻。"马蒂厄站起身,过去悄悄地看了看水开了没有。然后他又走回来在依维什身边坐下。他含情脉脉地凝视着这病病恹恹、衣衫污垢的瘦小身躯,可它在安睡中却依然显得那么高贵。他想他是爱上了依维什,并为此惊诧不置:爱情是不知不觉产生的,它并不是一种特殊的激情,也不是他的各种感情的一个特殊种类,毋宁说它是高悬的一种诅咒、一种不幸的先兆。水在开水壶里发出吱吱叫声,于是依维什睁开两眼:

"我给您沏茶,您愿意喝茶吗?"马蒂厄问。

"茶么?"依维什不知所措地问,"可您不会沏茶。"

她用手掌将披散在脸上的鬈发抹了回去,一边揉着眼睛一边站起身来。

"把您的茶叶袋交给我得啦,"她招呼道,"我来给您煮俄式热茶。不过得有一套俄式茶炊才行。"

"我只有一个电水壶。"马蒂厄说着将那袋茶叶交给她。

"哦!还是一袋锡兰红茶!不过也只好这样了。"

她在电水壶四周忙碌起来。

"还有茶壶呢?"

"那倒是。"马蒂厄回答,他奔进厨房去找茶壶。

"谢谢。"

她的表情依然阴郁,却很活跃。她将开水注入茶壶,过了一会儿便回到原地坐下。

"得让它慢慢泡开。"她说。

沉默了一会儿,然后她开口道:

"我不喜欢您这套房子。"

"我早料到的,"马蒂厄说,"如果您好点儿了,咱们可以出去走走。"

"走到哪里去啊?"依维什问。"不,"她又道,"我能待在这儿感到很满意。所有这些咖啡馆在我脑子里乱作一团;还有那些人,简直是做了一场噩梦。这里虽然观瞻上不雅,却安安静静的。您能不能放下窗帘呢?咱们可以打开这盏小灯嘛。"

马蒂厄站起身来。他过去关上了护窗板,放下窗帘的系绳。于是沉甸甸的绿色窗帘合拢了。他打开书桌上那盏灯。

"这就变成夜里的气氛了。"依维什着迷地赞叹道。

她倚着沙发垫说:

"这是多么柔和啊,好像白昼已结束了一样。我希望等我离开这里时,天已经黑了,我真害怕又见到日光。"

"您愿意待多久就待多久,"马蒂厄说,"不会有什么人来这里的。何况万一有人来,咱们就让他白按电铃而不去开门。我空闲得很呢。"

这不是实话:玛赛儿同他在十一点钟有约会。他愤愤地想:"让她等着吧。"

"您什么时候走呢?"他问。

"明天。中午有一趟火车。"

马蒂厄沉默了片刻。然后他小心翼翼地问:

"我到火车站去送送您吧。"

"不用!"依维什说,"我讨厌这一套。拖拖拉拉地话别,跟橡皮一样没完没了。而且我会累得半死呢。"

"随您的便吧,"马蒂厄道,"您给父母发电报了吗?"

"没有。我……鲍里斯想发来着,我没让他发。"

"那么,您应当自己通知他们,是吗?"

依维什垂下头来:

"不错。"

一阵沉默。马蒂厄瞧了瞧依维什低垂的脑袋和她那纤弱的肩膀:他觉得她正在渐渐离他远去。

"那么,今天是咱们今年最后一夕相聚喽?"

"哈!"她含讥带讽地笑道,"今年最后一夕!"

"依维什,"马蒂厄说,"您不该……那么我先到拉昂去看望您吧。"

"我不愿意。跟拉昂相关的一切都不干不净。"

"那您就回这儿来。"

"不行。"

"十一月份还有一期会考。您的父母不能……"

"您不了解他们二老。"

"确实不了解。但为了惩罚您一次落第而毁掉您一辈子,他们不会这样做的。"

"他们不会想办法惩罚我,"依维什说,"但这就更糟。他们将不再关心我,干脆不再把我放在心上。而且我本来就活该如此(她怒气冲冲地说)。我没有能力学会一门技艺,所以宁肯一辈子待在拉昂,而不会再参加一次物理、化学、生物会考。"

"别这样说,依维什,"马蒂厄道,样子有些惊慌,"不要自暴自弃呀。您本来就不喜欢拉昂嘛。"

"哦,对啦,我讨厌那地方。"她咬牙切齿地说。

马蒂厄起身去找茶壶茶杯。突然他觉得脸上一阵发热,转身并不瞧她地轻声道:

"听着,依维什。您明天就动身啦,但我可以肯定,您必定会回来。十月底回来。中间这段时间由我设法安排。"

"您设法安排?"依维什惊奇而厌倦地问,"可是没什么要安排的。我已经说过,我学不进什么专业知识。"

马蒂厄大着胆子抬起头来瞟了她一眼,却仍然心里不踏实。

怎样才能找到不致令她反感的字眼呢？

"我不是指这个……假如……假如您允许我帮助您一下……"

依维什仍然一脸莫名其妙的样子。马蒂厄又说：

"我会有点儿钱的。"

依维什感到一阵恶心，问：

"哦，真的吗？"接着老实不客气地说："那绝对不可能。"

"怎么能这样说，"马蒂厄急忙辩白，"绝非不可能。听我说：在暑假期间，我可以省下一些钱。奥黛特和雅克年年邀请我去他俩在松林里的儒安的别墅度过八月份，我还从来没去过。我早晚要去一趟，那么我就今年去，我可以散散心，还能节约一点钱……别盲目拒绝呀，这等于先借点钱给您。"他急切地说。

他没有再往下讲，依维什陷在沙发里，不甚友善地悄悄端详他。

"您别这样瞧着我，依维什！"

"哦，我不知道在怎样瞧您，只知道我头痛得很。"依维什用不悦的语调答道。

她垂下眼帘，补充道：

"我该回家休息啦。"

"我求求您，依维什！听我说，我能弄到钱。您就在巴黎住下去，不必客气，我求求您，别不经考虑就一口回绝。这不会叫您为难的：等您能挣钱过活时再还我就是。"

依维什耸耸肩，马蒂厄急忙又道：

"那么，叫鲍里斯还我也行。"

依维什讷讷无言，她将脑袋埋在头发里。马蒂厄仍然呆呆站在她面前，一脸恼火和倒霉的样子。

"依维什！"

她仍然默不作声。他真想托着她的下巴,强令她抬起头来。

"依维什,倒是开口呀!回我的话呀。为什么您不搭理我呢?"

依维什没吭气。马蒂厄开始来回踱步。他暗自思忖:"她会接受的。在她表示接受之前,我不能丢开她不管。我……可以开课,或者充任校对。"

"依维什,"他唠叨着,"您得告诉我,为什么您不肯接受?"

曾经有过这种情形:采取疲劳战术可以把依维什攻下来。那就得接二连三地向她提出各种问题,并且提每个问题时都得换一种语调。

"您为什么不接受呢?"他又问,"告诉我您为什么不肯接受!"

末了,依维什头也不抬地喃喃道:

"我不愿意要您的钱。"

"这是为什么?您不是拿了父母的钱么?"

"这不一样。"

"确实不一样。您对我说过上百次,说您讨厌他们。"

"我没有理由接受您的钱。"

"或许您有理由接受他们的?"

"我不愿意人家对我慷慨解囊,"依维什道,"至于我父亲这么做,我不必对他感恩戴德。"

"依维什,您干吗要如此傲慢?"马蒂厄不禁高声说,"您没有必要为了争面子而毁掉自己的一生。想想您在拉昂会怎样度日吧。您会每时每刻后悔不迭的。"

依维什的脸色陡变,连声喊:

"别管我,别管我啦!"

她用低沉沙哑的声音又道:

"哦,没有钱可真是受罪!没钱会把人置于多么卑贱的境地呀。"

"这可就让我费解啦,"马蒂厄温和地说,"上个月您还对我说,金钱是脏东西,根本不必把它当回事。您当时扬言:'管它从哪儿来,有钱花就行。'"

依维什耸耸肩膀。马蒂厄仅能瞥见她的头顶,还有鬈发与衣领间的一小段后颈。后颈的肤色比面部颜色深一些。

"您难道没这样说过?"

"我不愿意您给我钱。"

马蒂厄不耐烦了。

"哦! 那是由于我是男人吧。"他断断续续地笑着说。

"您这是什么话?"依维什质问道。

她以冷冷的仇恨眼光打量他:

"这话太粗鲁啦。我可从来没这样想过,而且……而且我不把这放在眼里。我甚至没有想到……"

"那又怎样? 您琢磨琢磨吧:您将平生头一次完完全全得到自由。您可以随便住在哪里,可以做自己愿做的任何事情。您对我说过,您想考哲学学士。很好嘛,不妨试一试。鲍里斯和我可以帮您一把。"

"您为什么要对我行善呢?"依维什问道,"我可从来没这样对待过您。我……我在您面前总是令人无法忍受。如今您反倒怜悯起我来啦。"

"我不是可怜您。"

"那您为什么提出给我钱?"

马蒂厄踟蹰片刻,然后掉转头说:

"我无法想象今后再也看不到您。"

沉默片刻后,依维什欲言又止地揣摩着:

"您……您的意思是……您出于自私才提出借钱给我?"

"纯粹出于自私,"马蒂厄冷冷地答道,"我不过是想再见到您,如此而已。"

他大胆地朝她转过身来。她看着他时扬了扬眉,嘴巴半张半闭。然后突然间她似乎轻松起来。

"也许是这样,"她满不在乎地说,"这么说来,那是您的事了。以后再说吧。无论怎样,您说得在理:钱从哪个渠道来都无所谓。"

马蒂厄舒了口气。"这下子行啦!"他猜想。但他的心情还不太轻松:依维什仍旧一副闷闷不乐的样子。

"您怎样才能叫您父母接受这一点呢?"他故意这样问,好让她陷得更深些。

"我随便编点儿什么,"依维什含含糊糊地应道,"信不信由他们去,既然他们不负担我,那又有何妨?"

她神情沮丧地垂下头来。

"我还是得回那边去。"她喃喃道。

马蒂厄竭力掩饰心头的怒火:

"反正您还得回巴黎来!"

"哦!"她又说,"这是不现实的,……是耶,非耶,我自己也说不准。那是遥远的事。而回拉昂呢,我清清楚楚知道明晚就到家啦。"

她摸了摸自己的喉部,说:

"我切切实实感受得到。再说,我该收拾行李啦。我得干整整一夜哩。"

她站起身来,说:

"茶该沏好啦。过来喝茶吧。"

她将茶倒入茶杯。这茶浓黑浓黑,简直像咖啡。

"我给您写信吧。"马蒂厄说。

"我也会写的,"她道,"但没有什么话可对您说呀。"

"就给我描写描写您的房子、您自己的卧室。我希望能想象出您在那边如何生活。"

"哦,这不行!"她驳道,"我不喜欢谈论这些事情。单是在那里生活就已够受的啦。"

马蒂厄联想到鲍里斯写给洛拉的那一堆干巴巴的短信。但这只是刹那间的念头:他端详着依维什的双手,她那尖尖的、染红了的指甲,还有那细瘦的手腕,于是思忖道:"我一定会再见到她的。"

"多么奇怪的茶水!"依维什一边放下茶杯一边说。

马蒂厄突然一惊:刚刚有人在大门上按了铃。他却不吭声。他希望依维什没有听见。

"咦!是不是有人按了铃?"她问。

马蒂厄将一个指头放在嘴唇上,要她别出声。

"咱们刚才说好了不开门的。"他低声道。

"开门,开门!"依维什清脆的嗓音叫嚷起来,"也许有重要事情:快去开门呀。"

马蒂厄朝门口走去。他想:"她生怕同我串通一气哩。"正当萨拉即将再次按铃时,他去开了门。

"您好!"萨拉气喘吁吁地招呼道,"哎哟,您可让我跑断腿啦。那位矮个子部长告诉我,您打过电话。于是我就赶来啦。我甚至连帽子也来不及戴。"

马蒂厄面带惊惶之色打量着她:她身上紧裹着那身苹果绿的套服,脸上因堆满笑容而将一口黄牙展露无遗,头发乱蓬蓬的,善良的神情有些不正常,一看就觉得她遭了大灾大难。

"您好,"马蒂厄匆匆应答道,"我正在同……"

萨拉友好地将他推开,从他的肩头探过脑袋张望:

"这是谁啊?"她极为好奇地问道,"哦!是依维什·塞尔金。您好吗?"

依维什站起身来,做了个类似屈膝礼的动作。她的表情失望,其实萨拉也一样。依维什是萨拉唯一难以忍受的人。

"您好瘦啊,"萨拉说,"我可以肯定,您吃得太少,您有些任性哩。"

马蒂厄站到了萨拉的正对面,两眼紧盯住她。萨拉不禁失笑道:

"您瞧马蒂厄瞪着眼责备我呢,"她开心地说,"他不让谈节食的问题。"

接着转身对马蒂厄道:"我回家晚了,那怪物找不着了。他到巴黎还不满二十天,却卷进一大堆暧昧事里啦。我抓住他时已经六点啦。"

"您真好,萨拉。谢谢您。"马蒂厄应道。

他高兴地说:"得啦,以后再谈。先过来喝杯茶!"

"不,不!"她道,"连坐也不坐啦。我这就去西班牙书店,他们要求立即见我,戈梅兹有个朋友刚到巴黎!"

"是谁呢?"马蒂厄装模作样地问,目的是拖延点儿时间。

"还不清楚。据人家说,是戈梅兹的朋友。是从马德里过来的。"

她关切地端详着马蒂厄。她的一双眼睛因充满善意而显得不知所措。

"可怜的马蒂厄呀,我给您带来的可不是喜讯:他拒绝啦。"

"嗯!"

马蒂厄还有力气回答道:

"您大概希望跟我单独谈谈吧?"

他多次皱眉头,但萨拉连看也不看:

"哦,这也不必了,"她忧郁地说,"我几乎没有什么要对您说的。"

她以十分神秘的语调补充道:

"我尽可能地坚持己见。一点办法也没有。有关的人必须明天上午带着钱到他那里去。"

"好吧!那就算啦:咱们不再提这件事。"马蒂厄忙说。

他强调最后那句话。但萨拉还是坚持要说明理由,她解释道:

"我尽了最大努力。要知道,我恳求他帮忙。他问我:'这女人是犹太人吗?'我说不是,他立即回答:'我不赊账。假如她要我打掉,那就得付现款。否则,巴黎到处都有诊疗所嘛。'"

马蒂厄听到他身后的沙发格格作响。萨拉继续往下讲:

"他说:'我绝不会为他们赊账。他们在那边让我们受够了罪。'这是实话,您知道的。我几乎能谅解他呢。他向我提到维也纳的犹太人、提到集中营。我简直不愿相信他所说的……'她的声音哽咽了:'人家让他们受尽苦难啊。'"

她沉默了,出现了沉闷的寂静。她摇摇头又说:

"那么您怎么办呢?"

"我不知道。"

"您不想……"

"想过的,"马蒂厄闷闷不乐地说,"我估计也就只能这样了结。"

"我亲爱的马蒂厄呀。"萨拉激动地说。

他严峻地瞧着她,她神情狼狈而讷讷无言了。他在她的眼神里看出,似乎有某种良心受责的样子。

"好哇!"她过了一会儿说,"那么我就告辞啦。明天上午一定给我来个电话,我想知道后来怎样。"

"没问题,"马蒂厄答应,"再见啦,萨拉。"

"再见啦,我的小依维什。"萨拉在门口喊道。

"再见,夫人。"

萨拉走后,马蒂厄重新在屋里踱起步来,他感到有些冷。

"这个好心女人,"他笑着说,"就像一阵飓风,她进门像狂风骤起,她离去如风驰电掣。"

依维什默不作声。马蒂厄料到她不会回答的。他走过来坐到她身旁,眼睛望着别处说:

"依维什,我将要娶玛赛儿为妻哩。"

又是一阵沉默。马蒂厄扫视了一下窗前悬挂的厚重的绿窗帘。他累极了。

他低下头,对依维什解释道:

"她前天告诉我,她已怀孕了。"

这句话很难说出口,他不敢转身看依维什,却知道她正瞧着他。

"我在想,您干吗要对我说这个,"她冷冷地说,"这是你们两人的事嘛。"

马蒂厄耸耸肩说:

"您知道她是……"

"是您的情妇?"依维什高傲地接话道,"我要告诉您:我不太关心这种事。"

她犹豫片刻,接着漫不经心地说:

"我不明白,您为什么做出一副心情沉重的样子。假如您娶她,总是由于很愿意这样做吧。否则,照我听人家谈起过的,办法有的是啊……"

"我没有钱,"马蒂厄说,"我到处设法弄钱……"

"就是因为这,您曾委托鲍里斯向洛拉借五千法郎么?"

"哦,您听说啦?我没有……总之也是,您一定要这样说,就算是真的吧。"

依维什不冷不热地说：

"这很卑鄙。"

"是呀。"

"不过,这与我无关。"依维什道,"您应当明白您该怎么做。"

她一口将茶饮尽,问：

"现在几点钟？"

"九点欠一刻了。"

"天色已黑了吗？"

马蒂厄走到窗口,撩起了窗帘。从百叶窗透进一线灰暗的残光。

"还没有全黑。"

"哦,也罢。不管它,"依维什一边起身一边说,"我还是走吧,还得整理行装,"她带着叹息的声调说。

"那么再见。"马蒂厄说。

他并不想挽留她。

"再见啦。"

"我能在十月份再见到你吗？"

他不很甘心让她离去。听见这话她猛一惊。

"十月份！"她眼睛一亮,重复道,"十月份！哦,不可能。"

她哈哈笑道：

"很抱歉。可您的表情真奇怪。我从未想到过要您的钱。您自己安家还不够呢。"

"依维什！"马蒂厄抓住她的胳臂喊道。

依维什嚷了一声,突然挣脱开来,说：

"放开我,不许碰我！"

马蒂厄垂下双臂。他感到一种无可奈何的怒火在心头升起。

"我早就料到,"依维什气喘吁吁地接着说,"昨天上午……您大胆地碰了我……我心里嘀咕:'这是有妇之夫的举动!'"

"行啦,"马蒂厄不客气地说,"不必多说,我明白啦。"

她站在那里,在他面前挺立着,气得满脸通红,嘴角挂着高傲的微笑:他对自己感到害怕了。他冲出门外,撞了一下依维什,砰然关上身后的房门。

十六

你不懂得爱,你不懂爱
白白地,我向你把两臂伸开。

在阑珊的夜色里,三剑客咖啡馆已是灯火通明。在平台前面,已聚集起休闲的人群:再过一会儿工夫,那光辉灿烂的夜景图,就将从一家咖啡馆到另一家咖啡馆、从一面橱窗到另一面橱窗,伸展至巴黎全城。人们一边欣赏音乐,一边等待着黑夜来临。他们神情快乐,在这夜色初降的霓虹灯前挤在一起推推搡搡。马蒂厄绕过了这充满激情的人群:甜蜜的夜晚不是为他准备的。

你不懂得爱,你不懂爱
你永远永远也不明白。

一条笔直的长街。在他的身后,一间绿色的小屋里,一个小小的充满怨愤的灵魂使劲将他推开,在他的面前,一间玫瑰色的小屋里,一个平静的女人挂着希望的微笑正等着他。再过一小时,他就将蹑手蹑足地走进那玫瑰色的小屋。他将被这甜蜜的希望,被这感激和爱情所吞没。终其一生,终其一生。有的人为了比这更小的事而跳水。

"真是笨蛋!"

马蒂厄向前跳跃以躲过汽车。他在人行道上绊了一跤,两手趴在地上。

"见鬼!"

他站起来,掌心感到灼痛。他认真地察看沾满污泥的双手,右手黑糊糊的,有几处小小的刮伤;左手也疼痛起来。污泥弄脏了他的绷带。"这下子齐啦,祸不单行嘛。"他郑重其事地嘟哝着。他掏出手绢,用唾沫弄湿了,怪心疼地擦了擦手心。他直想落泪。刹那间他手足无措,吃惊地瞧着自己。接着,径自哈哈大笑起来。他笑自己、笑玛赛儿、笑依维什、笑自己的笨拙、笑自己的生活,也笑自己可悲的情欲;他忆起往日的抱负,觉得自己落到这步田地十分可笑:像他这样一位道貌岸然的先生,因为跌跤竟差点流泪。他并不是害臊,而是带着冷静而强烈的调侃情绪瞧着自己。他暗忖:"还说我一向自以为了不起呢。"在摇晃几下之后,笑声戛然而止:再没有任何人笑了。

一片空虚。躯体拖着两脚重新往前走动。但是觉得又沉重、又炎热,时而打战、时而又因气愤而感到喉管和腹部发热。但这躯壳已不再载荷什么人。街道像洗碗槽的洞眼那样将杂物吸得一干二净。方才还充塞在街上的什么东西,刚刚被吞吸光。各种物体还在原地,完好无损,但组合已被拆散,它们或者从天空挂下,如同一些钟乳石;或者从地面突起,像奇形怪状的粗石巨柱。它们所有习以为常的小小心愿、细声细气的蝉鸣虫唧,都已在空气里化为乌有,现在已经沉默无言。从前曾有过一种人类的未来,也曾奋起同它们抗争,它们却将这未来反馈为无数形形色色的诱惑。未来已经死亡。

躯体向右拐弯,钻进了一处肮脏的裂口深处耀眼而跳动的气体中。在几块映着光柱的大镜子之间。一些黝黑的庞然大物艰难地缓缓向前移动,发出嘎吱嘎吱的响声。在齐眉高的地方,一些毛茸茸的花朵在摆动。在这些花朵当中、在裂缝的尽里,一个透明的影子在移动,带着一种冰凉的欲念陷入沉思。

"我要去抓住这些东西!"人群复又形成,喧闹忙碌,有汽车、有行人、有橱窗。马蒂厄重新来到远征街当间。但这已不是原来的人群,也不完全是原来的马蒂厄了。在世界的尽头,在房屋和街道以外,有这么一扇紧紧关闭着的门。他搜索了一下他的皮包,从里面取出一枚钥匙。那边是那扇紧闭的门,这边是这枚扁平的小钥匙:这便是世上仅有的物体了。在这两者之间,仅仅存在一堆堆障碍和一程又一程的距离。"还有一个钟头。我还来得及徒步走过去。"一个钟头:走到那扇门前,将门打开,正好要这么多时间。超过这时间就不再有任何东西。马蒂厄以均匀的步伐朝前走,自我感觉是心平气和的。他觉得心绪恶劣,但很平静。"假如洛拉还躺在床上呢?"他将钥匙重新放进衣兜,暗想:"那就活该啦:我还是要把钱拿走。"

灯光暗淡。在顶层窗户旁边,在玛琳娜·迪特里希①与罗伯特·泰勒②的照片之间,有一个作为广告品的年历,上面挂着一面已有黄斑的小镜子。丹尼尔朝它走去,微微弯腰,照着镜子重新打好领带结。他急着要穿戴齐整。从镜面上他瞥见背后出现了拉尔夫瘦削而结实的侧影(虽然由于镜面的光线暗淡和白色污垢而模糊不清)。于是丹尼尔的双手颤抖起来:他真想一把掐住这又干又瘦、喉结突起的脖子,用自己的手指将它掐断。拉尔夫朝小镜子转过头来。他不知道丹尼尔已瞥见他,却以古怪的目光盯着他的

---

① 玛琳娜·迪特里希(1901—1992),德裔美国著名女影星,拍有《蓝色天使》(1930年)等影片。
② 罗伯特·泰勒(1911—1969),美国影视、演员,主演过《魂断蓝桥》。

背影。"这家伙的面孔简直像个杀人犯。这小子自以为受了侮辱,他恨死我啦。"丹尼尔想着心里战栗起来。但掂量一下,又觉得这差不多是快活的战栗。于是他拖拖拉拉地系着领结。拉尔夫仍瞅着他,丹尼尔在品味那将他们两人联结在一起的仇恨,那是一种似乎积蓄达二十年之久的旧恨,是一种占有,这使他得到净化。"总有一天,会有一个像他一样的家伙,从背后给我一下。"那年轻的面孔将在镜面上变得肿大,到那时就将完蛋,这将是可耻的死,——对他倒挺合适。他突然转身,拉尔夫急急垂下了眼帘。屋子热得像一具火炉。

"你这里有毛巾吗?"

丹尼尔的两手已是汗涔涔的。

"您看看水罐里有没有。"

水罐里有一条脏兮兮的毛巾。丹尼尔仔细擦了擦两只手。

"这水罐里从来没有水,"他道,"你们两人似乎不怎么洗脸。"

"我们在走廊里的自来水龙头上洗。"拉尔夫用阴冷的语调说。

沉默一阵后,他解释道:

"这样方便一点。"

他正在穿鞋,身子坐在折叠床边沿,上身微弯,右膝抬起。丹尼尔观赏着这干瘦的脊背,还有从拉科斯特牌短袖衬衫里伸出来的肌肉发达的年轻人的胳膊。"他挺有风度。"丹尼尔公正地琢磨。但他讨厌这种风度。再过一会儿,他就出门远去了。这一切就将变成过去。但他明白,屋子外面等着他的是什么。当他重新穿起短上衣时,他不禁犹豫起来:他的肩部、胸部都已大汗淋漓,他担心,上衣的重量会使那件亚麻衬衫粘住潮湿的肌肤。

"你屋里热得要命啊。"他对拉尔夫说。

"这里贴近屋顶嘛。"

"现在几点钟啦？"

"九点钟。钟声刚响过。"

在天亮之前，还有十个小时要打发。他不会上床休息。睡在床上更难受。拉尔夫抬起头来说：

"拉里克先生，我早想问您：是您出主意叫鲍比回他原来药店的吗？"

"出主意？谈不到。我对他说过，抛开药店老板是很蠢的。"

"哦，那很好。因为这意思是不一样的。他今天早晨跑来跟我讲了这件事，说他要去表示歉意，说这是您的意思，可他不像是说实话。"

"我没叫他做任何事情，"丹尼尔说，"尤其不曾叫他去表示什么歉意。"

他们两人都轻蔑地一笑。丹尼尔想重新穿起短上衣，却没有这勇气。

"我对他说：'随便你怎么办吧，'"拉尔夫说着弯下身子，"'这不是我分内的事儿。既然是拉里克先生给你出主意，那么……'现在我才明白是怎么回事。"

他做了个怒气冲冲的动作，给左脚的皮鞋带打了个结。

"我不会对他说什么，"拉尔夫道，"他就是这么个人，他不撒谎就过不了日子。不过有个家伙，我敢保证，我还要在街道拐角逮住他。"

"那药剂师？"

"正是。但不是老的那个，是那年轻的。"

"那实习店员？"

"不错。就是那个胆小鬼。他说了鲍比和我那么多坏话。鲍比回到这黑店，那有什么可得意的！可您不必担心，我找一天晚上，在店门口恭候那实习员。"

他不怀好意地笑了笑,对于这火气颇感自鸣得意。

"我会把手插在口袋里,摆出一脸凶相走过去:'你还认得你爷爷吗?认得吧?那敢情好。说说你打了我多少小报告?'您会看到这小子现原形。'我没说啥,我啥也没说啊!''哦,你啥也没说?'啪!一拳击中肚皮,我把他打倒在地,又骑在他身上,抓着他的脑袋猛撞人行道!"

丹尼尔怒不可遏而又略带嘲弄地瞅着他:"都是一路货。"全都一样。除了鲍比,他像个娘们儿。打完架,他们总要议论把谁干掉。此刻拉尔夫非常兴奋,他两眼闪闪发光,面红耳赤:他喜欢做一些激烈而粗暴的手势。丹尼尔忍不住想再压压他的傲气。

"你听着:没准儿是他收拾你一顿呢。"

"他收拾我?"拉尔夫恶狠狠地冷笑起来,"他尽可以来找我呀。您只需问问东方饭店的服务员。那小子已经明白是怎么回事啦。这实习员已经三十岁啦,胳膊这么细。他居然说要叫我败下阵来哩。"

丹尼尔放肆地讥讽道:

"你揍他是不费吹灰之力的,当然喽。"

"哦,您打听打听就知道啦,"拉尔夫不快地说,"他们跑出来看热闹的大概有十个人。'你出来啦?'我冲他来了这么一句。喏,在场的有鲍比,还有一个身材高大的家伙,我见到过您同他在一起,他叫柯尔班,屠宰场的。那家伙出来冲我说:'你敢跑来教训一个有儿有女的人?'瞧我怎么答话!我来它个下马威,照着他的眼睛就是一拳,接着转身用臂肘杀了个回马枪。就这么着:照准他的鼻子!"他站起身来,模仿这场战斗的各个回合。他一个劲儿地团团转,展示他那坚挺的小屁股,因为穿了紧身蓝布裤而尤显突出。丹尼尔感到怒火中烧,真想狠狠揍他一顿。"他鼻子流血啦,"拉尔夫说,"嗨!再朝他腿上踢一脚,他就倒在了地上!这位有儿有女的一家之长,就被打得辨不出东西南北啦!"

他没再说下去,表情阴森而自负,似乎在沾沾自喜。他那样子像一条爬虫。"我恨不得宰了他!"丹尼尔心想。他不太相信这番胡言乱语。但说拉尔夫能将一个三十岁的男子汉打翻在地,他听了毕竟不是滋味儿。他哈哈笑道:

"你这是假充好汉!"他艰难地开口道,"你总有一天要碰个大钉子的。"

拉尔夫也吃吃笑了起来,两人相互凑近了点儿。

"我不是充好汉,"他回答,"而是不畏强手。"

"那么,"丹尼尔道,"你是谁也不怕了?嗯?谁也不怕?"

拉尔夫满面通红了。

"并不是高头大马的人,就一定最有力气啊!"他说。

"你呢?你露一手我看看,看你有没有力气?"丹尼尔推着他说,"看你有没有力气呀?"

拉尔夫目瞪口呆了片刻,接着他的两眼闪闪发光。

"跟您比一比,我倒愿意的。当然是闹着玩玩,"他用尖啸的嗓音说,"不动真格儿。您赢不了的。"

丹尼尔一把抓住他腰部:

"我要让你看看赢不赢得了,我的小娃娃!"

拉尔夫又灵活又有劲。在丹尼尔的双手捏抓之下,他的肌肉全都绷足了力气。他俩不声不响地摔打着,丹尼尔却先喘起了粗气,他模模糊糊觉得自己像一个蓄着胡髭笨手笨脚的胖墩儿。拉尔夫居然能把他抬起来,但是丹尼尔却用手推拉尔夫的脸面,于是拉尔夫放开了他。他俩重新面对面站立,虽仍是笑嘻嘻地,却有些红了眼。

"噢,您要来凶的一手?"拉尔夫用古怪的语调说,"您要来凶的?"

他突然伸长了脑袋,冲着丹尼尔扑了过去。丹尼尔躲过了这一手头功,一把捉住了他的后颈。他已是筋疲力竭,拉尔夫却毫无倦意。他俩又抱做了一团,在房间中央反反复复扭打起来。丹尼尔的口腔底部觉得发涩而且发烫,他想:"得收场了,否则他会把我治住哩。"于是绷足力气去推拉尔夫,但拉尔夫挺住了。丹尼尔顿时生出一腔怒火,暗想:"我岂不成了笑柄!"蓦然间,他弯下身子,拦腰抱住拉尔夫,将他举起,扔到床上;就着这股劲儿,他直愣愣地扑倒在他身上。拉尔夫奋力挣扎,并且企图乱抓乱挠;但是丹尼尔握紧他的手腕,按在长枕上。两人就这样相持了好一阵子。丹尼尔极度疲乏,实在难以重新站立起来。拉尔夫被钉在床上,一点儿办法也没有,被这男子汉的体重、这一家之长的体重压得喘不过气来。丹尼尔美滋滋地瞧着他。拉尔夫眼里充满疯狂的仇恨情绪。他的样子很美。

"谁制服了谁?"丹尼尔用断断续续的声音问,"到底谁制服了谁啊,我的小家伙?"

拉尔夫立刻浮起笑意,用假惺惺的语调说:

"您身体真棒,拉里克先生。"

丹尼尔松了手,重新站立起来。他喘不过气,觉得很丢人,他的心怦怦跳个不停。

"我身体曾经很棒,"他应道,"现在却上气不接下气喽。"

拉尔夫挺立着,正在整理衬衫上的假领,根本不曾喘粗气,他试图笑出声来,却躲避着丹尼尔的目光。

"喘气的问题么,那不算什么,"他以老手的口吻说道,"只要训练训练就行。"

"你格斗技术高明,"丹尼尔说,"但咱们的量级不同。"

两人都有点不自在地咯咯笑了起来。丹尼尔很想扼住拉尔夫的咽喉,使劲朝他脸上猛揍几拳。他重新穿起那件短上衣。沾满汗水的衬衫果然粘住了肌肤。

"也罢,"他道,"我走啦。晚安。"

"晚安,拉里克先生。"

"我为你在屋里藏了点儿东西,"丹尼尔说,"你好好找一找,一定能找到的。"

门重新关上了,丹尼尔两腿软绵绵地走下楼梯。"我得先洗一洗,"他想,"首先得从头到脚洗一遍。"他跨过旁门的门槛时,突然想到一件事,令他停下脚步:他今天早晨出门前刮了脸,将剃刀忘记在壁炉台上,整套剃具全都敞开放在那里。

马蒂厄推开旅馆大门时,引起一阵轻微低沉的门铃声。"今天早晨我没有发现这门铃,"他琢磨,"他们大约是在晚上九点之后打开门铃开关的。"他透过办公室的玻璃斜睨了一眼,瞥见一个人影儿:里面有人呢。他不急不忙地走向挂钥匙的板牌。21号房间。钥匙挂在一根钉子上。马蒂厄匆匆将钥匙取下,将它放入衣兜,接着向后转身,又朝楼梯方向走去。他背后有一扇门启开,他想:"他们会叫我的。"他并不害怕,这是事先估计到的。

"喂,喂!您上哪里去呀?"一个生硬的声音问。

马蒂厄转过身来。原来是一位戴着夹鼻眼镜的瘦高个儿女人。她的表情既神气活现、又忐忑不安。马蒂厄冲她微微一笑。

"您上哪儿去?"她又问一遍,"您不能问一问门房么?"

波利瓦尔。那黑人的名字叫波利瓦尔。

"我去四楼波利瓦尔的房间。"马蒂厄不慌不忙地说。

"那就好!因为我方才瞥见您在钥匙板那儿鬼鬼祟祟。"那女人疑神疑鬼地说。

"我看看他的钥匙是不是挂在那里。"

"不在那里吗?"

"不在。他大概在家。"马蒂厄道。

那女人朝挂钥匙板走去。一半对一半的机会。

"说得对,"她道,那样子是既舒了一口气,又颇感失望,"他在房间里。"

马蒂厄不理不答地开始爬楼梯。在通往四层的楼梯平台上,他稍稍停歇了一下,然后将钥匙塞进21号房间的锁孔,打开了房门。

房间沉浸在一片黑暗中。黑暗里约略有些红光,扑鼻而来的是一股热气和香味儿。他将房门反锁,然后朝床铺走去。一开头,他还将两手伸向前方,以防万一有什么障碍物。但他很快就习惯了。床上很凌乱,在长枕上面有两只单人枕头,由于卧者脑袋压过仍然凹陷下去。马蒂厄在手提箱前跪了下来,将箱打开。他稍稍有点儿想要呕吐。早晨他松开手放下的纸币,现在又重新落在了那几捆信札上头。马蒂厄取了五张钞票,他并不打算为自己偷取分文。"这箱子的钥匙应当怎么处理?"他踌躇了一下,决定将它留在手提箱的锁孔里。他站起身来的时候,发现房间尽里的右侧,还有一扇他今晨未曾注意到的房门。他走过去将它打开:原来是洗脸间。马蒂厄划了一根火柴,看见镜子里出现了他那张被火光照成金黄色的面孔。他张望自己直到那根火柴熄灭。然后他扔掉火柴,回到房间里。此刻,他清清楚楚地分辨出各种家具、洛拉的衣服、她的浴衣、睡衣、套服,全都整整齐齐地安放在椅子上,或者挂在衣帽架上:他微微狞笑了一下,便径自走出房间。

走廊里空无一人,却可以听见脚步声和笑声。大约有人正在上楼梯呢。他下意识地动了一动,似乎想折回屋里。但转念觉得不必:即使被人抓住,对他来说也全然无妨。他将钥匙插入锁孔,将房门严严实实锁上。当他缓过劲儿来时,瞥见一个女人、后面跟着一名士兵。

"是在五层楼。"那女人说。

士兵应道：

"太高了呢。"

马蒂厄给他们让了路，然后继续下楼。他有点儿开心地想，最难的事儿还在后头：得将这房门钥匙交回，挂在钥匙板上。

在二楼他停下脚步，俯在扶梯上观望。那高个子女人正站在大门门槛处。她背向着他，闲眺着街景。马蒂厄悄然无声地走下最后几级楼梯，将钥匙挂在钉子上，然后蹑手蹑脚重新走上楼梯平台，稍候片刻后，便噔噔噔地大步跑下来。那高个子女人转过身，他走过时向她致意。

"再见啦，太太。"

"……见啦。"她含含糊糊应答着。

他出了大门，仍感觉那女人的目光死死盯着他的脊背。他差点儿没哈哈大笑起来。

兽死而后毒汁尽。他两腿发软，却大踏步前行。他很害怕，嘴里觉得干渴。街道过分泛着蓝光，天气过于温暖，火苗顺着导火线跳跃，跳到尽头便点燃一桶火药。他四级并一级地往楼上爬。他十分艰难地将钥匙往锁孔里塞，因为手在哆嗦。两只猫在他的裤裆下飞奔而去：他现在可把它们吓坏啦。兽死……

剃刀还在那里，端放在床头桌上，彻底敞开着。他抓起剃刀柄仔细端详。剃刀柄是黑色的，刀片是白色的。火苗顺着导火线跳跃。他用手指轻拂刀锋，立刻有一种被割破的酸涩感，于是他不寒而栗：这只手得完成所有的事情啊。剃刀于事无补。它不过是一件死东西，放在手中只有一条小虫的分量。他在房间里走了几步，他要求援助，希望有点儿征兆。一切都死气沉沉，一切都寂然无声。桌子是死的，椅子是死的，它们在静止不动的光线里浮现。在这蓝得过分的光线下，我是唯一屹立着的活物。没有任何东西能助我一臂之力,任何事情都不会发生。那两只猫正在厨房里乱抓乱扒。他用手撑了一撑桌面,它以同等的压力回应他所施加的压力。既不多,也不少。物体是只知顺从的,是驯服的,可操纵的。我这只手将完成一切。他因为焦虑和厌倦而打起了呵欠,而且厌倦比焦虑更甚。他在这场景中孤独一人。什么也不促使他做出决定,什么也不阻止他做出决定。必须独自做决定。他的行为不过是一种空缺。在他两腿之间的这朵红花,它不在这里;地板上这摊红色水洼,它也不在这里。他察看着地板。地板是单色的、平滑的。任何地方都没有斑迹存在的位置。我将躺卧在地上,毫无活力,长裤解开,黏糊糊的;剃刀将落在地上,是红色、有缺口、毫无活力的。他着迷地凝视着剃刀、凝视着地板;但愿他能充分地想象这摊红色的水洼、这割破的伤口,以致它们可以自动完成,而不需要由他来做这件事。疼痛,那将是我能够忍受的。我愿意疼痛,我呼唤疼痛。但问题在于这个动作,这个动作啊。他瞧着地板,然后又瞧瞧刀片。徒劳无益呀:空气很温暖,房间很幽暗,剃刀发着柔和的亮光,它正轻飘飘地待在他掌中。一个动作,得有一个动作。只要流出一滴血,现实就将立即翻倒。是我的手,是我的手该完成一切。

他朝窗口走去,他仰望着天空。他放下窗帘。用左手去做。他打开电灯。用左手打开。他将剃刀移到左手拿着。他拿起公文包。他从里面取出五张一千法郎面值的钞票。他又从书桌上拿起一只信封,将钱塞进信封。他在信封上写道:于依更斯街21号德拉鲁先生收。他将信封放在桌上十分显眼的地方。他站起来,向前走着。他将那活物紧贴着肚皮带走,它在吮吸他。他感觉得到它。做或者不做。他落进了陷阱。必须做出决定。他有整整一夜来考虑这件事。他独自一人面对他自己,整整一夜啊。他的右手又拿过了剃刀。他害怕自己的手,他留神地看着这手。它在手臂的终端僵硬发直。他说了声："干吧！"一种细微的乐不可支的战栗从他腰部一直爬到他脖子上。"干吧，了此一事呀！"假如他能发现自己致残致伤，一如清晨听到闹钟铃响之后发现自己起床站立一样，起床是不必知道如何起床的。但首先得做这个猥亵的动作、这进公共小便池的动作，得长时间地、不急不忙地解开裤扣。剃刀的死气沉沉传染到他的手、他的胳臂。一具暖洋洋、活生生的躯体，却拥有顽石般的手臂。一只硕大的石像般的胳膊，冰冷而死板，终端拿着一把剃刀，他放松了五指，于是那剃刀落在桌面上。

剃刀在那里，在桌面上，完全敞开着。什么也没有发生变化。他可以伸出手，将它拿起来。那剃刀将无动于衷地服从调遣。还来得及。将来也永远来得及。我还有整整一夜呢。他穿过这间屋子。他不再恨自己。他不再要任何东西。他在犹豫。那活物在那里，在他的裤裆里，笔直而僵硬。烂污货呀！我的孩子，假如这太叫你厌恶，那里有一把剃刀嘛，就放在桌子上。兽死而后……剃刀啊剃刀。他围着桌子来回转悠，目不转睛地盯着那把剃刀。没有任何东西妨碍我将它取走吗？没有啊。一切都是死寂而静止的。他伸出手，他触摸着刀片。我的手将完成一切。他纵身向后跳去，拉开房门，跳进了楼梯。他那些猫咪当中有一只被吓坏了，在楼梯里先于他逃遁而去。

丹尼尔在街上奔跑着，楼上房门洞开，电灯亮着，剃刀仍放在桌面上，那几只猫在黑魆魆的楼梯上游荡着。没有任何东西妨碍他折回原路、回到楼上去。房间正在百依百顺地等待他。什么也没有决定，永远也不会有任何已决定了的东西。必须奔跑啊，尽可能逃到最远方去，重新在喧闹和亮光中成为众人当中的一员，让别人注视自己。他一直奔到奥拉夫王咖啡馆，气喘吁吁地推开了店门。

"来一杯威士忌！"他喘着粗气吩咐。

他的心脏怦怦跳动,那振幅似乎直达指尖。他嘴里涌上一股墨水的味道。他坐进尽里的单间。

"您似乎很疲劳。"那侍者态度极恭顺地说。

这是一位身材高大的挪威人,法语说得极纯正。他十分和蔼地注视着丹尼尔。丹尼尔觉得自己似乎变成了大大方方给小费的古怪富翁。他挂着笑容解释道:

"不怎么妙啊。我有点儿发烧呢。"

侍者微微点头,然后走开了。丹尼尔重新陷入孤独。他的房间万事俱备地在上面等待他归来:房门敞开着,剃刀放在桌上闪闪发光。"我怎么也不能回到屋里去。"他将尽情痛饮。等到凌晨四点钟敲响之时,这侍者将在酒吧调酒师的帮助下,将他抬进一辆出租车。如同每次的情形一样。

侍者端着半杯酒和一瓶佩里埃矿泉水走了过来。

"正是您喜欢的那种。"他说。

"谢谢。"

丹尼尔独自一人待在这平淡而宁静的小酒店里。金黄色的灯光在他四周沉浮。隔墙板金黄色的木料也在发出柔和的光芒。这木料上涂了一层厚厚的清漆。你若用手去摸它,它能粘住你。他将佩里埃矿泉水倒入杯中,那威士忌酒冒了一阵泡沫,忙忙碌碌的气泡儿浮到面上。它们像婆婆妈妈的女人一样彼此推操着,然后这一大阵子的动荡才平静下来。丹尼尔凝视着这黄色的液体。它上面还漂浮着一点泡沫的痕迹:你简直以为这是变味的啤酒呢。在酒吧内侧,那侍者和调酒师避开外人耳目,正用挪威语交谈。

"又喝酒了!"

他一巴掌扫荡了酒杯,让它在方格地面上摔得粉碎。酒吧调酒师和那侍者突然不作声了。丹尼尔俯身桌面上:那液体正在方格地上缓缓向四面八方溢去,直流到一只椅腿边。

侍者赶忙跑过来：

"我真是笨手笨脚呀！"丹尼尔笑嘻嘻地哼唧着。

"给您另来一杯吧？"侍者问。

他弯下身子，但腰身却绷得很紧，竭力擦掉那液体，并拾起玻璃碎片。

"好的……不必啦，"丹尼尔突然说，"这可是对我下警告啊，"他以开玩笑的口气补充道，"今晚我不该喝酒。请给我半杯佩里埃矿泉水，外加一片柠檬。"

侍者走开了。丹尼尔感到比较平静了。他四周又形成一种昏暗的现实。生姜的气味、金黄色的灯光、隔墙的木板……

"谢谢。"

侍者拔掉瓶塞，斟上半杯饮料。丹尼尔喝了一口就把杯子放下。他暗忖："我早就知道！我知道自己是干不出来的！"当他大步流星地在街上奔走，当他四级一大步地攀登楼梯时，就已经知道自己不会贯彻始终的。当他将剃刀握在掌中时，就早已知道。他连一秒钟也不曾弄错过，自己是多么蹩脚的演员啊。他终究不过是做到让自己吓坏了自己，然后撒腿溜之大吉。他拿起酒杯，将它紧紧攥在手中：他想尽一切办法使自己厌恶自己。他将永远不再能找到这么难得的机会。"混蛋！懦夫兼戏子：真是个混蛋！"他一度以为自己可以做到这一点，可并没有做到。那不过是些空话。本来应当……哦，随便是谁、随便哪个评判员，他全都可以接受。就是不能是他自己。这对自己的轻蔑实在是太残酷无情了：它永远也没有足够的力量，那是一种奄奄一息、软弱无力的轻蔑，它仿佛时时刻刻都在消亡，它仿佛永远无法达到。要是有什么人知道，要是他能感觉到别人的极度轻蔑压在他心头……"但我却永远做不到，我宁愿自己阉割自己。"他看了看手表，十一点。到明晨还有八小时要打发。时间似乎不再流逝。

十一点钟！他突然一惊："马蒂厄正在玛赛儿屋里。她在对他说话。就在此时此刻，她在对他说着什么。她用两臂挽住他的脖子。她觉得他没有尽快提出要求……我也有责任，我造成了这种情况。"他浑身上下哆嗦起来：他会让步的，他终于会让步的。我毁掉了她的一生啊。

他放下酒杯，站立起来，直愣愣地瞧着前方，既不能蔑视自己，也不能自我忘怀。他宁愿已经死掉，但却仍然活着。他继续固执地使自己存在下去。他宁愿自己已经死掉，他想他宁愿自己已经死掉，认为他是想着宁愿自己已死掉……有一种办法。

他自言自语地发出了声音，于是侍者跑过来。

"您叫我来着？"

"是的，"丹尼尔魂不守舍地说，"这是给您的。"

他将一百法郎扔在桌上。有一种办法。把一切都安排妥帖的办法！他挺了挺身子，敏捷地向门口走去。"一种好办法。"他轻轻地笑了一笑：每当有机会跟自己开个小玩笑时，他总觉得其乐无穷。

十七

马蒂厄将身后的门轻轻关上，向着铰链那边稍稍提起一点儿，以免弄出嘎嘎的声响。然后，他将脚放在楼梯的第一级上，弯下身子解开鞋带。这时他的胸口轻轻碰着了膝盖。他脱下皮鞋，用左手提着，重新站立起来。同时他将右手放在扶梯上，抬起两眼瞧着那淡红色的薄雾，它仿佛虚悬在一片黑暗之中。他已经分辨不出自己的位置。他在黑暗中慢慢向上攀登，竭力不使阶梯嘎吱作响。

房门半开着，他用手推了一推。空气似乎很浑浊。一整天的热气,像某种渣滓一样,沉淀在这房间的深处。一个女人正坐在床上瞧着他,脸上带着微笑。她便是玛赛儿。她穿上了那件漂亮的白睡衣,系着金黄色的腰带。她仔仔细细地化了妆,神态庄重而愉快。马蒂厄返身关上房门,摇晃着两臂,僵立那里,被难以承受的温馨气氛弄得透不过气来。他来到这里,在这里神采飞扬,在这笑盈盈的女人身旁,完全沉浸到了这疾病、糖果和爱情的氛围之中。玛赛儿将头向后仰去,眼皮半睁半闭,调皮地瞅着他。他也报以微笑,走过去将皮鞋放在架子上。一个充满柔情的声音,在他背后叹道:

"我亲爱的。"

他突然转过身来,倚在木架上。

"你好呀!"他低声招呼道。

玛赛儿将手举到齐眉高,晃动着指头说:

"你好,你好!"

她站起身,迎上前来,用两臂挽住他的脖子,亲吻着他,将舌头伸到他嘴里。她将眼皮涂成蓝色,在头上插了一朵鲜花。

"你身上好热啊。"她一边抚摸着他的后颈一边说。

她稍稍仰着头,自下而上地打量着他。她将舌头尖儿伸到他两排牙齿当间,一脸活跃和开心的样子。她很美。马蒂厄不禁揪心地联想到又瘦又丑的依维什。

"你情绪真好哇,"他道,"但昨天在电话里,似乎不很妙啊。"

"是的。我又笨又蠢。可今天不错,甚至可以说很不错哩。"

"你这一夜睡得好吗?"

"睡得可香哩。"

她再一次地亲吻他,他从那两片嘴唇上感觉到像天鹅绒般柔软的肌肤,以及她那光滑、热烈、灵巧的舌头。他轻巧地挣脱身子。玛赛儿的睡衣里面精光赤条,他窥见了她那对丰满的乳房,顿时口中生出一种甜甜蜜蜜的感觉。

她抓起他的手,把他拉向床边:

"过来坐在我身旁呀!"

他坐到她的身旁。她始终用双手捧着他的手,并且以笨拙的轻轻摇动压迫着它。马蒂厄感到,她手上的热气一直升到他的腋窝下。

"你这屋里真热呀!"他说。

她没有答话,而是两眼紧紧地盯着他。她的嘴唇微启,神态又谦卑、又满怀信任。他悄悄将左手从腹部前方拂过,狡黠地插入长裤的右口袋,好去取烟草,玛赛儿半道上抓住这只手,轻轻叫嚷起来:

"嘿!你手上怎么搞的呀?"

"我自己割破了手。"

玛赛儿放开马蒂厄的右手,顺便抓住他的左手。她轻轻将它翻转,用评论的眼光端详着它:

"瞧你的绷带有多脏,你会感染的!上面还有泥污,这是怎么弄的啊!"

"我跌了一跤。"

她宽容而惊异地说:

"我自己割破了手,我跌了一跤。瞧这笨蛋!你搞的什么名堂啊?等着,我呀,我给你重来、重新包扎。你不能老是像这副模样呀。"

她解开马蒂厄手上的绷带,摇摇头说:

"伤得很重呢,你倒了什么霉?是挨了揍吗?"

"不是的。是昨晚在苏门答腊歌舞厅。"

"在苏门答腊?"

只见一张发青发白的大脸蛋儿,蓄着金黄色的头发。明天,明天,我将为了您而梳成这种发式。

"是鲍里斯忽然心血来潮,"他接话道,"他买了一把匕首,向我挑战,问我敢不敢在掌心刺上一刀。"

"你呢,自然喽,你就忙着照办啦。他们对你使的激将法啊,可怜的亲爱的人儿!所有这些娃娃都在牵着你的鼻子团团转呢。瞧你这只爪子多可怜,毁成了这个样儿!"

马蒂厄的这只手毫无生气地放在她的两只滚烫的手中。那伤口已结成带脓的硬痂,实在令人讨厌。玛赛儿缓缓将这只手举到跟她的脸一样高,她盯着这只手,接着,她忽然弯下身子,以一种谦卑的激情,将嘴唇贴在了伤疤上。"她怎么啦?"马蒂厄琢磨。他一把将她拉了过来,亲吻着她的耳朵。

"你跟我在一起觉得好吗?"玛赛儿问。

"当然很好。"

"可你的表情却不像啊。"

马蒂厄笑而不答。她站起来,走到木架那边去找她的药箱。现在她背朝着他,踮起了脚尖,举起胳臂在最上面一层摸来摸去。她的衣袖顺着胳臂滑落下来。马蒂厄注视着他曾经常抚摸的赤裸的手臂,往日的情欲重又涌上心头。玛赛儿虽然行动不便,却敏捷地朝他走来,吩咐道:

"伸出你的手来!"

她已在一块小小的海绵上洒了酒精,开始为他清洗这只手。他感觉到这熟悉的躯体的微温,这躯体此刻正紧贴着他的臀部。

"舔一舔!"

玛赛儿将愈伤用的胶皮纱布一端递了过来,他伸出舌头顺从地舔了舔那粉红色的胶皮。玛赛儿将纱布条贴在那伤口上。她取下了原先的绷带,用指尖将它在半空中晃动片刻。她又厌恶又开心地凝视了一会儿。

"这脏东西该怎么处理?等你一走,我就把它扔进废物箱!"

她轻快地用干干净净的白纱布将他的手重新包扎一番。

"那么,是鲍里斯向你发出挑战?于是你就伤了自己的手?真是一个大小孩!他也这样干了么?"

"没有啊。"马蒂厄答道。

玛赛儿扑哧一笑:

"他耍弄了你呀!"

她将一根安全别针含在嘴里,又用两手撕开纱布。她用嘴唇咬住别针,一边口齿不清地问着:

"依维什在场吗?"

"当我伤着自己时?"

"是呀。"

"不在。她正在同洛拉跳舞。"

玛赛儿将别针插在绷带上,在别针的金属丝上,还残留着她的一点儿唇膏。

"喏,好啦!你们玩得痛快么?"

"马马虎虎。"

"苏门答腊歌舞厅有意思吗?你知道我想干什么吗?想让你带我去一次哩。"

"可那会累着你的。"马蒂厄不悦地说。

"哦!就一次嘛……咱们郑重其事地去一趟,我已经好久没跟你一起出门啦。"

出门!马蒂厄不胜气愤地在脑中重复着这颇具夫妇色彩的字眼;玛赛儿在用词方面总是不走运。

"你愿意吗?"玛赛儿问。

"听我说,"他接话道,"反正在秋季之前不大可能:最近这段时间你得好好歇着,然后便到了这家歌舞厅的年假。洛拉要去北非巡回演出。"

"那么,咱们今年秋天去。说定啦?"

"说定了。"

玛赛儿不自在地咳了一声嗽,说:

"我看得出,你有点儿怨我。"

"我吗?"

"就是啊……前天我是很招人讨厌的。"

"没有呀。为什么这样说?"

"是那样的。我很神经质。"

"比那更小的事也会这样的。全是我不好,我的小宝贝儿。"

"你没有理由自责,"她大声说,那语调充满信任,"你从来都没有理由责备你自己。"

他不敢转过身来瞧她,他太能想象她的脸色会是怎样的,他不能忍受这种毫无道理,并且受之有愧的信任。出现了长时间的静场:她肯定在期待一句温情的话,一句宽宥的话。马蒂厄挺不住了,开口道:

"你看呀。"

他从衣兜里掏出皮夹,将它展开在膝盖上。玛赛儿伸长脖子,将下巴颏儿倚在马蒂厄的肩头。

"我应当看什么呀?"

"看这个。"

他将钞票从皮夹里掏了出来。

"一张、两张、三张、四张、五张!"他一边数着,一边得意扬扬地将它们弄得啪啪响。钞票上还残留着洛拉身上的气息。马蒂厄将钞票放在膝盖上,等候了一会儿。由于玛赛儿一声不吭,他便转身看看她。她已经重新抬起头来,眼睛眨巴眨巴地盯着那些钱。她似乎没有弄明白,只是缓缓念叨着:

"五千法郎。"

马蒂厄做了个老好人的动作,将钞票放在床头桌上。

"可不!"他接道,"五千法郎呀。我好不容易才弄到!"

玛赛儿并不答话。她咬着下嘴唇,将信将疑地瞧着这些纸币。她陡然间显得苍老了。她忧伤地,但仍然怀着信任地瞅着马蒂厄,开口道:

"我还以为……"

马蒂厄打断她的话头,直率地说:

"你就可以到那犹太医生的诊所去了。他似乎很有名气。维也纳有成百上千的女人经过他的手治疗。那可是上层人士,有钱的顾客啊。"

玛赛儿的眼神变得暗淡无光。

"那敢情好,那敢情好。"她喃喃道。

她从药箱里拿出一根安全别针,此刻正神经过敏地将它反反复复地开关着。马蒂厄又道:

"我把钱留给你。我估计萨拉会将你带到他那里,由你和他结账。他要求预付治疗费,这猪猡!"

沉默片刻之后,玛赛儿问他:

"你是从哪儿搞到这笔钱的?"

"你猜猜看。"马蒂厄道。

"从丹尼尔那里?"

他耸了耸肩膀:她明明已经知道,丹尼尔分文也不肯出借。

"从雅克那里?"

"不对。我昨天在电话里已对你说过啦。"

"那我就猜不着啦,"她生硬地说,"到底是谁啊?"

"没有人送给我这笔钱。"他道。

玛赛儿惨然一笑:

"你总不至于对我说:你是偷来的?"

"正是呢。"

"你偷了这钱?"她大惊失色地重复道,"不会是真的吧?"

"是真的。偷的洛拉的钱。"

两人无言以对。马蒂厄拭了拭额头上的汗珠:

"我会跟你说说经过的。"他又道。

"这钱居然是你偷来的!"玛赛儿慢慢地又说了一遍。

她的脸变成了青灰色。她喃喃地说,却不朝他瞧:

"那说明你一心一意要除掉孩子啊。"

"我主要是不想让你去那老太婆家里。"

她在沉思。她的嘴角又生出那冷酷的、玩世不恭的皱褶。于是他问:

"你怪我偷了这钱?"

"我并不在乎。"

"那问题出在哪里呢?"

玛赛儿做了个唐突的动作,药箱落在了地板上。他俩都扫了一眼,马蒂厄便用脚将它推开。玛赛儿缓缓朝着他转过头来,她显得很惊讶。

"告诉我问题出在哪里。"马蒂厄重复道。

她冷冷一笑。

"你为什么笑呢?"

"我在嘲笑我自己。"她回答。

她摘下了插在头发上的那朵花,拿在手指间来回转动。她口中念念有词:

"我真傻!"

她的表情变得冷酷。她的嘴仍然张开,好像还有什么话要对他说,却吐不出字句来:她似乎害怕自己将要说的事情。马蒂厄抓

住她的手,她却挣脱了。她并不瞧他地开口道:

"我知道你见了丹尼尔。"

说出来啦!她身子朝后一仰,两手使劲抓住床单。她好像被吓坏了,又好像得到了解脱。马蒂厄也觉得解脱了。现在所有的牌全都摊在桌面上,那就必须把路走到底。他俩有整整一夜可以做这件事。

"不错,我是见了他,"马蒂厄说,"你怎么知道的呢?那么是你指使他来的啦?你俩共同安排了一切,嗯?"

"别这么大声说话,"玛赛儿道,"你会吵醒我母亲哩。我没有指使过他,但我确知他想见见你。"

马蒂厄沮丧地说:

"这真糟糕!"

"可不是!确实很糟。"玛赛儿痛苦地说。

他俩沉默了,仿佛丹尼尔就在场,仿佛他一屁股坐在他俩中间。

"那么好,"马蒂厄道,"咱们得非常坦率地说清楚,咱们也就只能做这件事了。"

"没什么可说的,"玛赛儿回答,"你见到了丹尼尔。他对你说了要说的话,你同他分手后就到洛拉那里偷了五千法郎。"

"正是。而你呢,你悄悄接待丹尼尔已有好几个月了。你心里明白:是有一些事情需要解释。听我说,前天到底发生了什么事情?"

"前天吗?"

"别装糊涂啦。丹尼尔告诉我,你责怪我前天的态度不对头。"

"哦,别提啦,"她说,"不必伤这个脑筋啦。"

"我求求你,玛赛儿!"马蒂厄道,"别再固执啦。我向你发誓:

我是出于好意,我会承认自己的一切错误。但你得告诉我,前天出了什么事情。假如咱们能恢复一些彼此间的信任,情况就不知要好多少啊。"

她在犹豫,既沮丧,又有一些轻松。

"我求求你。"他边说边拉起她的手。

"那么……就像从前那几次一样,你根本不在乎我脑子里有什么想法。"

"你脑子里在想些什么呢?"

"你为什么要让我说出来呢?你心里清清楚楚嘛。"

"这一点儿也不错,"马蒂厄说,"我认为我是清楚的。"

他暗忖:"完啦,我得娶她为妻。"这是显而易见的。"假如我以为可以避免这结局,就得是个大混蛋!"她在这儿。她受痛苦煎熬,十分不幸,心绪恶劣。而他只需做一件事,就可以让她恢复平静。他问:

"你是想叫咱俩结婚,对吗?"

她抽出手来,陡然站立起来。他惊骇不已地瞧着她:她脸色灰白,双唇颤抖:

"你……是丹尼尔这么告诉你的吗?"

"不是,"马蒂厄怔住了,他这样回答,"但我觉得是这么回事。"

"你觉得是这样!"她哈哈笑道,"你觉得是这样!丹尼尔对你说我很烦恼,于是你就以为我想把自己嫁出去。这就是你对我的看法。你马蒂厄的看法,跟我相处七年之久的看法!"

这时她的双手也开始颤抖。马蒂厄真想将她一把搂住,但他不敢。

"你说得对,"他道,"我本不该这样想。"她似乎没有听见。他坚持道:

"听我说,我自有原因:丹尼尔刚告诉过我,你背着我同他见面!"

她仍不搭理。他温柔地问:

"你是想要孩子吗?"

"嘿,"玛赛儿说,"这跟你无关了。我想要什么同你再也没有关系了!"

"对不起,"马蒂厄道,"还来得及……"

她摇摇头说:

"不是这么回事。已经来不及了……"

"可这是为什么,玛赛儿?你为什么不愿心平气和地同我谈谈心?只需要一个钟头:一切都会安排好,一切都会弄清楚的……"

"我不愿意。"

"可这是为什么,是为什么啊?"

"因为我不是那么敬重你了。也是因为你不再爱我了。"

她话说得蛮有把握,但她自己却为刚刚说过的话而感到吃惊和害怕。在她的目光中,仅仅剩下焦虑不安的疑问。她怅然说道:

"你竟对我有那种看法,这就证明你已经完全不爱我了……"

这几乎是一种审讯。假如他将她搂在怀抱里,假如他说自己是爱她的,那么一切都还有挽救余地。他将娶她为妻。他们将保留那孩子,并且将相依为命、白头偕老。他已经站起身来,就要对她说:"我爱你。"他有点站立不稳,用极清晰的声音说:

"那么,你说得对……我对你已经不再有爱情。"

这句话出口许久之后,那余音犹在耳际,令他自己震惊不已。他琢磨:"完蛋啦,统统完蛋啦。"玛赛儿的身子朝后一仰,她发出一声得意的喊声。但几乎同时她用手捂住嘴巴,示意他别作声:

"我母亲。"她不胜忧虑地小声说。

他俩都凝神谛听,但只听见远处汽车行驶的声音。马蒂厄开口道:

"玛赛儿呀,我还以整个身心依恋着你……"

玛赛儿轻蔑地一笑。

"当然。不过你依恋……是按照另一种方式。你想对我说的就是这个意思吧?"

他抓起她的手,对她说道:

"听我讲……"

她生硬地挣脱,将手抽回来,同时答道:

"得啦,得啦。我想知道的都已知道。"

她将落在额头上的几绺汗津津的头发甩向后脑。她突然笑起来,仿佛是向着已逝的往事。

"但是你得给我解释,"突然,她挟着出于仇恨的快乐又道,"昨天你在电话里可不是这么说的。你说得清清楚楚:'我爱你。'可那时并没有人要求你这样说。"

马蒂厄不作声了。她以居高临下的口气说:

"你是那么瞧不起我啊……"

"我并非瞧不起你,"马蒂厄说,"我有……"

"你走吧。"玛赛儿喝令道。

"你疯啦,"马蒂厄说,"我不想走,我得给你解释。说明我……"

"走吧。"她闭着眼睛,压低嗓门重复道。

"可我对你依旧满怀深情,"他绝望之余大声喊道,"我并不想抛弃你。我愿与你相依为命,我将娶你为妻,我……"

"快走吧,"她说,"走吧!我不能再看见你。你快走,不然我就不能担保自己了,我会大喊大叫的。"

她浑身不停地战栗起来。马蒂厄朝她跨一步,她却用力将他推开:"你要是还不走,我就叫我母亲来了。"

他打开柜子,拿出皮鞋,觉得自己又可笑又可恨。她冲着他的背影嚷道:

"把你的钱拿回去!"

马蒂厄转过身来,说:

"不行。这个嘛,可是另一码事。不能因为……就……"

她抓起床头桌上的钞票往他脸上扔去。钞票在整个房间里飘荡飞舞,然后落在床边的脚垫上,在那药箱旁边。马蒂厄没有去拾起,他瞧着玛赛儿。她紧闭两眼,断断续续笑了起来。她念念有词道:

"哈,真可笑!我本以为……"

他想挨近她。她却睁开两眼,把头往后一仰,用手指指门,示意他快走。"我若再赖下去,她会狂喊的。"他琢磨。于是他转过身来,手提皮鞋,穿着短袜就走出房间。等他走到楼梯下面时,他穿上皮鞋、停顿了片刻,将手放在插销上,凝神谛听。他突然听见玛赛儿的一阵笑声,那是阴森而低沉的笑声。它如嘶鸣般升起,又如潺潺水声般泻落。一个声音喊叫起来:

"玛赛儿?出了什么事?玛赛儿?"

那是母亲的声音。笑声戛然而止,一切又恢复平静。马蒂厄又听了一会儿,因为再也听不到什么声响,便轻轻推开房门走了出去。

十八

他暗自思忖:"我是个混蛋!"这让他感到十分惊奇。他只是觉得疲惫和愕然。他在二楼楼梯平台上停下来喘了口气。他的两腿发软,这三天他才睡了六个小时,或许还要少:"我得睡一觉。"他得把衣服脱掉,摇摇晃晃走到床边,倒头便睡。但他也明知他会守着夜色,通宵无眠。不过他仍往楼上走,他那套房的房门还敞开着,依维什或许早已溜之大吉:书房里的灯仍然大放光明。

他走进门,一眼却看见了依维什,她直挺挺地坐在沙发上。

"我没走。"她说。

"我看见了。"马蒂厄干巴巴地回答。

他们默默待了一阵子:马蒂厄能听到自己强劲沉稳的呼吸节奏。依维什转过头嘟哝着:"我方才真招人讨厌!"

马蒂厄没有回答。他盯着依维什的头发,暗想:"我是为了她才做那件事的吗?"她低下了头,他以一种刻意的温情凝视着她那细嫩而略带褐色的后颈。他执意要自己感到珍惜她甚于世上的万物,那么,他的行为才勉强说得过去。但他此刻除了无名之火,已近乎麻木不仁。而那件无法掩饰、莫名其妙并难以解释的事已经过去了:他偷了人家的钱,又无缘无故遗弃了有身孕的玛赛儿。

依维什尽量客客气气地说:"我不该插进来表示自己的意见……"

马蒂厄耸耸肩,说道:"我刚刚同玛赛儿吹啦。"

依维什抬起头,用平淡的声音说:"您甩了她……没给钱吗?"

马蒂厄淡淡一笑。"当然没给,"他想,"如果我那样做,她现在准要怪我呢。"

"没给。但我安排妥帖啦。"

"您弄到那笔钱了?"

"是的。"

"从哪儿弄的?"

他没回答。她忧虑地看着他:"可您并没有……"

"我是偷来的,如果您想说的是这个意思的话。从洛拉那儿偷的。她不在家时,我闯进了她的房间。"

依维什眨眨眼睛,马蒂厄加上一句:"我自会还她,就算是强迫借钱吧,也没啥。"

依维什看上去懵懵懂懂;她缓缓重复着,就像方才玛赛儿一样:"您是从洛拉那儿偷来的。"

她沉思的表情令马蒂厄厌烦。他急忙辩解:"是的,这没什么了不起:只需爬上楼梯,再拉开一道门就得啦。"

"您为什么这么干?"

马蒂厄淡淡一笑:"我哪里知道!"

她突然挺直身子,如同在大街上转身看路过的漂亮女人或小伙子一样。这时她总是一脸挑剔和孤傲的样子。但这次她端详的却是马蒂厄。马蒂厄感到自己脸红了,他不无顾忌地说:"我确实不想将她一甩了之,只想给她一笔钱,就不必非娶她不可。"

"是的,我明白。"依维什说。

她看来丝毫不像是明白了,她的目光仍盯着他。他转过头去继续说:

"您知道,这很糟糕,是她赶我出门的。她把这看得太严重,我不知道她原来期望什么。"

依维什没有搭理。马蒂厄默默无言,显得极苦恼。"我不愿她来奖励我。"他想。

"您是个好人。"依维什说。

那苦涩的爱正在他心中复苏,马蒂厄深深为之惊惧。他觉得自己在又一次遗弃玛赛儿。他什么也不说,却在依维什身边坐下,紧握她的手。她说:"您看上去好孤独。"

他感到羞愧。过了一会儿,他说:"依维什,我不知道您心里在想什么。您知道,这事糟透啦:我在心慌意乱中偷了人家的钱,现在后悔不迭啊。"

"我看得出,"依维什笑道,"我想我若是您,一定也很后悔:头一两天难免啊。"

马蒂厄紧握她那手指尖尖的粗糙小手,说:

"您弄错啦,我并不是……"

"别说了。"依维什道。

她突然缩回手,向后掠了掠头发,露出两颊和耳朵。她只需快捷地做几个动作;当她垂下双手时,头发已分向脑后,把脸颊全部展示出来。

"请便吧。"她说。

马蒂厄想:"她连后悔的机会也不给我啊!"

他张开两臂,不禁把依维什拉过来。她则听他摆布。他似乎听见心中响起早已淡忘的一支欢快热烈的小曲儿。依维什头歪向一侧肩膀,对他咧着嘴傻笑。他报以一笑,轻轻吻了她一下,然后盯着她看。这时,小曲儿戛然而止。"唔,她不过是个娃娃啊,"他暗自想。孤寂之感油然而生。

"依维什。"他柔声唤道。

她惊讶地看着他。

"依维什,我……错了。"

她皱皱眉,头微微颤抖着。

马蒂厄垂下胳膊,疲倦地说:"我不知道究竟想从您那儿得到什么。"

依维什一惊,蓦地挣脱出来。她的眼睛闪闪发亮,但她半合起眼睛,做出一副温柔而忧郁的样子,唯有一双手仍表露出恼怒:那两只手不安地乱动,拍打着头顶,抓挠着头发。马蒂厄的嗓子干哑,但他冷漠地观望着这种愤怒。"唔,"他想,"我把这一头也弄糟啦。"而且,他几乎有点开心。这仿佛是某种赎罪。他盯着她,而她却固执地移开目光。他继续说:

"我不该碰您呀!"

"哦,我没什么,"她说着,却气得满脸通红,又以悠扬的语调补充道,"您当时似乎因做了什么决定感到骄傲之至,简直像是要上这儿来领奖呢!"

他再次坐到她身边,温柔地抓住她的臂肘,她也并不挣脱。

"不过,我爱您,依维什。"

依维什挺直身子,对他说:"我不愿意您以为……"

"以为什么呢?"

可他猜到了,于是他松开她的胳膊。

"我呀,我不爱您。"依维什说。

马蒂厄没有回答。他想:"她是在报复,这并不奇怪。"何况,也许真是这样:她为什么要爱上他呢?他的愿望只不过是在她身边默默坐一阵子,然后二话不说地让她走开。但他却说:

"明年,你会回来吗?"

"会的。"她回答。

她几乎是含情脉脉地对他莞尔一笑。她大约感到自尊心得到了满足。记得头天夜里洗手间女管理员替她包手时,她转过身来瞧他就是这么一副面孔。他犹豫不决地看了她一眼,觉得他的欲念复苏了。那是一种既悲伤又无奈的欲念,一种无以名之的欲念。他攥住她的胳膊,感受到手指下那细嫩的肌肤。他说:

"我告诉您……"

他打住不说了。这时,门铃响了,先是一声,随后是第二声,再就是不间断的丁零丁零声。马蒂厄觉得身上直冒凉气,琢磨着:"准是玛赛儿来啦!"

依维什大惊失色,她显然也往一处想啦。他俩面面相觑。

"您该去开门。"她嘀咕道。

"我想也是。"马蒂厄说。

他却并不动弹。现在从门那边传来一阵砰砰的敲打声,依维什颤抖地说:

"想想门那边有个人,这太可怕啦。"

"是呀,"马蒂厄说,"您能不能……能不能躲进厨房?我把门闩上,谁也看不见您的。"

依维什平静而威严地瞅了他一眼:"不,我就待在这儿。"

马蒂厄走过去打开门,在半明半暗中瞥见一颗颇像面具的怪模怪样的大脑袋:那是洛拉。她把他推向一边,兀自冲进房间。

"鲍里斯在哪儿?"她问,"我听见他的声音啦。"

马蒂厄甚至没来得及关上大门,就跟在后面急忙走进起居室。洛拉已经气势汹汹地冲向依维什。

"您必须告诉我,鲍里斯在哪儿。"

依维什惊恐地瞧着她。而洛拉看起来不像是在对她或对别人说话。她甚至吃不准洛拉究竟看见她没有。马蒂厄站到她俩中间说:

"他不在这里。"

洛拉将扭曲的脸转向他。她已哭成了泪人儿。

"我明明听到了他的声音嘛。"

"除了这间屋子,公寓里就只有一间厨房和一间浴室。您可以随便搜查任何地方。"马蒂厄说着,一边竭力直视洛拉。

"那么他在哪儿?"

她仍然穿着那身黑丝绸上衣,带着舞台化装的痕迹。在她又大又黑的眼瞳中有一种凝重的神色。

"他离开依维什大约是在三点钟,"马蒂厄说,"我们不知道他后来干什么。"

洛拉歇斯底里地大笑起来,她的双手紧抓一只黑丝绒小手提包。里面似乎只装着一件又硬又沉的东西。马蒂厄注意到那手提包,不禁害怕起来。他必须立即把依维什支开。

"好吧,您若不知他干了什么,我倒可以奉告,"洛拉说,"我出门不久,大约七点钟的时候,他到了我屋里。他竟打开我的房门,撬开一只手提箱的锁,偷了我五千法郎。"

马蒂厄不敢正视依维什,他两眼怔怔地盯着地板,平静地对她说:"依维什,您最好避一避,我得同洛拉谈谈心。我能不能……今晚再见到您呢?"

依维什脸都变了色。"哦,不行!"她说,"我得赶回去。我得收拾行装,而且想睡一会儿。我确实非常想睡觉。"

"她要远行吗?"洛拉探问。

"是的,"马蒂厄说,"明天早晨走。"

"鲍里斯也同行?"

"不。"

马蒂厄握住依维什的手。"去睡一会儿吧,依维什,您度过了难熬的一天。我想您仍不愿我去送行,是吗?"

"是的,这样更好些。"

"那就明年见啦。"

他凝视着她,希望从她眼中发现一丝柔情,但仅能看到惊恐的神色。

"明年见吧。"她说。

"我会给您写信的,依维什。"马蒂厄凄然道。

"好吧,好吧。"

依维什准备出门时,洛拉挡住路说:

"等一等,我怎么知道她不是去找鲍里斯呢?"

"那又怎样?"马蒂厄说,"我想她总有自由吧?"

"待在这儿。"洛拉用左手抓住依维什的手腕说。

依维什发出痛苦和愤怒的喊声。

"让我走,"她嚷道,"别碰我,我不愿人家碰我。"

马蒂厄使劲把洛拉推到一边,洛拉向后退了几步,愤愤地嘟哝着。他盯着她的手提包。

"卑鄙的女人!"依维什从牙缝里挤出含混的骂声。她用拇指和食指揉了揉手腕。

"洛拉,"马蒂厄目不转睛地盯着手提包说,"让她走吧,我有许多话要同您谈,但要让她先走。"

"您会告诉我鲍里斯在哪儿吗?"

"不会的,"马蒂厄道,"不过我会解释清楚偷钱是怎么回事。"

"很好,说下去,"洛拉道,"如果您看见鲍里斯,告诉他我已控告他。"

"这控告要撤回,"马蒂厄小声说,眼睛仍然盯着手提包,"再见,依维什,快走吧!"

依维什没有回答。马蒂厄宽慰地听到她那窸窸窣窣的脚步声。他没看见她走开,但脚步声消失了,他有阵子感到他的心都抽紧了。洛拉向前走了一步,大声说:

"告诉他,这次他找错了门儿。告诉他:想蒙住我他还太嫩!"

她仍然以令人难堪的目光转向马蒂厄,这目光似乎仍然视而不见。

"那么?"她刺耳地说,"现在就讲您那篇故事吧。"

"听我说,洛拉!"

洛拉却又大笑起来。

"我是有一把年纪了,"她笑着说,"是呀,人们常说我可以当他的妈啦!"

马蒂厄朝她走去:"洛拉!"

"他对自己说:'这老太婆对我着了迷,我敲她一笔钱,她反倒会感恩不尽呢。'他不知道老娘的厉害! 他不知道老娘的厉害!"

马蒂厄抓住她的胳膊,像筛糠一样使劲摇她,而这时她却仍在狂笑,同时叫嚷:

"他不知道老娘的厉害!"

"安静点儿!"他厉声道。

洛拉平静下来,似乎头一回看清是他。

"说吧!"

"洛拉,"马蒂厄说,"您真的告了他?"

"是的,那又怎样?"

"偷钱的是我呀!"马蒂厄大声说。

洛拉面无表情地看着他。他只好再说一遍:"偷那五千法郎的是我呀!"

"哦?"她接话道,"是您?"

她耸耸肩,"那女掌柜看见的是他啊。"

"她怎么会看见他呢?跟您说那是我嘛。"

"她看到的是他,"洛拉气呼呼地说,"他在七点钟悄悄上了楼。她故意放他过去,那是按我的吩咐办。我整天都在恭候他光临,而且只在那之前出去过十分钟。他肯定是在街角窥探我的动向,一见我出去,就立刻上了楼。"她以一种似乎要表达坚定信念的急切而懊恼的语气说着。

"她好像硬要自己相信这一点。"马蒂厄沮丧地想,于是他说:"听着,您什么时候回去的?"

"第一次么?是八点钟。"

"那时钞票还在箱子里。"

"我告诉您,鲍里斯七点钟就上了楼。"

"他或许是这样做了,或许他是上去看您的。不过您没有察看一下箱子么?"

"不,我看啦。"

"您是八点钟看的?"

"正是。"

"洛拉,您没说实话,"马蒂厄道,"我确知您没有察看。八点时,那把钥匙在我手里,您不可能打开箱子。再说,如果您八点发现失窃,怎么能让我相信:您竟会等到午夜才来找我呢?八点时,您不慌不忙地梳洗化装完毕,穿上漂亮的黑裙子到苏门答腊歌舞厅去了。不是吗?"

洛拉费解地瞅着他,说:"女掌柜亲眼看见他上楼的。"

"是的,但是您——您并没有察看箱子。八点钟时,钱还在里面。我是十点上楼把钱拿走的。门房有个老太太,她看见我了,可以作证。您发现失窃已是午夜。"

"是的",洛拉厌倦地说,"是在午夜。但这是一码事。我在苏门答腊歌舞厅时身体不舒服,就回了旅馆。我躺下了,而且把箱子放在身旁。那里面有……一些信,我想重温一下。"

马蒂厄暗想:"那是实话:里面有信。为什么她要讳言那些信的失窃呢?"两人都沉默不语了。洛拉不时前后摇晃,像梦游者似的。她后来像是醒过来了。

"是您,您偷了我的钱?"

"不错。"

她冷笑一声:"留着您的废话给法官消受吧。您想替他服六个月的刑,那么请便。"

"瞧您说的,洛拉,为了鲍里斯我甘愿冒坐大牢的险,又能图个啥呢?"

她撇了撇嘴:"我怎能知道您和他之间的勾当?"

"真蠢!听着,我发誓:那是我干的!箱子是在窗子旁边,压在衣箱下面。我拿走钱,把钥匙留在了锁孔里。"

洛拉的嘴唇抖动了一下,她神经质地用手捏了捏手提包:

"您要告诉我的就是这些吗?那么让我走吧。"

她想走过去,马蒂厄将她拦住。

"洛拉,您硬是不肯相信啊。"

洛拉用肩头一顶把他顶到一边。

"您竟看不出我现在有多着急!您真以为我是三岁小孩,会轻信您关于手提箱的天方夜谭,在窗子旁边,衣箱底下(她模仿着马蒂厄的声音重复说)。鲍里斯明明来过这儿,您竟以为我不晓得?你们早就串通好对老太婆用什么台词!现在快放我走吧,"她恶狠狠地说,"还不赶快放我走!"

马蒂厄想抓住她的肩膀,但洛拉一个箭步退得老远,想要打开那手提包。马蒂厄一把夺过来,把它扔在沙发上。

"畜生!"洛拉骂道。

"那里面装的是硫酸还是左轮手枪?"马蒂厄笑嘻嘻地问。

洛拉从头到脚抖动起来。"啊,天哪,"马蒂厄想,"她要歇斯底里发作了。"他仿佛跌进阴森可怖、荒诞不稽的梦境。但必须说服她。洛拉不再颤抖。她后退到窗子那里并盯着他,那眼神闪着无可奈何的恨意。马蒂厄转过头望着别处,他并不怕她恨自己,但在这张脸上却别有一种凄凉的冷漠,这可真令人吃不消啊。

"我今天早上去了您的房间,"他慢条斯理地说,"我从您的手提包中拿走了钥匙。当您正要醒来的时候,我却在动手开箱子。我没来得及把钥匙放回原处。于是我有心要在今晚再次造访贵宅。"

"其实不必,"洛拉冷冷地说,"我看见您今天早上进去的。当我对您说话时,您还没有走到我的床脚边。"

"我已经进去了一次,又出去了。"

洛拉冷笑一声。他勉强解释道:"为了去拿那些信件。"

她好像没有听见:和她谈论这些信是徒劳无益的。她一心记

挂钱的事情。而且她需要一心想钱,才能使怒火熊熊燃烧。这是她唯一的招数了。最后她急促地冷笑道:

"不幸的是,昨晚是他向我要那五千法郎的,您明白吗?我们吵架也是为这呢。"

马蒂厄明白已无计可施。罪犯不会是别人,只能是鲍里斯,这已是铁板钉钉啦。"我早就该想到这一层。"他懊丧地嘀咕着。

"您不必费心了,"洛拉不怀好意地笑着说,"我会逮住他的。万一您蒙住了法官,我还会有别的法子治他,如此而已。"

马蒂厄盯着沙发上的手提包,洛拉也盯着手提包。

"他是为了我才向您要钱的。"马蒂厄说。

"是的,而且我猜想昨天下午他也是为了您才从书店偷了一本书,对吗?他和我一起跳舞时还自吹自擂呢。"

她戛然止住,又突然继续说,口气平静却暗含威胁:

"那么,好!是您偷了我的钱喽?"

"是的。"

"那么,把钱还我。"

马蒂厄顿时语塞。洛拉则以尖刻而得意的语调又说:

"立刻把钱还我,那么我就撤销指控。"

马蒂厄不搭理。于是洛拉说:"够了,我明白了。"

她拿起手提包,他却不打算阻拦她。

"况且,即使我现在有钱,那又能证明什么呢?也许是鲍里斯把钱交给了我。"

"我没问您这个。我只要求您把钱还给我。"

"钱已经没有了。"

"别开玩笑好不好?您十点钟从我那里偷了钱,到了午夜您就分文不剩?真该恭喜您啊。"

"我把钱给了别人。"

"给谁了?"

"我不会告诉您,"他急忙补了一句,"但不是给鲍里斯。"

洛拉笑而不答;她走向门口,他不阻拦。但他想:"她要去警察局,是在殉难者街。我会去那儿解释清楚。"

他看见那高大的黑色背影像灾难临头那样呆呆挪动,这时他不禁害怕起来:他想到那手提包,于是再做一次努力:

"反正我也可以告诉您:我是为杜菲小姐这么干的,她是我的一个女友。"

洛拉开门走了出去。他听见她在前厅发出一声尖叫。他的心都快跳出来了。洛拉突然再次出现,样子像个疯婆。

"有人!"她说。

马蒂厄想:"是鲍里斯。"

那是丹尼尔。他神色庄重地走了进来,并欠身向洛拉致意。

"这是那五千法郎,夫人,"他说着递给她一个信封,"请惠予证实这钱是您的。"

两个念头同时出现在马蒂厄的脑海中,"是玛赛儿叫他来的";还有,"作为进门前的准备,他一直在门外偷听"。

"难道她?……"马蒂厄问。

丹尼尔做了个手势打消他的疑虑:

"一切顺利。"他说。

洛拉像农家女子一样,用狐疑、狡黠的目光望着信封。

"里面有五千法郎么?"她问。

"是的。"

"怎么能证明那钱是我的呢?"

"您没有记下钞票的号码么?"丹尼尔询问。

"哪有的事!"

"唉,夫人,"丹尼尔用责备的语气说,"该记下钱的号码啊。"

马蒂厄突然灵机一动:他想起手提箱里散发出来的浓烈的脂粉气息和霉味儿。

"您嗅一嗅嘛。"他说。

洛拉犹豫了一会儿,然后猛然抓起信封撕了开来,并把钱凑近鼻子去闻。马蒂厄担心丹尼尔会哈哈大笑。但丹尼尔却板着面孔,而且以极为谅解的目光看着她。

"这么说,您迫使鲍里斯把钱还来啦?"她问。

"我不认识名叫鲍里斯的任何人,"丹尼尔说,"是马蒂厄的一个女友交给我钱,让我带给他。我立刻跑来了,刚好听到你们谈话的结尾。真要请您原谅呢,夫人。"

洛拉一动不动地愣在那儿,两只胳膊紧贴身子垂下,左手牢牢抓住手提包,右手紧攥钞票:她显得惶惶不安和不知所措。

"但您为什么要这么做呢?"她突然责问马蒂厄,"五千法郎对您算得了什么?"

马蒂厄不快地笑了笑。

"显而易见,算很大一笔钱。"接着他温和地补充道:

"您得考虑撤诉,洛拉。要不然,就不如控告我得啦。"

洛拉把头掉开,急忙答道:

"我还没有告任何人呢。"

她表情执着地僵立在房间中央,然后问:"还有一些信呢。"

"眼下不在我这儿。今天早上以为您已经死了,便为鲍里斯取走了。也正因为如此,又起了回来拿钱的念头。"

洛拉这时看着马蒂厄而并无怨恨,只是极为吃惊并有些好奇。

"您竟从我这儿偷走五千法郎,"她说,"多么……多么滑稽可笑!"

但她的眼睛很快又变得暗淡无光,脸色阴沉下来。她显得很痛苦。

"我要走了。"她说。

他们默默无言地让她走了。她一到门口,又转身说:"如果他没做错事,为什么不回来?"

"我不知道。"

洛拉轻轻啜泣几声,身子倚在门框上。

马蒂厄走近一步,但她已经恢复平静。

"您认为他会回来吗?"

"我认为会的,这种人不能使他人幸福,却也不会抛弃他人。这对他们也很艰难啊。"

"是的,"洛拉说,"是的,好了,再见。"

"再见吧,洛拉。您……您现在不需要什么了吗?"

"不需要。"

她走了出去。他们听见门砰然关上。

"刚才那位老夫人是谁?"丹尼尔问。

"是洛拉,鲍里斯·塞尔金的女友。她有点儿疯疯癫癫。"

"看起来是有点儿。"丹尼尔说。

马蒂厄因为和丹尼尔单独相处而感到窘迫:他仿佛觉得又突然被迫面对自己的不端行为。他的劣行就在那儿,正面对面地、活生生地在那里,并反映在丹尼尔的眼神里。只有上帝才知道,在这个人任性、做作的意识中,他的不端行为的表现是什么样子。丹尼尔似乎过分想利用他的特殊处境。他的举止既是客客气气的,又是傲慢矜持的,还带几分阴阳怪气,如同在最不如意的日子里一样。马蒂厄强打精神,竭力昂起头来;丹尼尔则脸色铁青。

"你脸色很难看。"丹尼尔嘲笑道。

"我正要用这话回敬你呢,"马蒂厄接嘴道,"咱们俩风光好啊!"

丹尼尔耸耸肩膀。

"你是从玛赛儿家来的吗?"马蒂厄问。

"是的。"

"是她把钱交给你的?"

"她不需要钱,"丹尼尔闪烁其词地应付着。

"她不需要?"

"是的。"

"你至少可以告诉我,她是否能设法……"

"亲爱的,这已经不值一提了,"丹尼尔说,"都成了老皇历啦。"

他扬起左边的眉毛,嘲讽地打量马蒂厄,好像是透过并不存在的单片眼镜瞧人。"如果他想叫我大吃一惊,"马蒂厄想,"得让两手别抖个不停才好。"

丹尼尔故意漫不经心地说:"我要娶她。我们将保住那孩子。"

马蒂厄拿起一支烟并燃着了。他的脑袋像时钟一样摆动。他平静地说:

"那么你一直爱着她么?"

"为什么不可以呢?"

"说的是玛赛儿呀。"马蒂厄心想。是玛赛儿!他没法使自己信服。

"丹尼尔,"他说,"我不信。"

"那你就等着吧,你会看到的。"

"不,我想说:你没法令我相信你爱她。我怀疑这背后有什么名堂。"

丹尼尔看起来很累,他在写字台边上坐下来,一只脚踩在地上,另一只脚无拘无束地晃动着。"他在闹着玩儿。"马蒂厄恼怒地想。

"如果你知道底细,你一定会大吃一惊。"丹尼尔说。

马蒂厄却想到:"活见鬼!她早就是他的情妇呢。"

"如果你不该告诉我,那就别开口。"他生硬地顶道。

丹尼尔盯了他一会儿,似乎有心要逗他。然后他突然站起身来,用手拭了拭前额:

"势头不妙呢。"他说。

他惊诧不已地凝视着马蒂厄。

"这不是我的来意。听着,马蒂厄,我是……"

他强作笑颜继续说:

"我若告诉你,你就要认真对待。"

"行。说明白,要不然就别说。"马蒂厄接话道。

"好吧,我是……"

他再次卡壳儿啦。马蒂厄不耐烦了,越俎代庖道:

"你是玛赛儿的情夫。你想挑明这事。"

丹尼尔两眼睁得溜圆,轻轻吹出一声口哨。马蒂厄气得满脸通红。

"亏你想得出!"丹尼尔故作赞叹地说,"你求之不得的就是这个,对吗?不,亲爱的,你连这种现成的借口也没有呢。"

"那你只管说吧。"马蒂厄理亏地嚷道。

"等等,"丹尼尔问,"你没有什么可喝的饮料么?比如威士忌?"

"不,"马蒂厄说,"但我有白朗姆酒。这是个极好的主意,咱们来喝上一杯。"他补充道。

他冲进厨房,打开碗柜。"我刚才太下作啦。"他想。他转身拿来两只波尔多酒杯和一瓶朗姆酒。丹尼尔接过酒瓶,往杯里斟满酒。

"是从马提尼克朗姆酒店买的吗?"他问。

"是的。"

"你有时还去那儿?"

"有时还去,"马蒂厄说,"为你的健康干杯。"

丹尼尔以审讯的眼光逼视着他。仿佛马蒂厄向他隐瞒了什么。

"为我众多的情人干杯。"他举杯说道。

"你喝醉啦。"马蒂厄气冲冲地喊。

"我确实喝了点酒,"丹尼尔说,"但是,别担心,我上玛赛儿家去时还没吃东西。是后来……"

"你是从玛赛儿家来的么?"

"是的,除了顺路去了一趟法斯塔夫杂货店。"

"你……你大概刚好在我离开后去找她的吧?"

"我一直等着你出来,"丹尼尔笑着说,"我看见你拐过街角,于是就进去了。"

马蒂厄忍不住做了个气恼的手势:

"你在盯我的梢?"他说,"哦,那倒也好,毕竟玛赛儿不至于单独一个人待着了。那么,你刚才想对我说什么?"

"什么也不想说,我的老伙计,"丹尼尔突然友善地说,"只是想通知你,我要结婚了。"

"就是这事吗?"

"就是这事……是的,就是这事。"

"随你的便。"马蒂厄冷冷地说。他们沉默了一阵子,随后马蒂厄问:

"怎么样……她怎么样?"

"你是不是想让我告诉你,玛赛儿高兴极了呢?"丹尼尔嘲讽地问道,"那我就不避讳了。"

"别客气,"马蒂厄生硬地说,"我当然无权过问……不过,毕竟是你找上门来的……"

"是这样,"丹尼尔道,"我原以为很难说服她,可她却满口答应、欣然接受了。"

马蒂厄从他的眼中瞥见闪过一丝恨恨的闪光;为了替玛赛儿辩解,他急切地说:

"她走投无路了……"

丹尼尔耸了耸肩膀,来回踱起步来。马蒂厄不敢正视他:丹尼尔正极力克制自己,他轻言慢语,却像是魔鬼附了身。马蒂厄两手交叉、紧握十指,眼睛盯着自己的双脚。他费力地、好像自言自语地说:

"这么说来,她是想要那个孩子?我当初没弄明白这一点。如果她早告诉我……"

丹尼尔未置一词。马蒂厄神情专注地继续说:

"是为了那个孩子。好得很,他会降临人世。而我……我本来却想打掉他。现在我想他最好还是生下来。"

丹尼尔没有搭腔。

"我当然永远不会见到他的喽?"马蒂厄问。

这谈不上是提出问题。他不等对方回答又补充道:

"总之,就这样了。我想我应当满意。从某种意义上说,是你救了她……不过,我还是无法理解,你为什么这样做呢?"

"当然不是发什么善心,如果你是指这方面,"丹尼尔不客气地说,"你的朗姆酒太次了。"他说,"不过,还是再给我一杯。"

马蒂厄斟上两杯,两人一饮而尽。

"那么,你现在打算做什么呢?"丹尼尔问。

"什么也不做。没有更多的事可做。"

"去找那个小姑娘塞尔金么?"

"不。"

"然而你现在不受约束啦。"

"啊!"

"好了,晚安,"丹尼尔站起来说,"我到这儿来是还你钱,而且让你稍微放心一点。玛赛儿什么也不用害怕,她信任我。整个这件事对她打击很大,但她并非真的不幸。"

"你要娶她!"马蒂厄重复说道,"她恨我。"他小声补充。

"你设身处地想想嘛。"丹尼尔疾言厉色道。

"我明白。我已这样做了。她没有谈到我么?"

"很少谈到。"

"你知道,"马蒂厄说,"你娶她,我有点儿不好受。"

"你后悔吗?"

"不,我觉得这不吉利。"

"谢谢你的关照。"

"啊,对你们两个都是如此。我也不知道为什么。"

"别担心,一切都会顺利的。要是生个男孩,我们给他取名马蒂厄。"

马蒂厄直挺挺站起身,攥紧两只拳头。

"住嘴!"他叫道。

"算了,别发火嘛。"丹尼尔说。

他心不在焉地重复道:

"别发火,别发火。"他下不了决心是否离开。

"简而言之,"马蒂厄道,"你是想在这场风波之后,专程来观赏我的丑态吧?"

"可以这么说,"丹尼尔道,"坦率地讲,有这种因素。你看起来总是……那么稳重:我对这总是感到恼火。"

"那么,你已经看到了,"马蒂厄说,"我并不那么稳重。"

"对。"

丹尼尔朝门口走几步,又突然折回马蒂厄身边;他已没有那副嘲讽的表情,但也差不了多少:

"马蒂厄,我是个同性恋者。"他说。

"什么?"马蒂厄问。

丹尼尔朝后仰着身子,用惊异的眼神瞅着他,眼里闪着怒火。

"这使你感到恶心,嗯?"

"你是个同性恋者?"马蒂厄慢慢重复道,"不,这没使我恶心;为什么会使我恶心呢?"

"我求你,"丹尼尔说,"不要以为非装出宽宏大量的样子来不可……"

马蒂厄未予回答,一边瞅着丹尼尔,一边想:"他是个同性恋者。"他并不十分吃惊。

"你什么也没说,"丹尼尔带着嘘声继续道,"你是对的,你的反应很正常。我相信,那是每个正常男人应有的反应。但同样应当的,是你不必流露出来嘛。"

丹尼尔僵住不动,两只胳膊紧贴身子,样子显得更消瘦了。"老天爷,他干吗要跑到我这里来折磨自己?"马蒂厄刻薄地想。他觉得他本该找些话来说,但却陷进深深的、无能为力的冷漠当中了。他觉得这样做是那么自然和正常:因为他是个卑鄙的小人。丹尼尔是同性恋者,这是合乎情理的。最后他终于说:

"你愿怎样就怎样。这与我无关。"

"我想象得到,"丹尼尔傲慢地说,"我想象得到,这与我无关。你自己的良心就够你操劳的了。"

"那么,你为什么要来这儿告诉我这一切呢?"

"好吧,我……我想来看看这件事对你这号人物会产生什么影响,"丹尼尔清清嗓子说,"而且,现在有一个人知道啦……我……我或许会相信这一切的。"

他的脸色有点发青,而且说话困难起来,但脸上仍然挂着一丝微笑。马蒂厄忍受不了这微笑,于是把头转过去。

丹尼尔冷笑道:

"你吃惊了吧?这搅乱了你对同性恋者的看法吧?"

马蒂厄激动地抬起头来:

"别充好汉了,"他说,"你很痛苦,用不着在我面前充好汉。也许你对自己感到恶心,但不见得比我对自己更甚。咱俩不相上下。此外(他思索片刻后又说),也正是因为如此,你才来对我胡诌这一大套。对像我这样一个懦夫供认隐私并不那么艰难;而且,你还可以得到坦陈隐私的种种好处。"

"你是个小滑头。"丹尼尔用一种马蒂厄从未听到过的粗俗腔调说。

他们两人都不作声了。丹尼尔像个老翁一样,直勾勾地瞪着前方。马蒂厄则深感良心上有亏:

"既是这样,你为什么要娶玛赛儿呢?"

"那是两码事。"

"我……我不能让你娶她。"马蒂厄说。

丹尼尔挺直身子,在他死鬼般青灰色的面容上出现了一些暗红色斑点。

"当真,你不能吗?"他轻蔑地问,"你怎样阻止我呢?"

马蒂厄站起身子,不予回答。电话机就在桌上。他拿起话筒,拨了玛赛儿的号码。丹尼尔嘲讽地望着他。长时间的沉默。

"喂?"玛赛儿的声音传了过来。

马蒂厄一惊。

"喂!"他说,"我是马蒂厄。我……听我说,咱们俩刚才都太傻了。我愿意……喂!玛赛儿,你在听我说么?玛赛儿!"他怒喊道,"喂!"

没有回音。他失去了理智,对着话筒大喊:

"玛赛儿,我要娶你!"

短暂的沉默之后,话筒那边传来一串尖叫声,然后是挂上话筒的声音。马蒂厄还紧握了一阵子话筒,随后才轻轻放回桌上。丹尼尔一言不发地瞅着他,并无丝毫得意的样子。马蒂厄啜了一口朗姆酒,转过身来坐在扶手椅上。

"好吧!"他说。

丹尼尔微微一笑:

"别发急,"他宽慰地说,"同性恋者大都是模范丈夫,这是尽人皆知的。"

"丹尼尔!如果你仅仅为了做做样子而娶她,你就毁了她一生。"

"你最没有资格对我说这种话,"丹尼尔道,"而且,我不是为了做做样子才和她结婚。况且,她想要的,首先是那个孩子。"

"她……她知情吗?"

"不!"

"你为什么要和她结婚?"

"出于对她的友谊。"

他的语调并不令人信服。他们再次斟满酒杯,马蒂厄固执地说:

"我不想让她不幸。"

"我向你发誓,她不会不幸。"

"她相信你爱她吗?"

"我认为不。她建议我住在她那儿,但那对我不合适。我会把她安置在我家。我们说好以后慢慢培养感情。"

他勉强做出自我解嘲的样子补充道:

"我打算把做丈夫的责任履行到底。"

"但?……"马蒂厄满脸通红地问,"你也爱女人么?"

丹尼尔古怪地抽了一口气说:"不十分。"

"我看得出来。"

马蒂厄低下了头。羞愧的泪水充盈了他的两眼,他说:

"从知道你将娶她时起,我就更厌恶自己啦。"

丹尼尔喝了一口酒。

"是的,"他带着不偏不倚的表情漫不经心地说,"我想你一定感到自己非常卑鄙。"

马蒂厄未置可否,他瞪着两脚间的地板。"他是个同性恋者。她却将要嫁给他。"

他摊开两手,用脚跟蹭地板,他感到被逼得走投无路了。突然,他觉得沉默变得难以承受,便喃喃自语:"丹尼尔在瞧着我。"他迅疾地抬起头。丹尼尔的确在瞧他,而且表情是那么充满恨意,以致马蒂厄感到心都抽紧了。

"你为什么这样看我?"他问。

"你明白的!"他说,"有人应该明白的!"

"你不反对给我一枪,是吗?"

丹尼尔不回答。马蒂厄突然像被一个无法忍受的想法刺痛了似的。"丹尼尔,"他说,"你娶她是为了自我牺牲。"

"那又怎么样?"丹尼尔用失真的语调说,"这事与旁人无关。"

马蒂厄两手抱着头说:"上帝呀!"丹尼尔赶忙补充道:

"这没什么大不了。对她来说,这没什么大不了的。"

"你恨她么?"

"不。"

马蒂厄悲哀地想:"不对,他恨的是我。"

丹尼尔恢复了笑容:

"咱们喝完这瓶酒么?"他问。

"干杯吧!"马蒂厄说。

他们喝着酒,马蒂厄发觉自己还想抽烟。他从衣袋里取出一支烟,并点燃它。

"听着,"他说,"你是什么样的人和我不相干,甚至你刚才对我说明之后也是如此。但有一件事我想问问:你为什么感到羞愧呢?"

丹尼尔轻笑了一声。

"我料到你要问这,亲爱的。因为我是个同性恋者,所以感到羞愧。我知道你会对我说些什么:'我若是你,我就不会这样。我要公开索求自己的地位,这也是一种爱好,同其他爱好一样。'如此等等。只是这不关我的事。我知道你会这样说,原因正在于你不是同性恋者。所有的同性恋者都自惭形秽,这是他们的天性。"

"但是你正视自己,那不是更好么?……"马蒂厄怯生生地问。

丹尼尔显得有些恼怒:

"将来有朝一日你承认自己是个坏蛋时,再来教训我吧,"他狠巴巴地回答,"不,自我吹嘘、自我标榜,或者是被动承认的同性恋者,都是死鬼了;他们都因羞愧把自己折磨死了。我不要这样的死法。"

但他似乎松快了点儿,并且不带恨意地瞅着马蒂厄。

"我只不过是过于正视罢了,"他温和地继续说,"我太了解自己了。"

再没有什么可说的了。马蒂厄又点燃一支烟。他的杯子里还剩一点朗姆酒,他干了它。丹尼尔叫他害怕。他想:"两年后,四年后……难道我也会变成这样么?"突然,他希望去同玛赛儿谈谈这件事:他只能对玛赛儿谈论他的生活、他的恐惧、他的希望。但他这时记起:他将永远见不到玛赛儿了。他悬念中的无以名之的希望便慢慢化做一种极度的苦恼。他感到孤独。

丹尼尔似乎在思考：他的眼神发呆，嘴唇不时半开半合。他轻轻叹了口气，脸上仿佛有什么东西消逝了。他用手拭了拭额头，他显得有些惊奇。

"今天，不管怎么说，我做了自己没想到的事。"他小声说。

他脸上带着奇特的、近乎天真的微笑。那笑容在他那青灰色、因为没刮净胡须而留下青斑的脸上显得极不相宜。"真的，"马蒂厄想，"他这次可是一不做二不休了。"突然，一个想法冒出来，使他的心抽紧了。"他自由啦。"他想。丹尼尔所唤起的恐惧感又突然掺进了几分忌妒。

"你一定处境尴尬。"他说。

"是的，处境尴尬。"丹尼尔答道。

他一直面带真诚的笑容。他说：

"给我一支烟。"

"你现在抽烟啦？"马蒂厄问。

"一支，就今晚。"

马蒂厄出其不意地说道：

"我宁愿处在你的地位上。"

"处在我的地位上？"丹尼尔不太吃惊地重复。

"是的。"

丹尼尔耸耸肩，说：

"在这件事中，你从哪方面说都是赢家啊。"

马蒂厄干笑一声。丹尼尔解释道：

"你自由了。"

"不对，"马蒂厄摇摇头，"不能说一个男人遗弃了一个女人就算自由了。"

丹尼尔好奇地瞧着马蒂厄：

"今天早上你倒似乎相信是这样的。"

"我不知道。那时不清楚。现在什么都不清楚。真相却是,我毫无所获地遗弃了玛赛儿。"

他盯着夜风吹拂的窗帘,显得十分疲惫。

"毫无所获,"他重复道,"在整个这件事里,我只是体现一种拒绝、一种否定:玛赛儿不在我的生活中了,但其他一切照旧。"

"什么?"

马蒂厄用一种含意不明的大手势指了指书桌说:"这一切,以及其他种种。"

他对丹尼尔迷惑不解。他想:"难道这就是自由么?他采取了行动;现在,他已不能后退。对他来说,感受一下从未感受过的行动,也算是新奇吧:这行动他几乎已无法理解,并将打乱他整个的生活。至于我,我所做的一切,全都毫无所获;可以说,人家窃取了我行为的后果;一切似乎表明我总可以重新再干。我并不知道,做了一件无法挽救的事会有什么后果。"

他大声说:

"前天晚上,我遇到一个想参加西班牙民兵的家伙。"

"那又怎样呢?"

"他呀,他已经泄了气:现在他完蛋了。"

"你为什么告诉我这事?"

"我不知道。我刚才想起这个。"

"你曾想去西班牙么?"

"是的。不太想。"

他们沉默了。过了一会儿,丹尼尔扔掉手里的烟,说:

"我很想比现在年长半岁。"

"我不想,"马蒂厄说,"半年后,我跟现在还是一模一样。"

"不过不会这么懊悔了。"丹尼尔说。

他站起身来:

"我请你去克拉里斯酒吧喝上一杯。"

"不,"马蒂厄说,"我今晚不想喝得醉醺醺。如果我醉了,就不知会干出什么事来。"

"不会干惊天动地的事,"丹尼尔说,"那么你不来啦?"

"不。你不想再多待一会儿么?"

"我必须喝点酒,"丹尼尔说,"再见吧。"

"再见。我……我不久会再见到你么?"马蒂厄问。

丹尼尔显得挺尴尬。

"我想很难。玛赛儿已经对我说,她不会干涉我的生活。但我想如果我再和你见面,她会受不了的。"

"真的吗?好吧!"马蒂厄冷冷应道,"这样说来,就祝你好运吧。"

丹尼尔不置一词地对他笑了笑,马蒂厄突然加上一句:

"你恨我。"

丹尼尔走近马蒂厄身边,用手拂了拂他的肩膀,做了一个笨拙、抱愧的手势:

"不,此刻不恨。"

"但是明天……"

丹尼尔低下头,没有搭理。

"再见。"马蒂厄说。

"再见。"

丹尼尔走了出去。马蒂厄挨近窗口,撩起窗帘。这是一个令人惬意的夜晚,一个令人惬意的、蓝色的夜晚;晚风吹散了乌云,人们可以看见屋顶上方闪耀着星星。他双肘倚在阳台上,打了一个长长的呵欠。下面的街上,一个男子在静静地走着;他在于依更斯街和弗瓦德沃街相交处停下来,抬头望了望天空:那是丹尼尔。从曼恩大道随风飘来一阵阵音乐声,指路灯的白光射向天空,在一柱烟囱上方停留片刻,消逝在一片屋顶之后。这是一个乡村节日的夜空,点缀着乡间假日和舞会的标志。马蒂厄看着丹尼尔消失了,心想:"只剩下我一个人了。"他是孤单一人,但并不比以前更自由。昨晚他还对自己说:"要是玛赛儿不存在就好了。"但这是一个谎言。"没有人妨碍我的自由,是我的生活汲干了我的自由。"他重又关上窗户,回到屋里。屋里依然散发着依维什的气味。他呼吸着那气味,回顾这纷纷扰扰的一天。他想:"徒然闹腾了一阵。"徒然:他徒然被赋予了生命,他一无是处,然而他再也不会演变了:他已被塑就。他脱掉鞋子,一动不动地坐在安乐椅的扶手上,手里拿着一只鞋;他仍感到嗓子眼里朗姆酒那股火辣辣、甜丝丝的味道。他打了个呵欠:他结束了自己的一天,他的青春也告结束。他感受到的种种道德观念都审慎地告诉他怎么做:有大彻大悟的享乐主义,嘻嘻哈哈的宽容忍让,有逆来顺受,严肃认真,禁欲精神,以及可以让人像行家那样分分秒秒品尝着庸碌人生的一切。他脱掉短上衣,开始解下领带。他打着呵欠再对自己说:"真的,这毕竟是真的:我已届不惑之年啦。"